ハヤカワ・ミステリ

HARA RYO

そして夜は甦る

...AND THE NIGHT FALLS AGAIN

原　寮

TOKYO HAYAKAWA BOOKS

A HAYAKAWA
POCKET MYSTERY BOOK

そして夜は甦る

装画　山野辺 進

登場人物

澤崎……………………………私立探偵
佐伯直樹………………………ルポ・ライター
佐伯名緒子……………………その妻、依頼人
更科修蔵………………………美術評論家、名緒子の父
更科頼子………………………その妻、東神グループ相談役
神谷惣一郎……………………頼子の弟、東神グループ会長
仰木……………………………更科・神谷家の顧問弁護士
韮塚……………………………その弟、更科家の経理弁護士
長谷川…………………………更科家の運転手
長谷川靖彦……………………その弟、神谷会長の秘書
曽根善衛………………………東神電鉄の元重役
葛城りゑ子……………………その仲間
野間徹郎………………………その仲間
溝口敬子………………………銀座のクラブのママ
溝口宏…………………………その弟、元自衛隊員
勝間田剛………………………ホスト・クラブの従業員
辰巳……………………………喫茶店主、元新聞記者、佐伯の先輩
辰巳玲子………………………その娘
向坂晨哉………………………都知事、作家
向坂晃司………………………その弟、映画俳優、向坂プロ社長
滝村……………………………映画監督、向坂プロ専務
榊原誠…………………………副知事
海部雅美………………………バー経営者
諏訪雅之………………………ジャズ・ピアニスト
橋爪……………………………暴力団幹部
渡辺賢吾………………………澤崎の元同僚、アル中の放浪者
錦織……………………………新宿署捜査課の警部

1

秋の終りの午前十時頃だった。三階建モルタル塗りの雑居ビルの裏の駐車場は、毎年のことだが、あたりに一本の樹木も見当たらないのに落葉だらけになっていた。私は、まだ走るというだけの理由で乗っているブルーバードをバックで駐車して、ビルの正面にまわった。鍵のかからない郵便受けの中のものを取り、一人しか通れない階段を昇り、決して陽《ひ》の射さない二階の廊下の奥にある自分の事務所へ向かった。なにしろ東京オリンピックの年にマラソンの未公認世界記録なみの早さで建てられた代物《しろもの》なのだ。

待合室の代わりに事務所のドアの脇に置いてあるベンチに、カーキ色のコートに身を包んだ男が坐っていた。眼の前の何もない空間をじっと見つめている彼の様子は、催眠術にでもかけられているように無防備に見えた。足音を立てて近づくと、彼はようやく私に気がつき、減量に失敗したライト級のボクサーのようにゆっくりと立ち上がった。私より少し年下の三十代後半という年齢で、私と同じ一メートル七十五センチ前後の背恰好だった。うっすらと無精ひげの伸びた顔がどこか病み上がりのような印象を与えた。彼は両手をコートのポケットに突っ込んだまま、途方に暮れたような表情で私を見つめた。

「あの……この事務所の方ですか」

私は返事の代わりに、はげかかったペンキで〈渡辺探偵事務所〉と書かれたドアの鍵を開けてみせた。

「渡辺さんですね？」と、コートの男は重ねて訊《き》いた。

「彼に用がおありなら、少なくとも五年前においでになるべきだった。渡辺は昔のパートナーで、いまこの事務所には私一人しかいない。私の名は澤崎《さわざき》です」

男は戸惑った。「いや、そういうことじゃなくて……この事務所の人に会いに来たのです」

私はドアを開けて事務所の中へ入った。彼はドアロにたたずんだままで言った。「先週、ルポ・ライターの佐伯《さえき》という人がこちらへ訪ねて来たはずです」

私は自分の記憶をたどった。思い当たることは何もなかった。「とにかく、そこでは話にならない。中へ入ってくれませんか」郵便受けから取って来たものをデスクの上にほうり、デスクの背後にまわって窓のブラインドを上げた。部屋の中がいくらか明るくなった。

コートの男は仕方がないというように最小限度だけ事務所の中へ入り、ポケットから左手を出してドアを閉めた。私は自分のデスクの椅子に腰をおろし、彼にもデスクを隔てて置いてある来客用の椅子をすすめた。

「いや、ここで結構。佐伯さんがこちらへうかがったと思われる先週の木曜日以来、彼と連絡が取れないのです。彼は自分のマンションにも戻った様子がない。ぼくは早急に彼に会う必要があるんです」

「申しわけないが、あなたのお役には立てないようだ」

「どうして?」彼は思わず二、三歩前へ出た。「彼がここへ来たのかどうか、それが知りたいだけなのに」

「口数が多いほど探偵の信用は少なくなるそうだ。もっとも、依頼人に対しては別ですが——」

私は上衣《うわぎ》のポケットからタバコを取り出して、紙マッチで火をつけた。〝ピース〟という間の抜けた名前の両切りのタバコだった。

コートの男は何かを企んでいるようにゆっくりと来客用の椅子に近づき、椅子の背に左手をかけた。彼はかすかに口許を歪めて言った。「では、あなたの依頼人になろうじゃないですか。一日分の料金でも、先週の木曜日以来の料金でも請求すればいいでしょう。その代わり、ぼくの知りたいことを教えてもらいたい」

私はタバコの煙を吐き出した。煙の輪が彼のコートの胸に当たって顔のまわりで壊れたが、彼は身じろぎもしなかった。

「お断わりだ」と、私は言った。「きみは私を買収しようとしているにすぎない」

コートに包まれた彼の両肩に言い知れぬ疲労感が漂った。彼は来客用の椅子を引き寄せると、倒れ込むように腰をおろした。

「いったい、どうすればいいんだ」と、彼はつぶやいた。

その科白《せりふ》は私に言ったようには聞こえなかったが、私は答えた。「まず、自分の名前を名乗ることから始めたらどうです。ルポ・ライターの佐伯氏は何のためにここへ来たのか、それも聞かせてほしい」

彼は困惑しきっていた。名前を告げていなかったことに驚いているようでもあり、名前を知られることが不都合なようでもあった。確かなことは、彼がいつまでも素人探偵のような下手《へた》な質問を続けている限り、私の依頼人にはなりそうもないということだった。

彼はずるくて子供っぽい笑みを浮かべた。「佐伯さんがここへ来たのなら、彼が何のために来たかということも、そしてぼくの名前も、あなたは聞いているはずですね」

私も負けずに笑みを返した。「すると結論は一つ——佐伯氏はここへは来なかった。それで納得がいったなら、早々にお引き取り願いたい。私も一服したところで、郵便物の整理にでも取りかかりたいのでね」私はタバコの吸いさしを、Wの形をした黒いガラスの灰皿でもみ消した。

彼は私の背後の窓に視線を注いだまま、しばらく考え込んでいた。彼の位置からは、裏の駐車場を隔てて建っている、同様に古ぼけた雑居ビルの灰色の壁しか見えないはずだった。あらためて彼の顔をじっくり見ていると、スポーツマンとして通用しそうな体格のわりには、何かもっと繊細な神経を要求される仕事をしているのかも知れないと思った。他の部分に較べて細く通った鼻筋が多少バランスを欠いているが、全体としては感じのいい好男子だった。

彼には、口をきく前に自分の気持が顔に出てしまう子供っぽい癖があったので、今度も彼の話のだいたいの方向を察することができた。「こちらの知りたいことを教えてくれたら、現金で二十万出そう。もし、佐伯さんがここへは来なかったのなら、はっきりそう言ってくれればいい。ぼくはこんな所で手間取っていたくないんですよ」

彼は左手でコートのポケットから白い封筒を出して、私のデスクの上にほうってよこした。表に〈東京都民銀行〉と印刷されたサービス用の封筒だった。

「たぶん二十枚以上の一万円札が入っているはずだ」

「お役には立てないな。それ以上自分をつまらない人間に見せる必要はない」私はうんざりしていた。

「佐伯さんの身に危険があるのかも知れないんですよ」と、彼は感情的な声で言った。だが、すぐに自分の態度を恥じるように私から視線をそらしてしまった。

「順序立てて話してみたらどうです」と、私は言った。

「断わっておくが、買収も脅迫も泣き落としも一切なしで」

「それは……できない。いや、佐伯さんと相談してからだったら……フン、その佐伯さんの行方が分からないというのに、一体どうすればいいのか、ぼくには分からない」

この男は、佐伯という人物の行方とは別に、何か彼自身の大きな悩みを抱え込んでいるようだった。彼の疲労と焦燥の原因となっていることは、もっと深刻な問題なのではないかという気がした。

「ゆっくり考えたまえ」と、私は言った。タバコを一本抜き取ってくわえ、そのパッケージを彼のほうへ投げてやった。右手で摑《つか》まざるをえないところを狙って投げたのだが、彼は心理状態に似合わぬ反射神経で上体をひねり、見事に左手でキャッチした。彼は私のもくろみに気がついて、にやりと笑った。そして、あくまでも左手だけで器用にタバコを抜き取ってくわえ、パッケージを投げ返した。彼は見かけよりも案外したたかな男なのかも知れない。私は紙マッチで二人のタバコに火をつけた。

私たちはしばらくタバコの煙の中で沈黙を守っていた。彼は私の両切りのタバコをまったく苦にしなかった。これに慣れない者は、フィルターのない吸口の始末に困ったり、強く吸い過ぎて咳き込んだりして、閉口させられるものだ。彼はそういう要領を心得ていた。

やがて、換気の悪い事務所の中にタバコの煙がたちこめた。

煙の向こうから、彼が初めて平静な声で言った。

「もう少し、自分で佐伯さんを捜してみるつもりです。案外、今ごろは彼のマンションに戻っているかも知れない……いずれにしても二、三日のうちには、またここへ来ることになると思う。そのとき、佐伯さんも同行できれば問題はないんだが……」

彼はタバコを消して、立ち上がった。最初に廊下で見かけたときの無防備な印象は跡形もなく消えていた。

「それまで、その封筒は預かって下さい。くどいようだが、もし佐伯さんと接触があれば――これから、ということもあるから――ぼくが連絡を取りたがっていたことを伝えていただきたい。では、これで失礼」彼はかすかに頭を下げると、ドアのほうへ向かった。

私は彼の背中に訊いた。「きみのことは何と言えばいい？　右手を見せない男か」

彼はドア口のところで振り返って、苦笑した。「海《かい》部《ふ》と言えば分かりますよ。タバコをありがとう。口は悪いが、タバコの趣味は悪くない」

彼は事務所のドアを閉めて立ち去った。彼を引き止めようとしてもむだなことは判っていた。彼の問題はおそらく探偵の手に負えるようなものではあるまい。ルポ・ライターの佐伯という人物を見つければすむようなことなら、彼があれほど切迫した態度を取ったのが解《げ》せなかった。デスクの上の封筒を手に取ると、確かに現金の厚みが伝わって来た。にもかかわらず、私は海部と名乗った男が再びこの事務所に戻って来るという気がしなかった。

2

私は預かった封筒をこの事務所で鍵のかかる唯一の場所であるデスクの一番下の引き出しにしまった。〈電話応答サービス〉に電話をしてみたが、留意すべき連絡は何も入っていなかった。昼飯にはまだ早いので、郵便受けから取ってきたものを片づけることにした。

私はまず新聞に眼を通した。一面には、エジプト航空機が乗っ取られマルタ島に着陸、機内で銃撃戦があって乗客と犯人に死者が出たと報じている。スポーツ欄によれば、千代の富士が九州場所でＶ５を達成し、ジャイアンツ入りを決めた〈ＰＬ学園〉の桑田投手が学校側ともめているという。名人戦の棋譜は贔屓《ひいき》の大竹英雄九段の出番ではないので斜めに読みとばす。東京版では、新知事が来年度の予算案に関して与党である自民党議員と対立の構え、と書いている。政治、犯罪、スポーツ、文化と紙面を占める場所は異なっても、どの記事も人間の闘争本能に由来するものばかりだった。人間ほど闘争を好む生き物は少ない。他人の闘争を見物したがる生き物は人間の他にはない。

三通の郵便は、それぞれ女子大生と女権主義者《リブ》と女装趣味の男にでも送付すべきダイレクト・メイルで、いつものようにクズかごへ直行させた。そのとき、あいだに挟まって平たくなった紙ヒコーキに気づいて拾いあげた。ハネの折り方に特徴のある紙ヒコーキだった。ひろげてみると、北方領土返還要求のチラシの余白の部分に見憶えのあるボールペン書きの字が並んでいた。

懐かしい窓に明かり、窓ガラスの渡辺探偵事務所のペンキの文字もそのまま、そしてブラインドの向こうに映る人影がひとつ。影というものがこんなにその人間の特徴や癖を表わすとは知らなかったよ。

どうやら、まだくたばってはいないようだな。こっちは首までアルコール漬けだが、いたって元気なり。しかし、今夜あたりは冷たい秋風が身にしみる。今年の冬は暖かい南のほうへ行くつもりだが、途中ちょっと寄ってしまった。では、また。

W

私はこういう手紙をこの五年間に二、三通受け取っていた。紙マッチでタバコに火をつけ、その火をチラシにも移して灰皿の中で燃やした。デスクを離れて窓のところへ行き、下の通りと駐車場を見おろした。おそらく一昨日《おととい》の土曜日の夜、私の元パートナーは向かいのビルの角あたりに身をひそめて、この窓を見上げていたに違いない――ウィスキーの壜をポケットに忍ばせて。首までアルコール漬けだと？　頭のてっぺんまでアル中のくせに。

似たような手紙を最後に受け取ってから、もう二年近くの歳月が流れていた。伸ばせば手の届くようなところに来ていながら、決して会おうとはしない。会うつもりはないが、もはや無縁な者としてケリをつける勇気もない。私はこの身寄りもなく、まもなく六十才になるはずの、アルコール中毒の男に同情するつもりはなかった。五年前に二億円近い不労所得をせしめて、死ぬまで酒を飲みつづけられる金と放浪者同然の生活を手に入れた男は、誰の同情も必要としていないはずだった。

私は十一年前に初めてこの探偵事務所を訪れた日のことを思い浮かべた。私が入口のドアを開けたとき、このデスクに坐っていた渡辺賢吾《わたなべけんご》は作ったばかりの紙ヒコーキを飛ばしたところだった。手近かにある紙は何でもヒコーキにしてしまう癖のことはあとで知った。紙ヒコーキは二人のあいだの空間をゆっくりと二度旋回して、私の足許に着陸した。

五年前、私が最後に会った日の渡辺も同じデスクに坐っていて、ちょうどウィスキーのボトルを引き出しにしまったところだった。彼は濡れた口許を手の甲でぬぐうと、いたずらを見つけられた子供のような顔をした。すでにそのときは、その夜決行しようとしていた一攫《いっかく》千金の企みが成功すれば、彼は二度とこの事務所へ戻って来ないつもりでいたのだろう。何もかも過ぎ去ったことだった。

デスクの上の電話が鳴った。私は受話器を取って、自分でもびっくりするような声で「誰だ？」と怒鳴った。

「えっ？　恐れ入った挨拶だな。そちらは渡辺探偵事務所じゃないのか」

私は思いのほか、元パートナーの手紙に腹を立てていたらしい。その手紙は灰皿の中ですでに灰になっていた。

「失礼……別の人物からの電話と勘違いしたようだ。こちらは渡辺探偵事務所です。間違いありません」

「結構。早速だが、私は弁護士の韮塚《にらづか》という者だ。初めに訊《たず》ねるが、お宅の事務所はきみの他にも探偵がいるのかね」

「いや、私ひとりだが」

「それなら結構。こちらとしてはお宅の責任者を相手にしたかったので、念のためにうかがった。私は更科《さらしな》修蔵《しゅうぞう》氏の代理として電話をしている。更科氏はご存知か」

どこかで聞いたような名前ではあった。「いや、残念ながら知らないようだ。それとも、知っておくべき人物ですか」

「きみが美術に関心があるならね」

「ポール・セザンヌなら知っている」

「あいにくだが、更科氏は絵描きではない。彼はおそらく現在日本で最も権威のある美術評論家の一人だ」

それで、かすかに思い出した。更科修蔵が褒《ほ》めると絵の値段は二桁も跳ね上がり、彼が駄目だと言えばその絵描きは転職を考えたほうがいい――そんな話を聞いたことがあった。

「その更科氏が私にどういうご用件です？」

「明日正午、田園調布《でんえんちょうふ》のお邸まで出向いていただきたいということだ。詳細はそこでということになる」

「仕事の依頼ですか」

「もちろん、そう考えてもらって構わない」

「どういう内容の依頼か聞かせてくれませんか。ものによっては引き受けかねる仕事もあります。その場合はお互いにむだをしなくてすむ」

「いや、そこまで話す権限は与えられていない」

「弁護士ともあろう、あなたが？」

「私の専門は財産管理でね。その意味では、お互いにむだをしないようにというお宅の意見には大いに賛成だ。更科氏に余計な出費をさせないことは私の職務の一つだから……これはあくまで私の口からは出なかったものとして聞いてもらいたいのだが——お宅は、佐《さ》伯《えき》直樹《なおき》という男を知っているだろうね」

「ルポ・ライターの？」と、私は訊き返した。

「大いに結構」と、彼は満足そうに言った。「彼を知っているとすれば、きみはすでに更科氏から仕事の依頼を受けたと考えても差し支えないと思う。それも相当にわりのいい仕事をね」

私はルポ・ライターの佐伯という男を知っているとは言えなかった。だが、全然知らないとも言えまい。一日のうちに佐伯なる人物に関する問い合せが二件——こういう偶然はいささか気に入らなかった。

「明日おうかがいすると、更科氏にお伝え願います」と、私は言った。

韮塚弁護士は田園調布の更科邸の住所と電話、それに〈韮塚法律事務所〉の電話番号も控えさせた。

「更科氏は非常に多忙な身なので、きみにさける時間は正午から一時までのあいだなのだ。時間厳守で頼む」彼は念を押して、電話を切った。

その日の午後は、まず前の週に片づけたいくつかの仕事の請求書を作った。そのうち、東京出張中の商社マンの素行調査をした料金と経費は、関西のある興信所宛てに郵送した。北新宿にあるお寺の依頼で、頻発《ひんぱつ》している香奠《こうでん》泥棒の警備を兼ねて葬式の受付係に二日間狩り出されたのだが、こっちは事務所から近いので直接請求に出かけることにした。まるまると肥った住職が、合掌《がっしょう》して支払いは月末だと言った。

その帰り道、私は区立図書館に寄って三十分ほど時間をつぶした。もし図書館にある資料が探偵の知りたいことを教えてくれるなら、閲覧室は恐喝屋で貸切りになってしまう。だが、仕事のタネになりそうな人物に関しては、せめて世間の常識ぐらいのことは知っておくべきである。

眼鏡美人の司書に手伝ってもらって、ルポ・ライターの佐伯直樹を調べようとしたが、著者別索引カードに彼の名前は見当たらなかった。掃いて捨てるほどある物書きの連盟や協会が発行した紳士録にも眼を通してみたが、彼の名前は記載されていなかった。結局、佐伯直樹の著書も雑誌記事も——そういうものがあるとしてだが——探し出せず、彼の経歴は調べがつかなかった。

一方、更科修蔵に関しては書架の一つを占領するほどの著書や資料がそろっていた。彼には美術評論家、〈東京芸術大学〉講師、〈東神美術館〉館長などの肩書の他に、もう一つまったく別の顔があった。二年前に身を退《ひ》くまでの約十年間は、東京の西南部一帯から神奈川県にかけて電鉄会社とデパート形式の消費網を所有する〈東神グループ〉の実質上の経営者でもあったのだ。それほどの人物が、無名のルポ・ライターや私立探偵に一体何の用があるのだろうか。どんな人間にも悩みのタネはあるものらしい。探偵事務所への薄汚れた階段を自分の足で上がって来ようと、顧問弁護士を使って自分の邸へ探偵を呼びつけようと。

3

　午後からは次第にくずれるという予報にもかかわらず、都心から西南部にかけての空はまだ抜けるように青かった。翌日の十二時一分過ぎ、私は宏壮な洋風建築の更科邸の玄関に立って、青銅の馬の手綱を引っぱるという大げさな呼鈴を鳴らしていた。田園調布四丁目の通りに面した青銅の格子の表門に着き、インターフォンのボタンを押して来意を告げたときは、まだ約束の時間に数分前だった。ところが、遠隔操作で開閉する表門からブルーバードを乗り入れ、雑木林の中の車道をしばらく走り続け、教えられた建物の脇のゆうに三十台は収容できる駐車場に車を停め、ようやくこの玄関にたどり着いたときは一分遅刻していた。昨日の図書館での調査である程度は想像していたが、これは想像を遥かに超える豪邸だった。

　雑木林を振り返って正体不明の小動物の鳴き声にじっと耳を傾けていると、馬がちんちんしたまま通れそうに大きい玄関の樫材《オーク》のドアが開いた。私と同世代の長身の男が現われ、値踏みするように私を眺めまわした。

「弁護士の韮塚です。更科氏がお待ちになっている。どうぞ、入りたまえ」

　耳が隠れるくらい長めの髪、細長い銀色のメタルフレームの眼鏡、細身のダブルのブレザー、折り目のまっすぐなズボンの裾《すそ》からのぞいているワイン色のハーフ・ブーツ――彼の装いはそつがなく若々しかったが、小じわの目立ちはじめた彼の面長な顔には実際の年齢が表われていた。たぶん私より五つほど年長で四十五才前後というところだ。

　私は玄関に入り、腕を挫《くじ》かないように用心して重厚なドアを閉めた。韮塚弁護士は、生まれて一度もペンより重いものを持ったことがないような白い細長い指を優雅に一振りすると、先に立って案内しはじめた。邸内は常時適温に保たれているらしかった。私たちは小さな家が一軒すっぽり入ってしまいそうな玄関ホールを抜けて、建物の後方に通じる回廊を歩いて行った。

「職業柄、私も興信所や探偵社には二、三接触がある」と、韮塚は長い首をまわして言った。「でも、個人営業のいわゆる私立探偵にお眼にかかるのは、これが初めてだな」

「何事にも最初があり、認識を新たにするにはいい機会ですよ」と、私は言った。

「なるほど、結構だ」彼は長い歯を見せて笑った。この男の身体《からだ》はどこもかしこも長かった。「詮《せん》ずるところ、この世の中は経験がものをいう。そうじゃないかな。きみは探偵の仕事を始めて何年になる？」

「十一年です」と、私は答えた。「経験が邪魔になることを知ってから七年になる」

「面白い意見だな」と、韮塚は面白くなさそうに言った。

「更科氏がお呼びになったのは、きみのきいたふうな意見を拝聴するためではない。それを忘れんようにね、渡辺さん」

「気をつけましょう」と、私は言った。例によって、自分の名前を訂正しているあいだに、観葉植物の温室になっている中庭にそった廊下を二つ、磨きあげられた樫材のドアの前を三つ通り過ぎた。もとの玄関まで帰り着けるかどうか心配になりかけたとき、韮塚弁護士はひときわ大きい両開きのドアの前で立ち止まった。彼はここだと言うように私に合図をして、ドアを二、三度ノックした。そして、曲がっていないのを百も承知でネクタイに手をやって身繕《みづくろ》いをした。かなり遠くで返事の声がすると、彼はドアを開け、私を先に立てて部屋の中へ入った。

そこはゆうに三十坪はありそうな、この邸の食堂だった。東向きは全面が庭から自由に出入りのできる洒落《しゃれ》たフランス窓になっていた。部屋の中は穏やかな陽光が差し込み、窓の向こうには芝生を敷きつめた広々とした庭と大きな噴水が見えた。部屋の中央に据《す》えられた時代物の食卓はゆうに三十人が坐れそうな大きさだったが、そこに人影はなかった。返事の主は、その向こうのもっと小さめのテーブルに席を取っていた。私たちは三十秒かけて、食堂を縦断した。

韮塚弁護士は、私を食事中の五十代半ばの紳士に引き合わせた。豊かな銀髪に、彫りの深いブロンズ像のような容貌を持った更科修蔵の正面に、私たちも腰をおろした。

「澤崎さん、でしたね」と、彼は私を見つめて言った。「年のせいか、決まった時間に食事をしないと身体の調子が良くないので、失礼して先に始めています。あなたはお昼はおすみになりましたか。よろしければ、ご一緒に召し上がって下さい」

和服姿の中年の女性が給仕のために現われて、私たちの注文を待っていた。

「厚焼きのトーストとダージリン・ティーを頼む」と、韮塚が言った。私はコーヒーを頼んだ。更科氏は美術館の陶芸展でお眼にかかるような凝《こ》った器で、何か茶《ちゃ》粥《がゆ》のようなものを食べていた。

給仕の女性がさがると、彼は弁護士に言った。「澤崎さんがおみえになったことを名緒子《なおこ》に知らせてきてくれませんか。あれは庭の噴水のあたりを散歩しているはずです」

いかにも丁寧な口振りだが、そのほうがかえって相手を威圧できることを知っている人間の丁寧さだった。韮塚はすぐに席を立ち、フランス窓の一つを開けて庭へ出て行った。

「失礼ですが、あなたはお年はいくつですか」と、更科氏は箸《はし》をやすめて訊いた。「実はあなたを見ていて、ふと自分が初めてこの家へ来た日のことを思い出したものですから」

「四十です」と、私は答えた。

「確かに、そういう年齢通りにお見えになる。これは意外に大事なことです。人間はあまり老《ふ》けて見えても若く見えてもいけないようです。嘘の外見では、内面の嘘を被い隠すことはできませんからね。それにしても、さっきあなたを見たときに、家内の父に結婚を許してもらうために初めてこの家を訪問したときの自分を思い出したのも、無理はありません。私がいまの家内と再婚したのは四十一になったばかりのときでしたから……あのときの私自身の姿を義父の眼を通して見ているような——回想錯誤というか、さかさまの既視《デジャ・ヴュ》感というか——不思議な錯覚に陥りましたよ。あれは、もう十五年も昔のことになりますが」

更科修蔵が十五年前に当時十二才の娘をつれて再婚したのは、〈東神グループ〉の創立者・神谷《こうや》惣之助《そうのすけ》の長女の頼子《よりこ》である。三年後、義父が癌で死亡したとき、東京芸術大学の助教授だった彼は、新会長となった妻の相談役に就任して実業界に関わることになる。それが故人の遺志でもあったらしい。東神の重役たちも世間も驚き危ぶんだが、十年間の彼の手腕と実績は義父の経営能力に優るとも劣らないと評価される。その間、本業の美術界における活動もさらに多岐にわたり、精力的になる。二足のわらじをはいて、それを見事にはきこなしたわけである。二年前、東神電鉄の社長であった義弟の惣一郎《そういちろう》が三十才となって、東神グループの新会長に就任する。創立者の長男で、頼子とは異母姉弟である。それを機会に、更科氏は相談役の座を妻に譲って、自分は東神の経営から身を退《ひ》く。そして、美術の分野に専念するにつれて、彼の声望と権威は日ごとに増大しつつある——昨日、図書館で仕入れたばかりの知識だった。

「嘘があってはいけませんか」と、私は訊いた。「人間も、美術品のように？」

更科氏は食事を終えて、箸《はし》を置いた。一瞬、彼は私の質問がどこからつながっているのか分からない様子だった。

「いや……美術というのは、いわば虚構と想像力の世界ですから、むしろ嘘で成り立っています。だが、真正の芸術はみずからその嘘に耐える力があります。われわれ人間はそうはいきません。普通の人間は自分で自分の嘘に耐えられなくなるのです」

「普通の人間がですか。そんなことは信じられませんね。自分で自分につく嘘ほど見抜けないものはありませんよ」

さっきの和服の女給仕が私のコーヒーと更科氏のお茶を運んで来たので、私たちの話は途切れた。私はコーヒーを一口すすった。コーヒーの味も白磁に蘭を描いたコーヒー・カップも極上だった。

「何だかむずかしい話題になってしまいました」と、更科氏は微笑しながら言った。「お呼びした用件を話さなければならないのですが、韮塚君たちが戻るまでもう少しお待ち下さい」

彼は着心地のよさそうな紺系統のツィードの上衣のポケットから小ぶりなブライヤーのパイプを取り出してくわえ、黒い漆張りのダンヒルのライターで火をつけた。上衣の下はクリーム色のスポーツシャツに濃緑色のアスコット・タイという寛いだ服装だった。「澤崎さん、あなたは自分に嘘をつかなければ生きていられないような方には見えませんよ」

「そんなことはありません。すぐにばれるような嘘はつかないでしょうが、自分で見抜けないような嘘をどれだけついているか、こればかりは本人には判りませんからね」

「真実というのは、ばれない嘘のことだ——と言いますからね」更科氏はわざと俗っぽい口調で言った。

フランス窓のガラス越しに、韮塚弁護士と明るい藤色の服を着た女性が芝生の庭をこちらへ歩いて来るのが見えた。

「この邸には、なぜ美術品が一点もないのですか」と、私は訊いた。「玄関からこの部屋までを見た限りでは、壁に一枚の絵もないし、棚に置物一つなかった」

更科氏は苦笑した。「あなたにも自分にも嘘をつかないように注意しなければ……いや、特別な理由があるわけではないのです。見る価値のあるような作品は、すべて東神の美術館で一般の展覧に供すべきだと考えているだけです。それに、われながら情ない話ですが、美術は私にとってはまず仕事なのです。いわば、仕事を家庭に持ち込まないという心理が働いているのかも知れませんね。そうは言っても、客間に一点だけルオーの作品が掛けてあります。興味がおありでしたら、あとでごらんにいれますよ」

韮塚たちがフランス窓から入って来ると、女給仕が韮塚の注文の昼食を運んで来た。藤色のニットのアンサンブルの女性が、ほっそりとした小柄な体格には意外な、低いアルトの声で言った。「わたしにも紅茶を下さいね。ミルク・ティーにしていただくわ」

更科氏が私たちを紹介した。「澤崎さん、これは娘の名緒子です。こちらは渡辺探偵事務所の澤崎さんだ」

彼女は美人というタイプではなかった。だが、端整でむだのない顔立ちには月並みな美人以上に人を惹《ひ》きつけるものがあった。すでに二十七才のはずだが、きりっとした眉とその下の涼しい眼は少年のような魅力を持っていた。私は腰を浮かして彼女に挨拶した。

「佐伯名緒子です。どうぞよろしく――」

彼女が〝佐伯〟という姓を名乗ったとき、その場の空気が急に重苦しくなったように感じられた。更科修蔵のブロンズの顔になぜか自信をなくしたような表情が漂った。韮塚弁護士の面長な顔を明らかに不愉快そうな表情がよぎった。私が佐伯直樹という男の存在を実感できたのは、それが最初だった。

4

　更科邸の食堂の時計が、すでに十二時三十分をさしていた。その重厚で壮麗な柱時計は私よりも背が高く、私が生まれる前から時を刻んでいるように見えた。佐伯名緒子が父の隣りに坐り、韮塚弁護士が私の隣りに坐って、やっと用談のできる態勢が整った。

「私から話をすすめますか」と、韮塚が更科氏に訊いた。

「いや、それには及ばないでしょう。あなたはどうぞ食事をすませて下さい。必要に応じて、あなたの意見をうかがうことにします」

　更科氏は娘の名緒子に諒承をとるような仕種《しぐさ》をして、私に向きなおった。「名緒子の夫の佐伯直樹はご存知ですね？」

「ええ」と、私は答えた。ことここに至っては、それ以外に答えようがなかった。

「私たちは至急彼と連絡を取りたいのですが、もし彼の居所をご存知であれば、それを教えていただきたいのです」

彼の口調はあくまでも平静だった。夫の行方を、妻とその父親がそろって見知らぬ他人に訊ねているのに、それを不自然だと思う必要はないという態度だった。これでは、昨日私の事務所に現われて海部と名乗った男と大して変わりがなかった。

「その前に、うかがっておきたいことがあります」と、私は言った。「皆さんは何故私が佐伯氏の所在を知っていると考えておられるのか。そもそも私のことをどうしてお知りになったのか。それをお訊きしたい」

父親と弁護士がすばやく顔を見合わせた。娘の名緒子は紅茶のカップを持ってうつむいていたので、表情が分からなかった。

「昨日の電話でも言ったように——」と、韮塚は食いかけのトーストを皿に戻しながら言った。「更科氏は貴重な時間をさいて、きみと話しておられる。きみの好奇心については、のちほど私のほうから差し支えのない範囲で話しても構わない。しかし、ここはすみやかに氏の質問に答えてもらいたい。そのほうがきみにとっても効率のいい仕事をすることになるはずだ。それは私が保証する」

私は更科氏に言った。「弁護士を雇えるような身分ではないので、彼のいまの忠告を正しく理解できたかどうか自信がないのですが——要するに彼は、ぐずぐず言わずに知ってることを喋ったほうがてっとり早く金になるぞ、と言ってくれているのですか」

韮塚は啞然とした顔で私を見つめていた。更科氏はちょっとたじろいだような表情を見せた。意外にも、佐伯名緒子はうつむいたままで懸命におかしさをこらえていた。

「名緒子、失礼だよ。そもそも、これはみんなおまえのために心配をしているのだから」父親は娘をたしなめた。それから私に言った。「韮塚君のことを悪く思わないで下さい。彼は自分の職務を果たすことに熱心になり過ぎているようです。なるほど、あなたの疑問はもっともだと思われる。順序立てて話さなければ解らないので、しばらく我慢して聞いていただきます」

彼は火の消えたパイプをテーブルの上に置いた。代わって、私がタバコに火をつけた。

「先週の木曜日の夜――」と、彼は話しはじめた。

「私たちはこの家で佐伯君と会う予定になっていました。これは、彼のほうからの要請だったのです。私たちは夜中の十二時過ぎまで彼を待ちましたが、結局彼は現われませんでした。翌日の金曜日以来ずっと彼に連絡を取ろうとしていますが、うまくいきません。彼からも何の連絡もありません。たまりかねた娘が、きのう佐伯君のマンションに出かけたのですが、やはり彼には会えませんでした。名緒子の話では、玄関に新聞が木曜日の夕刊から溜まったままになっているらしいので、彼は自分のマンションにも帰っていないようです。娘は心配だと言っているが、彼のルポ・ライターという仕事や普段の生活ぶりから考えて、必ずしも異常なこととは言えないと思います」彼は同意を求めるように娘を見た。彼女はそれには応《こた》えず、私の顔を見つめた――そこに公平な答えがあるとでもいうように。

「それはともかく――」と、更科氏は話を続けた。

「娘は佐伯君のマンションで、卓上カレンダーに書きこまれたスケジュールやメモを調べてみたのです。しかし、木曜日以降は空白になっていて、彼の不在の理由を明らかにするような手掛りは得られなかったそうです。ただ、木曜日のページの最後のメモがちょっと気になって、それを書き写して来たのです。それが、澤崎さん、あなたの事務所の名前と電話番号だったというわけなのです」彼は喉が渇いて、とうに冷たくなっているお茶を一口飲んだ。「お解りいただけたでしょうか。佐伯君と連絡を取りたい私たちとしては、彼についての最新の情報はあなたにお訊ねするのがいいのではないかと考えた次第です。しかも、あなたなら職業柄こういうことには慣れておられると思って、こちらへ出向いていただくことにしたのです」

「そういうことですか」私はクリスタルの灰皿を引き寄せて、タバコの灰を落とした。「しかし、残念ながら私は佐伯氏の所在については何も知らないのです。佐伯氏はその木曜日もそれ以降も、私の事務所へは来ていないし電話もかけてはいません。彼の卓上カレンダーに私の事務所の連絡先が記入されていたことは、いま初めて知りましたが、それがいかなる理由によるのか私には判りません。実際のところ、私は佐伯氏には一面識もないのです」

「では、さっき佐伯直樹のことをご存知だと言われたのは嘘だったのですか」更科氏の言葉は丁寧だったが、咎《とが》めるような口振りは隠せなかった。

「いや、そんなはずはありません」と、韮塚が横から口を出した。「佐伯君について何の情報も持っていないような人物をこの邸に入れるのは適当でないので、私は昨日この男に電話を入れたとき、あなたの指示からは少しそれますが、念のために『佐伯直樹という男を知っているか』と確認を取ったのです。そのとき、この男は『ルポ・ライターの佐伯か』と訊き返しています。一面識もない者が彼の職業を知っているはずがない。名緒子さんを前にして失礼ですが、佐伯君は物書きとして世間に知られているほどの男ではないですからね」

名緒子は父と同様に私の釈明を聞きたいという顔で、こちらを見つめていた。自分の夫に対する韮塚の評価は別に気にする様子もなかった。

「これは一体どういうことでしょうか」と、更科氏が訊いた。

「これには少し微妙な経緯《いきさつ》がありましてね」と、私は答えた。

「要注意ですよ」と、韮塚がしたり顔で言った。「探偵などという人種は信用できません。この男はわれわれの足許を見ているだけです。こういう金銭ずくの交渉は私に任せていただいたほうがよろしい」彼は背筋を伸ばして、眼鏡のフレームの下から私を見た。「もし、本当に何か売りつける価値のある情報を持っているのなら、条件を言ってみたまえ。私にはきみがどういう人間か分かっている」

「そうだろうな」と、私は言った。「見上げなければならない人間か、見下《くだ》していい人間か――あんたにはその二種類の人間しか存在しないからだ」私は吸いさしのタバコをクリスタルの灰皿でもみ消して、立ち上がった。「皆さんのお役に立てないことは、すでに申しあげた。これで失礼します」

私は遙か彼方に見える出口へ向かった。さて、この大邸宅から案内なしで脱出できるかどうか、少々心もとなかった。

「澤崎さん、お待ちになって下さい」と、名緒子が背後から声をかけた。私は立ち止まり、振り返った。彼女も立ち上がっていた。彼女が私に口をきいたのは、挨拶以来それが初めてだった。「微妙な経緯《いきさつ》があったとおっしゃいましたけど、一体どういうことなのでしょうか」

私は椅子のところまで引き返した。「あなたのご主人を捜しているのは、ここにいる皆さんだけではないようです。昨日、韮塚弁護士から電話がある少し前に、ある人物が私の事務所を訪ねて来て、やはり佐伯氏のことを質問した。佐伯氏がルポ・ライターであることは、その人物の口から聞いて知っていたのです。佐伯直樹を知っていると答えるのはいささか抵抗があったが、知らないと答えるのも似たようなものでした」

三人の顔に同じ疑問が浮かんだ。それを口にしたのは名緒子だった。「佐伯を捜している人物とおっしゃるのはどなたですか」

「それはお答えできない……その人物は、私の依頼人なのです」確かに、私のデスクの引き出しには、あの男から預かった二十万円が入っている。それにしても、最近どうも嘘すれすれの発言が多くなった。注意しないと癖になりそうだ。

「守秘義務ってわけか」と、韮塚は言って冷笑した。

「法律的には、探偵にそんなものはないんだ」

「法律の世界だけがこの世界ではない」

「では、道義上の問題かね。守らなければならない秘密は守る——大いに結構。この狂ったご時世だ、探偵に道義があってもおかしくないさ」

「守りたい秘密は守る——それだけのことだ」

「韮塚君、もうそれくらいにして下さい」と、更科氏が釘をさした。相変わらず言葉は丁寧だが、効果は訓練の行き届いた犬に命令するのと同じだった。

「これは相談ですが——」と、更科氏は立ち上がって言った。「いろいろ考え合わせてみると、やはり私たちよりもあなたのほうが佐伯君の所在を知る機会が多いと思います。その場合に、こちらへもその情報を教えていただければ、十分な謝礼を差し上げられると思うのです……どうかこの申し出を受け入れてもらえないでしょうか」

「私は仕事の報酬で身を立てているのです。そういう謝礼を受け取るつもりはありません」

「しかし——」

「待って下さい。私にできることは二つだけです。一つは、もし私が今後佐伯氏に連絡が取れるようなことがあれば、皆さんが連絡を取りたがっていることを彼に伝えること——これは無料です。もう一つは、佐伯氏の行方を捜す仕事を私に依頼なさること——こちらは規定の料金を頂きます。しかし、私が皆さんにおすすめしたいのは、もっと別のことです。佐伯氏の不在に多少とも不安があるのなら、直ちに警察に届け出るべきです。彼が自分のマンションに戻らなくなってすでに五日目だというのに、誰もそれを考えないのは不思議だ」

名緒子の顔色がさっと蒼ざめた。彼女は力が抜けたように元の椅子に腰をおろした。父親が心配そうに娘のほうにかがみ込んだ。

韮塚が唐突に立ち上がり、長い指を私につきつけた。

「きみは佐伯と名緒子さん夫婦の現状を何も知らないからそんな勝手なことが言えるんだ！」彼は喋りながら、いっそう感情をたかぶらせた。「木曜日の夜、彼が一体ここへ何をしに来る予定だったのか教えてやろう。あの男は名緒子さんとの離婚届に印鑑を押し、それと引き換えに五千万円の慰謝料を受け取りに来るはずだったんだ！　そんな男が数日行方不明だからと言って、更科家の人たちが一体何をする義務があると言うんだ」

「韮塚君、やめたまえ！」と、更科氏が声を上げた。「そんな話は澤崎さんには迷惑なだけです。それに、名緒子の身にもなってもらいたい」

彼女は身体を硬くしてあらぬ方角を見つめていたが、取り乱しているようには見えなかった。彼女よりもむしろ父親の動揺が大きかった。美術界と実業界に君臨した更科修蔵も、連れ子である一人娘の結婚生活に対してはほとんど無力なように見えた。

私は彼らに背を向けて、食堂の出口へ向かった。両開きのドアの把手に手を掛けて、彼らを振り返った。あまりにも部屋が広すぎるので、私は彼らに聞こえるように大きな声を出さねばならなかった。

「五千万円もの大金を受け取りに来ない人間に一体何が起こっているのか。常識ある人間なら、まず警察に届けるべきですね。それから、私を雇うべきだ」

返事を期待できるような状態ではなかったので、私は部屋を出た。

5

雑木林の中の車道を濃紺のメルセデス・ベンツが音もなく走って来た。更科邸の塵《ちり》一つ落ちていない駐車場で、私はブルーバードに乗車するところだった。まごまごしていると、粗大ゴミと間違えられかねない。ベンツは、私が出て来たばかりの建物の正面へ向かい、車寄せをゆっくりと上って、玄関に横づけになった。すかさず玄関の大きなドアが開いて、食堂で給仕をしていた和服姿の女が出迎えた。

ベンツの色と同じ濃紺のつばの広い帽子に、同じ濃紺のテイラード・スーツを着た年配の婦人が車から降り立って、すぐに玄関の中へ消えた。出迎えた女は運転手に一言二言口をきいて、女主人のあとを追った。

ほんのわずかな時間だったが、濃紺の帽子の下の横顔は、新聞やテレビなどで見憶えのある更科頼子のものだった。〈東神グループ〉の前会長で、現在は新会長となった弟の相談役を務める女実業家である。私にはまったく縁のない世界の住人だったが、彼女が佐伯直樹という行方不明の男の義母であることを知った今は、いささか根拠薄弱ではあるが一種の親近感を覚えた。

私はブルーバードのドアを開けて運転席についた。玄関のベンツは車寄せを降りて駐車場へ移動して来ると、私のブルーバードに並んで停まった。相手は左ハンドルなので、ウィンドー越しにお抱え運転手ふうの帽子をかぶった中年男と顔をつき合わせることになった。どちらからともなくウィンドーをおろした――向こうはスイッチ一つで楽に、こっちは滑りの悪いハンドルに苦労して。運転手は四十代後半の小太りの男だった。人差し指で帽子のひさしを突きあげてあみだにすると、禿げあがった額があらわになった。彼の視線は、まるで死体が動くはずがないと言いたげな様子で、私のブルーバードに注がれていた。

「かつてこの邸で見た最低の車って顔だな」と、私は言った。

「それで車のつもりならね。通いのお手伝いが乗って来るバイクのほうがまだましだ」彼はにっこりと笑った。色の黒い丸顔のなかに人なつっこい眼があった。お抱え運転手の半分はお喋りで、残りの半分は無口だった。それを決定するのは運転手自身ではない。更科夫妻が無口でないことを祈りながら、私は適当な話題を探した。

「ベンツという車は決してエンジン・トラブルを起こさないと聞いたが、そんなものか」

「まァ、信じていいね。この十五年間に三台のベンツを乗り継いできたが、エンストなんかただの一度もなかった。ただし、運転の仕方にもよるがね」

「大した車だ。銀行強盗をやるときにはぜひ拝借したい。運転手込《こ》みで」

　彼は苦笑した。だが、すぐに改まった顔つきになった。「あんたは、韮塚弁護士が話していた探偵さんかね」

「そうだが、お宅は——？」

「十五年来、更科・神谷両家の運転手を勤めている長《は》谷川《せがわ》という者だ。親父がここの先代の運転手を二十五年間勤めていたから、父子《おやこ》二代お世話になっている身の上でね。おれは八才の年からこの邸に住んでいる」

　彼はベンツのバックミラーに映っている私の顔を見つめて、声をひそめた。「佐伯さんの件で呼ばれたのだろう？」

「どうしてそう思うんだ？」と、私は訊き返した。

「このうちで何か問題があるとすれば、佐伯さんのことしかない。二代目が——新会長の惣一郎さんのことだけど——まだ学生だった時分には何かと厄介事《やっかいごと》を起こして、先代や更科のご夫婦に面倒をかけたものだった。でも、先代が亡くなり、大学を卒業して〈東神〉の一員となってからは、人が変わったように立派になった。それが、今では佐伯さんだ」

「佐伯さんというのは、どんな人なんだ？」

「いい男なんだがねぇ。彼がまだ〈朝日〉の記者だった頃は、お嬢さんとの仲も周囲が羨《うらや》むくらいうまくいっていたし……二代目の素行が改まったのだって、佐伯さんがこのうちに出入りするようになって、年下の佐伯さんに影響されたような話だった……佐伯さんがどうかしたのか」

「彼と至急会いたいのだが、どうしても連絡がつかなくて困っている。最近、彼に会ったかね」

「いや……もう、しばらく会ってないと思うな」長谷川の声が急に小さくなり、ちらっと私の顔を見て、すぐに眼をそらした。ちょうどそのとき玄関のドアが開く音がしたので、彼が私の視線を避けたのか、ただ玄関のほうに気を取られたのか、はっきりしなかった。

佐伯名緒子が玄関を出て、私たちのほうへ小走りに駈けて来るのが見えた。手に持った赤いコートが、少年闘牛士の扱い慣れないケープのように風にひるがえった。

運転手の長谷川は帽子をきちんとかぶり直して、車を降りた。彼はベンツの背後をまわり、名緒子を乗車させるために後部ドアを開けた。「久我山《くがやま》のお宅へお帰りになりますか」

彼女はベンツのボンネットの前で立ち止まり、長谷川にちょっと待てと言うように手を挙げた。食堂で最後に見たときの様子に較べると、すっかり落ち着きを取り戻していた。そばに父親がいないせいか、さっきよりも年嵩《としかさ》に見え、二十七才の既婚者らしく見えた。

「澤崎さん。お差し支えなければ、わたしを一緒に乗せて行っていただけません？　あなたに是非ご相談したいことがありますの」

「もちろん、構いませんよ。新宿の事務所へ戻るつもりでしたが、あなたは久我山ですか」

「いいえ。中野にある佐伯のマンションへもう一度行ってみるつもりです。どこか適当なところで降ろして下されば結構ですわ」

彼女は長谷川にその旨《むね》を告げて、待機してもらったことを詫《わ》びた。長谷川は、とんでもありませんと言って、急いで二台の車の背後をまわり、私のブルーバードの助手席のドアを開けた。名緒子は長谷川に礼を言って、私の隣りに乗り込んだ。

「気をつけて運転してくれよ」と、長谷川が言った。「探偵さん、本当はあんたの車はお嬢さんを乗せられるような代物じゃないんだから」

私は右手の親指を立てて、諒解の合図を送った。彼は助手席のドアを閉め、ウィンドー越しに名緒子に挨拶した。私はベンツのそばでやけに緊張しているブルーバードのイグニッション・キーをまわした。来年は自由契約必至の控えのロートル選手が、大リーガーの入団で発奮してクリーン・ヒットをとばすこともあるのだ。エンジンは奇蹟的に一回でスタートした。

6

田園調布の住宅地を抜け、玉川浄水場を迂回し、環《かん》八《ぱち》通りに入って運転のペースが落ち着くと、ようやく佐伯名緒子が話をきりだした。

「佐伯を——夫を捜し出して下さい」

私はたっぷり一分間無言で運転を続けた。その間彼女は私の横顔を見つめて辛抱強く待っていた。この依頼は彼女自身の意志に基づくものだと思われた。私は調査料や経費のことをざっと説明した。彼女は一週間分の費用を明日銀行振込にすると言った。車は上野毛《かみのげ》、用賀《ようが》を過ぎて小田急の高架の下をくぐった。予報より遅れているが、前方に灰色の雨雲が広がっていた。

「ご主人のマンションに同行しても構いませんか」と、

私は訊いた。「少し調べてみたいことがあります」

「ええ、お願いしますわ。わたしでは見過ごしていることがあるかも知れません」

私は佐伯のマンションの場所を訊いた。中野といっても、青梅《おうめ》街道に沿った丸ノ内線新中野駅の近くだった。

「ご主人はおいくつですか」

「わたしより三つ年上で、三十才になったばかりです」

「ご主人の写真が必要なのですが、お持ちですか」

「うっかりしていましたわ。でも、佐伯のマンションに行けばあるはずです」

私は運転席のウィンドーを閉めた。陽が翳《かげ》って気温が下がり、風が冷たくなっていた。

「警察への届けはどうするつもりですか」

「中野のマンションから弁護士の韮塚さんに連絡を取り、中野警察署でおちあって届け出ることにしています。もちろん、佐伯がまだ帰っていない場合のことですけど」

甲州街道との交差点、井の頭線の高架を過ぎ、私は右折して五日市《いつかいち》街道に入った。空模様は一段と怪しくなって、いまにも降り出しそうな気配だった。

「佐伯さんの知人で、右手を隠して見せたがらない男に心当たりはありませんか」と、私は訊いた。

「いいえ、そういう人はいないと思いますけど――」

彼女は私のほうを振り返り怪訝《けげん》そうな顔をした。私はそれを無視して、昨日私の事務所に現われた男の特徴を話した。

「わたしの知っている人には、そんな感じの方はありませんわ」と、彼女は言った。「主人とわたしの共通の友達はもともとあまり多くないんです。それに、彼が中野のマンションを借りたのは、今年の一月のことでした。それからは半ば別居のような状態ですので、近頃はお互いに相手がほかでどういう生活をしているのか、知らないことも少なくありません」

「では、海部《かいふ》という名前に心当たりはありませんか。たぶん、海山の海に部品の部という字を書くのだと思うが」

彼女は首を横に振った。佐伯直樹を捜し出すのは面倒な仕事になりそうだった。少なくとも、彼の妻から得られるだろうと期待していた手掛りはあまり当てにできなくなった。

「でも、ひょっとしたら——」と、彼女は言った。

「最後に主人に会ったとき、彼のマークⅡの助手席に坐っていた男の人がその方だったような気もしますわ。わたしは主人と話すことに夢中でしたから、確かなことは言えませんけど」

「それはいつのことですか」

「主人が田園調布に来ることになっていた前日ですから、水曜日の夜ですわ」

「そのときのことを少し詳しく話してくれませんか」

「水曜日の夜の十時頃だったと思います。わたしはどうしてもその日のうちに彼をつかまえたくて、中野まで出かけたのです。翌日には、彼が五千万円の慰謝料と引き換えに離婚届に印鑑を押しに来ると聞かされて、それをやめさせるつもりでしたの」

「五千万円をですか」と、私は訊いた。

「それもですけど、離婚を、ですわ」

「ほう……すると、あなたは離婚には反対なのですか」

「わたしには佐伯と別れなければならない理由も、別れたい理由もありません」

私は話がよく解らなくなって来た。上衣のポケットからタバコを取り出して、一本くわえた。紙マッチにてこずっていると、彼女がワイン色のハンドバッグから細身の電子ライターを出して、私のタバコに火をつけてくれた。

「すると、別れたいのは佐伯さんのほうなのですか。

しかし、それでは五千万円の意味がよく解らない」——

彼女はハンドバッグから外国産のいかにも軽そうな感じのタバコを取り出して、火をつけた。「主人の気持がどうなのか、確かなことは分かりません。でも、彼が自分から望んでわたしと別れたがっているとは思えません。わたしを嫌っているとか、ほかに好きな女性がいるとか、そんなことではないと思います。彼には子供っぽい固定観念のようなものがありましたの。自分は名緒子を幸せにできないのではないか、自分がそばにいないほうが名緒子のためにはいいのではないか——そういう意味のことを何度彼の口から聞いたか分かりません。そのことで、何度彼と口論したか分かりませんわ……でも、わたしたちは学生時代、卒業後の交際、三年前からの結婚生活とそのあいだにいろんな危機もありましたけど、それを乗り越えて今日までやって来ました。そういう夫婦もあっていいはずですし、わたしたちがとくに不幸だったとは思いません」

雨が落ちて来たので、私はワイパーのスイッチを入れた。三人連れの傘のない中学生が、声を上げながら歩道を駈けて行くのと擦れ違った。車は善福寺《ぜんぷくじ》川《がわ》を越えて成田《なりた》東《ひがし》付近を走っていた。

彼女は二、三度喫《す》っただけのタバコをダッシュボードの灰皿でもみ消して、話を続けた。「結婚して半年ぐらいのときに、佐伯は勤めていた新聞社を辞職することになったんです。彼はある建築会社の違法行為を暴く記事を書いたのですが、その証拠となる書類に少し微妙な点があって、その会社は逆に彼の新聞社を名誉毀損で告訴する構えを見せたのです。初めは新聞社も裁判には勝てるという判断で主人を支持していたのですが、ある日突然その建築会社に対する謝罪文を掲載してしまいました。主人はその日に新聞社を辞めましたわ」

夫の辞職は当然だという口調だった。信ずるところに従って潔《いさぎよ》く辞職しようとする夫、それを引き止めようとはしない理解ある妻——あるいは、単に世間との付き合い方が下手なだけの若い世代なのだろうか。決定打を放つ前にジャブの応酬がないのだ。だから、摩擦が生じるといきなり破局を迎える。

「その頃から、わたしたち二人の気持の問題にすぎなかったことが、周囲の影響を受けて表面化して行ったようですわ。新聞社を辞めた佐伯は田園調布へはあまり足を運ばなくなりました。彼は退社後はフリーのルポ・ライターになると言っていたのですが、実際にはそれらしい記事を発表した様子もありません。自分の仕事部屋を持ちたいと言って中野のマンションを借りた頃から、忙しくとびまわって何か調査を続けているようですが、具体的に何をしているのかわたしにも分からないのです。当然、父をはじめわたしの周囲では、佐伯が将来についてどう考えているのか、気にしはじめていますわ……でも、わたしたちのあいだは多少不安定ですけど、決定的な破綻をきたすようなこともなく、夫婦としての生活を維持して来ましたの。わたしは、大学を卒業してすぐに入った出版社で女性雑誌の編集の仕事をしていますから、彼の収入がなくても生活には困りません。主人も定期的に久我山のわたしたちの家へ帰って来ましたから、ある意味ではこれがわたしたち夫婦の理想的な状態かも知れない——わたしはそんなふうに考えはじめていたところでしたの」

青梅街道に入り、前方に環七《かんなな》通りの陸橋が見えてきた頃には、雨脚はかなり強くなっていた。

彼女の声から、感傷的な響きが消えた。「九月頃から、主人が久我山に帰って来るまでの間隔が少しずつ長くなって来ましたの。彼は新しい仕事に手をつけたので忙しくなったと言っていました。それを聞いて、わたしは彼のためにむしろ喜んでいたのです。今月になってから、まだ一度も帰って来ないので少し心配になりかけていたところに、いきなり父から佐伯の一方的な通告を聞かされたのですわ」

そのときのショックが戻って来たように、彼女は膝の上で両手を強く握りしめた。「佐伯が弁護士の韮塚さんを通して、慰謝料五千万円でわたしと離婚したいと言って来たことは、もうご存知ですわね。その日、わたしは一日中彼に電話をかけ続けましたが、どうしても連絡が取れません。それで、どうしてもその夜のうちに彼をつかまえたくて、中野まで出かけて行ったんです。佐伯が一体何を考えているのか、父や韮塚さんを交えずに二人だけで話したかったからですわ」

「で、ご主人にお会いになったのですね」私は指を焦がしそうに短くなったタバコを灰皿で消した。

「ええ。タクシーを使って彼のマンションに着くと、ちょうど駐車場であの人がマークⅡに乗り込もうとしているところでしたの。わたしは駈け寄って、あの人を呼び止めました。わたしたちは車のドアを挟んで向き合ったんです。それから何をどう喋ったか憶えていませんが、とにかくわたしは、彼が韮塚さんを通して

あんな通告をしてきたことを、激しく非難していたと思います。そのとき、助手席にわたしの知らない人が坐っているのに気がついたんです。わたしは驚いて急に黙ってしまったはずですわ。そして、佐伯が離婚のことはよく考えた上でのことだから、何も言わずに自分の言う通りにしてもらいたいと言ったのです」

「そのときの助手席の男の様子はどんなでした?」

「まるで自分はそこにいない人間だというように、無言でじっと坐ったままでしたわ」

私は事務所に現われた男の特徴をもう一度詳しく話した。

「よく似ています」と、彼女は言った。「断言はできませんが、たぶんその方のようですわ。でも、右手のことまでは思い出せません」

「そうですか。その男のことは分かりました。ご主人との話はそれだけだったのですか」

「いいえ。わたしは、ちゃんと納得できるように話し

てもらいたいから、あなたの部屋で待っていると言ったんです。すると、あの人はこれから八王子《はちおうじ》方面へ出かけるので、帰りは何時になるか分からないと答えましたわ。それから、お互いに二言三言感情的なことを言い合ったと思います。わたしは自分の気持を抑えられなくなり、彼に背を向けてその場を去ろうとしました。知らない人の前で、泣き出しそうになってしまいましたの。うしろでエンジンをかける音がして、マークⅡがわたしを追い越して行くとき、彼が明日電話をすると言ったのが聞こえました。車はそのまま走り去って、それがあの人を見た最後なんですの」

「八王子方面とは、どこへ何をしに行ったのか判りますか」

「いいえ」彼女は情ない顔で、首を横に振った。

「翌日の電話もなし、ですか」

「ええ……翌日の午後は仕事の都合でオフィスを離れていなければなりませんでしたの。留守中に電話がいくつか入っていたのですが、そのうちの一つが佐伯だったかも知れませんわ」彼女は肩を落とし、震えそうになる唇をきつく嚙んだ。

「ご主人の親類へは問い合わせてみましたか」と、私は訊いた。彼女はうなずいた。佐伯直樹には、あまり連絡のない再婚した父と、外国で結婚生活をしている姉がいたが、どちらからも逆に佐伯の近況を聞かれる羽目になったそうだ。彼女はほかにも思いつく限りの知人に夫のことを問い合わせていたが、彼の行方を知っている者は誰もいなかった。

私は話題を変えて、海部と名乗る男が事務所に現われたときのことを彼女に話した。その男が正確には依頼人ではなかったことも説明した。彼がもう一度私の事務所に姿を現わせば、何か手掛りが得られるかも知れないと言った。彼女は雨の流れるフロントガラス越しに前方を見つめたまま、私の話を聞いていた。

無言のうちにしばらく走って、杉山公園の交差点を過ぎた。私は次ぎの角を左折し、あとは彼女の教える道順に従って走った。数分後、佐伯直樹のマンションに着いた。それは六〇年代の後半に建てられた五階建の古ぼけたマンションで、コンクリートの壁にはブドウの房の食べカスのような黒いひび割れが縦横に走っていた。駐車場の佐伯のスペースに、彼の赤いマークⅡの姿はなかった。代わりに、私のブルーバードを駐車した。長針が半分に折れているダッシュボードの時計を見ると、二時半だった。外の雨は相変わらず強く降っていたので、彼女が赤いコートに袖を通すのを待った。私たちはブルーバードを降りて、雨の中をマンションの玄関まで走った。

7

エレベーターは二秒ごとに神経を逆撫《さかな》でするような不気味な音を立てて上昇した。三階で降りると、エレベーターに一番近い右側の三〇三号が佐伯直樹のマンションだった。佐伯名緒子が合鍵を使ってドアを開けようとしているとき、私は彼女の足下《あしもと》の床にできた小さな赤黒いしみを見ていた。

「おかしいわ」と、彼女は鍵を抜き取って言った。

「鍵がかかってません。きのうは間違いなくかけておいたのに。でも、主人がいるんでしたらブザーを押したときに返事があるはずですわね」彼女がドアの把手をまわして引くと、スチールのドアは抵抗なく開いた。

玄関の靴脱ぎには、聞いていた通り数日分の新聞が溜まっていた。丸くて赤黒いしみはその新聞の上にも一つ落ちていた。しかも、ドア口から見た様子では、マンションの中はこんな時間に明かりがついたままになっている。雨の午後とは言え、それほどの暗さではなかった。

　私は中へ入ろうとする名緒子の腕を取って引き止めた。

「待って下さい。私が先に調べてみます。あなたはエレベーターの前のベンチのところで待っていてくれませんか」

「どうして……？」と、彼女は不審そうに訊いた。私の顔つきを見て、彼女の顔から血の気が退《ひ》いていった。

「まさか――」彼女はうわずった声をあげて、マンションの中へ無理に入ろうとした。私は彼女の腕を放さなかった。

「言う通りにしなさい」と、私は言った。「たぶん心配するようなことはないと思う。いずれ、すぐに分かることだから」

　彼女の腕に入っていた力が次第に抜けていった。彼女は落ち着きを取り戻し、分かったと言うようにうなずいた。私は彼女の身体の向きをエレベーターのほうへ変えて、押しやるように腕を放した。彼女は不安な面持ちで私を振り返りながら遠ざかった。

　私は佐伯のマンションに入り、ドアを閉めた。靴を脱ぎ、新聞の山をまたいで、奥へ進んだ。間取りは2DKと称されるものだった。玄関から伸びている板敷きの廊下にそって、右側はトイレ、洗面所、浴室、台所兼食堂の順に並び、緑色のカーテンをかけたガラス戸の向こうはベランダと思われた。食堂の食卓の上のオレンジ色のカサのついた電灯がつけっぱなしになっていた。左側の手前はパネル・ドアのついた部屋で、奥は一間半の間口に三枚の板戸をたてた部屋だった。手前の部屋のドアを開けると、一見して佐伯の仕事部屋だと分かった。右側の壁に向かって大きなデスクがあり、伸縮自在の照明器具がたった今まで誰かが書きものをしていたように、デスクの上を照らしていた。残りの三方の壁はすべて本棚に占領され、そこから溢れた本や雑誌が床の上にも積み重ねられていた。その部屋はそのままにして、奥の部屋を見ることにした。

三枚の板戸のうちの一つが半開きになっていたので、そこから中に入った。部屋の中は薄暗かったが、左手の奥に置いてあるセミダブルのベッドの枕元のランプがついていたので、見通しはきいた。天井の真ん中から、和風なカサつきの蛍光灯がまるでバットで一撲《なぐ》りされたように垂れさがっていて、粉々になったガラスの破片が床の絨緞《じゅうたん》に散らばっていた。暴力的な痕跡を見て、私の体内に急激にアドレナリンが分泌されたようだった。ベランダに面したガラス戸のカーテンを開ければもっと明るくなるが、私はそうしたい衝動を抑えた。

ざっと見まわして、ベッドの脇の洋服ダンス、ソファ二個、その中間に低いテーブル、右手の奥にテレビやステレオ装置やレコードを収納したラック、最後に部屋の隅に立てかけたアイスホッケー用の数本のスティックが眼に入った。それから順に視線を戻すと、向こうのソファの肘掛けに黒い靴下が片方引っかかっているのが見えた。私は蛍光灯の破片を踏まないように気をつけながらソファに近づいた。靴下には中身があって、茶色のズボンにつながっていた。私は懸念していたものを見つけた。

ソファの蔭をのぞき込むと、片足を肘掛けに乗せた男が仰向けのぶざまな恰好で倒れていた。ベージュ色のコートと茶色の上衣の前が大きく開いて、ワイシャツの胸が一面に赤黒く染まっていた。シャツのポケットの真ん中に黒い小さな孔が、Oで始まるイニシャルの刺繍《ししゅう》のように開いていた。そこから、何かが焼け焦げたような匂いがかすかに漂っていた。男の伸ばした右手に銃身の短い拳銃が握られていた。銃把《じゅうは》の部分に

SとWの組み合せ文字を刻んだ丸い金属がはめ込まれているのが見えた。私は男のあごの下に指先で触れてみたが、頸動脈を探り当てるまでもなく生きるに必要なだけの体温がなかった。

その死体はこの部屋の住人にしては、年を取り過ぎていた。男は少なくとも五十才位で、短く刈った頭髪にはかなり白いものが混じっていた。私は手早く男のポケットを探ってみた。上衣の内ポケットから、身許を知るにはこの上ないが、あまり歓迎できない代物が出て来た。黒い警察手帳だった。

人を知るには、口から出る言葉よりもポケットの中身のほうが信用できることもある。黙して語らぬ死者から調べられることは調べつくして、元の状態に戻した。拳銃の銃口の匂いを嗅ぐと硝煙の匂いが鼻をついた。弾倉を調べたかったが、拳銃にさわるのはやめておいた。その部屋の絨緞と廊下でも、一カ所ずつ同じような赤黒いしみが見つかった。さらに数分間を費やして、少なくともこのマンションには二つめの死体は存在しないことを確認した。

エレベーターの前で落ち着かなげにタバコを喫っていた佐伯名緒子を、私はとりあえず佐伯の仕事部屋に入れた。すぐに佐伯直樹の写真を探してもらった。デスクの引き出しの一つから、彼女が三カ月ほど前に久我山の自宅の庭で撮《と》ったというスナップが十枚ばかり出て来た。優しさと逞《たくま》しさが同居した、意志の強そうな風貌の青年が写っていた。身体つきは中肉中背としても、腕や肩のあたりは隣室で見たアイスホッケーの用具を思い出させるようにがっしりしていた。くせのある長めの髪の下には、カメラを向けている妻に注ぐ温和なまなざしがあった。いずれにしても、佐伯直樹は隣室の死体とは似ても似つかない青年だった。私はスナップ写真の中から適当なものを二枚選ぶと、撮影者の諒解を取ってポケットにしまった。

「八王子警察署の刑事で伊《い》原勇吉《はらゆうきち》という男を知ってい

ますか」と、私は彼女に訊いた。

「いいえ……存じませんけど」

隣室に転がっている死体の外見の特徴を詳しく話してみたが、彼女の答えは同じだった。

「では、八王子の警察と聞いて何か思い当たるようなことはありませんか」

「いいえ……水曜日の夜、佐伯はその警察署へ出かけたのでしょうか」

「それはまだ分からない」と、私は答えた。「ところで、あなたが昨日ここへ来たのは何時頃でしたか」

「朝の八時頃だったと思いますわ。彼は夜型の人間ですから、もし帰っているとすれば、朝早い時間のほうがつかまえやすいのです」

「ここを出たのは？」

「九時には出ています。遅くとも十時までに渋谷の出版社に着いていなければなりませんでしたから」

これ以上彼女を質問攻めにしても、大した収穫は得られないだろう。彼女にも状況を説明すべきときだった。

「驚くなと言っても無理でしょうが、心を落ち着けてよく聞いて下さい。隣りの部屋に、その伊原という刑事の死体が転がっているのです」

「何ですって？ 死体が……！ でも、それは佐伯ではないのですね？ 主人は大丈夫なんですね？」

「ええ、おそらく――」と、私は曖昧《あいまい》に答えた。隣室の暴力的な痕跡や数ヵ所で見つけた血痕のことを考えると、楽観的な返事はしかねる状況だった。しかし、彼女にはできるだけ平静でいてもらいたかった。彼女は予想以上に平静だった。一つには夫の死に直面したわけではなかったし、一つには夫の住居に刑事の死体があるということの意味がまだ解っていなかった。

私はデスクの上の電話を引き寄せた。「父上はどこでつかまえられますか」

「田園調布だと思いますわ。午後は〈西洋美術館〉の館長がおみえになると言っておりましたから」

「電話番号を」と、私は受話器を取って言った。彼女の言う通りにダイヤルをまわした。すぐに女の声が出た。

「更科氏を至急お願いしたい」

「どなたさまでしょうか」たぶん、例の和服の女性だろう。

「さきほどお邪魔した、探偵の澤崎です」

「大変恐れ入りますが、ただいま旦那様は来客中ですので、お差し支えなければ――」

「差し支えるね。来客は分かっている。西洋美術館の館長。客なんか糞喰らえだ。大事な一人娘が殺人事件に捲き込まれる恐れがあると伝えてもらいたい。くれぐれも言っておくが、あの馬面の弁護士を電話に出したら直ちに電話を切る。あの男の結構はもう結構だ。必ず更科氏本人が電話に出るように。以上だ」

大事な一人娘は、私の電話を聞いて苦笑していた。彼女は私が懸念しているほど脆弱《ぜいじゃく》な神経の持ち主ではないらしい。私は受話器を耳に当てたままで、佐伯のデスクの上を調べた。更科氏の話にあった卓上カレンダーは、電話のそばですぐに見つかった。十一月二十一日、木曜日のページが出ていた。私を更科邸に引っぱり出すことになった佐伯のメモがそこにあった。

一時　ニシゴリ　TEL
六時　新宿　西口広場　交番前
夜　八時　デンエンチョウフ
サワザキ
ワタナベ探偵事ム所　368-8156

六時の新宿のメモはきちんとした字だったが、それ以外は走り書きで読みにくかった。佐伯が一時に電話をしたと思われる〝ニシゴリ〟という人物が、私の知っている〝錦織〟なら、ここに私の名前や事務所の電話番号がメモされた経緯も推測がつく。少なくとも、職業別電話帳をひろげて偶然に私の事務所を選んだと考えるよりは筋が通っている。卓上カレンダーのページを繰っていると、電話口に更科修蔵が出た。

「澤崎さんですか。名緒子のことでおっしゃったことは、まさか本当ではないでしょうね？」

私は本当だと答えて、手短かに事情を話した。更科氏が直ちにそちらへ向かうと言うのを、私は押し止めた。「いや、はっきり申し上げますが、あなたでは役に立たない。警察に小突きまわされる人間がもう一人増えるだけです。それより腕のいい弁護士を手配できますか。韮塚弁護士ではなく、刑事専門の弁護士です」

「分かりました。心当たりのある弁護士がいますので、そのまま待っていて下さい」電話を切り換える音がした。三分間待たされ、再び更科氏の声が戻ってきた。

「仰木《おおぎ》という弁護士が遅くとも三十分以内にそちらへ着きます。新宿の事務所からなのでもう少し早く着けるかも知れません。それでよろしいですか」

「どうも面倒をかけました」

「ほかに何か私にできることがありますか」

「いや。ご自分の仕事に戻って下さい。お嬢さんは大変しっかりしていらっしゃる。時間が惜しいので、これで切ります。以後はその弁護士の指示に従って下さい」

「娘を電話口に――」と言う更科氏の声を無視して、私は受話器を置いた。私の請求する探偵料には、依頼人の父親に命令される料金は含まれていない。依頼人の父親を慰める料金も含まれていない。

8

私は弁護士が到着するまでの三十分間に、佐伯名緒子に手伝ってもらって、彼女の夫の仕事部屋をできるだけ丹念に調べた。佐伯が最近——とくに、久我山から足が遠のいたという九月以降に——どんなことに関係していたのかを知りたかった。デスクの上、引き出しの中、ファイル・キャビネットなどに、原稿や資料の類《たぐ》いがかなりの量あった。しかし、佐伯の行動を左右していたものを特定するには、どれもいま一つという印象を受けた。卓上カレンダーも九月までさかのぼって眼を通したが、人名、地名、企業名に電話番号や約束の時間が羅列されているばかりで、これといった目星はつかなかった。

私は名緒子を残して再び隣室へおもむいた。ベッドの脇の洋服ダンスを開けて佐伯の衣類を探ってみたが、何の収穫もなかった。テレビやステレオを納めたラックを調べてみたが、やはり空《むな》しい結果に終わった。レコード・プレイヤーの上に、ソフト帽にコートの後ろ姿の男のレコードが一枚のっていた。〈ASK ME NOW《さあ、私に訊いてくれ》〉というタイトルだった。

「一体、この部屋で何が起こったんだ？」と、私は訊いた。レコードの後ろ姿の男も転がっている死体も、何も答えなかった。レコードの下から何かがはみ出しているのが見えた。分厚い岩波文庫の『悪の華』だった。それにしても、レコードの傾き具合がおかしかった。レコードを持ち上げると、下になっていた円筒形の小さいものが転がり落ち、床に落ちる前に受け止めた。撮影済みのフィルムの入ったケースだった。

仕事部屋に戻り、佐伯名緒子にフィルムを現像に出す許可を取っていると、入口のブザーが低く短く一度鳴った。

私はフィルムをポケットに入れて、マンションの入口へ急いだ。殺人者が舞い戻った可能性もあるし、新聞や保険や新興宗教の勧誘員と鉢合《はちあ》わせしたくもなかったので、念のためにのぞき穴から確認した。魚眼レンズのせいで馬面に見えない韮塚弁護士の顔がそこにあった。私はドアを開けた。

私の戸惑った顔を見て、相手が先手を打った。「おれは弟じゃないよ。双子の兄貴の仰木弁護士だ。よろしく。じゃ、通してもらうよ」

彼は古ぼけた書類鞄《かばん》を胸に抱き、雨に濡れた湿っぽい臭いをさせて、私の脇をすり抜けて行った。てっぺんが薄くなったゴマ塩の頭髪、度の強い黒縁の眼鏡、型くずれのしたグレーの背広、実用一点張りの模造皮の短靴——中身以外はわざと意図したように弟の韮塚と違っていた。私は仰木弁護士のあとを追って、佐伯の仕事部屋に戻った。

「やァ、名緒子さん」と、彼は大きな声で言った。「何年ぶりかな？　大きくなって、ずいぶんときれいになった。おれが田園調布に出入りしたのは、二代目の神谷会長がごたごたを起こしていた時分で、きみはまだ女学生だったかな。刑事弁護士なんて疫病神《やくびょうがみ》みたいなもので、きみはおれなんかには一生縁のない幸福な世界に住んでいるものだとばかり思っていたのに、残念だな」

「すみません。こんなところへ来ていただいて」

「なに、構わない。名緒子さんのためなら。それに仕事だからね。報酬はご両親からたっぷりいただくさ。仕事といえば、一体どうなっているんだ？」彼は私を振り返った。「澤崎さん、だったな？」

私は状況を説明した。相手はその道のプロなので話は早かった。仰木と私は隣りの部屋に移動した。彼は死体を見たが、手を触《ふ》れるような真似はしなかった。

「よりによって刑事とはまずいな」と、彼は法廷の壁のしみでも見ているような眼つきで言った。

「警察手帳にあった名刺によれば、八王子署の捜査課の刑事らしい」

「そんな田舎じゃ、おれの顔も利《き》きゃしない。警官でさえなければ手の打ちようもあるが……くそッ」

「弟の噂話なんかで、佐伯氏の最近の行動について何か聞いていないか。思い当たるようなことはないのか」

「いや。くだらん中傷ならしょっちゅう聞かされるが、この際役に立ちそうなことは何も知らんね」

「立場上、更科・神谷両家のトラブルは未然に防ぐべく注意していたはずだ。佐伯氏に眼を光らせてはいなかったのか」

仰木は首を横に振った。薄暗い部屋の中で、私たちはお互いに見えない眼の色を探り合った。

「あんたは弟とはあんまり似ていないな」と、私は言った。

「生まれてこの方その逆の感想しか聞いたことがないが、どういう意味だ？　褒《ほ》めているのか。そうじゃないな」

私たちは佐伯の仕事部屋に戻った。仰木弁護士は名緒子と私を見較べるようにして言った。「で、これからどうするつもりかね」

「一一〇番するだけだ」と、私は言った。「だが、その前に一つだけ確かめておきたいことがある。あんたの依頼人は誰ということになる？」

「それは、まァ、更科・神谷両家のために最善を尽くすのがおれの役目だから――」

「あんたに来てもらったのは、そんな間抜けな返事を聞くためじゃない。更科家と神谷家の利害が対立することになったらどうする？」

「そんなことはありえない。しかし、万一そうなるようなことがあれば、更科家の弁護士ということだな」

「父親と彼女が対立したら？」と、私は重ねて訊いた。

「分かったよ」と、仰木は観念して言った。「名緒子さんが、おれの依頼人だ。それでいいか」

私は首を横に振った。「証拠が要《い》るね」

「あんたもしつこい男だな」と、仰木は言った。しかし、怒った様子はなかった。「仕方がない。名緒子さん、いくらでもいいからお金を出しなさい。その受け取りを書けば、おれはきみに拘束されることになる」彼は書類鞄から領収書の綴《つづ》りを取り出して書きはじめた。

「こんなことが必要なんですの?」と、名緒子はハンドバッグから財布を出しながら、私に訊いた。

私が答える前に仰木が言った。「いいんだ、名緒子さん。さァ、千円でも二千円でもいいから渡しなさい。おれが彼の立場だったら同じことをしたさ。もっとも、この受け取りを渡しても抜け道がないわけじゃないが、弁護士としてはえらく評判を落とすことになる」

二人は領収書とお金を交換した。私が電話に手を伸ばすのを見て、仰木が言った。「ちょっと待った。あんたばかりに点数を稼がれちゃ、おれが出て来た甲斐がない。この場合の最善の処置をさっきから考えているんだが……実は、あんたにはいますぐにここから出て行ってもらったほうがいいと思うんだがね」

「ほう……?」私は電話から手を引いた。

名緒子が仰木の真意をはかりかねて言った。「だって、澤崎さんはわたしがお願いしてここまで来ていただいたんですのよ。どうして、そんなことをおっしゃるの?」

「理由はいくつかある」と、仰木は答えた。「その第一は、探偵を雇って佐伯君を捜そうとした以上、彼にはその探偵の仕事に専念してもらうべきだね。ここへ警察が踏み込んで来たら、この探偵さんはまず二、三日は動きが取れなくなるよ。おれは弁護士として、名緒子さんだけなら遅くとも今夜の八時には警察から解放して自宅へ帰れるようにする自信がある。しかし、こちらの探偵さんは何とも保証できないね。警察にあんまり覚えのめでたくない経歴があったりすると、今夜は向こうで泊まりということもありうる。探偵さん、おれの依頼人は彼女で、あんたはおれの依頼人じゃないからね。無理をする義理はない」彼は含み笑いをもらした。「それに、今のところ佐伯君を捜し出すための手掛りは、あんたの事務所に佐伯君のことを訊きに来たという男だけだろう？　その男と接触する機会を逃さないためにも、あんたには警察なんかでまごまごしていてほしくないんだよ」

　仰木の提案には一理あった。それに、この食えない弁護士がついていれば、名緒子が警察で面倒な事態になることもあるまい。警察で私にできることは、担当官の心証を悪くすることぐらいだった。

「それは第二の理由さ」と、私は言った。「第一は、更科家の周辺にスキャンダルの気配があるので、顧問弁護士としては、探偵などという怪しげなものまで登場させたくないという、涙ぐましい配慮だろう」

「それは理由の第三だ」と、仰木が言った。「第二は、この魅力的なご婦人をエスコートして、警官どもから彼女を守るという願ってもない役目を、あんたなんかと分け合いたくないからさ。それに、万一警察で問題が生じた場合、彼女と二人だけなら弁護士の権利を行使して口裏を合わせることもできるが、あんたまではとても手がまわらん」

　私は名緒子に言った。「私がいなかったことにするのは、話の辻褄《つじつま》を合わせるのに大変だと思うが、大丈夫ですか」

「ええ、何とかやってみますわ。ですから、あなたは主人を捜すことに専念して下さい。お願いします」

「いいでしょう。しかし、一つだけ問題がある」私は佐伯の卓上カレンダーを指差して、仰木に言った。

「このメモをそのままにしておいては、いずれ警察は私を拘束することになる」

仰木はしばらく考えていたが、私の名前や事務所の電話番号が書かれている木曜日のページを破り取った。

「こんなものは、初めからなかったことにするさ」

私は彼がそのメモを丸める前に、彼の腕を摑んだ。

「それは、私が預かろう」

彼はにやりと笑って、その紙きれを私に渡した。

「どうぞ、ご自由に」

私は仰木弁護士と名緒子の連絡先を訊き、手帳に控えた。二人に名刺を渡した。事務所の電話番号の下に、留守の場合の電話応答サービスの番号が印刷してあるからだ。

私は、彼女が出口まで送ろうとするのを断わった。

「あとで電話します。明朝、探偵料の振り込みを忘れないように」

彼女はそうしますと言った。私は部屋を出たところで、仰木弁護士に訊いた。「弟とはどうして名前が違うんだ?」

「韮塚というのはお袋の姓でね。おれの親父は養子なんだが、五度司法試験を受けて一度もパスしなかった。それで、まァ、おれが親父の旧姓を名乗って、仰木弁護士を誕生させたって次第さ」

「本人の口から聞かされるとゾッとしないものは多いが、親孝行の話はその最たるものだな」

私は仰木の笑い声を背後にして出口へ向かった。一階までの下りのエレベーターは閉所恐怖症の人間ならさしずめ拷問なみの不気味な騒音を立てた。エレベーターを出たとき、バイクに乗った郵便配達がマンションの表を走り去るのが見えた。私は足を止めて、玄関のロビーを見渡した。入口近くの左側の壁に、郵便用のロッカーが並んでいるのを見つけた。三〇三号のロッカーは幸いにも鍵がかかっていなかった。開けてみると、新規開店した〈ナルシス〉という男子専用の美容室のチラシと一緒に、佐伯直樹宛ての手紙が一通入っていた。私は手紙をポケットに入れて、マンションを出た。

駐車場でブルーバードに乗り込むと、そばにいたときは意識しなかった佐伯名緒子のほのかな香水の匂いがした。さすがに女の武器と言われるだけあって、不思議な作用をするものだ。青梅街道に出て、小止みになった雨の中を新宿へ向かって走り出したとき、遠くかすかにパトカーのサイレンが聞こえたような気がした。サイレンは私の頭の中で鳴っていたのかも知れない。

9

新宿に戻ったのは四時半だった。私は百人町《ひゃくにんちょう》の裏通りにある写真屋へまわって、佐伯のマンションから持って来たフィルムを現像に出した。何が写っているか分からないフィルムを、普通のDPEに預けるのは賢明ではなかった。その写真屋は少々料金は高いが、盲目なのでたとえ法に触れるようなものが写っているフィルムでも安心して持ち込めるということになっていた。

当時はまだ一日の半分はしらふだった渡辺と一緒に、私が初めてこの写真屋へ来たのは、確か王貞治が七五五本目か、七五六本目のホームランを打った夜だった。もう八、九年も昔のことで、渡辺が仕事が終わったら

〝背番号1〟に祝杯だと言ったのだ。彼はすでに毎晩祝杯をあげる理由にはことかかなくなっていた。それ以来、この写真屋には五十本以上のフィルムを持ち込み、百本分以上の料金を払っていた。

「ここんとこ、お見限りじゃないか」と、写真屋は丸い黒眼鏡をずりあげながら言った。「渡辺の旦那からは相変わらず連絡なしかね？」手錠を掛けられたことのある人間にとっては、アル中の元警官も永久に警官なのだ。

私は挨拶代わりの質問には答えず、千円札二枚を彼の手に握らせて訊いた。「写真はいつ受け取れる？」

彼は頭を振った。「あたしだって旦那のことは心配してるんだぜ。フン、あしたなら何時でもいいよ。フィルムには何が写ってるんだ？」

「分かっていれば、こんなところへぼられには来ない」

「それもそうだ」彼は黄色い歯を見せて笑った。「ところで、あんたいくつになった？ 左のこめかみに白いものが一本まじっているよ」

「女房をモデルにしたエロ写真のフィルムを持ち込むような連中は、おまえのニセ盲を本当に信じているのか。眼が見えなくても、現像や焼付けができると本気で信じているのか」

「さァ、どうだかね。そう思ってりゃ、写真を取りに来たときすました顔をしていられるのさ」

「労せずして集めたエロ写真のコレクションや、そのコピーで稼いでいることを知ったら、そういう連中も平気な顔ではいられないだろう」

写真屋は黒眼鏡越しにじっと私を見た。それから、頭を振って悲しそうに言った。「そんなことは百も承知で、連中はフィルムを持ち込むのさ。あんたには、ああいう写真を撮《と》る人間の気持が解ってないんだよ」

「そう、たぶんな。あした写真を取りに来るよ」

私は車に戻って、五時前に西新宿のはずれにある事務所に帰り着いた。雨は霧雨になり、間もなくあがる気配を見せていたが、あたりはすっかり暗くなっていた。私はデスクの明かりのスイッチをひねって、まず電話応答サービスに電話を入れた。《はい、こちらは電話サービスのT・A・Sでございます……渡辺探偵事務所ですね……お客様には、現在のところ電話は入っておりません……いいえ、どういたしまして。毎度ありがとうございました》

私は湿っぽくなった上衣を脱ぎ、椅子の背もたれに掛ける前に、ポケットから佐伯直樹宛ての手紙と佐伯の写真を取り出し、デスクの上に置いた。タバコに火をつけてから、佐伯宛ての手紙を手に取った。事務封筒の裏に〈府中第一病院〉と印刷されていた。私は信書隠匿罪に加えて、これから開披《かいひ》罪を犯すところだった。殺人事件の証拠湮滅《いんめつ》の可能性も少なからずあった。ずいぶん大胆じゃないか、探偵――罪は愉《たの》し、というやつさ。私はデスクの上のハサミを取って、封筒の上端を切り落とした。病院の名前を印刷した便箋に、いやに達筆ぶった読みにくい字の並んだ手紙が出てきた。

前略　お手紙拝読致しました。貴殿のお問い合せの件に就きましては、早速調査致しましたところ、確かに当病院にて去る七月十四日より同十五日まで入院治療を受けました患者と、貴殿の御友人なる方には共通点が多く、ほゞ同一人に相違ないと拝察致します。しかしながら、お問い合せになった同患者の病状、診断、治療経過などに就きましては本人、または本人の委任状持参の代理人以外には公開できませんので、悪しからず御諒承下さい。ただし、同患者の場合は七月十五日付にて担当医師の許可なく無断退院され、しかも入院時の特殊な事情から同患者のカルテは本人の氏名・住所・年齢・性別等がすべて未記入のままになっております。ひらたく申しますと、当院は同患者がどこの誰なのか全く認知していないわけです。したがって、今申し上げました委任状によるお問い合せにも応じかねることになります。

なお、お手紙には貴殿の御友人は無断退院時に病室に医療費として金十万円を遺留されたと述べてありますが、非常に遺憾ながら当院はそれを収納いたしておりません。この件に就きましては当院の防犯及び管理問題にも関わることですので、貴殿または、同患者と思われる御友人の当院への御出頭を切にお願いする次第です。

同患者の医療費および入院費は加入保険不明に就き、合計四万二千三百七十五円となっております。

さらに以上のような事情により、当院は万やむをえず七月末日付で本件を府中警察署に届け出ておりますので、あらかじめ御諒承願いたいと存じます。

もし、貴殿または御友人が今月十一月末日までに当院へ御出頭下さって、未払の件その他をすみやかに御処理下されば、当院は貴殿または御友人お立ち会いのもとに府中警察署に連絡し、双方にとりましての最善かつ穏便なる解決に努力する所存であります。

万一今月末日までに御出頭・御連絡のない場合は、貴殿のお手紙を府中警察署に届け出ざるをえない事態になりますので、何卒宜しくお願い申し上げます。

府中第一病院　庶務課　朝倉

十一月二十三日

そういう文面だった。私は手紙を封筒に戻し、タバコの煙をくゆらせながら、しばらく考え込んだ。佐伯直樹の問い合せの内容が分からないので、要領を得ないことが多かった。しかも、病院の朝倉某は患者の秘密を守る義務を楯《たて》に取って、佐伯の問い合せに答えることを拒否している。佐伯が、その病状や治療経過を知りたがった〝友人〟とは誰なのか――勝手な憶測はいくらもできるが、何の役にも立たない。

私はデスクの一番下の引き出しの鍵を開けて、昨日佐伯のことを訊きに来た海部という男が預けていった封筒を取り出した。〈東京都民銀行〉の名前の入ったその封筒は、封がしてあったわけではないので、そのままで中身を引き出せた。本人が言った通り、手の切れるような一万円札で二十二万円あった。〝ご利用控〟と称する都民銀行のキャッシュ・カードの支払伝票が一緒に入っていた。それによれば、この金は十一月二十二日――先週の金曜日――の十時二十五分に支払われた三十万円の残金ということらしい。預金の残高は百二十万とんで九百七十二円となっている。私は急いでタバコの火を消した。伝票の下の欄に口座番号と並べて預金者の名前が〝カイフマサミ〟とプリントされていた。銀行によって、あるいはその銀行の自動支払機の機種によって、口座番号しかプリントしないものと、この伝票のように名前まで併記するものとがあるのだ。

私はファイル・ボックスの上から分厚い五十音別の電話帳の〝上〟を持ってきてカイフマサミを探した。ありふれた名前ではないと思ったが、それでも海部正美が四人、海部正己が二人、海部雅美が一人――全部で七人のリストができた。私の探しているカイフマサミが東京都区内に住んでいて電話を持っているという根拠は何もなかったが、たった七回の電話ですむことなら試してみる価値はあった。私は受話器に手を伸ばしてしばらく考えた末、電話をかけるのはもっと遅い時間のほうが効率がいいと判断した。私は電話帳のそのページに七人のリストを挟んだ。

伝票とお金を封筒に戻し、佐伯直樹宛ての手紙と一緒にデスクの一番下の引き出しに入れた。佐伯のスナップ写真のうちの一枚を上衣のポケットに戻し、もう一枚を引き出しにしまって、鍵をかけた。相変わらず湿っぽい上衣に袖を通して、一本しか残っていないタバコをポケットに押し込んだ。ファイル・ボックスの隣りのロッカーを開けて、ハンガーにぶらさがったコートを取った。それから、食事と食事前に用事を一つ片づけるために、私は事務所をあとにした。腹を立てると腹が減るという俗説があるが、もしそれが本当なら食前にぴったりの用事だった。

10

信じられないことだが、低家賃の雑居ビルが密集する私の事務所のある区画から、ほんの五百メートル南へ歩くだけで、超高層ビルが林立する新宿副都心に達する。わずか一キロ四方の地域に、この街の老朽した顔と最新の顔が道路一つ隔てて鼻を突き合わせているのだ。背後の雑居ビルは迫りくる夕闇にかすんで実在すら疑わしく、前方の高層ビルは雨あがりの水蒸気におおわれて視界にも入らない。しかし、その内側でうごめいている人間の愚かさは、地上数メートルだろうと地上百メートルだろうと何の変わりもなかった。

新宿警察署はあたかもその二つの区画の接点にあった。私はコートを肩に掛けたままで、その三階建の建物に面した横断歩道を渡って行った。高層ビルを背景に、うずくまった番犬のように見える灰色の建物は、近づくものすべてを威嚇しているように見えた。ネバドデルルイス火山の噴火による災害で泥の中で息絶えた十二才の少女のことを話題にしている二人の制服警官と玄関で擦れ違って、私は一階の受付へ行った。

　無帽の若い警官が、カウンターの蔭にひろげた〝フォーカス〟だか〝フライデー〟を盗み読みしていた。

「捜査課の錦織《にしごり》刑事はまだいますか」と、私は訊いた。まだこの署に勤務しているのか、まだこの時間でも署にいるのか、どっちの意味にも取れるように。

「お宅は？」と、彼は内線電話に手を伸ばして訊き返した。

「澤崎――そう言ってもらえば分かる」

　彼は電話に言った。「もしもし……内線の27、捜査課の錦織警部を」

　私の視線が写真雑誌に注がれているのに気づいて、受付の警官は照れ隠しに言った。「こういうの、ずいぶんプライバシーを侵害した写真が載っているとは思わないかね。歌手のフランク永井だってあそこまで追いつめられることもなかっただろうし、都知事選のときのスキャンダルは根も葉もないデッチ上げだった。撮《と》るほうが悪いとか、いや、撮られるほうが悪いとかいろいろ言われるけど、お宅はどう思う？」

　電話に誰かが出た。「こちらは一階の受付ですが、いま澤崎という人がここにみえています……ええ、そうです……分かりました」彼は電話を切って、私に言った。「その階段を二階に上がって、右へ行くと捜査課があるから、手前から二番目の部屋だよ」

「どうも」と、私は礼を言って、受付を離れた。階段に足をかけてから、受付の警官に「雑誌を買って、読むやつが一番悪いのさ」と言った。

　署内の様子は五年前と少しも変わりなかった。パートナーの渡辺賢吾の起こした事件で、私は彼の共犯の容疑をかけられて、この署のこの階へ連行されたのだった。無意味で苛酷な取調べが三日間続いて、四日目の早朝、私は釈放された。この階段を降りながらひどい吐き気に襲われたが、それは取調べのせいではなくて、渡辺に対する無力感や喪失感によるものだったと思う。しかし、かつて渡辺に捜査のいろはを教えられ、結婚の仲人を引き受けてもらい、十数年間同じ釜の飯を食った錦織刑事にとって、あの事件は私よりも遙かに大きな痛手だったに違いない。

二階の捜査課は、階段に近いほうから総務課、重犯罪を扱う一課、軽犯罪その他の二・三課、暴力団関係の四課と四つのセクションに分かれていた。その二つめのドアの前で、錦織が最後に会ったときと同じ不機嫌な顔つきで、私を待ち構えていた。濃い茶色のぶらさがりのスーツに黒っぽいネクタイ、そして丈夫なだけが取柄の黒の短靴——典型的な古手の刑事《デカ》の服装だった。年齢は五十になるかならないか、身長は一メートル七十五センチあるかないか、体重は八十キロあるかないか。容貌に関しては余計な説明は不要だった。強打で鳴らした旧ライオンズの〝背番号7〟、豊田泰光に見違えるほどよく似ていた。数年ぶりに会った錦織は、現役時代より野球解説者としての豊田にさらに近くなっていたが、眼だけはライオンズ黄金時代の豊田にも負けないくらいの鋭さだった。ただし、錦織の眼は豊田のような勝負師の眼ではなく、獲物を追いつめる狩人の眼だった。要するに刑事《デカ》の眼つきなのだ。

錦織は無言のまま先に立って、廊下の反対側に並ぶ取調べ室の一つに入った。

「中に入って、ドアを閉めろ」と、彼は言った。

私は彼の言う通りにした。私たちは取調べに使う粗末なスチールの机をあいだにして椅子に腰をおろした。私はコートを椅子の背に掛けた。五年前と同じ部屋、同じ机、同じ椅子だったかも知れない。錦織は調書を取るためのもう一つの机にあったアルミの灰皿を取って、私たちのあいだに置いた。容疑者と一緒に拷問を受けたように凸凹になった灰皿が、坐りが悪くてカタカタと音を立てた。錦織はその音が静まるまで待った。

「何の用だ？　探偵」

「警部に昇進したそうだな。若死が多いのはあんたの世代だろう。よほど警部が不足していると見える」

彼は顔色ひとつ変えなかった。私たちは、同時にタバコを取り出し、同時に火をつけ、同時に相手に煙を吐きかけた。

「何の用だ？」と、彼は繰り返した。「渡辺から連絡でもあったのか」

「あんたは二、三年前にもおれの事務所に現われて、同じ質問をした。憶えているか」

「ああ。おれとおまえのあいだに、他にどんな話題がある？」

「こっちの答えもあのときと同じだ」

《渡辺が誰かに連絡をとることがあれば、まずあんたに一言あるはずだ。あんたは最近自分の上司に、一億円及び覚醒剤強奪犯として極秘に手配中の渡辺賢吾から個人的な連絡があったと報告したか。していない？　なら、おれにも渡辺からの連絡などないということだ》私はそう答えたのだった。

錦織は換気のために窓を開けに立って、戻ってきた。タバコの煙と入れ違いに、湿った夜の空気が部屋を満たした。

「では、何の用だ？」と、錦織は三度《たび》訊いた。

「先週の木曜日にルポ・ライターの佐伯直樹から電話があったはずだが、そのときの話の内容を教えてもらいたい」

「佐伯直樹？　ああ、あの元新聞記者のことか。別に話の内容もくそもない。適当な探偵を紹介してくれと言うので、おまえのことを思い出して教えた。それだけのことさ。別に礼を言うには及ばないぜ」

中野警察署の警官が佐伯のマンションに到着してか

ら、すでに二時間以上が経過している。刑事殺しともなれば、都内の全署への手配も一段とすみやかに行なわれるはずだ。錦織がその通達を耳にして、マンションの住人の名前に思い当たるときには、私は頼まれてもこの署内にいたくなかった。

　私はタバコを灰皿で消してから言った。「彼は適当な探偵と言ったのか。そんなことなら、手近かにある電話帳で探せばすむはずだ。刑事に訊ねる必要はない。それとも、あんたたちは電話帳代わりに気軽にものを訊ね合うような仲なのか」

「違う」と、錦織はそっけなく言った。「だいぶ昔の話だ。ある傷害事件の犯人が新聞社を通して自首して来たことがある。そのとき電話で応対したのが佐伯で、おれたちは犯人の指定した場所でそいつが自首してくるまでまる半日待たされたんだ。それ以来、会えば口をきく程度の知り合いだが、記者を辞めてからはほとんど会っていない。先週電話をして来たときは、名前を聞いてもすぐには誰のことか判らなかった」

「その程度の付き合いだとすれば、どういう理由で探偵を雇いたいのか訊いたはずだ。警官は滅多なことでは人にものを教えない」

　錦織は冷笑を浮かべた。「本人に訊け。おまえの雇い主のはずだ」

　私は何も言わずに、錦織の濃い眉のあたりを見つめた。

「どういうことだ？」と、彼は訝《いぶか》しげに訊いた。「佐伯はおまえを雇わなかったのか。佐伯の名前が出るからには、何らかの接触はあったはずだな」

「お互いに質問ばかりしていても埒《らち》があかない。おれの依頼人は佐伯直樹の細君なのだ。依頼された仕事は佐伯を捜し出すこと。彼は先週の木曜日以来行方が分からない。分かっているのは、木曜日の一時にあんたに電話をしておれのことを聞き出したことまでだ」

「あの男が行方不明だと？」

「そうだ。だから、佐伯が電話であんたに喋ったことの内容を知りたい。佐伯は九月頃から何かの調査に没頭していたようだが、彼の細君もその具体的なことは聞いていない。彼が何を調査していたのか、おれを雇って何をさせるつもりだったのか、それが分かれば彼を捜し出すのに役に立つ」

錦織はタバコをもみ消しながら、最後の煙を歪めた口許に漂わせた。私を佐伯に紹介したことを後悔していることが、彼の苛立《いらだ》った表情にはっきりと出ていた。

「おれがどうして探偵の仕事の手助けをしなきゃならない？」

私は返事をしなかった。警官くらい自分の質問に返事がかえって来ないことに不慣れな人種はいない。

「探偵。おまえは五年前のことで、おれに何か貸しがあるようなつもりでいるな」彼は噛みつくような口調で言った。「おまえが二日間も拘留されて訊問を受ける羽目になったのは、自業自得だ。おまえは自分で身の証しが立てられなかったんだ」

「三日間だ。共犯の証拠は何もなかった」

「そうじゃない。おれが言っているのは、おまえは渡辺と五年も六年も一緒に仕事をしていながら、彼があんなことを企んでいたことに気づきもしなかった。おれに言わせれば、共犯であるよりももっと悪い」

無茶な理窟だが、錦織の言葉はある意味では正しかった。私の心の一部は、彼の言いがかりめいた非難で確かに痛みを覚えるのだ。

「しかしな」と、私は声を低くして言った。「疑うことが専門のあんたたちが見事に渡辺に騙《だま》されたんじゃないか。あれは確か、反山口組系の暴力団で〈清和会〉だったな。渡辺が囮《おとり》になって、清和会とのあいだに覚醒剤三キロを一億円で取引する話をまとめた。あんたたちは元警官である渡辺の警察に対する協力を疑わず、清和会は警察を追放されたアル中の老いぼれの警察に対する裏切りを信じた。ご丁寧に本物の覚醒剤まで持たせて渡辺を取引場所へ送り込んだ。ところが、手筈《てはず》通り〈京王プラザホテル〉の一室に踏み込んでみると、手錠を掛けられたまま呆然となっている清和会の組長と幹部一名が残っていただけで、覚醒剤も一億円も、そしてもちろん渡辺も消えていた。そうだったな？」

「うるさい。それ以上、あの事件のことを口にするな」

私はタバコを取り出したが、切れていた。空箱をクズかごにほうって、錦織のほうへ手を差し出した。彼はしぶしぶ自分のタバコを一本振り出した。私のタバコと同じ銘柄のフィルター付きだった。私は火をつけて一度吸ってみたが、煙の通りが悪いのでフィルターをちぎり取った。錦織は傷つけられたような顔をした。

「人のことは言えないがね」と、私は言った。「渡辺はおれには家出した清和会の組長の娘を捜す仕事を依頼されたと言っていたんだ。彼が清和会や新宿署と頻繁に連絡を取っていても、おれは別におかしいとも思わずに自分の仕事をしていた。刑事みたいに人を疑ってかかるという習性がないんだ」

「その辺でやめておけ」と、錦織は怒気を帯びた声で言った。「おれはあの囮作戦には反対したんだ。ところが、手柄をあせった新任の捜査課長が強引に決行しやがった。警察学校を主席で卒業したというのが自慢のその馬鹿は、今では生まれ故郷の県警にとばされて冷飯を食っている」

「あの作戦に反対したって？　聞き捨てならないな。渡辺があんな行動に出るのを予測していたとでも言うのか」

「馬鹿を言え。おれが反対したのは、あんな危険な囮に部外の人間を使うことにだ。他の連中と違って、おれは渡辺のアル中が相当ひどくなっていることを知っていた。作戦通りに任務を果たせるかどうか疑問だった」

「見事に果たしたよ」

「勝手に筋書を変えてな」と、錦織は苦い顔で言った。

　私は彼の顔を見つめた。「考えてみると、あんたはその左遷された課長と違って、のんびりと警部なんかに昇進している。作戦に反対していたことで、あの事件はあんたにはプラスになったんじゃないのか」

「言っていいことと悪いことがあるぞ」と、彼は気色ばんで言った。「警察にいた頃の渡辺がおれにとってどういう人間だったか、おまえは知っているのか」

「聞いている」

「だったら、二度と今のようなへらず口を叩くな」

　彼はアルミの灰皿を私の眼の前につき出した。「おれは仕事がある。用がすんだら、消えてしまえ」

　私はタバコを消しながら言った。「結局、佐伯直樹はおれには電話さえかけて来なかった。あの夜、彼は五千万円という大金を手に入れる機会があったのに、そこへも現われなかった。その金は違法でも何でもない金だ。それから、すでに五日も経《た》っている。これには、よほどの事情があるはずだ」私は椅子を立って、コートを取った。

　錦織は窓を閉めに行って戻って来た。眉をしかめて、何かを思い出すような顔つきだった。そして早口で喋りはじめた。「佐伯は最初に「真面目で、熱心で、信用のできる探偵を知らないか」と訊ねた。そんな探偵がいれば、うちの署で採用しているとおれは答えた。彼は次に「では、とにかく腕のいい探偵を知らないか」と訊ねた。腕がいいなんて形容はいまどき死語に等しいとおれは答えた。彼は今度は「それなら、いっそ金のためなら何でもするという探偵は知らないか」と訊ねた。そんな探偵ならその辺の興信所を探せばいくらもいるだろうとおれは答えた。すると彼は「なるべくなら個人で事務所を持っているような探偵がいい」と言った。そう言われて、やっとおまえのことが頭に浮かんだ。おまえの事務所を教えてやると、彼は

「その探偵は少しぐらいの危険は承知で、しかも秘密を守れるような男だろうか」と訊ねた。そこで、おれは一体どうしてそんな探偵が必要なんだと訊いた。彼は「今はまだ話せる段階ではないが、もし警察へ届け出るべき事態になれば、一番にあなたにお知らせする」と答えた——おれたちの電話での話は、それで全部だ」

「真面目で、熱心で、信用できて、腕がよくて、危険をかえりみず、秘密の守れる、個人営業の探偵だと？　それに、金のためなら何でもする探偵はいないかと訊いたのか。恐れ入ったな。佐伯という男は一体何を考えているんだ。彼が何をやっていて、何のために探偵を雇うつもりだったのか、肝腎なことは何一つ訊いていないのか」

「うるさい。こっちは忙しいんだ。おまえたちの暇つぶしなんかに付き合ってはいられない」

私は頭を振って、ドアのほうへ向かった。「大いに役に立ったよ、警部」

「慌《あわ》てるな、探偵」錦織が背後から声をかけた。「佐伯から電話があった翌日のことだ。〈朝日〉を停年退職した辰巳《たつみ》という男から電話があった。サツ回りのベテランだったが、退職後は女房と娘に喫茶店をさせて、自分は気が向いたときにルポや雑文のようなものを書いている。佐伯の先輩だ。佐伯が探偵のことを最初に相談したのは、この辰巳だったようだ。辰巳は、新宿署の元刑事で探偵事務所を始めた男がいたことを思い出し、おれに訊けば分かるかも知れないと答えた。佐伯はおれには面識があるので、自分で直接訊いてみますということになったそうだ。佐伯も辰巳とは元記者同士だからな、おれより少しはましなことを話しているかも知れん」

私はうなずいた。錦織は辰巳の喫茶店の名前と場所を教えると、用がすんだらさっさと消えてしまえと繰り返した。私にしても望むところだった。

11

その喫茶店は地下鉄の新宿御苑《ぎょえん》前から歩いて五、六分の、花園南公園の通りに面したレンガ色の四階建のビルにあった。一階の半分はOA機器や事務機を販売する商事会社のシャッターがおりていて、残りの半分をカウンターの上で白い猫が店番をしているクリーニング屋と、〈サウス・イースト〉という名の喫茶店が分け合っていた。白いモルタル壁とニス塗りのラワン材を組み合わせた外装に、オリーブ色のブラインドを掛けた大きな窓のある、ありふれた感じの喫茶店だった。

私は〝PM 6:00-11:00 パブタイム〟と書いたボードのさがったドアを開けて、店の中へ入った。あまり広くない店内で、三、四人の客が食事をしたり、酒を飲んだりしていた。カウンターの中に母娘《おやこ》ほど年の違う二人の女がいたが、辰巳らしい男の姿は見当たらなかった。白い壁に掛かった黒地に白抜きの時計が、七時十五分をさしていた。私は空腹だったので、ここで食事をすますつもりで隅のボックスに坐った。店内は適度な明るさと適度な暖かさに加えて適度な音量のクラシック音楽が流れていた。

若いほうの女が水を持って注文を取りに来た。私はコートを脱ぎながら、すぐ脇の壁にイラスト入りで美味いと宣伝してある〝自家製ビーフ・シチュー〟とコーヒーを頼んだ。彼女は長い髪を背中まで伸ばし、流行のわざとしわにしたような生地のうぐいす色の上衣をはおっていた。三十才前後にしては既婚か未婚か見当のつかない、明るい顔だちの女だった。

「すいません」と、私は彼女を呼び止めた。「辰巳さんにお会いしたいのだが、おいでになりますか」

彼女はカウンターの中にいる年配の女に訊いた。

「父さんは今夜も〈秀策《しゅうさく》〉に行ってるんでしょう？」

そうだと言う返事だった。辰巳の娘は振り返って言った。「父は歌舞伎町の碁会所へ行ってるんですが」

「私は澤崎という者です。初めてお眼にかかるんだが、新宿署の錦織警部の紹介でお訪ねしたんです」

「そうですか。ちょっとお待ちになって下さい。電話をかけて、すぐに呼び出しますから」

「いや、それには及ばない。その碁会所なら知っていますから、あとで行ってみましょう」

「ええ。でも、母が風邪気味なので早く帰ってもらうつもりだったんです。それに、途中で擦れ違いになってはお困りでしょうから」彼女はカウンターの中に戻って、私の注文を母親に告げると、レジのそばにある電話の受話器を取った。電話番号をそらで憶えているところをみると、こういうことがたびたびあるのかも知れない。

私は新宿駅の売店で買って来たタバコのセロファンを剝《は》ぎ取り、一本抜いて火をつけた。彼女は電話を終わると、私に灰皿を運んで来て言った。「父は二十分ほどで帰るそうです。どうぞ、ごゆっくり」

私は彼女に礼を言った。客の一人が帰るところだったので、彼女はレジのほうへ戻った。

ハイドンふうの弦楽四重奏のアレグロを聴きながらタバコを喫い終えると、注文の食事が届いた。長いアダージョと軽快なテンポのメヌエットで腹ごしらえをして、コーヒーを飲みながらフィナーレを聴いているところへ、辰巳が帰って来た。

彼は娘としばらく言葉を交わした。入れ違いに、風邪気味だという母親が店から出て行くのが見えた。辰巳は新聞社を停年で辞めたという年齢には見えないきびきびした歩き方で、私のほうへ歩いて来た。海老茶色のスェードのジャンパーとジーンズに、〝ゴースト・バスターズ〟のワッペンの付いた赤い厚地のキャップがよく似合っていた。五十代半ばと言っても通りそうだが、挨拶のためにキャップを脱ぐと、耳のまわりと後頭部にわずかに白髪の残った禿げ頭があらわになった。色黒でしわの多い引き締まった顔は、ジャーナリストというより年季の入った指物職人のように見えた。

「どうも、お待たせしました。辰巳です」と、彼ははっきりした声で名乗った。私はちょっと腰を浮かせて名刺を渡しながら、自分の名前を告げた。辰巳は向かいの椅子に腰をおろすと、私の名刺を見ながら言った。

「錦織警部の紹介とおっしゃったですね。やっぱり、ぼくの記憶に間違いなかったらしい。警察を辞めて探偵事務所を始められたのは、そう、渡辺部長刑事でしたね。当時、ぼくは警視庁詰めでしたから直接面識はなかったが、新宿署のナベチョウさんと言えば捜査畑の名うての刑事《デカ》だった。渡辺さんはお元気ですか」

「本人は、いたって元気だと言っています」と、私は渡辺の最新の便りから引用して答えた。

「お互いもういい年ですから、お身体に気をつけられるようにお伝え下さい。確か、渡辺さんが警察をお辞めになったのは……あれは、七〇年安保の前の年でしたか、〝佐藤訪米阻止〟の騒動でご子息が逮捕されたときでしたね？」

「そう聞いています」

「あれはぼくにとっても他人事ではなかったのですよ。長男がやはりゲバ棒を持って走りまわったくちでしたから。うちのは幸い逮捕されるようなことはなかったですし、ぼくは新聞社勤めでしたからそれほど問題にはならなかった。しかし、警察官ではそうはいかなかったでしょう。当時は何と親不孝なガキどもだと思ったものだが、今の若い人に較べると覇気《はき》があったような気もしますよ。もっとも、うちの長男なんか今ではけろりとした顔で、高校生の孫の大学受験で眼の色を変えたり、分不相応のバイクを買い与えたりで……まァ、いつの時代でも親というのはあまり賢いものではないようですな」

いつの間にか、客は私だけになっていた。辰巳は娘にビールを持って来るように言いつけた。

「錦織警部の紹介で探偵の澤崎さんがおみえになったということは、ご用件は佐伯君に関係のあることですか」

私はうなずき、単刀直入に話すことにした。「佐伯さんは先週の木曜日から行方不明になっているのです。そのことはご存知でしたか」

「いや、とんでもない。それは本当ですか」と、彼はびっくりした声で言った。

「私は佐伯さんの奥さんの依頼で、ご主人を捜しています」

佐伯本人が雇うつもりだった探偵が、彼の細君に雇われることになった経緯を、私は必要最小限にとどめて説明した。

辰巳の娘がビールを運んで来て、二人の前にコップを置いた。辰巳は娘からビールの壜を受け取った。

「玲子《れいこ》、おまえは向こうへ行ってなさい」

私がビールを断わると、彼は自分のコップに半分ほど注いで一気に飲みほした。

「まさかとは思っていたが、あのときのぼくの予感は当たっていたんだな」辰巳はコップに話しかけるように言った。

「それはどういうことです?」と、私は訊いた。

「佐伯君はおそらく何か大きなネタをスクープしかけていたんだと思いますよ。これは同じジャーナリストとしての勘ですが、間違いありません。彼がここに寄るのはせいぜい月に一回程度でしたが、秋ぐちからだんだん顔を出すことが多くなって、最近では週に一回かそれ以上という状態でした。以前の彼とは顔つきも眼の色もちょっと違う感じだった。何かこう、ぼくに話したいことが喉もとまで出かかっているという印象を受けましたね。ぼくも現役のときにはそういう経験を何度もしていますから、よく分かるんです。応援を頼めるかどうかを思案しながら、彼の視線がぼくに注がれているのを痛いほど感じましたよ。残念ながら、ぼくは失格だったようです。少なくともぼくに特ダネを盗まれるような心配はしなかったはずですから、年齢とか体力とかそういう点で不合格だったんでしょう。結局、彼はぼくの代わりにプロの探偵さんを雇う決心をしたのだと思います」

娘の玲子はカウンターの中で洗いものをしていたが、私たちの話に耳を澄ましているようでもあり、流れているショパンのピアノ曲に耳を傾けているようでもあった。ショパンが嫌いな女とジーンズをはいたヤクザにはお眼にかかったことがない。

「どうやら――」と、私は溜め息まじりに言った。「佐伯氏が何をスクープしようとしていたのか、探偵を雇って何をさせるつもりだったのか、あなたもその辺のことはお聞きになっていないようですね」

「そういうことです、残念ながら」

「しかし、さっき予感が当たったとおっしゃった意味がもう一つ解りませんが」

「それは、彼がぼくに探偵に知り合いがないかと相談したときのことなんです」辰巳は、佐伯が錦織に電話で言ったのと同じ雇いたい探偵の条件――真面目で、熱心で、信用できて、腕がよくて、云々――を繰り返した。「正直言って驚きましたよ。危険を承知で引き受けてくれる探偵だとか、金のためなら何でもやる探偵だなんて、彼の追っているスクープが一体どんなものなのか急に心配になって来ましてね」

辰巳は言葉を切って、カウンターの娘のほうにすばやく視線を走らせた。そして、声を小さくした。「佐伯君はぼくにとっても好感のもてる後輩なのですが、実を言いますと娘の玲子にとっては、つまり、その……いわば、愛情の対象なのでしてね。彼にはあんな魅力的な奥さんがあるのに、馬鹿な娘です……そんなわけで、彼には決して無茶な真似はしてもらいたくなかった。だから、ぼくとしては牽制球を投げるようなつもりで錦織警部を持ち出したんですよ。ぼくもこういう世界に四十年近くいますから、別に錦織警部の手を借りなくても、彼が雇いたがっているような探偵に二、三心当たりはあります。しかし、彼が警察と聞いてどんな反応をするか——そのときこそ彼を問いつめて、先輩としての忠告をするつもりでいたのです。ところが、彼は警察と聞いても眉一つ動かしませんし、錦織警部なら知っているから直接訊いてみますという返事でした。ぼくは余計な心配をしたものだと、それですっかり安心してしまったんです……こんなことになるんだったら、あのときの悪い予感を信じて、もっと厳しく追及しておくべきでした」

辰巳は肩を落として、深い溜め息をもらした。機械的にビールをコップに注いだが、口をつけようとはしなかった。

私は質問した。「佐伯さんに最後に会われたのはいつですか。探偵のことを相談されたのと同じ日ですか」

「そうです。あれは、先週の——」彼はカウンターの娘に眼をやった。

「水曜日です」と、彼女がすぐに答えた。「わたしが七宝焼のアクセサリー教室から帰ってきたときは、もうおみえになってましたから」

「彼がここにいた時間は？」

「七時頃に来ましたね」と、辰巳が答えた。玲子が付け加えた。「九時前には帰られました。わたしが帰ってきて、三十分位でしたから」

佐伯は、十時前後には例の男と一緒に自分のマンションの前で妻の名緒子に会っている。

「佐伯さんに、誰か連れはありませんでしたか。その日に限らずですが」

父と娘は顔を見合わせた。父のほうが答えた。「いや、佐伯君はここへはいつも一人で来ましたよ」

「彼がかけた電話とか、彼に外からかかって来た電話で、何か記憶に残っているものはありませんか」

父と娘はしばらく考えていたが、どちらも首を横に振った。

「彼はここへは仕事抜きで、私と一杯やりながらだべりに来ているという態度を通しましたからね。少なくとも最後の探偵についての相談以外は。彼がうちの電話に触ったことがあるかどうかも疑問だと思いますよ」

「一杯やりながら、彼がどんなことを話したか憶えていますか」

「とにかく、いろいろですよ」と、辰巳は言った。「スポーツや肩の凝《こ》らない話題のほうが多かったが、それでもお互いジャーナリストのはしくれですから、新聞のトップ記事や三面の見出しになるようなことは、一通り話題にしたと思います」

「最近話題にしたことを、思い出してもらえませんか」

「そうですね……思いつくままにいえば、まずタイガースの二十一年ぶりの優勝、コロンビアの火山爆発の災害のこと、むつ市の五億円強奪事件のこと。そういえば、ドラフト会議はちょうどあの日じゃなかったかな。PLの清原と桑田のことはずいぶん熱心に話しましたよ。九州場所で千代の富士がV5できるかどうか。いまは身体のでかい力士ばかりで、土俵の大きさは変わらないんだから、かえって小兵《こひょう》力士の方が有利だって話をしましたね……まだまだ、ありますよ。白昼堂々、市民の真っ只中で起こった関東連合の山村組長の射殺事件。ぼくが碁が好きですから趙治勲対小林光一の名人戦のこと。彼は学生時代アイスホッケーの選手でしたから、日本リーグで五連覇を狙っている本命の王子製紙が苦戦していること。少し古いところでは、夏の都知事選挙のときの狙撃事件、競輪の中野浩一の世界選手権V9のこと、オリエント・ライフ社の粉飾決算のこと。それから、交番の巡査が拳銃を盗まれ、その銃でサラ金業者が撃たれて、その巡査が首を吊るという事件もありましたね。日本でも最近はピストルを使った犯罪が急増しているという話もしましたよ……まァ、そんなところですか」

「さすがに話題豊富だ」と、私は嘆息して言った。

「佐伯さんが追っていたスクープは、彼が話題にした事件と関係があると思いますか」

「さあ、それはどうとも言えませんね」

私は少し別のことを質問してみた。「府中第一病院という名前に心当たりはありませんか。佐伯氏の話にその病院のことが出てこなかったでしょうか」

辰巳も娘もしばらく考えていたが、首を傾《かし》げただけだった。

「八王子警察署の伊原勇吉という刑事のことを聞いたことはありませんか」

これも、二人の反応はあまりかんばしくなかった。

辰巳がもしやという口調で言った。「関東連合の山村組の本拠地は神奈川だが、射殺事件が起こったのは、確か八王子市内じゃなかったかな?」

「そうかも知れません。調べてみましょう。もし、佐伯さんのことで何か思いつくようなことがあれば、名刺の電話にかけて下さい」

「そうします」と、辰巳は言った。「それで、佐伯君のことで何か分かったら、こちらにもお知らせ願えますか」

私は承知した。それから、二人に礼を言い、コートを手にレジへ向かった。そのとき、電話のベルが鳴り、辰巳の娘が受話器を取った。彼女はすぐに受話器の口を塞《ふさ》いで言った。「父さんに、新宿署の錦織さんからよ」

私はすばやく辰巳に言った。「私はもう出たことにして下さい。佐伯さんを捜す邪魔をされたくないので」

辰巳はすぐに決断し、私にうなずいてみせ、娘から受話器を受け取った。私は食事とコーヒーの料金を払い、彼女からお釣りを受け取った。身振りだけで二人に挨拶をすませると、その店を出た。

辰巳玲子が渡したお釣りには小さな紙切れが混じっていた。私は隣りのクリーニング屋の明かりで、走り書きしたメモを読んだ。〝表通りの西側にある公園で、十分後に〟

12

佐伯直樹と私のあいだの距離は少しも縮まっていなかった。私の仕事は、佐伯という人間について知ることではなく、彼を捜し出すことだった。佐伯名緒子の依頼を受けて八時間、カイフマサミという名前だと思われる男に会ってから一日半、佐伯自身が私の事務所の名前をメモに書きつけてからすでに五日半が経過している。時間が経《た》つにつれて、むしろ佐伯は私から遠ざかっているというのが偽らざる感想だった。

私は切れる前の点滅を繰り返している外灯に照らされて、花園南公園の湿っぽいコンクリートのベンチに坐っていた。都心の夜の喧騒は遠くかすかで、人影もなかった。かなり冷え込んで来たので、私はコートの襟を立ててタバコを喫っていた。園内の木々の大半はすでに葉を落として、足許でも枯葉が夜風に吹かれていた。寒いのさえ我慢すれば、ちょっとした逢曳《あいび》き気分と言えないこともない。足音が近づいて、私の前で止まった。足音は一つではなかった。

顔をあげると、三人の若い男が私を取り囲むようにして立っていた。若い男というより、高校生かその年頃の少年たちだった。三人とも黙ったまま、大人も顔負けの性質《たち》のよくない眼つきで私を見つめていた。正面にいるジーンズの上下を着た少年がリーダー格らしかった。背丈は私と同じ位だが、痩せていて神経質そうな顔立ちをしていた。左にいる少年は背が低くて体力もなさそうだった。一人前に流行のゆったりした厚地のスーツを着こんでいるが、それがかえって彼の顔を幼くしていた。右にいる革ジャンパーを着た少年は要注意だった。私より上背があって、体重も十キロは多い。しかも、三人の中では一番暴力を好むタイプに見えた。ただ、少し血のめぐりが悪くて反射神経が鈍そうだった。三人とも前髪を逆立て、横の部分をポマードで固め、額の両脇を剃り込んだ、そろいの髪型をしていた。

「よう」と、ジーンズの少年が口をきいた。「タバコをよこしなよ」

私は平静を装って、黙ったままタバコを喫い続けた。

「こいつは耳が聞こえないのか」と、ジーンズがスーツを着たチビの少年に訊いた。

「怖くて口がきけないんじゃないの」と、彼は答えた。

革ジャンパーの少年が嬉しくてたまらないというように笑った。

「怖がることはないんだぜ」と、ジーンズが言った。「タバコをよこせと言ってるだけなんだから」

「まず、手始めにな」と、チビが付け加えた。革ジャンパーがまたくすくすと笑った。

私は半分になったタバコをもう一度喫ってから、それをジーンズのヘソのあたりをめがけて指で弾きとばした。彼は慌ててとびのき、甲高《かんだか》い声で「何すんだよ！」と叫んだ。他の二人も一瞬たじろいだ。彼らは人を攻撃することには慣れているが、反撃されることには慣れていないのだ。

「そのタバコを拾って喫え」と、私は言った。

三人はすばやく顔を見合わせ、瞬時に進むべきか退くべきかの選択をした。そして、いつものように選択を間違えた。彼らは私に向かって怒声を浴びせたが、三人の言葉が重なってわけの分からぬ騒音にしかならなかった。ジーンズの細い鼻筋が苛立《いらだ》ちに震えた。

私はその瞬間をとらえた。ベンチから立ち上がって、もう一度「拾え！」と、怒鳴った。頭に血がのぼったジーンズがしゃにむに私に襲いかかろうとした。チビは一瞬遅れをとり、革ジャンパーはまだ突っ立ったままだった。私はとっさに右に走って、革ジャンパーの無防備な喉もとをこぶしで一撃した。殴りかかるジーンズの手首を払いながら摑んで、後ろ手に捻《ね》じ上げた。いつの間にかナイフを手に、まとわりついてくるチビの膝をめがけて思いきり一蹴りした。

それで終わりだった。一人は私に逆手を取られ、残りの二人は地面に転がって呻き声をあげていた。私はチビが落としたナイフをベンチの下に蹴り込んだ。革ジャンパーが息を詰まらせて、完全に戦意を喪失しているのを確かめた。

「そこのチビ、おれのタバコを拾え」と、私は言った。彼は膝をさすりながらぐずぐずしていた。

「こいつの腕をへし折ってもいいのか」私は摑んでいるジーンズの腕を一段と捻じ上げた。

「痛ぇ！　ヤスオ、タバコを拾え！」と、ジーンズが哀れな声を出した。チビが慌ててタバコを拾った。火はまだ消えていなかった。

「タバコをくれと言ったな。こいつの口にくわえさせろ」

チビは膝をかばいながら立ち上がった。雨でできた水溜まりに倒れて、せっかくのスーツが泥だらけになっていた。彼は震える手でジーンズの口にタバコを突っ込んだ。ジーンズは激しく咳き込み、タバコの煙が眼にしみて涙を流した。あるいは、腕の痛みのせいかも知れないし、屈辱感のせいかも知れない。彼はタバコを吐き捨てた。

「おまえがこいつらのリーダーだな?」と、私はジーンズに訊いた。腕を少し捻じると、彼はうなずいた。

「では、おまえを警察に連れて行く。おまえが一人で責任を取るんだ。ほかの二人は勘弁してやる。それで文句はないな?」

ジーンズがうなずいたので、私はチビに言った。

「おまえたちはうちへ帰れ」彼が何か抗弁しようとしたので、私は大きい声を出した。「こいつの腕が折れてもいいのか。おまえも警察へ行きたいのか」

「ヤスオ、さっさと帰っちまえ!」と、ジーンズが叫んだ。

チビは足を引きずりながら革ジャンパーに近寄って、助け起こした。革ジャンパーはまだ呼吸が苦しそうな顔で、のろのろと立ち上がった。二人はこっちに背を向けて歩きはじめた。

「待て」と、私は彼らを呼び止めた。二人はびくっとして立ち止まった。

「一緒じゃない。それぞれ反対の出口から出るんだ。そして、まっすぐうちへ帰れ。警察では、おまえたちはここにはいなかったことにする。いいな?」

彼らはうなずいて、右と左に小走りに去って行った。私は一分間待って、ジーンズの少年の腕を放した。彼は顔をしかめて、感覚を失っている腕をさすった。私は元のベンチに腰をおろした。私は疲れていて、気分が悪かった。子供に暴力を振るって嬉しい人間はいない。

「どうするんだよ? さっさと警察へ行こうぜ」と、

少年が年相応の声で言った。

「行きたけりゃ、勝手に一人で行け」と、私は言った。もう、うんざりだった。おそらくこの連中は、次はもっと楽に勝てそうな相手を見つけて、今夜の屈辱を倍にして晴らすだろう。「もう帰ってくれ。おれの気が変わらないうちに」

少年はまだぐずぐずしていた。「あんたはサツの人じゃないのか。それとも、どっかの組の人?」

「馬鹿なことを言うな。おまえたちは、ただの中年男にやられたんだ」

少年は納得のいかない顔だった。「でも、何か格闘技かトレーニングのようなことをやってんだろう?」

私は苦笑した。「違う。おまえたちは三人いたから負けたんだ。もし、あの革ジャンパー一人だったら、おれはいまごろ大怪我をしてるさ」

少年はしばらく考えていたが、やがて他の二人とは別の出口に向かって歩いて行った。

「何かあったんですか」

辰巳玲子がベンチの横に立って、公園を出る少年と私を見較べていた。彼女は紺色のサージのコートをはおっていた。

「いや、大したことじゃない。タバコをくれと言うんでね」

「まあ、まだ高校生くらいでしょう? あげたんですか」

「ええ……でも、口に合わなかったようだな」

「そう?」

「そんなところです」私はベンチを移動して、彼女の坐るスペースを作った。

「どうも、遅くなって申しわけありません」と、彼女は言って、私の隣りに腰をおろした。「錦織さんは、あなたと至急連絡を取りたがってらしたそうですよ。父がそうお伝えしろって」

私はうなずいた。「警部はほかに何か言ってました下のライバルに対する同情がこもっているように聞こえた。

私はこの逢曳きの目的を彼女に思い出させた。「それで、私に何か——？」

彼女は話のいとぐちを探すように、自分の両手を見つめた。やがて、顔をあげて言った。「先週の木曜日に、佐伯さんと会ったときのことを話しておくべきだと思ったんです。わたしが中野に住んでいることはご存知でしょうか」

「いや」

「佐伯さんのマンションから十分足らずの所で、少し国電の中野駅寄りのアパートなんです。以前は両親と一緒にお店の上のマンションに同居していましたが、自分だけのスペースが欲しくなって、去年から一人住まいを始めたんです。佐伯さんのマンションのすぐ前に〈ルナ・パーク〉という喫茶店があるのをご存知ですか」


か」

「佐伯さんのことを父にいろいろ訊ねてらしたようです。澤崎さん、一つお訊きしたいことがあるんですが、構いませんか」

「どうぞ」彼女が何を訊きたいのか、私には判っていた。

彼女はそれを訊いた。「佐伯さんは警察の追及を受けるようなことをしているのでしょうか」

点滅する外灯のせいで、私の返事を待つ彼女の顔が、秒読みでもしているように暗くなったり明るくなったりした。佐伯のマンションに転がっていた死体のことを考えると、答えはイエスだが、佐伯がその死に責任があるかどうかは何とも言えなかった。

「それは判りません。少なくとも今のところは、そうだと言えるようなことは何もない」

「そうですか……」と、彼女は小さな声で言った。

「名緒子さんもご心配でしょうね」その言葉には、年

「確か、黄色い日除けのある、ガラス張りの――」

「ええ、そうです。わたしは自分のアパートを出て丸ノ内線の新中野駅へ行くのに、いつもちょっと回り道をして、そのルナ・パークの前を通ることにしています。そうすると、月に三、四回、そこでコーヒーを飲んでらっしゃる佐伯さんに会うことができるんです。父が申したかも知れませんが、わたしは佐伯さんに好意を持っています。ルナ・パークや両親の店で、そうやって佐伯さんの相手をしているときが、わたしの一番幸せな時間なのです。おかしいでしょうか」彼女はあとのほうを挑《いど》むような口調で言った。

「おかしいときは笑いますよ」と、私は穏やかに言った。

「そうですわね」彼女は表情をやわらげた。「わたしは名緒子さんに直接会ったことはありません。でも、佐伯さんのお話で聞くかぎりはとても素敵な奥様だと思っています。だから、ときには自己嫌悪に陥ることもありますけど、佐伯さんとわたしのあいだは決してそれ以上の関係ではありません……こんな前置きは退屈ですわね」

「いや。しかし、先を聞きましょう」

彼女は話を続けた。「先週の木曜日は、遅めのお昼をすませてアパートを出ましたから、ルナ・パークで佐伯さんに会ったのは二時に近い頃だったと思います」

私に分かっている佐伯の行動は、その日の一時に新宿署の錦織に電話を入れたのが最後だった。

「あの日のことは、いつもと違うことばかりでよく憶えています」と、彼女は言った。「まず、佐伯さんのほうが先にわたしに気づいて、店の中からわたしに合図してくれたんです。いつもは、たいてい本や新聞を読んでらっしゃるところへ、わたしのほうから声をかけるというパターンなんですけど。それから、三十分ほど普段と同じような話をして、最後に佐伯さんはわたしたちに何かプレゼントをしたいとおっしゃったんです。いろいろと世話になっているお礼に、父と母とわたしの三人に。近くちょっとした収入があるんだ、とおっしゃいました。もちろん、わたしはお断わりしたんですが、佐伯さんはすっかりその気で、わたしの言うことなんか聞き入れてもらえません。結局、今度会うときまでに、父と母には何がいいか、二人の欲しいものを探り出しておくように約束させられました。わたしへのプレゼントはもう決めているけど、まだ内緒だとおっしゃいました。そんなことは初めてのことですし、わたしがどんなに嬉しかったか……女にとって、好きな人からプレゼントをいただくって気持は、男の方には想像もつかないでしょうね。でも、もしかしたらその収入というのが今度の佐伯さんの失踪と関係があるかも知れないと思うと、居ても立ってもいられなくて、あなたにお話ししておこうと決心したんです」

「なるほど。その収入がどこからどういうわけで入るのか、彼はあなたに話しませんでしたか」話すはずがない。訊くまでもないことだった。

「いいえ……でも、その金額をおっしゃったんですけど、冗談なのか本気なのかよく分からなくて――」

「ほう、いくらだと言ったんです？」

「それが、五千万円だそうです……まだ、皮算用だと笑ってらっしゃったけど」

その夜、佐伯が手に入れる予定だった離婚の慰謝料と同じ金額だった。園内がいっそう静まりかえったような感じで、外灯の点滅する音までが聞こえて来そうだった。彼女は落ち着かない様子で、コートの襟もとをかき合わせた。

「いつもと違うことが、もう一つあったんです」彼女は無言でいることを恐れるように、口早やに言った。

「今日はいろいろと忙しいんだとおっしゃって、佐伯さんのほうが先に喫茶店を出られたんです。わたしはが学生時代の友達との待ち合せまで時間があったので、もう少し残ることにしました。それで、ルナ・パークを出てマンションのほうへ戻られる佐伯さんを見送っていると、ちょうど青梅街道のほうから走って来た車が、クラクションを鳴らして佐伯さんを呼び止めたんです。佐伯さんは車のところへ引き返してくると、車の後ろの座席にいる人とちょっと言葉を交わしました。そして、佐伯さんがその人の隣りに乗り込むと、その車はスタートして走り去ったんです」

「どんな車だったか憶えていますか」と、私は訊いた。

「ええ。濃い紺色の大きな外車で、あれはたぶん——」

「メルセデス・ベンツですか」

「——だと思います」

「後部座席に乗っていた人物の顔を見ましたか」

「ええ。スタートするときに、こっち側の窓に顔を近づけて外をごらんになったので」

「では、誰だか分かりましたね」

「ええ。新聞や雑誌でよくお見かけしますから。たぶん、名緒子さんのお母さんだったと思います」

〈東神グループ〉の相談役・更科頼子、更科修蔵の妻だ。

「それ以後、佐伯さんには会っていないのですか」

「ええ」と、彼女は力のない声で言った。彼女の不安な気持が、公園の夜気を通して伝わってくるようだった。

私は彼女の話が終わったことを確かめ、用心のために彼女を店まで送ることにした。彼女に気づかれないように、ベンチの下から三人組のチビが残していったナイフを拾うと、たたんでコートのポケットにしまった。

私たちは公園を出て、往来の絶えた通りを〈サウス・イースト〉の見えるところまで歩いた。彼女が別れ際に言った。「佐伯さんを捜していただくために、父とわたしであなたを雇うことはできないでしょうか」

私は頭を振った。「同じ仕事で、別の依頼人をもつわけにはいかないのです。だが、あなたが依頼人に負けないくらい佐伯氏のことを心配していることは解ったつもりです。とにかく、あなたの話は大変役に立った」

「是非、佐伯さんを捜し出して下さい。お願いします」

辰巳玲子はお寝《やす》みと言って、サウス・イーストのほうへ駈け去った。

私はタバコに火をつけて、新宿駅のほうへ歩きはじめた。事務所に着くのは九時頃になりそうだった。真面目で、熱心で、信用できて、腕のいい探偵だったら、今頃は自分のベッドでぐっすり眠れていたろうに。

13

階段を上がったところで、私は自分の事務所に明かりがついているのに気づいた。鍵をかけておいた入口のドアも半開きになっている。訪れる可能性のある人物の顔が次々と浮かんだが、すべてはずれだった。

〝あの消えそうに燃えそうなワインレッドの……〟など唄っている下手糞な声が、事務所の中から聞こえてきたのだ。他人の事務所でカラオケをバックに歌の稽古をするような神経を持っている男は、一人しか知らない。

私はドアロのところへ行って、事務所の中をうかがった。〈清和会〉の橋爪《はしづめ》という男が、私のデスクに両足をのせ、椅子にふんぞりかえって、気持よさそうに声を出していた。カラオケはデスクの上に置いたラジカセから流れていた。紺ストライプのダブルのスーツ、純白のシルクのタイ、顔が映りそうなイタリア製のエナメル靴、そしてスーツの襟につけた金バッジが彼のスタイルを完璧なものにしていた。年は私より少し若いはずだ。ポマードで光ったオールバックの下の顔は『酔いどれ天使』の三船ばりに眼つきの鋭い二枚目だった。誰よりも見たくないツラだった。

　五年前の渡辺の事件で、ようやく警察から釈放された私を待ち構えていたのが、この橋爪と清和会のチンピラたちだった。彼らの一億円を持ち逃げした渡辺が私と共犯か、少なくとも私に連絡を取ると考えて、まる五日間この事務所に居すわった。橋爪は渡辺の逃亡先を聞き出すために私を拷問にかけ、かかってくる電話はすべて受話器を取り、訪ねてくる客はすべて追っ払った。チンピラが三人がかりで私を痛めつけているあいだ、橋爪は今と同じようにラジカセでカラオケを流しながら、〝おれより先に死んではいけない……〟などと当時の流行歌を唄っていた。

　橋爪の手下が一人、来客用の椅子に坐っていた。見たことのない顔で、体重が百キロ以上あるパンチ・パーマの巨漢だった。派手な緑色のサイドベンツの上衣に黄色のスポーツシャツという恰好で、競馬新聞を真っ赤に塗りたくっていた。信号機なみに百メートル先からでも目立つ男だった。

　橋爪が私に気づいて、唄うのをやめた。「どうやら探偵のご帰還らしいぜ。久しぶりだな、澤崎」

　私は事務所の中へ入って、ドアを閉めた。ドアの鍵を見たが、むりにこじ開けたような形跡はなかった。

「念のために言っておくが、そこを開けたのはおれたちじゃないぜ」と、橋爪が言った。「ここはやけに不用心だな。おれたちが来なきゃ、今ごろは泥棒にごっそりやられてたところだ」

　パンチ・パーマのデブが椅子を立って、壁まで移動した。

「どういうことだ。何があった？」と、私は訊いた。

橋爪がデブにデスクの上のラジカセを指差した。デブはラジカセのスイッチを切った。

「誰が切れと言った？　ボリュームを下げるだけでいい」

デブは黙って指示に従った。再び、気の抜けた炭酸飲料のような音楽があたりに漂った。

橋爪が言った。「そんなところに突っ立ってないで、そこへ坐れ。ここは、おまえの事務所だぜ。遠慮することはない」

私は来客用の椅子に坐った。五年前も、私はほとんどこの椅子に坐りっぱなしで五日間を過ごしたのだった。私の体内を怒りと恐れが交差しながら駈けめぐった。私はかろうじて平静を装った。

橋爪がデブに訊いた。「おれたちが来たのは何時だった？」

「八時頃です」体格通りの豊かなバスで答えた。

「おれたちは八時にここへ来た。事務所は真っ暗で留守だと分かったので、この窓が見える駐車場の向こうの通りにリンカーンを停めて、おまえの帰りを待つことにした。駐車場にぽんこつのブルーバードがあるから、いずれは戻るだろうと思ったんだ」橋爪は言葉を切って、デブに訊ねた。「この窓に明かりがついたのは何時だった？」

「八時半頃です」と、デブが答えた。

「てっきりおまえが帰って来たんだと思ったぜ。ここへ上がってきて、そのドアをノックした。ところが、返事はなくて、中からはガサゴソと怪しげな音が聞こえてくる。おかしいと思ってドアを開けると、誰かがこの窓から下へ跳び降りたんだ。残念ながら、リンカーンに残っていたのが車の運転しか能のないドジな野郎で、眼の前をまんまと逃げられちまった。仕方がないから、こうして歌のレッスンをしながらお留守番をしていたところなのさ」

「そいつがこの部屋にいたのは、どのくらいの時間だ？」

「どのくらいの時間だ？」と、橋爪はデブに訊いた。

「一分といられやしませんでしたよ」

「そいつはどんなやつだった？」と、私は訊いた。

「おれじゃないと分かったんだから、よく見たはずだ」

橋爪が急に不機嫌になった。「待ちなよ、探偵。話には順序ってものがあるだろう。おれはわざわざここへ泥棒を追っ払いに来たわけじゃないんだぜ。まず「今日のご用件は何でしょうか、橋爪さん」と訊ねるのが、礼儀ってもんだろうが」

私は苦笑した。「今日の用件は何だ、橋爪」

橋爪はデスクから足をおろした。ラジカセに手を伸ばして、自分でスイッチを切った。「渡辺の野郎から何か連絡があったはずだ。五年前みたいな目に遭《あ》いたくなかったら、すっかり吐いちまいな。渡辺もいい目を見たんだ。一億の金はともかく、三キロのシャブをこっちへ渡せば、まァ五年がかりで取引が成立したと考えて、おれたちだってそんなに酷《ひど》い扱いはしないつもりだ。渡辺にそう話をつけろ」

橋爪の眼が細くなった。デブが競馬新聞をポケットにしまった。私の返事次第では、両手を空《あ》けておく必要があるらしい。

「まだそんなことを言っているのか」と、私はそっけなく言った。「渡辺がこの世で一番会いたくない人間がこのおれだと、前にも言ったはずだ。もし、渡辺がこの近くにいるのなら、こっちが教えてもらいたい」

「言うことはそれだけか」橋爪の眼が一段と細くなった。

私は微笑した。「このビルの向かいにある薬局の親爺にここへ出入りする者を見張らせているようだが、買収しているんだったら金がむだだ。あの親爺の眼は十メートル離れたら、おまえとこのデブとの区別もつかない」

デブは何の反応も示さなかった。デブと言われて腹を立てないデブは要注意だった。

「手荒な真似はしたくないんだ」と、橋爪は怒りを抑えて言った。「こっちはそれだけの根拠があって、ここまで出向いてる。探偵、おれはおまえには一目《いちもく》置いてるんだぜ。このおれをよく見なよ。五年前の三下とはわけが違う。今では清和会の幹部なんだぜ。お互いに不愉快な思いをするより、あのアル中の老いぼれにケジメをつけさせるのが利口ってもんじゃないか」

「一目置いてるだと？　笑わせるな」私はデブを指差して言った。「こんな暴力専門の化け物を連れて来るようで、一目もクソもあるか」

デブが一歩前へ出た。橋爪がすばやく手を上げて、デブの動きを止めた。「出しゃ張るんじゃねえ！　おまえのせいで仕事が三十分は回り道をしたぜ。いいか、世間には暴力を使うほうが遠回りになるようなバカもいるんだ。気をつけろ！」

「遠回りかどうか知らないが、おれに任せてくれれば必ず目的地に着きますぜ」なかなか洒落《しゃれ》たことを言う化け物だ。

橋爪は苦笑した。「こういう野郎だ。勘弁しろ。まァ、穏やかに話をつけようじゃないか」

そのときデスクの上の電話が鳴り出した。私が立ち上がるのと同時に、デブが図体に似合わぬ身のこなしでデスクとのあいだに割り込んだ。橋爪が受話器を取った。

「もしもし、渡辺探偵事務所ですが――」橋爪はしばらく受話器に耳を傾けていたが、肩をすくめて受話器を私に差し出した。私はデブが元の位置に戻るのを待って、受話器を受け取った。

「もしもし？……澤崎か」錦織警部の苛立《いらだ》った声が聞こえた。

「ああ、そうだ」

「いま、電話に出たのは誰だ？」

「清和会の橋爪さ」

「あのバカがどうしてそんなところにいるんだ？」

「あんたに会ってからまだ三時間も経っていないのに、連中はここへ押しかけて来て、渡辺から何か連絡があったはずだと息巻いている。たぶん、新宿署には連中に通じてるやつがいるんだろう」

橋爪は知らん顔でラジカセのスイッチを入れ、また唄いはじめた。

「馬鹿を言え」と、錦織が怒鳴った。「警察を何だと思ってる。やつらはおまえの動きを監視していたんだ」

「かも知れん」

私は、錦織にも聞こえるように受話器の口は塞《ふさ》がずに、橋爪に言った。「警部は、警察の内部におまえたちのスパイがいるというおれの意見には賛成できないそうだ。これで、安心だな」

橋爪は聞こえないふりをして、女学生の交換日記から盗んできたような歌詞を口ずさんでいた。

「そんなことはどうでもいい」と、錦織が噛みつくように言った。「さっきは、佐伯直樹がもっと深刻なトラブルに捲き込まれていることをなぜ言わなかった？」

「何のことだ？」

「しらばっくれるな。中野のマンションの死体のことだ」

「ああ、それは――」私は、あの仰木弁護士の腕なら、佐伯名緒子はとっくに中野警察署を解放されていると見込んだ。「たったいま依頼人に電話して聞いたばかりだ。おれも驚いているところだ」

「嘘をつけ。さっきのおまえの面《つら》は、何もかも知っていておれをこけにしていた面だ」

「いつから人相を見るようになった？　被害妄想だ

よ」

「うるさい。いいか、よく聞け。この件は警察が取り扱うべき事件になったんだ。佐伯は殺人事件の重要参考人として手配される。探偵なんかの出る幕はない。分かったな？」

「分からんね。そもそも、あんたがおれを佐伯に紹介したんだ。いまさら、そんな勝手なことが言えた義理ではあるまい」

「つべこべ言うな。警察の捜査の邪魔をするようなことがあったら、このおれが承知しない」

「邪魔をするつもりはない。警察がおれの仕事の邪魔をしない限りは。手を引くつもりはない。依頼人が仕事を断わってこない限りは」

「クソ！　いい加減にしろ。これは最後通牒だ。依頼人には適当に仕事をしてるふりをして、おまえはおとなしくしてろ」

「ところで、佐伯のマンションに転がっていた死体は一体何者だ？」

「ふざけるな。そんなことが答えられるか。おまえとの話はもう終わった。橋爪を電話に出せ」

私は受話器を橋爪に差し出した。「警部がおまえを出せと言っている」

橋爪は唄うのをやめて、受話器を受け取った。私は来客用の椅子に戻った。橋爪と錦織はしばらく話していた。橋爪がもっぱら聞き役だった。やがて、受話器を置いて、デブに言った。

「おまえはリンカーンに戻っていろ」

「でも、兄貴——」と、デブが抗議しかけた。

「いいから、戻ってろ！」と、橋爪は有無《うむ》を言わせなかった。デブは不承不承その場を離れて、ドアのほうへ向かった。

「待て」と、私はデブを呼び止めた。「デスクの上のオモチャを持って行ってくれ。うるさくってしようがない」

橋爪が持って行けという合図をしたので、デブはラジカセを取りに引き返して来た。

「音楽の解らないやつは付き合いにくいぜ」と、橋爪が言った。

「ヤクザならヤクザらしく演歌でも唄え」と、私は言った。

橋爪は笑った。「そいつは偏見というもんだぜ、探偵。ヤクザがニュー・ミュージックを唄ってなぜ悪い？　カラオケバーやクラブへ行ったときに若い娘《こ》にもてるんだぜ」

デブが溲瓶《しびん》でも運ぶような手つきでラジカセをぶらさげて、事務所から出て行った。

「おまえみたいな人間が触れると、何もかもクズ同然になってしまう」と、私は言った。

「偉そうなことを言うぜ。だが、そんなことはどうでもいい。錦織の話では、おまえは殺人事件に関わっているそうだな。おまえたちが会ったのはそのためで、渡辺の野郎とは何の関係もないと言っていた。おれがサツの話を鵜呑《うの》みにすると思ったら大間違いだぜ。まァ、今日のところは錦織に免じて引きあげるが、さっきの話をよく考えてみるんだ。こっちが興味のあるのは三キロのシャブだけだ。いいな？」橋爪は椅子を立って、デスクの前へ出た。

「侵入者がどんなやつだったか、教えてくれ」と、私は言った。

「フン、こっちの頼みには知らん顔で、自分だけ得《とく》をしようたってそうはいかないぜ」橋爪は私の横を通り抜けて、ドアへ向かおうとした。だが、すぐに立ち止まった。公園の三人組から取り上げた飛び出しナイフの切っ先が、橋爪のダブルの上衣の脇腹に当たっている。

「何てこった。どっちが暴力団だか分からねえ」と、橋爪が呆れたように言った。

「用心棒同伴で来ていながら、身体検査一つさせなかったのは迂闊《うかつ》としか言いようがない」

「憶えておくぜ」

「ミスをする人間は必ずそう言う」

橋爪が私の顔を見おろした。「どうしろってんだ？　窓から逃げたやつのことを話せばいいのか」

「いや、おれには人を脅してものを訊ねる趣味はない。ナイフを渡せ、と言え」

橋爪はしばらくためらっていたが、ほかにどうしようもなかった。「おれが「ナイフを渡せ」と言ったら、笑って「いやだ」と言うんじゃねえだろうな」

私は笑って、ナイフをたたみ、橋爪に渡した。「街のチンピラから取り上げたものだ。目障りだから始末してくれ」

橋爪は即座にナイフの刃を元に戻し、私のあごの下に切っ先を当てた。小さな痛みが走った。

「二度と今のような真似をするんじゃねえ」と、橋爪が声を震わせて言った。「おれがなぜおまえを殺《や》らねえか、解るか。ヤクザが誰かを殺《や》るときは、自分よりも相手のほうが失うものが大きいという損得勘定があるからだ。世間のやつらがヤクザを恐れるのも、その損得勘定からさ。ヤクザと殺《や》り合っても、向こうが丸損だからな。悲しむ親がいるし、仕返しを恐れる妻がいるし、路頭に迷う子供がいるし、馬鹿げたことをしたと言う友達がいる。だから、ヤクザには逆らわないでおこうってわけだ。ところが、おまえはどうだ。ここでおまえを殺《や》ったって、おまえよりおれのほうが失うものが大きいような気がするのは、一体どういうわけだ？」

私は何も言えなかった。橋爪の眼に、私がそんなふうに映っていることに驚いていた。橋爪はナイフをたたんで、上衣のポケットにしまった。シルクのタイをなおして、オールバックの頭を撫でつけると、別人のように冷静になった。

「窓から逃げたのは、小柄で若い女だったぜ。毛糸の帽子からカールした髪がはみ出しているのが見えたからな。顔は何かを塗って黒っぽくした感じで、よく分からなかった。黒っぽいジャンパーに、黒っぽいスラックスに、黒っぽい運動靴、しかし手袋だけは真っ白だった。あの女は、最初からここへ忍び込むつもりだったに違いねえ」

「若い、と言ったな？」

「はっきりしたことは言えねえ。二十才から四十才位まで、どうとでもとれる。しかし、この窓から飛び降りて、そのまま走り去ったくらいだから、年寄りのはずはねえだろう」

「ほかには？」

「あの女は唖じゃねえし、日本語も喋れるぜ。窓から飛び降りるとき、おれの顔を見て、可愛い声で「チクショウ」とほざきやがった」

「もう一つ訊きたいことがある」と、私は言った。

　橋爪はドア口まで行って、振り返った。「何だ？　あんまり図に乗るなよ」

「八王子で起こった関東連合の山村組長の射殺事件を知っているか」

「ああ、それがどうした？」

「あの事件には、新聞記者が大きな特ダネをものにできそうな、何か裏でもあるか。そういう可能性はないか」

　橋爪はドアの把手に手をかけてしばらく考えていたが、やがて首を横に振った。「八王子には新生会風間《かざま》組という昔からの縄張りがあるが、これが立川《たちかわ》のほうから勢力を伸ばして来た鏑木《かぶらぎ》興業に押され気味でね。仕方なくハマの山村組に助っ人を頼んだのさ。東京に勢力を拡げるチャンスとばかり、直々に乗り込んで来た山村組長を、鏑木の若い者二人が待ち伏せて、真っ昼間北口の商店街で蜂の巣にしたんだ。その二人は翌朝警察に出頭している。ところが、組長の八王子行きを鏑木興業にタレ込んだのは山村組の幹部の一人だったことがバレちまった。いまでは、山村組は跡目の問題も絡んで真っ二つに割れ、とても八王子の縄張り争いにかまっていられるような状態じゃなくなった——この辺のことは世間にも筒抜けで、新聞に書きたてられている通りだから、特ダネなんかの出てきそうなヤマじゃねえな」

「そうか」と、私は言った。

「このドアの鍵は何とかしろ。これじゃ、どうぞ盗みに入ってくれと言ってるようなもんだぜ。もっとも、ここには盗んだほうで迷惑しそうな代物しか見当たらねえがな。じゃ、また来るぜ」

橋爪はドアを開けたままで、階段のほうへ去った。

私はドアのところへ行って、鍵の状態をもう一度調べてみたが、何の痕跡も残っていなかった。ドアを閉めて、デスクのところへ行き、一番下の引き出しを開けた。佐伯直樹宛ての手紙も、東京都民銀行の封筒も、佐伯の写真も、すべて元の位置にあった。私はそれらを上衣のポケットに移した。コートを脱いでロッカーにしまうと、デスクのへりに腰掛けて、タバコに火をつけた。

まもなく十時になるところだった。電話をかけるにはいい時間だと思って、デスクの上の電話帳を引き寄せた。ページを繰ってみたが、挟んでおいた七人のカイフマサミのリストがなくなっていた。

14

私はリストを作り直して、七人のカイフマサミに電話をかけた。こういう状況では、昨日事務所に現われた男に連絡をつけるのは早いほどいいと思われた。
《夜分恐れ入りますが、カイフマサミという方が新宿の私の事務所に忘れ物をされているので、ちょっとお訊ねしたいのですが……》
　最初の海部正美は、細君と替わって眠たそうな声で電話に出た。今週は仕事でずっと上野‐宇都宮間の往復をしていて、新宿などへ行く暇はなかったと言った。東北訛《なま》りのある声は例の男とはまったく違っていた。二人目の海部正美は、電話のベルを二十回以上鳴らし続けたが誰も出なかった。三人目の海部正美は、また細君が電話に出たのだと思って、ご主人をお願いしますと頼んだ。彼女は、自分は独身で海部正美はわたしだと答えた。そういえば、マサミというのは女性にもある名前だった。例の男はどう転んでも男装の女性には見えなかった。私は適当な応対をして早々に電話を切った。四人目の海部正美は、直接本人が電話に出て、こんな遅い時間に何事だとまくし立てた。かなりひどく吃る声を聞いてすぐに別人だと分かったが、二、三質問をして確認した。未練がましい口調で忘れ物は何かと訊ねるので、大金の入った封筒だと答えて電話を切った。
　次ぎに海部正己に電話をかけた、若い男が出て、兄は十一時までには帰ると言う返事だったので、後刻かけ直すことにした。もう一人の海部正己は、べろべろに酔っ払って電話に出た。私を知り合いの誰かと勘違いしているようで、訊きもしない愚痴《ぐち》を長々とこぼした。要するに、自分がチビで、頭が禿げていて、カマっ気があるから、みんながあたしのことを馬鹿にすんのよ――ということだった。いかに酒が人を変えるとはいえ、これはありうべからざることに思えた。最後に残った海部雅美も、字面《じづら》から予想した通り女性だったので、間違い電話のふりをして切った。

応答のなかった海部正美と、十一時に帰宅する海部正己を確認するまで、結論は出せない。しかし、あの男が都区内に住む電話加入者の中から見つかるという見込みに、私はいささか悲観的になっていた。

雨が上がった後の冷え込みがきつくて、受話器に向かって喋る息が白く見えるほどだった。私は、廊下の奥の共同トイレに行ったついでに、隣りの共同物置から石油ストーブを出してきた。使い残しの灯油がタンクの底に入っていたので、すぐに火をつけた。初めは水分の混じった匂いと油煙が出たが、すぐにおさまって明るい炎が部屋を暖めだした。私は労働意欲を回復し、電話応答サービスのダイヤルをまわした。

「もしもし、こちらは電話サービスのT・A・Sでございます」四、五人いるオペレーター嬢の中で、一人だけ声の区別がつくハスキーな声の持ち主だった。

「渡辺探偵事務所の澤崎だが……久しぶりに聞く声だね」

「あら、今晩は。そう、夜勤は二週間ぶりなんですよ。うちのが肝臓を悪くして入院したので、ここは昼だけにしてもらって、付き添ってたんです」

「飲み過ぎだろう」

「ええ。飲み過ぎ、食い過ぎ、働き過ぎ、遊び過ぎ。不足しているのはお金ばかり」

「夜勤ができるようになったということは、無事退院かな」

「そうなんです」と、彼女は嬉しそうに言い、電話が入っていると付け加えた。「十九時十五分に弁護士のオオギ様から、〝依頼人は今夜十九時にクガヤマの家へ帰宅。自分は他用で外出しているので、明朝事務所のほうに電話を乞う〟、以上です。それから、十九時五十分に名前をおっしゃらない方から問い合せがあって――」

「ちょっと待ってくれ」と、私は口を挟んだ。「その電話はきみが受けたのか」

「ええ、そうですけど」

十九時五十分といえば、橋爪たちがこの事務所を見張る少し前だった。

「問い合せというのは？」

「ここが電話応答サービスだと聞くと、自分も利用したいからと言って、うちのシステムや料金や事務所の所在地などを訊かれました。あなたへの伝言は、あとでかけ直すから結構だと言って、名前も言わずに切れたんです」

事務所に押し入ろうとする者が、電話をかけて留守を確かめるのは常套手段である。電話応答サービスの番号は事務所の電話番号と一緒に、名刺や事務所のドアや駐車場に面した窓ガラスにも併記してあった。用心深い侵入者なら、両方の番号に電話を入れてみるだろう。

「その電話をかけてきたのは女性かな」と、私は訊いた。

「いいえ、男の方でした」

「そう……どういう感じの男だったか憶えている？」

「声の感じでは、そんなに若くはなくて、ある程度の年配のような印象を受けたけど」

「喋り方に特徴はなかった？」

「別に……ただ、自信たっぷりで、人にものを言いつけ慣れてるって感じでした」

「なるほど。ほかに電話は？」

彼女がその二つだけだと答えたので、私はご亭主によろしくと言って、電話を切った。続けて、佐伯名緒子の久我山のダイヤルをまわした。待っていたように本人が出て、二度電話したが留守と話し中だったと言った。

「警察はどうでした？」と、私は訊いた。

「ええ。仰木弁護士が一緒でしたから、そんなに嫌な思いをせずにすんだようですわ。最近の主人のことを詳しく訊かれました。田園調布から中野へ行く途中、あなたにお話ししておいたお蔭で、苦労せずに答えられましたわ」

「マンションの死体のことは？」

「結局、写真で顔を確認させられることになりましたの。あれが伊原という刑事さんだということは、わたしたちは知らないわけですから、顔も見ないで知らない人だとも言えませんし……」

「仰木弁護士は異議を唱えなかったんですか」

「ええ、反対して下さいましたわ。死体の身許が判っているなら、その名前さえ言ってもらえば彼女は知っている人物かどうか答えられる、とおっしゃって……でも、警察の方はちょっと相談があると仰木弁護士を別室へ連れて行きましたの。しばらくして、仰木弁護士が戻って来て、警察の言う通りにするしかなさそうだ、そんなに酷《ひど》い死顔じゃないから、心配しないでいいって——わたしも覚悟はしていましたから、大丈夫だと言ったんです。夫のマンションに死体があったんですから、仕方がありませんもの」

　仰木弁護士を黙って引きさがらせた、警察の相談とはどういうものだったのだろうか……。私は話題を変えることにした。「お父上はどうされました？」

「さっきまでここにいたのですが、田園調布へ帰ってもらいました。韮塚さんと一緒に中野警察署へ駈けつけて来ましたの。それから、久我山まで送ってくれたんです。父は心配して、わたしを田園調布へ連れて帰りたがりましたけど、佐伯がいつここに戻って来るか分からないから、わたしはここに残ることにしたのです」

　久我山の家は警察の監視下にあるはずだから、万一彼女の身に危険があるとしても、むしろ田園調布の邸以上に安全な場所だといえるだろう。

「澤崎さん、一つお訊きしたいのですけど――」彼女はその先をなかなか口にしなかった。

私が代わって言った。「あの刑事の死に、ご主人が関係しているかどうかということですか」

「ええ」と、彼女は消え入りそうな声で言った。

「あのマンションで殺人があったのは、少なくとも昨日の午前九時以降だが、ご主人はすでに先週の木曜日から行方不明です。それに、殺人の現場に自分のマンションを選ぶのはあまり利口な話とはいえない。やむをえずそうなったとしても、死体を運び出す余裕があったはずです――こんなことは、もう仰木弁護士か誰かが言ってくれたでしょう。今のところははっきりしたことは判りません。あなたは、答えに窮するような質問をするために私を雇ったわけではないはずだ」

何もこんな言い方をする必要はなかったのだ。彼女が同情を求めているのではなく、ただ冷静な意見を聞こうとしていたのは分かっていた。だからといって、冷静な意見を述べる必要はなかった。

「そうですわね。ごめんなさい」と、彼女はアルトの声に戻って言った。

「いや、謝ることはありません。あなたは明日の午前中に時間が取れますか」

「ええ、大丈夫ですわ。出版社のほうは、さっき上司に電話をして一週間の休暇を取ったばかりですから」

「では、明日の十時に私の事務所へ来て下さい。そのとき、今までに分かったことを話しましょう。それから、ある人物に会うために私に同行してもらいたいのですが」

「ええ、結構ですわ。ある人物って……それは、明日まで秘密ですか」彼女は少し明るい声を出した。

私はそうですと答えて、彼女が事務所へ来るのに一番分かりやすい道順を教えた。「今日の午前中までは、佐伯さんのことを心配していたのはあなたと事務所に現われた男の二人だけだった。しかし、今は警察や私を含めて多くの人間が彼を捜しはじめている。そう考えて、今夜はぐっすりお寝《やす》みなさい」

「そうしますわ。では、明日」佐伯名緒子が受話器を置くのを待って、私は電話を切った。

私はストーブで湯を沸かして、思いきり苦いコーヒーを淹《い》れた。大竹英雄著『布石の心得』を拾い読みした。時間をつぶすことはこの仕事の不可避な部分で、私はその方法を九十通り知っていた。だが、どの方法も時計の針の歩みを早めることはできなかった。〝基礎編〟を読み終えたとき、やっと十一時を過ぎた。

私は電話を引き寄せて、弟が十一時には帰宅すると言った海部正己のダイヤルをまわした。声が同じだったので弟が出たのかと思ったが、海部正己本人だった。私はさっきと同様忘れ物の口実を使った。

「昨日、新宿へですか」と、彼は言った。「確かに行きましたが、忘れ物などした憶えはないな。お宅の事務所ってどちらですか」

「渡辺探偵事務所です」

「いや、そんな所へは行ってません。何かの間違いですね」

私は丁重に詫びを言って、電話を切った。次ぎに、応答のなかった海部正美のダイヤルをまわした。ベルが鳴っているあいだに、もう一度電話帳のページを繰って、この海部正美の住所を調べた。世田谷区上北沢《かみきたざわ》の所番地をリストの隅に書き写した。電話には、やはり誰も出なかった。私はリストを上衣のポケットに突っ込み、石油ストーブの火を消しに行った。

15

上北沢と桜上水《さくらじょうすい》の境をほぼ南北に直線で伸びる、俗に水道道路と呼ばれる狭い道路の脇にブルーバードを違法駐車して、私は真新しい二階建のアパートを見張っていた。五ヵ月前に、そこから五十メートルほど離れた〈菊栄荘〉というアパートに住む日大の学生の身辺調査をしたことがあるので、このあたりの土地勘は十分にあった。でなければ、所番地だけでここまで飛び出して来る気にはならなかったろう。海部正美の上北沢の所番地には、〈コーポ・フジカワ〉という二棟のアパートが建っていた。道路に面したA棟の二階の真ん中のドアで海部正美のネームプレートを見つけた。アパートの中は暗くて人のいる気配はなかったが、一応ノックして留守を確かめてから、ブルーバードに戻ったのだ。

世田谷区もこのあたりにはまだ農地が点在していた。コーポ・フジカワの背後に広がる畑には、かつてはキャベツだったらしい野菜が茶色に変色したまま放置され、かすかな腐臭を放っていた。目的は農作物ではなく、税金対策なのだろう。

三十分近く待って十二時を過ぎた頃、海部正美の右隣りのアパートの明かりも消えてしまった。一階の左端のアパートの窓にだけはまだ明かりがついていて、時折カーテンに人影が映った。そこの住民が寝てしまわぬうちに訪問して、二階に住む海部正美がどんな男か、あるいは女か訊き出す方法もあった。この海部正美も別人だということが分かれば、こんな所で寒い思いをしてむだな時間を費やすことはないのだ。しかし、こんな時間に隣人のことをあれこれ質問するには相当な口実が必要だった。思い迷っているうちに、さらに十五分が過ぎた。私は適当な口実も思いつかないまま、ブルーバードから出ようとした。しかし、後方から車が接近していたので、一度開けたドアを再び閉めなければならなかった。グリーンの車体のタクシーが、スピードを落としながらブルーバードの横を通り過ぎ、コーポ・フジカワのA棟の前で停まった。

カーキ色のコートを着た男と、薄青色のハーフコートを着た髪の長い女が、タクシーから降りた。料金を払う男の顔が、ちょうど女の蔭に隠れて見えなかった。私もブルーバードを降りて、アパートに向かう二人を追った。A棟の二階へ通じるスチールの階段の手前で、女はちょっと歩みを止めたが、男が女の肩を抱くようにして一緒に階段を昇りはじめた。二人が階段の半ばに達したとき、私は階段の下から声をかけた。「失礼だが――」

二人は足枷《あしかせ》でもはめられたように急に立ち止まって、階段の下の私を見おろした。暗がりの中で見たときのコートの後ろ姿は例の男によく似ていた。だが、階段の上の非常灯に照らされた、その男の驚いた顔はまったくの別人だった。まだ口の端にミルクのあとが残っていそうな二十才位の大学生で、そばで蒼ざめた顔をして立ちつくしているのは十七、八才の小娘だった。

二人には可哀相だが、私としても仕事を中途半端にするわけにはいかなかった。「失礼だが、海部正美さんですか」

二人はいっそう狼狽して、顔を見合わせた。こんなときに見知らぬ男から、いきなり名前を呼ばれて気持のいいはずがなかった。アパートに入ってからでは迷惑だろうと思ったのが、かえってあだになった。

「ぼくです。ぼくが海部です」男のほうが情ない声で言った。

「そう……どうも、ありがとう。それさえ、うかがえばいいんです。とんだ迷惑をかけてしまった」私は頭を下げた。

「何ですか、これは？」と、彼はヒステリックな声を出した。「こんな時間に、一体何の用です。あんたは誰ですか」さっきびくついたことの反動で、急に威勢がよくなってきた。体格と若さからすれば、腕力は私より上のはずだった。

「いや、実はカイフマサミという人に急用があって、電話帳で手当たり次第に捜さなければいけない羽目になってね。もちろん、きみは違う。つまり、全然若過ぎるし――」

間抜けな中年の探偵め、若者に〝若過ぎる〟と言うのは禁句なのを知らないのか。

「あの、わたし、きょうは帰る」と、女の子がまるで全世界に宣言するようにきっぱりと言った。

「えっ？　何言ってんだよ、ここまで来て」と、彼はまるで全世界を失うかのように慌《あわ》てて言った。

私は彼らの愉しみを邪魔するつもりはなかった。

「そういうわけだから、これで失礼する」と言って、二人に背を向けた。私さえいなくなれば問題はないと思ったのだ。遠ざかるあいだ、二人が言い争う声が聞こえていたが、突然どちらかが相手の頬をひっぱたく音がした。振り返ると、女の子が階段を駆け降りて、こっちへ走って来た。

「ちょっと待ちたまえ」と言って、私は彼女を引き止めた。「今も言ったように、私はきみたちには何の用もないんだ。ここを出た途端にきみたちのことは頭から消えるんだが……」

「余計なお世話だよ！」と、海部が痛そうに自分の頬を手で押さえて怒鳴った。「ユミ、おまえみたいな子供っぽい女はほんとは趣味じゃないんだ。さっさと帰っちまえよ！」

彼は階段の残りを駆け上がり、自分のアパートに突進した。ドアの鍵がなかなか開けられずにてこずったが、アパートの中へ跳び込むと、けたたましい音を立ててドアを閉めた。私はユミと呼ばれた女の子と呆れたように顔を見合わせ、どちらからともなく苦笑してしまった。私たちはアパートに背を向けて歩き出した。

「申しわけないことをしてしまった」と、私は謝った。

「いいんです」と、彼女はさばさばした口調で言った。「ほんとは大助かりだったんです。わたし、彼の魂胆《こんたん》は分かっていたんだけど、断わり切れないままずるずるとここまで連れて来られたんです。あの階段を昇るときは、もうどうにでもなれって気持だったんです」

「ならいいが……きみたちは恋人同士じゃないのか」

「わたし、自分の恋人をひっぱたいたりしません。たとえそうでも、きょう一日ですっかり幻滅していたんです」

私たちはブルーバードのドアの前で立ち止まった。

「で、きみはどうするんだ？　この通りなら、待っていればすぐにタクシーが来ると思うが」

「あの、わたし、持っていたお金を全部彼に使われちゃって一文無しなんです。代々木上原《よよぎうえはら》にある短大の寮まで帰るんですけど、どこか近くまでで構いませんから、あなたの車に乗せていただけませんか。厚かましいんですけど」

「もちろん構わないよ。私は新宿へ戻るところだから、代々木上原なら途中のようなものだ。でも、タクシーで帰りたければ、お金を貸してもいいよ。いや、きみがこうなったのも半分は私の責任だから、金を返す必要はない」

「よかったら、あなたの車に乗せて下さい。もうタクシーはうんざりだし、ここにいつまでも立っていたくないの」

彼女は眉をひそめて、海部正美のアパートを振り返った。

「よし、乗りたまえ」と、私は言った。彼女はぴょこんと頭を下げると、助手席の方へまわった。

隣りに親子ほど年の違う若い娘がいるせいか、私は二、三度エンジンをかけそこなって、ようやくブルーバードをスタートさせた。京王線の桜上水駅の踏切りを渡り、甲州街道を右折すると、都心に向かって走った。

彼女は一種の興奮状態で、休みなしに喋り続けた。海部正美とは、先月学園祭で知り合ったばかりで、これまではグループ交際をしていたが、今日初めて二人だけでデートをしたのだそうだ。新宿の高野のフルーツパーラーでお茶を飲み、ミラノ座で『これから』だか『それから』だかいう映画を観たあと、荻窪の〈エリノア・リグビー〉というパブで食事をしたり酒を飲んだりした、と言った。ところが、海部は銀行から金を引き出すつもりだったが、マネーカードを忘れて来たので五、六千円しか持ってない、と言う。映画の料金までは、彼が気前よく払ってくれた。さて、食事をしようということになって、海部は明日返すからきみのお金を出しといてくれ、と言った。彼女は一万円持っていたので、それを彼に渡した。海部は、これだけあればエリノア・リグビーなら後輩がアルバイトしているから、たっぷり飲み食いできる、と言った。確かに、たっぷり飲み食いできたが、勘定をすませるとお釣りはほとんどなかった。彼女が電車がまだ走っているから大丈夫と言うと、彼はタクシーで送るから心配するなと言った。ところが、タクシーに乗ると当然のように上北沢に行ってくれ、と言ったのだそうだ。

「上北沢に着いてからはあなたに見られた通りです」と、彼女は言った。「あの人ったら、デートの最初からそのつもりでいろいろ企んでいたくせに、結局最後まで自分のアパートに来いとは言わなかったの。それが、わたし、すっごい嫌だったんです」

ブルーバードは明大前の先で井ノ頭通りに入り、和田堀給水場を迂回して走っていた。

「何という早とちりだ。クソ！」と、私は大きな声を出して、ハンドルを叩いた。助手席の彼女はわけが分からずにびっくりしていた。

「いや、驚かしてすまん。仕事のことなんだ。さっき、きみは持っていたお金を彼に渡したと言ったね？」

「ええ。だって、お勘定するときに女のほうが払うのは、男も恰好悪いけど、女はもっとみじめでしょう」

「そういうものか……ある男が金を持っていた場合、その金は彼のものではなくて、彼の恋人か、細君か、姉妹か、母親の金だってこともありうるわけだ」

「それはそうだけど、でも、どうして女性ばっかりなの？　そうとは限らないんじゃない」

「この際、女であることが大事なんだ」と、私は言った。

ブルーバードは小田急線を越えて、上原の商店街に入った。彼女の指示に従ってしばらく走ると、通りの右側に彼女の短大の女子寮が現われた。しかも、お誂《あつら》え向きに通りを隔てた左側の歩道に公衆電話があったので、私はその傍にブルーバードを停めた。

「着いたよ」と、私は言った。しかし、彼女はうつむいたままで、返事をしなかった。

「どうした？」と、私は訊いた。彼女は顔を上げると、きまじめな口振りで言った。「わたし、きょうデートに出かけるときには、処女を捨てる決心をしていたんです。あの人があんなに馬鹿げていなかったら、そうしていたんです。お願いです。わたしをあなたの所に連れて行って下さい。わたし、友達にも子供っぽいって笑われるけど、あと二ヵ月で二十才になります。早く処女なんか捨ててしまいたいんです」

私は一つ深呼吸をしなければ、言葉が出て来なかった。

「私はゴミ箱じゃない。きみが大事にしているものなら、事と次第によってはいただかないでもないが、本人がゴミみたいに思っているものを、勝手に捨てられてはかなわない」

「そんな」と、彼女は頬をふくらませて言った。「わたしだってゴミみたいに思ってるわけじゃないわ。だけど——」

「口先だけだ。でなければ、三十分前に会ったばかりの名も知らぬ男を相手にそんなことを言うはずがない」私は上衣の内ポケットから名刺を一枚出して、彼女の手に押し込んだ。「三日経《た》ってもまだ同じ考えだったら、電話したまえ」

「嫌よ、わたしは今夜でなきゃ——」

「うるさい。その名刺をよく見るんだ。探偵なんていう商売は、世間ではクズみたいな人間だと思われている。私はきみをアパートに連れ込んだら、裸にして縛り上げ、いやらしい写真をたくさん撮《と》って、きみの両親をゆするかも知れん。もし、きみの未来の亭主が金持だったら、これはもっといい稼ぎになる。きみはそんな目に遭《あ》いたいか」

「嘘だわ。あなたはそんなことをするような人じゃない」

「フン、きいたふうなことを言うんじゃない。十九の小娘に、私の考えてることがどうして解る。おっと、これは失言。十九だろうが、二十九だろうが、三十九だろうが、人が何を考えているかということは容易にうかがい知れないものだ。四十九や五十九のことは判らない。まだそんな年になったことがないんでね。海部という青年の肚《はら》が読めたくらいで、何もかも解ったような顔をするんじゃない。一人前の大人なら、よく知らない相手には用心をするし、それなりの敬意を払うものだ。いきなり自分を抱いてくれと言っても失礼にならないのは、それを職業にしている商売女だけだ」

　彼女は唇を噛んで黙り込んでしまった。私はダッシュボードの時計を見た。一時五分前だった。常識で考えれば、電話をかけるには遅過ぎる時間だった。

「私は仕事で電話をしなければならない。そのあいだに、きみは寮へ帰りたまえ。三日後の電話を楽しみにしているよ」

私はブルーバードを出て、歩道に上がり、公衆電話のボックスに入った。カイフマサミのリストを出し、事務所で電話したときの二人の女性の印象を思い浮かべた。あとでかけた海部雅美のほうが、何となく例の男と結びつくような気がした。ダイヤルをまわしていると、背後でブルーバードのドアが開く音がした。私は振り返らずに、ダイヤルをまわし終わった。意外にも、二度目のベルで相手が出た。

「もしもし、海部雅美さんですか」

「そうですが、どなたでしょうか」電話を待っていて、がっかりしたような声だった。私は上衣の内ポケットから、都民銀行の封筒を取り出し、例の支払伝票を抜き取った。背後で、通りを駈け去って行く靴音が聞こえた。

「私は澤崎という者です。夜分申しわけありませんが、やむをえない事情で電話をしています。私の捜している男性があなたのご存知の方である可能性が大きいので」

「誰のことでしょう?」と、海部雅美が緊張した声で訊いた。私は当たりクジを引いたようだった。

「失礼ですが、あなたは東京都民銀行に預金口座をお持ちですか」私は伝票の口座番号を読み上げた。

「ええ、それはわたしの預金口座です」

「やはりそうですか」と、私は言った。「私の捜している男性は、この口座から先週の金曜日にキャッシュ・カードで引き出された三十万円を所持していたと思われる人物なのですが、あなたはその人に心当たりがありますか」

「警察の方ですか、あなたは」と、彼女が不安げに訊ねた。

「いや、違います。私は私立探偵で、実は昨日その人に私の事務所で会ってもいます。彼は数日中にまた私の事務所を訪ねると言いましたが、ある事情からできるだけ早く彼に会わなければならなくなったのです。

彼にもあなたにも、決して迷惑をかけるつもりはありません」

「探偵とおっしゃると、渡辺探偵事務所の方ですか」

「そうです。では、彼をご存知ですね」

「もちろん知っています。あの人は今年の夏からここでわたしと一緒に暮らしていますから」

「というと、彼はあなたのご主人ですか」

「違います。婚姻届を出しているかという意味でしたら」

「しかし、彼は海部と名乗りましたが」

「あの人は、外ではわたしの苗字を使っているようです」

「なるほど。よろしければ、彼の名前を教えていただけますか」

彼女は言いにくそうに言った。「名前は分かりません」

「何ですって？」私は思わず受話器を見つめた。

「わたしはあの人の名前は知らないのです」と、彼女が繰り返した。

私はわけが分からなくなった。「では、とにかく……海部さんはそちらにいらっしゃるのですか」

「いいえ、昨夜から帰っていないのです。昨日の午後、「佐伯さんの卓上メモに書いてあった渡辺探偵事務所という所を訪ねたけれど、彼の行方はまだ分からない、これから、もう一度佐伯さんのマンションへ行ってみるつもりだ」という電話があったきりで、その後は何の連絡もありません。わたしも心配しているのです」

電話機に十円玉を追加してから、私は佐伯の細君の依頼で仕事をしていることを手短かに説明した。「私としては、佐伯氏のことを訊ねて来た彼だけが手掛りだったので、どうしてもあなたに会ってご存知のことをお訊ねしたいのです。今夜、これからうかがっても構いませんか」

「ええ、どうぞ。わたしは夜の仕事をしていますから、まだ寝る時間ではありません。テレビで『逃亡者』を観ていたところですから。どうせあの人のことが心配で、一晩中帰りを待つことになるでしょう。わたしの住所はご存知ですか」

彼女が教えてくれた住所は、世田谷の千歳烏山《ちとせからすやま》にある住宅公団の団地だった。また、甲州街道を逆戻りだ。

「一つだけ注意して下さい」と、私は言った。「今夜私の事務所に侵入して、あなたの電話番号を書いたメモを盗んだ者がいます。その侵入者は、おそらく佐伯氏や海部氏とは利害の対立する者だと思われる。もし、それらしき人物から電話があったり、直接訪ねて来られても、私がそちらへ着くまでは、彼らの要求に応じないようにしてほしいのです」

「ええ、そうしますけど――」と、彼女は不審そうに言った。

「キンブル博士が窮地を脱する頃には、そちらに着けると思います」そう言って、私は電話を切った。

ブルーバードに戻り、エンジンをかけた。ウィンドーから女子寮の建物を見上げると、さっきは真っ暗だった三階の窓の一つに明かりがついていた。髪の長い女のシルエットが浮かんでいた。私はクラクションを短く小さく一回鳴らして、ブルーバードをスタートさせた。すでに三時間をむだにしていた。

16

彼女の第一印象は強《し》いていえば哀しい明るさとでも形容するしかないようなものだった。ブザーに応《こた》えてアパートのドアを細めに開けた海部雅美は、四十才前後の顔色のすぐれない女だった。化粧をしていれば、五年前なら男好きのする顔だったろうと思わせるような女だった。五年前には、三年前なら……と思わせたかも知れない。女としての魅力は見る者の好みにもよるだろうが、今日出会った三人の若い娘たちに較べると、遙かに女としての存在感があった。バルザックは〝三十才を過ぎなければ、女には顔がない〟と書いているそうだが、そういう言葉も実例を見なければなかなかピンと来ないものだ。三十女や四十女が必ずしも女としての顔を持っているとは限らない。

「どなた？」と、彼女は訊いた。

「電話をした、澤崎です」と、私は告げた。

彼女はドア・チェーンをはずして、「どうぞ、お入りになって」と言った。私は玄関に入って靴を脱ぎ、コートを脱ぎながら、彼女についてアパートの奥へ進んだ。居間兼客間とダイニング・キッチンの境目で立ち止まって、彼女が言った。「台所のほうが暖かくて、何かと便利がいいんですけど、構わないかしら？」

私はうなずいた。きれいに片づいたダイニング・キッチンに入って、彼女のすすめる椅子に腰をおろした。彼女は私のコートを受け取って、壁際の棚の上にあるテレビの隣りに置いた。ついでに、天気予報を映していたテレビのスイッチを切った。彼女の頭のうしろで束ねた髪が、動くたびに上下に揺れていた。

「彼から連絡はありましたか」と、私は訊いた。

「まだです」と、彼女は答えた。「こんなことは初めてなので、あの人の身に何かあったのではないかと心配です」

　彼女は寒くもないのに、黒のVネックのセーターの肩を自分で抱くような仕種《しぐさ》をした。小柄だが痩せ型なので、すらりとした身体つきだった。

「あなたのおっしゃったような電話もかかってきませんわ」彼女は、キッチンで湯気を立てている琺瑯《ほうろう》のポットから、二人分のコーヒーをカップに注いで、テーブルに運んで来た。「砂糖とミルクは、ご自分でどうぞ」と言って、彼女は私の向かいの椅子に腰をおろした。

「ありがたい」私は何も入れずにコーヒーをすすった。眠気が覚めるような、美味いコーヒーだった。

　私は上衣の内ポケットから都民銀行の封筒を取り出し、中身が見えるように半分引き出して、彼女の前のテーブルに置いた。「これが、昨日の午前十時頃、海部氏が私の事務所に来たときに預けていったものです。その伝票のお蔭で、どうにかあなたにたどり着くことができた」

　私は、彼が事務所の前で私を待っていたことから、事務所を出ていくまでのことを詳しく話した。続けて、佐伯名緒子から夫捜しの依頼を受けた経緯を、電話の時より詳しく説明した。

「今日の午後、依頼人と私は佐伯氏のマンションへ行ったのです。海部氏もやはり昨日の昼過ぎに、佐伯氏のマンションを訪ねるということでしたね？」

「ええ。最後にかけてきた電話で、そう言ったのです」

　私は声を落とした。「いいですか。これから話すことは、どうか気持を落ち着けて聞いてもらいたい。私たちがマンションへ行ってみると、入口のドアが開いたままで、明かりも昨夜からつけっぱなしになっているようでした。それだけでなく、たぶん二人以上の人間が激しく争ったと思われる形跡が残っていたのです」

　私は敢えて死体のことは言及しなかった。私の話を聞くうちに、海部雅美の顔色がますます蒼ざめ、コーヒー・カップを音を立てて受け皿に戻した。「激しく争った形跡ってどういうことですか」

　私は軽く咳払いをした。「申しわけないが、それ以上のことは言えないのです。すでに、その件については警察が捜査を始めており、私もいささか微妙な立場に置かれています。ただ、一つだけはっきり言えることは、その争いがあったときに、海部氏がその場にいたということを示すようなものは何もありません」

　彼女の顔にわずかながら安堵《あんど》の色が浮かんだ。

「いずれにしても」と、私は続けた。「佐伯氏は先週の木曜日から行方不明で、海部氏も昨日の午後から消息を絶っている。これは、二人が何か共通のトラブルに捲き込まれていると考えるほうが筋が通っています。私の仕事は佐伯氏を捜し出すことだが、それが海部氏やあなたの利害と対立するとは思えない。そうではないですか。私も海部氏が無事ここへ戻って来られることを望んでいるし、彼が佐伯氏の捜索に協力してくれることを望んでいます」私は自分の言ったことが彼女によく伝わるように、少し間を取った。「私の話に納得がいかれたら、海部氏のこと、そして彼と佐伯氏の関係について、あなたがご存知のことを教えてもらえませんか」

「わたしにはどうしたらいいのか判りませんわ」彼女は途方に暮れたような声で言った。椅子から立ち上がって、自分のコーヒー・カップを流しに運んだ。「あの人のことを話すことは、それだけで彼にとって大変不利な状況を招きそうに思えるのです」

　彼女はテレビのある棚から〝カティサーク〟のボトルを取って、酒の準備をはじめた。ほとんど、無意識にそうしているように見えた。

　私は言った。「事務所で見た海部氏は、確かに何か深刻な問題を抱えている様子だった。しかし、こう考えるわけには行きませんか。佐伯氏が失踪するようなことがなければ、彼と佐伯氏は一緒に私の事務所を訪れて、私に何か仕事の依頼をしたと思われる。そのときは、たぶん彼は自分でその問題を私に明かしたはずです。ところが、佐伯氏の失踪で予定の歯車が狂った。彼の抱えている問題が、あなたの懸念しているようなことであればなおさら、彼があなたに電話もかけて来ないという状態でほうっておいていいとは思えませんよ」

　彼女は食器棚からグラスを出しながら、私を振り返った。私の最後の言葉はかなり効き目があったようだが、決心がつくまでに至らなかった。

「わたしは少し飲みます。どうも落ち着かなくって。あなたは何をお飲みになる？　水割りかロックですけど」

「いや、結構です」私はコーヒーの残りを飲んだ。

「車ですか」と訊いて、彼女はポットのコーヒーを注《つ》いでくれた。

「それもあるが――」当たり障りのない話をしていても、彼女から何かを訊き出すことはできないだろう。

「私は酒は一人で飲むことにしている」

「まァ、ほんとに？　寂しい酒だこと」彼女は水割りのグラスを手にして、私の向かいに戻った。

「習慣になって七年も経てば、それが普通の酒です」

「共にグラスを傾ける相手がないわけじゃないでしょう？」

「七年前まではね。私に探偵の仕事を教えてくれた男で、五十才を過ぎるまでは一滴の酒も飲まない男だった」

　渡辺賢吾の細君が癌で死亡した夜、長年絶縁状態にあった一人息子が妻と子供――つまり、彼の孫をつれて通夜の席に現われた。学生運動家だった一人息子の逮捕が原因で彼が警察を辞職して以来の、父子の再会だった。二人は遺体の前で十数年ぶりに和解した。だが、翌日の葬式に息子たちは参列できなかった。着替えのために自宅に戻る途中、交通事故に遭って三人とも即死したからだ。彼はたった二日ですべての血縁者を失った。息子たちの葬式がすんだ夜の、彼の最初の酒から、ほぼ三年間私は彼と共にグラスを傾け合った。三年後には、見事なアルコール依存症患者ができあがった。

「一人の信頼すべき人間が典型的なアル中になる過程を、私は見届けることになった。そうなるのに酒の量は大して必要ではなかった……七年前のある夜、彼と私は何かのはずみで禁酒を誓い合った。実にくだらない誓いだった。どちらが言い出したのかも憶えていない。その夜以来、彼は少なくとも私の前では一滴の酒も飲まなくなったし、私も人前では酒を飲まなくなった──それだけのことです」

「わたしはお客さんにお酒を飲ませる商売で二十年も生きて来たのよ。悲惨な話ならほかにいくらでも知ってるわ」

私は微笑した。「不幸な人間のチャンピオンを決めようと言うのではないのです。端《はた》で見ると意味のない習慣にも、なにがしかの理由はあるということです」

「そうね。でも、わたしはアル中なんかじゃありませんから、ご心配は無用よ。付き合ってくれても、あなたに変な罪悪感を与えたりはしないわ」彼女はグラスの中身を半分ほどあおって、顔をしかめた。

「私が何かを心配しているとすれば、むしろ自分が誰かの前でアル中になることを、だと思う。だから、一人で飲む」

「そんなことは、わたしの知ったことじゃないわ」

「共にグラスを傾け合う──洒落《しゃれ》た科白《せりふ》だが所詮はそういうことです。誰かがアル中になるのを防ぐことはできない。誰かがアル中になるのに手を貸すのは実に簡単なのに」

「何だか、折角の酒がまずくなって来たわ」彼女はグラスをテーブルに戻した。

「人を肴《さかな》に飲む酒はそんなものです」と、私は言った。

彼女は苦笑した。「あなたも変わった人ね。黙って一緒に飲んでくれたら、あの人のことを話したかも知れないのに」

「酒を過大に評価しすぎるね。過小評価するのも間違いだが。飲めば話すという人間は、待っていればいずれ話しはじめる」

彼女は私を睨みつけると、グラスを取って残りの酒を飲みほした。そして、お代わりをつくるために立ち上がった。私はテレビの下の棚で赤い合成樹脂の灰皿を見つけると、タバコを出して火をつけた。

その部屋は明らかに女の住居だった。どこにも男が同居しているという気配がなかった。彼女は、海部氏は夏以来ここに住んでいると言った。三ヵ月も生活している場所に何の痕跡も残さないような人間がいるだろうか。ここに男が住んでいるというのは、海部雅美という女の妄想にすぎないのではないか――私はハッとして、頭を左右に振った。一瞬の睡魔に襲われて、妄想に取り憑《つ》かれているのは私のほうだった。

一杯目より色の濃いグラスを手に戻って来た彼女が、タバコの煙に鼻をうごめかして言った。「あなたも、そのタバコなの？」

私はテーブルの上に置いた濃紺のパッケージを手に取った。「そういえば、彼も私の両切りのタバコを苦にせずに喫っていたな」

「あの人が、まるで大変な発見でもしたみたいに、そのタバコを買ってここへ駈け込んで来たときのことを思い出すわ」

彼女は急に酔いがまわったように、額に手を当てた。

「あの頃は何もかもうまく行くような気がしていたのに……」

「このタバコがどうしたんです？」と、私は訊いた。

彼女は私の問いを無視した。「探偵さん、わたしが話せば、あの人がここに帰って来れるようにすると約束できる?」

私は頭を振った。「約束はできない。しかし、私に彼の安全を左右する機会があり、しかも佐伯氏を捜すという仕事に支障がない限り、あなたの要望に沿うよう全力を尽くそう」

彼女は私の言葉を値踏みするように、じっと私を見つめた。

「分かったわ」彼女はグラスの中身を流しにあけた。「あの人に最初に会ったのは、七月の後半だったと思う。調布の駅の近くでわたしがやっているバーにふらりと入って来たの。喧嘩でもしたように絆創膏や繃帯《ほうたい》だらけの身体を薄汚れた夏服に包み、黒いアタッシュ・ケースを金庫みたいに大事に抱え込んでいたわ。それから、毎晩九時頃に現われて看板まで、一言も口をきかずに酒を飲んで行くの。一度トイレで気分が悪くなって倒れていたことを除けば、判で押したような毎日だったわ。あの人は一週間経っても自分からは何も喋らないし、こっちが何か話しかけると一所懸命に考えて一言、二言答えるってふうだった。だから、手はかからないし、外見はハンサムだし、お酒は結構飲んでくれるし、黙ってても翌日は必ず来てくれるし、理想的なお客さんだったわね。あれは、通いはじめて十日ほど過ぎた頃で、確か定休日の前の晩だったと思う。お店を閉めて外へ出てみると、彼が店の表でまた気を失って倒れていたの。介抱するとすぐに気がついたけど、とてもそのままほうってはおけないので、結局ここへ連れて来て寝かせたの……それが、あの人とあの黒いアタッシュ・ケースがわたしの人生に割り込んで来た、そもそもの馴《な》れ染めってわけ」

「定休日の前の晩と言ったね」と、私は口を挟んだ。

「そうよ。だから……第四日曜の前の晩だわ」

私はタバコを消し、ポケットから手帳を出してカレンダーのページを開いた。「七月の第四日曜は二十八日。その前の晩で、彼が通いはじめてすでに十日は過ぎていた？」

「ええ、そうよ」

「だとすると、彼があなたの店に初めて顔を出したのは、七月の十七日か十八日頃ということになる」

「そういうことね。たぶん、間違いないわ」

佐伯直樹に宛てた〈府中第一病院〉の朝倉某の手紙に書かれている患者は、七月十四日に入院し、十五日に無断で退院していた。

「彼がここに住むようになってからのことを話してもらいたい」

「初めの一ヵ月位、わたしはあの人のことは何も知らないと言ってよかったわ。彼は何も話さないし、わたしも何も聞かなかったから……見れば分かると思うけど、わたしは彼より五つは年上のはずです。四十二ですからね。そこらの若い娘みたいに彼を質問攻めにする気はなかったし、どうせすぐにいなくなる男なら、何も知らないほうがいいとも思った。わたしが彼について知っていたことと言えば、毎日遅めの朝食をすませるとアタッシュ・ケースを持ってどこかへ出かけること。夜の九時から看板までのあいだに調布のお店に戻ってくること。働いているのかどうかは分からないけど、金には困っていないこと。週に一度くらいはひどい頭痛に悩まされて、無理に歩きまわると意識を失って倒れるらしいこと――」

彼女は言葉を切って、テーブルの上の私のタバコを指差した。「お願いだから、タバコを喫って下さいよ。わたしはその匂いにつられて話しているんですから」

私は苦笑して、二本目のタバコに火をつけた。近頃、タバコを禁じられる機会はむやみに多いが、タバコを喫えと言われることは滅多になかった。

「八月の終りのある夜」と、彼女は話を続けた。「あの人はお店が看板になっても姿を見せなかった。わたしは夜中の二時まで待ち続け、恐れていた時がとうとう来たのだと思ったわ。そして、彼がどれだけわたしの心の中に入り込んでいたかを思い知らされたの。これで何もかも終わった、これでよかったんだ、あなたは子供じゃないんだから——そう自分に言い聞かせようとしたけど駄目だったわ。すっかり取り乱してここへ帰ってくると、彼が入口のドアの前で待っていたの。わたしは本当はとても嬉しかったのに、反対にひどいヒステリーを起こして彼に食ってかかったわ。「あなたはなんて男なの。一カ月以上も一緒に暮らしていながら、自分の名前さえ教えようとはしない」って。それまで抑えていた気持が一度に噴き出したみたいに。あの人は途方に暮れたように言ったわ。「教えられるものなら教えたいが、ぼくは自分で自分の名前を知らないんだ」……あの人が記憶をなくしていて、自分のことを何も知らないということを、わたしはその夜初めて聞かされたわ」

彼女は私を見つめた。私はうなずいた。彼女は私のコーヒー・カップを流しに運んで、言った。「新しいコーヒーを淹《い》れるわ」

「彼が憶えているのは、いつのことからだろう？」と、私は訊いた。

「あの人は、わたしの店に初めて顔を出した夜の数日前に、どこかの病院で眼を覚ましたらしいわ。それ以前の記憶はまったくないのよ。身体中傷だらけで、その痛みで眼が覚めたらしい。翌朝、病院を抜け出したことは憶えているけど、それからわたしの店に通うようになるまではまた記憶が曖昧《あいまい》だと言っていたわ」

彼女は琺瑯《ほうろう》のポットに水を入れて、レンジにかけた。府中第一病院を無断退院した患者が、彼女と同居している記憶喪失者と同一人物であることはほぼ間違いないようだ。

「一つだけ疑問がある」と、私は言った。

ドリップ式のコーヒー沸かしのフィルターにコーヒ

ーを入れようとしていた彼女の手が止まった。

私は続けた。「専門的なことは判らないが、普通記憶を失った人間はそういう行動を取らないものだ。とくに、病院のベッドで自分のそういう状態に気づいたとすれば、まず医者に頼りきりの行動不能な人間になるはずだ。彼が病院を抜け出すには、よほどの理由がなければならない」

彼女は私を振り返った。「やはり、それを訊くのね。結局、話さないわけにはいかないわね……あの人が病院で気がついてしばらくすると、看護婦が来て「やっと眼が覚めましたね。あなたのお名前は？」と訊ねたの。彼が分からないと答えると、彼女は本気にしないで「明日はどうせ答えなきゃいけないんですから、ちゃんと思い出しといて下さい」と言ったわ。看護婦がいなくなった後、彼はだんだん不安が増してきて、大声で助けを呼びそうになったらしいわ。そのとき、自分のものらしい薄汚れた衣服が病室の壁に掛けてあるのに気がついたの。痛む身体を起こして急いで調べてみたけど、身分を証明するようなものはもちろん、お金も何も見つからなかった。ただ一つ、血で汚れたワイシャツのポケットから、小さな鍵が出てきたの。次ぎに看護婦が来たときに、「ぼくの所持品はどこにある？」と訊くと、「どうぞ、ご心配なく。あなたのアタッシュ・ケースは看護婦センターで預かっています。本当は事務局で保管するんだけど、今日は日曜日で事務局が閉まっていたから」という返事だった。彼が、あれには大事なものが入っているから至急持ってきてくれと頼むと、別に抵抗もなく運んできて「やけに重たいけど、札束が一杯詰まってるのかしら」と冗談を言ったそうだわ。看護婦がいなくなってから、その鍵を使ってアタッシュ・ケースを開けてみると、まさに手の切れるような一万円札を百枚ずつ束にしたものが七つ、しめて七百万円が入っていたの」

彼女は椅子から立って、沸騰するポットの火を消した。私は彼女の話の先を待った。長い沈黙が続いた。

「それだけかな」と、私は訊いた。

彼女は私に横顔を見せたままで小さくうなずいた。ポットを取って、コーヒーに熱い湯を注ぎはじめた。部屋中にコーヒーの香りが漂った。彼女の首筋のあたりが突っ張ったような感じで、私のほうを見るのを頑《かたく》なに拒否しているように見えた。

「それだけかな」と、私は繰り返した。

彼女は激しく首を振って言った。「拳銃が一つ、入っていたわ」

17

記憶喪失者にとって、自分の過去を知るための手掛りとして、これほど厄介な所持品はほかにあるまい。七百万円の札束と拳銃――この二つから彼の〝失われた過去〟を推測するとなると、楽観的にみるか悲観的にみるかで、まさに天と地ほどの差があった。

彼は単に裕福な警察官だったのかも知れない。物騒なおまけ付きで大金を盗んだ鞄泥棒かも知れない。大金を所持しているので用心深くなり過ぎた凶器不法所持者かも知れない。賭博のあがりを集金してきた暴力団員かも知れない。売れ残りが一挺《ちょう》だけという腕のいい拳銃密売人かも知れない。逃走中の銀行強盗かも知れない。あるいは、その拳銃をすでに最大限に活用した殺人者なのかも知れない……。病院のベッドでアタッシュ・ケースの中身に眼を奪われている男の脳裏にも、これらのいささか歓迎しかねるイメージが次々に浮かんだはずだった。

海部雅美は、淹《い》れたてのコーヒーをテーブルに運びながら言った。「あの人は一晩中考え続けたわ。助けを呼んで自分の運命を他人の手に任せてしまうか、とりあえず拳銃を隠して様子を見るか、病院を抜け出して失った記憶を自分の手で取り戻すか……彼がどの道を選んだかはすでにご存知ね」

私は自分のコーヒーを受け取った。事務所の廊下で彼に初めて会ったときの、彼の憔悴した様子が思い出された。

「最も困難な道を選んだ彼の勇気には敬服するが、ことは彼の思惑通りには行かなかったようですね」

「ええ。あの人は、わたしに打ち明けた時には、一人で調べられることは大概調べ尽くしていたようだわ。新聞記事は最近のものから一年以上もさかのぼって眼を通し、行方不明の警察官や未解決の強盗事件などを調べている。暴力団に関係のある恐れもあるので、盛り場でそういう人たちに酒をふるまって噂話を聞いたり、それらしい行方不明の組員がいないかと訊ねたりしているわ……そういえば、都知事選のときの狙撃事件は時期的に近いので、あるいはと思ったらしいのよ。だけど、犯人はとうに逮捕されて事件は解決しているから、まったくの見込み違いだったわ」

真夏の夜の全都を騒がせ、新聞の紙面を賑《にぎ》わせたその狙撃事件は周知のことだが、私の記憶では狙撃犯人は彼女の言うように逮捕されたわけではなかった。事件は投票日の二日前、立川駅頭で演説中だった保守系の向坂《さきさか》候補が車中から狙撃されたもので、犯人はそのまま現場から車で逃走しようとした。しかし、直ちに追跡を開始した警察の手で、わずか十分後には隣接する日野《ひの》市を流れる浅川《あさかわ》べりに追い詰められた。警官隊のバリケードを突破しようとしてガードレールに激突した犯人は、車ごと川の中に転落し、逮捕されたときは頭部を強打してすでに死亡していたのだ。狙撃された向坂候補は心臓に近い左肺に銃弾を受けて、一時は危篤と報じられたが、投票日前夜に行なわれた手術で奇蹟的に一命を取り止めた。しかも、三選を狙っていた革新系の矢内原《やないはら》候補との激戦の末、見事に都知事の椅子を獲得したのだった。時期的に接近しているといえば、狙撃事件が確か七月十二日、投票日だった十四日の日曜日が〈府中第一病院〉に例の患者が入院した日で、翌十五日に無断退院している。しかし、犯人の死亡で事件が事実上解決したと報道されていることは確かだった。

彼女は溜め息をついた。「あの人は、何か手掛りを摑んでもあまり積極的な行動を取れない場合が多いのよ。その男は私に似ていませんでしたか――そうは訊《て》けないような手掛りばかりですからね。時間と手間《ま》のかかる遠回りな調べ方をしなければならないので、あの頃は自分ひとりの力ではどうにもならないと考えはじめていたようだわ」

私はコーヒーを飲んで、催促される前に三本目のタバコに火をつけた。「彼が佐伯氏に初めて会ったのはいつですか」

「あの人が記憶をなくしていることをわたしに打ち明けた、あの夜のことなの。ちょっとした勘違いが二人を結びつけることになったのよ」

「勘違い？」

「ええ。あの夜、彼はゲーム機賭博のあがりを持ち逃げした暴力団員の噂を聞いて中野まで出かけたんだけど、そっちは全くのむだ足だったの。彼は中野駅の近くの小料理屋に入って、ビールを飲みながら食事をしていたそうだわ。すると、あとから店に入って来た三十才ぐらいの男の人が、彼にちょっと頭を下げて挨拶しかけたかと思うと、いや、人違いかなって顔で離れた席に坐ったらしいの。普通の人ならよくあることですませられるでしょうけど、彼にとっては大変なショックだった。分かるでしょう？」

「食欲の増進するような状況じゃないね」

「あの人は早めに店を出ると、その男が出て来るのを待ってあとを尾《つ》けたの。男があるマンションへ入ったことは突きとめたけど、何階のどの部屋に入ったのか分からなかった。男がそのマンションの住人ではない場合も考えて、ずっと出入口を見張り続け、とうとう明かりが全部消えるまで待ってから引きあげて来たらしいわ。だから、あの夜はあんなに帰りが遅くなってしまったのよ」

「三階の三〇三号だった」と、私は言った。

「そう。元新聞記者でルポ・ライターの佐伯直樹という人だと分かるまで、まる二日かかったそうよ。あの人は、中野の小料理屋でのことをどうやって確かめたらいいかいろいろ思案したらしいけど、直接本人に訊いてみるしか方法がないので、佐伯さんのマンションを訪ねることにしたわ。でも、佐伯さんがあの人に挨拶しかけたのは、彼によく似た古い知り合いと勘違いしたからだということが分かったの……ところが、今度は佐伯さんのほうがあの人に、これは何かいわくのある人間ではないかと興味を持ってしまったらしいの。佐伯さんの職業柄、当然のことかも知れないわ。それから数日は、お酒を飲んだりしてお互いに相手を探るような付き合いが続いたようだけど、結局あの人は自分が記憶をなくしていることを佐伯さんに打ち明けることにしたの。ひとりではもうどうにもならないと思っていたし、この人なら信用できると思ったんでしょうね。札束のことや、特に拳銃のことを話したのは、もっとずっと後のことだけど……」

　彼女はコーヒーを一口すすって、付け加えた。「あの人は、わたしをトラブルに捲き込みたくないと言って、いまだにわたしのことやこのアパートのことは佐伯さんに内緒にしているわ」

「彼と佐伯氏のあいだには、何か取り決めのようなものがあったのではないですか」

彼女はうなずいた。「佐伯さんの条件は、すべてが明らかになったときは〝ある記憶喪失者の記録〟としてまとめたルポを発表させること……あの人が出した条件は、もし自分が犯罪に関わっていた場合は、自首するか逃亡するかの選択の余地を与えてくれること――」

「それで、二人は〝協力者〟として手を打ったんです」

「なるほど。協力者ができて、何か成果がありましたか」

「あの人が自分では白黒をつけられなかった手掛りに、はっきり結論を出してもらえたわ。結果はどれも彼の過去とは関係のないものだったけど……でも、そんなことより、彼にとっては自分の悩みを知っている人が現われて、相談相手ができたということがとても大きかったと思うわ。そういうことは、女のわたしではどうにもならないものだから……ひとりで走りまわっていたときに較べると、落ち着きや余裕が感じられるようになった。しばらく前から、あの人は断片的なことを少しずつ思い出せるようになっているわ」

「どんなことを思い出しました？」

「最初はタバコのことだった。そのことは話したわね。自分ではタバコは喫わないものだと思っていたのに、その日はなぜか急に喫いたくなって、気がつくとそのタバコを買ってむさぼるように喫っていたって言うの。佐伯さんは、そのフィルターの無いタバコはどんな銘柄でも構わない者が喫うタバコじゃないから、おそらく以前はそのタバコを喫っていたのじゃないかって」

「ほかには？」と、私は訊いた。

「病院を抜け出したあと、あの人は競馬場や厩舎のそばを歩いた記憶があると言うの。佐伯さんの話では、府中競馬場のことらしいわ。病院については、調布のわたしの店の周辺にあるものを何軒か調べただけで諦めていたの。隣りの府中なら可能性が高いので、競馬場周辺の病院に佐伯さんが自分の名前を使って探りの手紙を出したそうだわ。電話で調べようとしたら、そういう問い合せは病院に出頭していただかないとお答えできないと言うので、仕方なく手紙で反応をみることにしたと聞いたわ」

その返事の一つが私のポケットに納まっていたが、今は伏せておくことにした。

「ほかには？」と、私は重ねて訊いた。

「あなたは、あの人の右手の指のことはご存知かしら？」

「ポケットに隠して見せたがらないことなら」

「右手の人差し指の第二関節から先がなくなっているからなの。その原因は銃の暴発のような気がすると、あの人は言っている。そういう夢にうなされて、少なくとも三度は夜中に飛び起きたことがあるそうだわ。単なる夢にすぎないかも知れないけど、それにしては暴発の瞬間に指がなくなる感じが夢とは思えないような実感があったそうよ」彼女はまるで自分の指がなくなったように苦痛で顔を歪めた。

「ほかには？」と、私は三度訊いた。彼の取り戻した断片的な記憶はそれだけだと、彼女は答えた。

私は念のために訊いた。「佐伯氏が彼の記憶喪失のこと以外に、何かの調査をしているということは聞いていませんか」

「それは分からないけど、あの人からそういう話を聞いたことはないわ。わたしの感じでは、佐伯さんは彼のことにかかりっきりだったような気がするけど」

「彼が最後に佐伯氏と会ったのはいつだろう？」

「二十日の水曜日の夜……だと思うわ。その翌日から佐伯さんとは連絡が取れなくなって、あの人が心配しはじめたので憶えているの」

「何のために、どこで会ったのか分かりますか」

「あの人が競馬場のことを思い出してから、調布から府中にかけてのあのあたりを一度車で一緒に走ってみよう、という案があったの。水曜日の夜、それを実行するから遅くなるって、彼がわたしの店に電話をかけて来たわ。九時頃だったかしら。これから中野へ行って佐伯さんと合流すると言ったの」

佐伯名緒子が、八王子方面へ行くと言う佐伯直樹にマンションの前で会ったのは、その夜の十時頃だった。佐伯のマークⅡの助手席に坐っていたのは、やはり海部と名乗った男だったことになる。

「彼が帰って来たのは何時でした？」

「もう四時近くで、明るくなる時分だったわ」

「何か成果はあったんですか」

彼女は頭を振った。「見憶えがあるような気がする所はいくつかあったようだけど……」

「見てまわったのは調布と府中の周辺だけですか」

「いいえ、甲州街道をもっと西のほうまで足を伸ばして、日野から八王子付近まで行ったらしいわ」彼女の口調には非難がましい響きがあった。「とにかく、あの人は帰って来たときは酷《ひど》い頭痛に苦しんでいて、翌日の木曜日と金曜日は全然起きられなかったの。佐伯さんには、病気のことは話していないから仕方がないんだけど……」

「そのことだが、医者には診《み》せていないんですか」

「ええ……わたしがいくらすすめても駄目なのよ。あの人は頭痛と記憶喪失はつながっていて、病院へ行けば何もかも暴《あば》かれてしまうと考えているようだわ。記憶が戻れば頭痛も治ると思いたがっているし、『いまさら病院へ行くくらいなら、最初から出て来なければよかったんだ』って言うの。その話になると、わたしたち必ず口論になってしまう……」

彼女の眼に予告もなく涙が溢れてきた。「わたしが今いちばん恐れているのは、あの人は今頃どこかで気を失って倒れていて、眼を覚ましたときには、わたしのこともこの部屋のこともすべて忘れてしまって……」彼女の言葉の最後は聞き取れなかった。テーブルの上で組んだ自分の両腕の中に顔を埋《うず》めてしまったからだ。

私は四本目のタバコに火をつけ、数分間待った。やがて彼女は顔を上げ、恥ずかしそうに微笑《ほほえ》んだ。眼が赤くなっている以外は、泣く前とどこも変わりがなかった。

「質問を続けていいわ」と、彼女が言った。

私はそうした。他に何ができる。「彼は私の事務所のことを佐伯氏の卓上メモで見つけたらしいが、佐伯氏のマンションへはどうして入れたのだろうか」

「佐伯さんから合鍵を渡されていたのよ。あの人は何か手掛りを摑んだりするとすぐに佐伯さんに会いたがって、彼のマンションのロビーで何時間も待っていたりするの。そんなことが何度か続いたあと、佐伯さんが気の毒がってスペアキーを預けてくれたの」

「それにしても、メモに書いてある探偵事務所をいきなり訪ねるのは、いささか無謀な気もするが」

「それは、探偵を雇うという話が以前から出ていたからだと思うわ。佐伯さんは、自分の調査ではあの人の身許をなかなか突きとめられないので責任を感じていたらしいの。専門家に頼めばもっと有効な方法に通じているはずだ、という意見だったの。でも、あの人は自分のことを知る人間が一人でも増えることには抵抗があったようだわ。結局、もう少し二人だけでやってみる、ただし、佐伯さんは適当な探偵がいるかどうか、二、三当たってみる――そういう話になっていたの。メモであなたの事務所の名前を見つけたとき、あの人がすぐに訪ねてみる気になったのも不思議ではないと思うわ」

私はうなずいた。「では、アタッシュ・ケースに入っていたという札束を使用したことはありますか」

「ええ。あの人はできることなら手を付けたくなかったらしいけど……用心して、わたしが買物をするときに小さくしたものを使うようにしていたの。でも、昨日はうっかりして両替済みのお金を切らしていたので、わたしが二、三日前にキャッシュ・カードで引き出していたお金を、あの人にむりやり持たせたのよ。それが、これだったの」彼女はテーブルの上の都民銀行の封筒を指差した。

「あの人が初めてわたしのお金を受け取ってくれたというのに、伝票を入れたままにするなんて迂闊《うかつ》な話ね……それが、わたしたちにとって幸運なミスになってくれればいいんだけど」彼女は私の顔をうかがった。

「幸運の女神という柄じゃないが、少なくとも疫病神にはならないようにしよう」

私は立ち上がって、キッチンの壁に掛かった時計を見た。まもなく二時になろうとしていた。「あなたのお蔭で、かなり様子が摑めて来ましたよ。こんなに遅くまで付き合わせて申しわけない。約束は忘れていないから、安心してもらいたい。何か分かれば連絡します」私はポケットから名刺を一枚出して、テーブルの上に置いた。「あなたも何かあったら、ここへ電話して下さい」

彼女はうなずき、椅子を立って、テレビの棚から私のコートを取ってくれた。

「一つだけ訊いておきたい」と、私は言った。「彼は例の拳銃を持ち歩くことがありますか」

「いいえ、決して。アタッシュ・ケースに入れたままです」

「念のために確認してくれますか。できれば、どういう拳銃か見ておきたいんですが」

彼女はためらった。

「ああ、うっかりしていた」と、私は言った。「アタッシュ・ケースの中には拳銃と一緒に大金が入っているんでしたね。では、こうしよう。私はこれでアパートの外に出ますから、ドア・チェーンを掛けて、ドア越しに拳銃を見せてもらえませんか」

「そんな必要はないわ。拳銃はすぐにお見せします。ただ、あの人はずっとあの拳銃に苦しめられているのに、心のどこかでは、あの拳銃を自分の分身のようにも感じているらしいから……」

「解らなくはない」と、私は言った。元来、武器にはそういう性質があるのだ。嫌悪され、愛好される。

「拳銃を取ってきます」と言って、彼女は部屋を出た。ほとんど待つ間もなく、彼女が口を開けたままのアタッシュ・ケースを持って戻って来た。顔色がなくなっていた。

「あの人、拳銃を持ち出したんだわ！」彼女はアタッシュ・ケースをテーブルの上に取り落とした。五、六個の札束が不換紙幣の正体を暴露するように軽々しい音を立てて跳びはねた。そのとき、電話のベルが鳴った。

「あの人よ、きっと」と、彼女が言った。そして、部屋の外へ走り出ると、廊下の突き当たりにある電話に駈け寄って、受話器を取ろうとした。だが、私の手が彼女の手を押さえつけていた。

18

海部雅美は受話器を取ろうともがきながら、口もきけずに怒りと不信のこもった眼で私を凝視していた。

「もしも」と、私は口早やに言った。「いいですか。もしも、彼からの電話ではなくて、私がさっきかかって来るかも知れないと注意したような電話だったら――」私は一秒で考え、一秒で決断した。「私が彼のふりをして電話に出ます。いいですね？」

彼女が抗議しようとしたので、私は押さえていた彼女の手を放した。彼女は反射的に受話器を取り、「もしもし」と言った。

「ええ、海部雅美はわたしですけど……」相手の声に耳を傾けていた彼女の顔に、次第に失望の色が広がっていった。彼女は受話器を塞《ふさ》いで、私に言った。

「「そこに、佐伯直樹氏の〝協力者〟と言える人物がいるなら、電話に出してくれ」って、言ってるわ」

私が手を差し出すと、彼女は私のもくろみに手を貸すべきかどうか迷いながらも、受話器を渡した。

「替わった」と、私は電話の相手に言った。本来電話に出るべき男の声を真似るような芸当はできないので、ぼそぼそと喋った。「あんたは誰だ？　誰に電話をかけている？」

「お宅は本当に佐伯直樹氏の協力者かね？」と、落ち着いた男の声が訊いた。

海部雅美は居間に入って明かりをつけ、近くのソファの肘掛けに腰をおろして、不安げな視線を私に向けた。

「そう言えないことはない」と、私は答えた。「しかし、誰に用なのかはっきり名指しすれば、人違いの心配もない」

「お宅は海部という名前じゃないのか。佐伯氏はあいにく自分の協力者としか教えてくれなかったのでね」

「佐伯直樹の協力者に、何の用だ？」

「申しわけないが、簡単なテストをさせてもらうよ。佐伯直樹氏の職業は？　以前の勤め先は？　住所は？　年齢は？」

「ルポ・ライター、〈朝日〉、中野、三十才。第五問を忘れている。現在の居所は？　木曜日以来、行方不明」

男は笑った。「どうも、恐縮だね」

「今度はこっちの番だ」と、私は言った。「あんたの名は？　職業は？　住所は？　年齢は？　そして、用件は？」

「佐伯氏の意見では、そんな質問は無用らしいがね。彼によれば、私たちは知り合いだそうで、今年の夏には一緒に〝ある事件〟に関係した間柄らしいからね。お互いに名前も知らないというのに」

「ある事件とは、どの事件のことだ？」

「それを、私に訊かれても困るんだ。その事件に私が関係していたというのは佐伯氏の勝手な憶測で、それが誤解だということはお宅が証明してくれるはずなんだがね。もっとも、お宅のほうは間違いなくその事件に関係しているとしての話だが」

私は、電話応答サービスのオペレーター嬢が〝若くはなく、ある程度の年配で、自信たっぷりで、人にものを言いつけ慣れている感じ〟と形容した声のことを思い出した。そういえば、そう聞こえないこともない。

「用件をうかがおう」と、私は言った。

「まず、私とお宅が今夜初めて接触したのであることを説明して、佐伯氏の誤解を解くこと。それから、夏の事件の全貌を背後関係に至るまで、きちんと証拠だてて話してくれること。そうすれば、佐伯氏が現在置かれている状況から解放されるために尽力できるかも知れないし、その話の内容次第ではそれ相当の報酬を用意する。あまり桁《けた》外れの要求をされても応じかねるがね」

「佐伯さんの身柄を拘束しているのは、あんたなのか」

私の言葉を聞いて、海部雅美の表情が硬くなるのが分かった。

「そうは言わなかったはずだよ」と、電話の男は言った。人をインチキしたような気にさせる、無邪気な口振りだった。

「彼を解放する手立てを知っている、ということだな？」

「そういう表現なら、イエスと答えて構わないようだね」

「報酬はいくらだと言った？」

「まだ、言ってないよ。お宅の話次第だが、もし当方の期待する条件を充たしているような情報であれば、支払可能な金額は最高で一億――しかし、お宅の話に価値を認めなければ、いくらでも値切られることになるよ。最低額は断わるまでもないだろう？」

「結構な話だが……これ以上は電話で片づけられるような話とは思えないな」

「賛成だね。まず、お宅と私、二人だけで会う。どこか適当な人ごみの中がいいね。なにしろ、お宅の手許には物騒な代物があるはずだから、人のいないような暗い路地で会うのはごめんこうむりたい。ところで、その代物は手許にあるんだろうね？　それは何よりも大事な証拠物件だから、当然一億の報酬の中に含まれるよ」

「心配ご無用。それで、いつ、どこへ行けばいい？」

「明日――いや、もう今日だな。今日の午後一時、新宿駅南口、改札の外」

「あんたをどうして見分ける？」

「そうだね……雨が降っていなければコウモリ傘、雨が降っていればチェックのハンチングが目印だ。いずれにしても、ハンチングをかぶってコウモリ傘を持って行くんだがね。それに、ロひげを生やした小太りの五十男で分かるかね？」

「少し目立ち過ぎじゃないか。禿げ頭でもなければハンチングは遠慮してくれ」

男は悲しげに言った。「帽子が趣味なんだがね。もっと地味なものをかぶるから勘弁してもらえないだろうか」

「勝手にしてくれ」と、私は苦笑しながら言った。

「ありがたい。で、お宅の目印は？」

「必要ないね。こっちがあんたを見つける」

「いささか不公平だが、まァ、いいだろう。それから、例の代物は絶対所持してこないこと。私はああいうものには近づくのも嫌でね。ただし、その物騒なものから発射した銃弾を一発だけ見せてもらえると非常にありがたいんだが」

「一向に構わん」

「ところで、海部氏でないとすれば、お宅の名前は？」

「佐伯直樹氏の〝協力者〟」

「そうだろうと思ったよ。では、今日の午後に」男が電話を切ったので、私も受話器を置いた。

私は居間に入って、海部雅美に電話の内容を話した。電話の相手の応対をそのままに取れば、海部と名乗った男とは面識がなく、私が別人であることも気づかず、彼が記憶を失っていることも知らないことになる。それをどこまで信用していいのか判らなかった。電話の男は〝夏のある事件〟がどういうものか知っているようだが、誰がそれに関係しているかは知らないような態度を取った。いずれにしても、佐伯直樹は記憶喪失の男と電話の男を結ぶ線上に、〝夏のある事件〟を置いて調査をすすめ、その途上で身柄を拘束されることになったのではないだろうか……。

海部雅美は、私の話が半分しか耳に入らないようだった。彼が拳銃を持ち出したというショックからまだ立ち直っていなかった。

私は時間をかけて、このアパートがいかに危険であるかを、彼女に説明しなければならなかった。電話の男は〝夏のある事件〟の鍵を握っているらしい佐伯直樹の〝協力者〟と拳銃を、今日の午後一時まで待たなくとも、このアパートで押さえられると考える可能性があった。このアパートを突きとめるのはさほど困難なことではないのだ。私は、彼女に今夜だけはこのアパートを離れているべきであると言った。彼女は簡単には応じようとしなかった。彼からの電話がいつかかってくるか分からないのに、ここを離れるわけにはいかないと言うのだ。しかし、万一彼女自身が人質として使われるようなことになれば、彼が窮地に陥ることになるのだと説いて、ようやく彼女を納得させた。

彼女は同業の女友達に電話をかけて、一晩泊めてもらうことにした。アタッシュ・ケースと札束は、彼が帰宅したときに必要とするかも知れないので、元の場所に戻した。都民銀行の封筒に入ったお金は、彼が預けたのだから自分が返してもらうわけにはいかないと彼女が言い張るので、私は自分のポケットに戻した。これ以上、時間をかけてはいられなかったのだ。彼女は彼への伝言を残し、身支度をして、私と一緒にアパートを出た。

環八通りを走るブルーバードの中で、私は彼女に一つだけ質問した。「彼は拳銃の種類か名前を言いませんでしたか」

「確か〝ルガー〟だと言ってたわ。何か番号が付いていたような気がするけど……」

「〝ルガーP08〟ですか」

「ええ、たぶんそうよ。それの、銃身を長くした型だと言っていたと思うわ。拳銃から何か手掛りが得られるかも知れないので、一時は詳しく調べようとしていたの」

約二十分後に、私は海部雅美を高井戸東《たかいどひがし》の女友達のアパートに送り届けた。井ノ頭通りから方南町《ほうなんちょう》経由で、三時半過ぎに西新宿の事務所に帰り着いた。車庫付きの家などには住めないので、ブルーバードを事務所の駐車場に戻さなければならなかった。

この時間はすでにこの界隈でさえ寝静まっていて、動くものは自分の両足だけ、聞こえるものは自分の足音だけだった。私は事務所のビルの階段を昇りかけて、郵便受けの扉の下から小さな白いものがはみだしてるのに気がついた。扉を開けると、ハネの折り方に特徴のある例の紙ヒコーキが入っていた。それをコートのポケットに突っ込んで、私は再び重い足を階段に運んだ。

事務所の中は何の異常もなかった。窓から飛び降りようとする女も、カラオケの伴奏で歌っているヤクザも、右手を隠した記憶喪失者もいなかった。私はデスクに腰をおろして電話応答サービスのダイヤルをまわした。深夜から早朝まで勤務している男のアルバイト学生が、寝ぼけた声で電話が一件だけ入っていると答えた。

「〇時ちょうどに、サエキナオキ様の代理という方から〝明朝九時に事務所に電話をする〟、以上です」

私は疲れていたし、このアルバイト学生からは何も訊き出せそうになかったので、礼を言って電話を切った。コートのポケットから紙ヒコーキを出すと、折り目を元に戻して広げた。〈マンハッタン・トランスファー〉なるグループのコンサートのチラシの余白に、元パートナーの伝言があった。

清和会のやつらが出入りするのを見た。まだ迷惑をかけているかと思うと、本当に申しわけない。しかし、元気な姿で事務所から出てきたのを見たときは、ほっとしたよ。

こんなものを書くのも危ないのは解っている

が、どうしても知らせたいことがあったので。

　八時過ぎに、事務所の窓から飛び降りて逃げた黒いジャンパーの女が、十分ぐらいたって引き返して来ると、通りの反対側に駐車してあった白い車に乗って走り去った。その車のナンバーは――練馬　59　ぬ　9375。

　今夜はあまり飲んでいないし、眼はまだ達者だから間違いないはずだ。余計なことかも知れないが、とりあえず一報する。では、また。

W

　私は受話器を取って、新宿署のダイヤルをまわした。

「はい、こちらは新宿署です」腹が立つくらい元気な声が、バテ気味の五感に響いた。私は捜査課の錦織警部を出してくれるように頼んだ。

「ちょっとお待ち下さい。えー、錦織警部は勤務明けで、現在署にはおりませんが」明日結婚するとでもいうように、明るく溌剌《はつらつ》とした口調だった。明日離婚が成立するのかも知れない。

「では、捜査課の当直の人を」

「はい。そのままで、お待ち下さい。すぐお呼びします」

　私は待っているあいだにタバコに火をつけた。舌が痺《しび》れてしまって、馬の糞に火をつけても違いが分からなかった。

「捜査課です」今度は、ベテランの刑事らしいそっけない声だった。

「錦織警部に伝言をお願いします」

「錦織警部に。お名前は？」

「澤崎」

「澤崎さんですね。伝言をどうぞ」

「練馬　59　ぬ　9375」

「……9375ですね。はい？」

　私は電話を切った。車のナンバーを手帳に書き写し、コンサートのチラシに紙マッチで火をつけて灰になるのを待った。それから、事務所の明かりを消し、ドアに鍵をかけ、廊下の奥の共同物置へ行った。半年分溜めている新聞の束の中から、七月中旬の数日分の新聞を抜き出して、ビルをあとにした。

私は小滝橋《おたきばし》通りまで歩いて、タクシーを拾い、四時ちょうどに自分のアパートに帰った。都知事選の狙撃事件の記事にざっと眼を通してから、ベッドにもぐり込んだ。長く果てしない夢を見たが、今度の事件に関係のあるものは誰ひとり、何ひとつ登場しなかった。

19

翌朝、事務所のデスクでひげを剃りながら朝刊に眼を通していると、電話のベルが鳴った。腕時計の針は八時半をさしていた。電話応答サービスに伝言を残していた佐伯直樹の代理と称する男からの電話にしては、少し早過ぎる。私は電気カミソリのスイッチを切って、受話器を取った。

「おまえか」いきなり、錦織警部の不機嫌な声が聞こえた。

「やけに早いな」と、私はあごの下の剃り残しのひげを撫《な》でながら言った。

「あの伝言は何だ？」と、彼が腹立たしげに訊いた。

「交通係に格下げされたらどうする」と、私は言った。

「あれは車の登録ナンバーだ」

錦織は語気を強めて繰り返した。「あれは何だ？」

「昨日の夜、おれの事務所に忍び込んだ者がいる。そいつの車のナンバーだ」

「泥棒か。何を盗まれたんだ？」

「いや、盗まれたものはない。橋爪に出くわして窓から逃走したんだ。ナンバーはすでに照会済みのはずだ。車の所有者の名前を教えてくれ」

「おまえは一体どういう神経をしてるんだ？　たとえ親友に頼まれたとしても、おれは職権濫用《らんよう》をするつもりなどない。まして、おまえなんかのためにどうしてそんな真似をしなきゃならんのだ？」

「あんたに親友だって。世の中にそれくらい想像しにくいものはないな。陸運事務所へ行って、書類に書き込み、手数料を払えば、あんたの手を借りることもない」

「だったら、そうしろ」

「時間が惜しいんだ。少しばかり協力してもらいたいね」

「お断わりだ。おまえの事務所に入るような間抜けな野郎は、ほうっておいてもいずれ捕まる。おまえの事務所には、盗んで得になるようなものは何もあるまい」

「橋爪と発想がまったく同じだよ。警察と暴力団が同類だと思われるのも、むべなるかなだな。野郎と言ったが、あの車の所有者は男なのか」

「うるさい。泥棒なら近くの交番に届けろ」

「そして、佐伯直樹の行方についての手掛りも、交番の巡査に譲るのか」

「何だと？」と、錦織は声を荒らげた。「まだ、そんな仕事を続けているのか。おまえはおれの言ったことを忘れたのか」

「昨夜ベッドに入るまでは憶えていたがね。陽は沈み、陽はまた昇る」

「フン、中野署の連中に公務執行妨害で逮捕させたっていいんだぜ」

「そういえば、あの事件のことはなぜ新聞に出ないんだ？　あの死体の身許には何か不都合でもあるのか」

「探偵、おまえは何を知っている？」錦織の声がにわかに鋭くなった。「この車の持ち主と、佐伯直樹の失踪とどういう関係があるんだ？」

「それは言えない。午後こっちの用がすみ次第、署へ出向く。その車の持ち主を二人で仲良く訪ねるというのはどうだ？」

錦織は考えてから答えた。「面白くもおかしくもない提案だが、暇つぶしに付き合ってやろう。おれは三時頃までは歌舞伎町の傷害事件の検証で手が放せない」

「三時過ぎに、連絡する」と、私は言った。

錦織は自分のデスクにつながる直通電話の番号を教えてから、言った。「澤崎、はっきり言っておくぞ。おれにだって親友の二人や三人はいるんだ」

「親友は、二人や三人などという数え方はしない」

「黙れ！　おまえという奴は虫が好かん」電話はいきなり切れた。

私は電気カミソリのスイッチを入れて、ひげを剃り終えた。それから、再び受話器を取って仰木弁護士のダイヤルをまわした。

「こちらは仰木法律事務所です」と、女の事務員が応えた。

「仰木弁護士を。こちらは渡辺探偵事務所の澤崎です」

「そのままでお待ち下さい」電話を切り換える音がした。

「やァ、探偵さんか」仰木の明けっぴろげな声が聞こえた。

「電話を待っていたんだ。どうかね、その後の調査は？　佐伯君のことを訊ねて来た例の男は見つかったかね」

「いや。だが、あの男の名前は判ったようだ」

「ほう、何というんだ？」

「カイフマサミ。たぶん、間違いないだろう。この名前に心当たりはないか」

「いや、ないな。残念だが、佐伯君の交友関係はほとんど知らないと言っていいんだ」

「弁護士が二人もそろっていて、雇い主の大事な一人娘の亭主の交友関係もご存知ないとは、職務怠慢もいいところだな」

「一言もないね。彼が新聞社を辞めたとき、そういう調査の必要を更科氏に進言したんだがね、きっぱり断わられた」

「それでもなお調査するのが、有能な弁護士じゃないのか」

「その通り。しかしな、おれはあの夫婦には好感をもっていたし、佐伯君は信用のできる人間だと考えていたんだよ」

「弁護士が誰かを信用するという話は初耳だな」

「あんたはおれのことを買いかぶっているよ」と言って、彼は笑った。

私は話題を変えた。「あんたなら知っているだろう。佐伯氏のマンションの件は、なぜ新聞に出ないのだ？」

「実はそのことなんだ。おれは昨夜あれから、更科・神谷両家の名前が表に出ることを極力押さえるために奔走していた。ところが、その必要はまったくなかったのさ。警察のほうがもっと大きな問題で頭を抱えているらしい」

「それは、どういうことだ？」

「あの死体が所持していた警察手帳は正真正銘の本物で、伊原勇吉という刑事も確かに八王子署にいた。ただし、半年前から肝臓の病気で休職中になっており、実は入院先のベッドで今にも死にかけている。たぶん、死にかけているほうが本物で、死んでしまったのは偽者だと思うが、警察としても軽率には断定できないでいるんだ。どちらの伊原も訊問に答えられるような状態ではないので、調査は一向に進まない。いずれにしても、二つの伊原勇吉名義の警察手帳が存在することは確かで、鑑定によればどちらも偽造とはいえないそうだ。そこが、警察としては頭の痛いところで、身分証明書および警察手帳の管理上の不始末ということになれば大問題だし、下手をすると全警察官の信用問題にもなりかねない。その辺の調査がはっきりするまでは、この事件は公開されない」

「そういうことか……で、佐伯氏のことはどうなる？」

「事件のほうは非公開だが、彼と彼の車は昨夜のうちに手配された。つまり、形式上はわれわれのほうからの保護願いを受けて、ということだが……名緒子さんの前では言いにくいが、佐伯君の身に危険が及ぶ可能性も否定できない。だから、おれの独断で手続きをしたが、間違った処置ではないはずだ」

「そうだな。しかし、彼女は見かけと違って意外にしっかりしている。余計な隠しだては無用だと思うね」

「そうかも知れん。小さい頃から知っていると、つい子供扱いをしてしまうようだな」仰木は話を元に戻した。「それで、あんたはカイフという男を捜し出すつもりか」

「昨夜、都内に住む五人のカイフマサミという男に当たってみたが、思わしい結果は得られなかった」

私が仰木弁護士に伝えている調査状況は、必ずしも嘘ではなかったが故意に遅らせたものだった。最新の調査結果はまず依頼人にこそ伝えるべきである。それに、昨夜私の事務所に何者かが侵入した時点で、私がこの件に関わっていることを知っていた数少ない人間のなかに、この弁護士も含まれていた。

私は近めに釣り球を投げた。「それより、佐伯氏に私を紹介した人間を突きとめるつもりだ。その線から、佐伯氏の足取りが摑めるかも知れない」

「彼は電話帳か何かであんたの事務所を見つけたわけじゃないのか。彼にあんたを紹介した者がいるのか」

彼の口振りには強い関心が感じられた。彼の質問が電話線の途中で宙ぶらりんになった。

「突きとめられそうかね、その人物を」と、仰木は重ねて訊いた。

「およその見当はついているが、まだ確証がない。はっきりしたら連絡する」

「そうか……おれは〈東神〉の用事で神谷会長に呼ばれているので、夕方までは戻らない。何か進展があったら、夜にでも連絡してもらおう」弁護士は電話を切った。

私は、事務所へ来る途中で買ってきたあんパンと牛乳で、手早く朝飯をすませた。和洋折衷《せっちゅう》にろくなものはないがあんパンだけは例外だというのが、元パートナーの渡辺の持論だった。まだ、そういうものが彼の喉を通っていた頃の話だ。

九時を過ぎても、佐伯直樹の代理と称する男からの電話はかかって来なかった。私は『布石の心得』を手に取って、昨夜の続きを読みはじめた。第二章は石の形に関する六つの心得からなっている。〝棋理〟というのは、とかく人生や仕事に関する示唆に富むもので、思考はともすれば消息を絶っている二人の男に傾きがちだった。大竹九段の論旨に気持を集中して、どうにか第二章を読み終えたときは九時四十分をまわっていた。

私は電話がかかってこない理由をあれこれ考えてみた。あるいは、最初から電話をかけるつもりはなくて、この時間に私が事務所にいるようにすることが目的だったのかも知れない。私はデスクを離れて、窓のブラインドの隙間から下の駐車場や通りをうかがった。いつもと変わらぬくすんだ街の景色は、ここからわずか数百メートルのところに日本で一番高い地価をつけられた土地があるとは信じられないという、いつもと変わらぬ感慨を呼び起こした。この事務所の窓を見張っているような人影も車も見当たらなかった。

やっと、電話のベルが鳴った。私はデスクに戻って、受話器を取った。

「もしもし……澤崎さんですか」佐伯名緒子の声だった。少し平静を欠いているように聞こえた。彼女との約束の十時には、まだ少し時間があった。

「どうしましたか」と、私は訊いた。

「京王線の新宿駅に着いて、公衆電話からかけているのですが……久我山を出たときから、男の人がずっとあとを尾《つ》けて来るようなんです。このまま、澤崎さんの事務所へ行っていいのかどうか分からなくて――」

「男は二人ですか」

「ええ、そうですわ」

「たぶん、中野署の刑事たちでしょう。構いませんから、そのまま護衛付きで――」私は少し考えた。私の身許を彼らに知られるのは少し先に延ばしたほうがよさそうだ。

「失礼。予定を変更しましょう。西口の地下から高層ビルのほうへ行く途中に〈ハリー・ライム〉という喫茶店があるのをご存知ですか」

「ええ、知ってますわ。出版社の仕事で何度か行ったことがありますから」

「では、そこで待っていて下さい。遅くとも三十分以内に行きます。刑事たちのことは気にする必要はありません」

「分かりました」と、彼女は言って、電話を切った。

私はコートを肩に掛けて、事務所をあとにした。ビルの出入口に立って周囲を見まわしたが、気になるような人影や車はなかった。空は一面の薄曇りで陽は射していなかったが、昨日よりも少し気温は上がっていた。予報では、今日は降らないと言っている。車を二、三台やりすごして、私は通りを渡った。向かいの薬局で、いつものタバコを二箱買った。毛をむしられた鳥を連想させる七十過ぎの店主が、お釣りを渡しながら言った。「仕方がなかったんだよ。あいつらに脅されて、むりやり承知させられたんだ。でも、たとえ渡辺さんを見かけても、あいつらに知らせるつもりはなかったんだよ」

「あんたの眼のことで、連中は暴力を振るわなかったかね」

「いや、そんなことはないが……あのヤクザ、一万円札をたった一枚だけよこして、あんたのビルの入口がよく見えるように眼鏡を買えって言ったよ。畜生、この年になるまで眼鏡なんかの世話になったことはないのに」

「橋爪らしいな。いまどき一万円で眼鏡が買えるのか」

「冗談じゃないよ。片方のレンズだって買えやしないよ」

私は上衣のポケットを探って、彼の手に福沢諭吉を一枚握らせた。「片方の眼は、私のために使ってくれ」

「そうしよう」と、彼はしたり顔で言った。

私は買ったタバコのセロファンを剝ぎ取り、一本くわえて火をつけた。小滝橋通りに出て新宿駅まで徒歩で十二、三分かかった。青梅街道の大ガード前の信号を渡るときに、紺のスェードのジャンパーに黒のスラックスの男が私を尾けているのに気づいた。三十代半ばのスマートな身体つきの男で、短く刈った頭にレイ・バンのサングラスがよく似合っていた。尾行のための必需品だとでも言うようにスポーツ新聞を小脇にはさんでいた。尾行術の前提は、相手が尾行されることを知らないということである。相手がその気で周囲に注意を払っていれば、まずどんなテクニックを使っても通用しないのだ。私は男を従えたまま、小田急ハルクの地下入口を降りて、新宿駅の西口広場——昭和四十四年以降は〝通路〟だそうだ——を横切って、ハリー・ライムへ向かった。依頼人には二人の刑事のお供があるのに、こちらは私一人ではいささか淋しいというものだ。

20

〈ハリー・ライム〉の店内では、中野署の二人の刑事はチェス盤の中に迷い込んだ二個の将棋の歩のように目立った。インテリア雑誌のグラビアに載せるためにデザインしたようなこの店の客層は、ファッション雑誌から抜け出たような男女ばかりなのだった。なにしろ、コーヒーと注文するだけで、生クリームだのシナモンだのナッツだのと頼みもしないものがついて来て、ウィンナー・コーヒー一杯五百円也を徴収されることになっているからだ。あわててメニューを見直しても、それより低予算ですませたければ無銭飲食しか方法はなかった。ぶらさがりの背広に千円均一のネクタイ、着古したスリー・シーズン・コートに擦り減った模造皮の靴、すこぶる短い髪にいかつい顔の男の二人組は、開店以来の珍客に違いない。しかも、彼らは尾行のセオリー通り出入口にいちばん近いボックスに陣取っていた。

目立つという点では私も彼らにひけを取らなかったが、こちらは優雅な連れのお蔭で、刑事たちのようにうつむいて場違いな雰囲気に耐える必要はなかった。彼女は店の奥の、若き日のオーソン・ウェルズが人を食った微笑を浮かべている壁一面の拡大写真の前に坐っていた。午前十時過ぎだと言うのに、店内は七分の入りでざわついていた。

「どうも。昨夜は眠れましたか」私は彼女の向かいに腰をおろした。

「ええ、何とか」と、彼女は言って微笑した。昨日の装いとはがらりと変わって、ライムグリーンのVネックのセーターと黒いスラックスに、緑と黒のヘリンボンの上衣をはおっていた。濃い緑色の珠をつないだ首飾りをしていたが、それよりもVネックからのぞいている色白の肌のほうが輝いて見えた。ハンドバッグも黒に変わっていた。

「入口のそばにいるコートの二人連れがそうですね」と、私は訊いた。

彼女は彼らのほうを見ないで、うなずいた。蝶ネクタイをしたウェイターが注文を取りに来たので、五百円のコーヒーを頼んだ。レイ・バンのサングラスの男が入って来て、私たちと刑事たちのちょうど中間に空席を見つけた。腰をおろすより早く、〝清原、西武入り濃厚〟という赤い大きな見出しのスポーツ紙を広げて、顔を隠した。店内にはギター独奏の音楽が流れていたが、思いのほか『第三の男』のテーマではなかった。

「初めに――」と、私は言った。サングラスの男に聞こえないように声を低くした。「佐伯氏のマンションで別れてからの調査経過を報告しておきます」

佐伯の郵便受けから持ち出した府中第一病院の手紙のこと、海部と名乗った男が預けた封筒に入っていた伝票のこと、佐伯の先輩記者の辰巳と娘の玲子のこと、事務所に忍び込んだ侵入者のこと、海部雅美という女から訊き出した記憶喪失の男のこと、そして彼と佐伯との関係、最後に佐伯の行方を知っているらしい人物から電話があったことまでを、私は彼女に話した。彼女は聞いたことをよく理解しようとするように、しばらくオーソン・ウェルズの口許を見つめて考えにふけっていた。私は話の途中で届いたコーヒーを飲んだ。

やがて彼女は私に視線を戻した。ここへ来る前に、銀行に寄って一週間分の探偵料を払い込んだと言った。そして、不安そうな顔で続けた。「主人の行方を知っているらしい人にお会いになる件ですけど……あの、危険ではないのでしょうか。つまり、警察に知らせなくてもいいのでしょうか」

佐伯直樹の妻としては当然すぎる反応だった。

「方法は二つです」と、私は言った。「一つは、これから中野署へ出向いて知っていることを全部話し、警察の手にすべてを任せること――私の仕事は事実上、それで終わりです。警察は記憶喪失の男が再び私を訪ねてくる可能性を考慮して、おそらく張り込みの刑事と一緒に私を事務所に缶詰めにするでしょう。私が捜査の指揮を取っていればそうします。問題はご主人の身の安全という点でどうするのが最善かということです。警察に任せれば、私の責任は軽くなって大いに結構だが、果たしてそれが最善かどうかは誰にも判りません。もう一つの方法は、すべてを私に任せることです……あなたはその両方は望めない」

彼女はすぐに心を決めた。「分かりました。あなたにすべてお任せしますわ」

私はうなずいた。「では、これまでの調査で何か気づいたことはありませんか」

「佐伯が調べていたという、記憶喪失の人が関わった

〝夏のある事件〟というのは何でしょうか」

「正確なことは分からないが、有力なのは七月の都知事選で起こった狙撃事件ではないかと思われます」

「やはり、そうですか。一つ思い出したことがあるのです。あの選挙のとき、〈東京新聞〉の遊軍記者として勤務している大学の同窓生の方から、佐伯に一緒に働かないかという話があったんですの」

「ほう……話して下さい」

「確か投票日の十日ほど前に、向坂《さきさか》候補を陥れようとするスキャンダルの怪文書が出て大騒ぎになりましたわね。あれで、自社のスタッフだけでは少々手薄になったから応援を頼むという電話がその方からかかって来たのを、わたしが受けたのです」

　私は佐伯の同窓だという記者の名前を訊いて、手帳に控えた。

「佐伯は記者に戻れるチャンスかも知れないと言って出かけました。でも、二、三日後にはすっかり気分を害して帰って来て、あの仕事は断わったと言うんですの。彼としては都知事選の取材に参加できるつもりだったのが、実際はスキャンダルの女性の、そのまた昔の愛人らしい男の住居を一晩中見張るようなことをさせられたらしくて……その話はそれきりになったと思っていたんですけど」

　向坂候補を陥れようとしたスキャンダルについては、昨夜読みかえした当時の新聞でも触れていた。ただし、噂の出所が発行者不明のいわゆる怪文書だったので、その扱いは簡略かつ慎重だった。騒ぎ立てたのは専ら写真週刊誌、三流芸能誌の類いだったはずである。怪文書の内容は、溝口敬子《みぞぐちけいこ》という未婚の母の生後九カ月になる男の子の父親は都知事候補の向坂晨哉《しんや》氏で、彼はその子の母親のせめて認知だけはしてほしいという願いを頑《かたく》なに拒否している、というものだった。その未婚の母は、向坂候補や彼の実弟で映画俳優兼プロデューサーの向坂晃司《こうじ》らの銀座の行きつけの高級クラブのママだった。向坂候補は、怪文書の内容は全く身に憶えのないことであるという声明を発表した。三大新聞やテレビはこのスキャンダルをまともに取り扱わなかったし、八百七十万人の選挙民の大勢もまともに受け取らなかったが、そこが怪文書の怪文書たる所以《ゆえん》だった。その時点までは、向坂候補と三選を狙う革新系の対立候補・矢内原氏との情勢は五分と見られていたが、これでわずかながら後者が優位に立ったと判断した識者も少なくなかった。怪文書の発行者は所期の目的を果たしたわけで、祝杯を用意して選挙戦の大詰めを見守っていたに違いない。だが、思いがけない伏兵が登場して予想もしない逆転劇が起こったのだ。問題の銀座のクラブのママには、溝口宏《ひろし》という二十四、五才になる弟がいた。自衛隊、右翼団体、暴力団などを転々としたあげく、当時は多額の借金のために暴力金融に追われて行方をくらましていた彼が、自衛隊時代に扱いをおぼえた拳銃を手に入れて、立川駅頭で演説中の向坂候補を狙撃したのだ。「姉貴を侮辱した向坂という野郎にはおれがオトシマエをつける」と騒いでいたのを、彼の遊び仲間たちが耳にしていた。溝口が逃走の果てに死亡してしまったので、彼の犯行の背後関係の有無は不明のままだった。姉の溝口敬子は、怪文書の内容についても、弟の起こした狙撃事件についても沈黙を通したので、警察は何の確証も摑めなかった。彼女は弟の事故死のショックで入院したあと、マスコミの攻勢を逃れてどこかへ身を隠している、と新聞は報道していた。

　佐伯名緒子は、優雅な花模様のついた外国産の白磁のポットから、紅茶をカップに注いだ。私たちはこれまでの調査で判ったことについて、さらに二、三話し合ったが、これといったことは何も出て来なかった。

　私はタバコに火をつけて言った。「一つお願いがあります。ここでお話ししたことは、しばらく誰にも内緒にしていただきたい」

彼女の顔にかすかに当惑の色が浮かんだが、佐伯の安全のために何を優先させるべきかはわきまえていた。

「分かりました」と、彼女は答えた。

「昨日の電話で、ある人物に会うのに同行してもらいたい、と言ったのを憶えていますね」

「ええ、もちろんですわ」

「これから副都心の〈東神ビル〉へ行って、あなたの義理の母上に会います。相談役の更科頼子女史です」

名緒子は思いがけない様子だった。佐伯直樹が更科頼子のベンツに乗車したという辰巳玲子の話は伏せていたので、彼女の驚きは当然だった。

「母上のオフィスへ電話を入れて諒解を取って下さい。佐伯氏の失踪に関する大事な用件だと言ってもらいたい。十一時にうかがうことにしましょう。東神ビルへは十分もあれば着ける。ただし、私が同行することは内密にして下さい」

「母のオフィスに電話することは滅多にありませんの」彼女はハンドバッグの中を探って、小さな電話帳を取り出した。「もう、問題は佐伯とわたしだけのことではなくなっているのですね」

「いつだってそうなのです。二人だけで生きていたわけではない。順調なときはそういうものは眼に入らないのです」

「そうですわね……ことさら、つらい気分になることはやめますわ」と言って、彼女は微笑んだ。「母に電話してきます。この対決はちょっと見逃せませんからね」

彼女は席を立った。この弾力性のある心を持った女が、愛する夫とのあいだに何らかの確執を生じるようになった理由が、私にはもう一つ理解できなかった。この女に愛されていながら、幸せにできないと考える男――それが私の捜し出すべき男だった。

二人の刑事とレイ・バンのサングラスの男が、名緒子を眼で追っていたが、行先がレジの後方にある電話ボックスだと分かると、さっと顔を伏せた。私は上衣のポケットから名刺を一枚とペンを出し、名刺の裏に急いで数行のメモを書きつけた。

〝私の身許は表記の通り。佐伯名緒子と私はこれから東神ビルへ行き、彼女の義母に面会する。逃げも隠れもしないし、彼女が佐伯直樹に密会することもない。それより、店の中央でスポーツ紙を読んでいる、紺のジャンパー、サングラスの男の身許を洗ってもらいたい。彼は私を尾行中で、佐伯直樹の行方についての手掛りを持っている可能性がある。不審があれば新宿署の錦織警部に問い合わせられたし〟

　このメモをどういう方法で中野署の刑事たち――彼らがそうだとして――に渡すか。刑事の一人がその問題に答えを出してくれた。彼女の電話が長引いているので安心したのか、若いほうの刑事が店の奥にあるトイレに立ったのだ。私は適当な時間をおき、タバコを消してトイレに向かった。

〝化粧室〟と書かれたドアの中は洗面所で、奥にさらにもう一つドアがあった。刑事はその向こうで用を足していた。まもなくドアが開いて彼が出て来たが、そこに私がいるのを見てぎょっとなった。三十代前半の童顔の男で、背は私より低いが柔道の軽量級三段といった体格だった。彼は「失礼」と言って、私の脇をすり抜けようとした。

「ちょっと待ってくれ」と、私は彼を呼び止めた。

「きみらは中野署の刑事だね」

「いや、違いますよ。何か勘違いしてるよ」彼はどぎまぎして、眼をそらした。

「ほう、そうかね。それでは、二人組の怪しい男が妙齢のご婦人を自宅から尾《つ》けまわしていると、一一〇番したほうがいいのかな？」

　彼は童顔の奥で、この状況をどう切り抜けたらいいのか思案した。結局、尾行が失敗している以上騒ぎを大きくしないほうが無難だと判断したらしい。「分かったよ。その通り、われわれは中野署の者だ。それがどうしたと言うんだ？」

「警察手帳を見せてくれ」と、私は言った。「もっとも、近頃は警察手帳を所持しているから警察官であるとは限らないらしいが」

彼の顔色が変わった。「あんたは何者だ？」

「まず、警察手帳だよ」と、私は催促した。

彼は観念して上衣の内ポケットから警察手帳をちょっとのぞかせ、奪われることを恐れるかのように急いで引っ込めた。私は用意しておいた名刺を出して、最初にその表を彼に読ませた。それから、裏返しにして彼に渡した。「そこに書いたことを、同僚と相談してもらいたい。もし、オーケーなら……そうだな、あんたのコートを脱いでくれ。それが合図だ」

彼がメモを読みかけたので、私は出口を指差して言った。「急ぐんだ。二人でここにいる時間が長過ぎる。それに、尾行中に小便しようなんてとんでもない料簡《りようけん》だぜ」

彼は私を睨みつけると、名刺をポケットにしまって出て行った。私は三十秒待ってから、洗面所を出た。

名緒子は電話を終えて席に戻っていた。「やっと母の承諾が取れたんですけど、どうしても挨拶をしておかなきゃいけない来客があるので、十一時十五分にしてくれって言うんですの。構いません？」

「もちろんです。一時間は待たされる覚悟でしたから」

「母は会長を辞めてからはそんなに忙しくはないんですよ。いまは会長の惣一郎兄さんがすべてを切りまわしているので、母はお飾りみたいなものらしいわ」

私たちはどちらからともなくタバコを出して口にした。年配の刑事が席を立って電話ボックスに入った。レイ・バンのサングラスの男は周囲で何が起こっているのかも知らずに、相変わらずスポーツ新聞に首を突っ込んでいた。これだけ熟読すれば、今日の紙面に発表されている〈ダイヤモンドグラブ賞〉の十八人の選手とその得票数をそらで言えるに違いない。依頼人に視線を戻すと、昨日と同じ細身のライターで私のタバコにも火をつけてくれた。

「辰巳さんのお嬢さんて、どんな方かしら？」と、彼女が訊いた。

私はゆっくりと煙を吐いた。「独身、三十才前後、背恰好はあなたと同じくらいで中肉中背、髪はかなり長く、明るい顔立ち、服装は商売柄少し派手め、しかし、落ち着いたしっかりした女性らしい」

彼女は苦笑した。「いかにも探偵さんらしい報告ですわね。分かってらっしゃるでしょうけど、そういうことが知りたくて訊ねたのではありませんの」

「彼女は佐伯氏の失踪を非常に心配しています」

「佐伯に好意を持ってらっしゃるんでしょうか」

「彼女の心をのぞいてみたわけではないので、私には分かりませんね。しかし、彼女と彼女の父親が口にしたことなら伝えることはできる。聞きたいですか」

「ええ」と、彼女は恥ずかしそうに言った。

「これは料金外のサービスということにしましょう。辰巳玲子は佐伯氏が好きだと言いましたよ。彼女の父親も、娘は佐伯君に好意を持っているのではないかと言いましたね」

彼女は複雑な顔をしていた。自分の亭主を好きな女がいると聞けば、嫌な気持が半分でいい気持が半分というところだろうか。顔は自然複雑にならざるをえない。

電話ボックスの年配の刑事は一つ電話をかけ終えると、またダイヤルをまわしはじめた。おそらく最初は中野署で、次ぎは新宿署だろう。

「澤崎さんは、結婚なさっているんでしょう？」と、彼女がタバコを消しながら訊ねた。

「いや、独り者ですよ」と、私は答えた。

「まァ、どうしてですの？　独身主義なのですか」

「そんなことはない」

「どうして、結婚なさらないの？」

「プロポーズの仕方を知らないのです」と言って、私は笑った。「それに、私は女性の好みはうるさくないほうですが、一つだけ、探偵と結婚したがる女はあまり好みではないようですね」彼女も笑った。

年配の刑事が二つめの電話を終えると、自分の席へ戻りながら同僚に耳打ちした。若い刑事は不服そうな顔をしたが、すぐにコートを脱いだ。

私はタバコを消し、伝票を摑んで名緒子に訊いた。

「誰があなたに私の身上調査を依頼したのです？」

21

〈東神ビル〉はブラック・ビルという通称の通り、副都心の高層ビル区域の一郭に位置して、三十六階建の黒光りのする偉容《いよう》を誇っていた。磨きあげた黒曜石ふうの外壁とクローム仕上げの鋼材を多用した外観は、完成当時こそ不気味だとか墓石のようだと陰口を叩かれたが、見慣れると周囲の白っぽい高層ビルより遥かに穏やかで、重量感があった。好天には光り輝くが、雨天や夜とともに落ち着きのある、ひっそりとしたたたずまいを見せた。

地階に新宿‐横浜間をつなぐ〝東神急行〟のターミナル駅と大駐車場を擁し、階上を〈東神グループ〉の本社、東神デパート、パークサイド・ホテル、それにテナント部門で四分していた。東神本社はビルの北東部を占めており、佐伯名緒子と私はその正面玄関を入って行った。

広々としたロビーを横切って中央の受付へ向かうと、カウンターの中の三人の受付嬢と談笑していた三十代後半の女性が、待ち構えていたように名緒子を迎えた。

「いらっしゃいませ、奥様。秘書課の成瀬《なるせ》と申します」彼女は上品な服装と上品な化粧の内側に、見慣れない同伴者に対する好奇心を上品に隠して、ご案内しますと言った。

「お願いしますわ」と、名緒子が答えた。

成瀬秘書は、受付の隣りに三台並んでいるエレベーターの前を素通りし、このビルに入った時から私に注意を向けている警備係の立っている角を曲がって、その奥の重役専用エレベーターへ案内した。エレベーターの行先は八階から十階までに限られており、成瀬秘書が十階のボタンを押すと、まるで二階に着くようにすばやく静かに十階に着いた。

エレベーターを出たところにも受付があり、日本人とは思えない目鼻立ちの受付嬢が立ち上がって、日本語で挨拶した。成瀬秘書は毛足の長いダークグレーの絨緞《じゆうたん》を敷きつめた廊下を案内していった。私は思いついて、受付に寄った。

「仰木弁護士はおみえになっていますか」と、私は訊ねた。

受付嬢は自分の前にある来客簿のファイルを調べてから、「はい、十時におみえになっております」と、答えた。

「神谷会長に会いに？」

「さようです」

「では、韮塚弁護士は？」

受付嬢は再びファイルに眼をやった。「いいえ、おみえになっておりません」

「どうも、ありがとう」と、私は礼を言った。

「どういたしまして」と、混血の受付嬢が応《こた》えた。

私は、廊下の角で待っている成瀬秘書と名緒子に追いついた。角を曲がると、幅五メートル、奥行き五十メートルの、廊下というよりはロビーのようなスペースに出た。二百人程度のパーティを開くには十分な広さと雰囲気があった。突き当たりにガラス張りのパノラマのような窓があって、北側の〈ホテル・センチュリーハイアット〉が見えた。もっと近くへ寄れば、右手に〈住友ビル〉、〈三井ビル〉、左手に中央公園を見おろす景観が一望のもとになるはずだった。しかし、飽くまでもそこは廊下なのだった。その証拠に、両側の五十メートルのウォールナット材の壁には、その背後にこの社の中枢を収容しているはずの重厚なドアがずらりと並んでいた。成瀬秘書は、私たちを右側のほぼ中央に位置するひときわ立派なドアの前に導いた。ドアの真ん中に十センチ四方の銀製のプレートがはめ込まれていて、そこに更科頼子の名前が刻まれていた。

彼女はそのドアを開けて、私がかつて見たことのあるどの社長室よりも広くて豪華な一室に私たちを案内した。だが、そこは彼女の仕事場である秘書室だった。彼女は名緒子と私のコートを受け取って、部屋の隅にある家具調のロッカーの中に吊した。それから、部屋の奥にあるドアをノックし、ドアを開けた。私たちを中に入れると、自分は秘書室に残って私の背後でドアを閉めた。

更科頼子が義理の娘を迎えるために、大きな執務デスクを迂回して私たちのほうへ近づいて来た。彼女は昨日更科邸で見かけたときと同じに見える濃紺のティラード・スーツを着ていた。もっとも、私には同じに見えても同じスーツではないのだろう。年齢は夫の更科修蔵より九つ年下の四十七才のはずだが、仕事を持ち、財産を持ち、子供を産まず、美容に励んでいるせいか、四十前と言っても通りそうな外見だった。容貌は、父・神谷惣之助ゆずりなのでお世辞にも美人とはいえないが、地位と財産のある女性に備わった一種の品格のようなものがあった。少なくとも、テレビや雑誌のグラビアなどで見る更科頼子女史より魅力的に見えたが、あるいはレンズのほうが正直なのかも知れない。

「いらっしゃい、名緒子さん。ここへ来てくれたのは、結婚後は初めてじゃなくて?」彼女は義理の娘の手を取った。

「無理を言ってごめんなさいね、お母さん」名緒子は私を振り返って言った。「こちら、母です」

　更科頼子は初めて私の存在に気づいたというように、娘の手を放して、私に注意を向けた。

「こちらは渡辺探偵事務所の澤崎さん」と、名緒子は私を義母に紹介した。

「まァ、あなたが……主人から話は聞いております。娘夫婦が大変お世話になっているそうで——」彼女は私のほうへ手を差し出しながら進んできた。

「私と握手をなさろうというんですか」と、私は訊いた。

　頼子女史は面喰らって立ち止まった。「あら、いけませんか」孤児院の少年に寄付は要らないと断わられたような顔つきだった。

「握手をしたがる人には警戒心が働くのです。私が最後に握手をした男は、私の事務所をビルから叩き出そうとした悪質な不動産屋だったし、私が最後に握手をした女性は護身術の教官で、私をその場で投げ飛ばすつもりでしたからね」

　娘がくすくす笑ったので、義母も仕方なく苦笑した。私は一歩前に出て頼子女史の手を取り、軽く握手をした。彼女の意図していた握手とは全然別の性質のものになった。

　彼女は外国語で喋りだすのではないかと不安になるほど派手な身振りをまじえて、言った。「名緒子はあなたのことをとても高く評価しているようですわ。主人もそうなのですよ。わたくしがこの世でいちばん信頼している二人が保証しているんですから、わたくしも無条件であなたを信頼させていただきますわ」

「私のことを買いかぶっておられるのです」これは電話での仰木弁護士の科白《せりふ》だった。「その証拠に、こんなに高い所へ連れて来られて足が震えている」

「まァ、いつまでもそんなところに立たせたままで申しわけありません。さァ、こちらへどうぞ」彼女は私たちを部屋の中央にある豪華な革張りの応接セットへ案内した。彼女と私は向かい合い、名緒子は義母の隣りに腰をおろした。ちょうど見計らったようにドアをノックする音がして、成瀬秘書が私と頼子女史にはコーヒーを、名緒子には紅茶を運んで来た。

この部屋は、手前の秘書室と大きさこそあまり変わらなかったが、北側がすべてガラス張りになっているので、〈三井ビル〉、〈京王プラザホテル〉、〈KDDビル〉が横一列に並んで見渡せた。左手の壁に一点、鮮やかな色彩の絵が掛けてあった。成瀬秘書が退出すると、部屋の主が声をあらためて言った。

「わざわざおいでになったのは、世間話をなさるためではございませんでしょう。ご用件をどうぞ」

私はうなずいた。「二、三おうかがいしたいことがあります。あなたとご主人とのあいだにはお子さんはないのですか」

「名緒子はわたくしたちの子供ですよ。でも、あなたの質問はそういう意味じゃありませんわね。ええ、わたくしは子供を産んだことがありません。非常に残念ですが、わたくしは子供ができない身体でしたので……ですから、更科に名緒子さんという連れ子があったのは、わたくしとしてはとても幸せだったと思います」彼女は自分が何故こんなことを話しているのか分からないという表情を浮かべていた。

「澤崎さん」と、名緒子が横から口を入れた。「そんなことが、佐伯の失踪と何か関係がありまして？」

「いや……名緒子さん、あなたたち夫婦はどうして子供がないのです？　これも彼の失踪とは関係ありませんか」

　彼女は初めて見せる不愉快な顔で、首を横に振った。

「昨日、私はこの事件の調査で三人の女性に会った。そのうちの一人は、まだ十九才だから不思議はないとしても、三人とも子供がいない。最近の女性は子供を産まなくなっているのですか」

　義母と娘は顔を見合わせた。私が何を言いたいのか理解できないのだ。私自身にも解っていなかった。頼子女史が国営テレビの第二放送で見せるような顔つきで言った。「今年の春、東神デパートの企画部が女性消費者を対象に調査した統計によりますと、確かに――」

　現代女性に関するもっともらしい論議におけるもっともらしい意見に一区切りつくまで、私たち聴講者は三分間待たなければならなかった。

「失礼」と、私は口を挟んだ。「あなたは佐伯氏の失踪の原因について、名緒子さんや更科氏の知らないことを何かご存知ではありませんか」

「いいえ。いいえ、何も……」と、彼女は不意を衝《つ》かれて口ごもった。「もし、そうであれば主人か名緒子にちゃんと話しております。だって、妻の名緒子が知らないようなことをわたくしが知っているなんて、ありえないことですよ」

「しかし、こういうこともあります――夫の行方を妻は知らない、彼の子供たちも知らない、彼の両親も知らない、彼の友人も知らない、会社の同僚や上司も知らない、彼の妻の父も知らない、ところが、ほとんど接触もなかったはずの妻の母親が知っていた――これは統計などではない。私の乏《とぼ》しい経験のなかで二度もあったことです。男にとって妻の母親というのは、ちょっと特別な存在であるような気もしたので、うかがってみたのです」

「わたくしも佐伯さんにとってそういう存在だったらよかったのにね。魔法みたいに、佐伯さんを名緒子の前に出してあげられたら、本当によかったのに……」彼女の身振りは、往年のハリウッド映画の母親役を見る思いだった。

私は訊いた。「あなたが最後に佐伯氏にお会いになったのは、いつですか」

「さァ、どうでしょう」と、彼女は言って、娘のほうに助けを求めた。「名緒子さん、憶えてる？　夏休みに軽井沢でだったかしら、それとも、父の十三回忌の法事があった九月だったかしら……いえ、あの時は佐伯さんは欠席だったわね」

私は佐伯名緒子に言った。「しばらく、お母さんと二人だけにしてくれませんか」

頼子女史が動かしていた手が空中でぴたりと止まった。株主総会に出席した札《ふだ》付きの総会屋を見るような眼で、私を見つめた。

名緒子はちょっと戸惑っていたが、私の要求に対する不審の念より、夫の行方を捜す仕事に協力することを優先させた。「久しぶりだから、ここの上にある東神の美術館をのぞいて来ます。父と母が一緒に集めた〝印象派〟のコレクションこそ、二人の可愛い子供たちと言えるかも知れないわ。世間では、東神の資産の中でも最も将来性のあるものと言ってるそうですけど……じゃあね、お母さん」彼女は足早やに部屋を出て行った。

私はタバコを出して火をつけ、頼子女史が気持を整理する時間を与えた。彼女は冷めてしまったコーヒーのカップを飲む気もなく手にし、また元に戻した。

「同じ質問をもう一度繰り返しますか」と、私は訊いた。

彼女は頭を振った。「その必要はありません。名緒子には聞かせたくないことがあったので、嘘をついてしまったのです。わたくしが佐伯さんに最後に会ったのは、たぶん先週の水曜日か木曜日だったと思います」

「木曜日の午後二時過ぎに、佐伯氏のマンションの前で彼にお会いになっている。その時のことですか」

「やっぱり、ご存知なんですね。運転手の長谷川ですか、あなたにそのことを喋ったのは」

私は彼女の質問を無視した。「それ以後、佐伯氏に会ったことはないですか」

「ええ、その時が最後です。もう、嘘は申しませんわ」

「それ以前は?」

「いいえ。それ以前は、それこそ夏休みに軽井沢で会ったのか、九月の法事で会ったのか……とにかく、名緒子のいないところで佐伯さんに会ったのは、後にも先にも先週の木曜日だけのはずです」

「分かりました。では、そのときのことを話して下さい」


頼子女史は硬い表情で話しはじめた。「韮塚弁護士を通して佐伯さんが名緒子との離婚のことを通告して来たとき、わたくしは母親として何とかしなくてはと思ったんです。だって、あまりにも名緒子がかわいそうで……あれだけ愛し合って結ばれ、彼が新聞社を辞めた後の失意のときも、一所懸命彼の支えとなって来たのに……」

「最近では、半ば別居状態だったのではありませんか」

「でも、あの子の佐伯さんに対する気持は少しも変わっていないのですよ。それなのに、自分の口からならまだしも弁護士を通じて、慰謝料まで請求してくるなんて……別れるというのなら仕方ありませんが、あの子の気持を傷つけることだけは許せません」彼女は声をつまらせて、しばらく言葉が出なかった。

「そのことで、佐伯氏にお会いになったのですか」

「ええ。あの日は近くへ行ったついでに、長谷川に言いって、佐伯さんのマンションへ向かってもらったのです。でも、実際のところは本当に彼を訪ねることができたかどうか分かりません。母親として何とかしなければという気持はありましたが……今思うと、やはり名緒子とは義理の仲であるという負い目が、必要以上に母親らしく振る舞わせたのかも知れませんけど……ところが、彼のマンションの前にさしかかると、本人がわたくしの車の前を横切るじゃありませんか。これは神様がわたくしに母親の役目を果たせと命じているのだと思って、長谷川に佐伯さんを呼び止めさせたのです」

辰巳玲子が〈ルナ・パーク〉という喫茶店から目撃したことに矛盾するところはなかった。私は彼女の話の続きに耳を傾けた。

「長谷川にマンションの周辺を走らせて、二、三十分ほど佐伯さんと話しました。彼は「名緒子が憎くてこんなことをするわけじゃない」と言うのです。「しかし、名緒子が二度と自分の顔など見たくないという気にさせないと、結局今まで通りの中途半端な状態から抜けられない。今度は自分も相当の覚悟なのだ」と。わたくしは「それは男の勝手な考えで、女というものが全然解っていない。確かにそれで名緒子はあなたのことを思い切るかも知れないけど、それでは女としての幸せや将来までも思い切ってしまうような、深い心の傷を受けかねない」と言いました。「少なくとも、あなたのほうから慰謝料を請求するようなひどい真似はやめて下さい。もし、お金が必要だと言うのなら、わたくしがあなたに五千万円でも一億円でも差し上げます。そのかわり、名緒子の前ではこの離婚は金銭の絡《から》まない穏便な離婚に見せかけるようにして下さい」

――わたくしは、そう頼んだのです」

「佐伯氏の答えは？」

「彼はどうしても自分の考えを変えようとはしませんでした。「名緒子のためを思えばこそ、こういう荒療治が必要だし、自分もこれからの人生を出直すには、その金が必要なのだ」と言うのです。「更科家の娘の別れた元亭主があんまり恥ずかしい暮らしをしていては、ご迷惑でしょうから……」それが佐伯さんの最後の言葉でした」彼女は空《むな》しく手を振って、溜め息をついた。

「しかし、佐伯氏は田園調布の邸には現われなかった？」

「そうなのです」

「佐伯氏があなたのベンツを降りたのはどこでしたか」

「彼のマンションの前に戻って、同じ場所で降ろしました」

「彼はそのあとの予定などを話しませんでしたか」

「確か……「自分も車で出かけなければならないから、マンションの前で降ろして下されば結構」と」

「車でどこへ行くとは言わなかったのですね？」

「聞いていません。「八時に田園調布でお会いします」と言って、車を降りて行きました」

「では、その夜彼が現われなかったときには、かなり異常なことだとは思いませんでしたか」

「そうなんですが、主人は終始無言ですし、弁護士の韮塚さんは佐伯さんを非難するばかりで、肝腎の名緒子は不本意な離婚が先に延びてほっとしているようだし……わたくしも、名緒子がつらい思いをするのが先に延びてほっとしたのは同じなのですが、恥ずかしい話、わたくしは佐伯さんがもっと欲を出したのではないかと心配していたのです。近いうちにもっと多額の金を要求して来るのかも知れない、と。何かの事件に捲き込まれて、田園調布へ来れないのだとは考えてもみませんでした」

結局、佐伯直樹の木曜日の足取りが三十分間伸びただけのことで、収穫らしいものは何もなかった。私はタバコを消した。

「澤崎さん。あなたはこのことを名緒子にお話になるつもりですか」彼女は派手な身振りも忘れて、真顔《まがお》で訊いた。

「彼女に訊かれれば話さないわけにはいかないでしょう。席をはずさせたのですから、何を話したのか必ず訊かれるでしょう。しかし、これはあなたがご自分で話すべきことだとお考えなら、私の出る幕ではありません」

「でも、名緒子が受けるショックのことも考えないと――」

「彼女はあなたが思っておられるほどひ弱な女性ではありませんよ。佐伯氏と裏で話をつけようとしたことは快く思わないでしょうが」

「仕方がなかったんですよ、あの子のために。佐伯さんもあなたが思っているほど悪い人間ではないのです。彼なりに精いっぱい名緒子のことを考えているつもりなんです」

「佐伯氏が悪い人間だと誰が言いました？　私は、まだ一度も会ったことのない佐伯氏の善悪などに関心はないのです」

　上衣のポケットに入っている佐伯直樹のスナップ写真の優しさと逞しさの同居した顔を、私は思い浮かべた。「しかし、こういう感想なら言えますね。妻の愛情を受け入れておとなしくしていれば、いつかは東神の資産の半分を自由にできるかも知れない立場にいるのに、五千万円の慰謝料で身を退《ひ》こうとしている三十才の青年には、善悪を云々する以前にある種の興味を覚えますね」

「そう……」と、彼女は言った。「かつては、わたくしも佐伯さんにはそれに近い印象を持っていたのですよ。でも、韮塚弁護士への電話によって事情は変わったと、わたくしは思っています」

　私は腕時計で時間を確かめた。十一時四十五分だった。

頼子女史が立ち上がった。「名緒子に話すしか方法はないとおっしゃるのね」彼女は特大のデスクに戻り、内線電話のボタンを押した。すぐに成瀬秘書の返事が聞こえた。

「ちょっと待って」と、彼女は言って、内線電話を切った。「澤崎さん、主人の話ではあなたは買収には応じない方だそうだけど——」彼女は未練がましく言った。

私は苦笑した。「念のために金額だけは聞いておいても構いませんよ。事務所へ戻ってから、後悔の念にかられて泣き出すために」

彼女は諦めて、成瀬秘書を呼び出し、美術館にいる娘を呼ぶように命じた。

「彼女にもう一つ頼んで下さい」と、私は言った。

「運転手の長谷川氏と二人だけで話せるように、手筈《てはず》を整えていただけませんか」

彼女は首を傾げた。「長谷川にはもう会って話をお聞きになったんじゃないんですか。わたくしと佐伯さんが会ったことは彼に聞かれたんでしょう?」

「いいえ、違いますよ」

「では、誰にお聞きになったんです?」

「あなたのご存知ない人物です」

彼女の表情がこわばった。「あなたはわたくしの話が本当かどうか、長谷川に確かめるつもりですか。わたくしの話を疑っていらっしゃるんですね」

「あなたとは今日初めてお会いしたばかりですよ。疑うとか信じるとかいう言葉が出てくること自体どうかしていますね。私はただ、佐伯氏を捜し出すのに手抜きはしないのです」

「名緒子は最高の猟犬を雇ったようですわね」と、彼女は口を歪めて言った。皮肉は褒《ほ》め言葉として聞き、褒め言葉は皮肉として聞いておくのが無難である。

「佐伯氏の身に危険が及ぶ可能性もあるのはご存知でしょう。あなたは二十四時間前にさっきの話を私にすることもできたのですよ」

彼女の顔が赤くなった。人に非難されることに慣れていないのだ。彼女は不機嫌な声で、運転手の長谷川を呼ぶように秘書に命じた。

私はソファから立ち上がって、左手の壁に一点だけ掛かっている絵を見に行った。縦横ともに一メートル弱の油絵の風景画だった。画面の大半は黄色と黄緑色の畑で、赤と白の花が点在している。左上の塀で区切られた外側に、二軒の家や林や山並みが見える。山の上に黄色い太陽が輝き、空までが黄色に染まっている。カレンダーの複製で見憶えのあるゴッホの作品だが、本物かどうか私には判らなかった。しかし、この部屋にあるものなら『モナ・リザ』でもない限り、私は本物だというほうに賭ける。

私はこの部屋の主を振り返った。「お宅のような大企業でも、都知事の椅子に誰が坐るか――保守か革新かによって、影響があるものですか。あるいは、大企業だからこそ影響がありますかと訊ねるべきかな」

更科頼子は表情のない顔で私を見つめた。部屋の両端にいながらお互いの心臓の音が聞こえるのではないかと思われるほどの沈黙が支配した。

ドアをノックする音が沈黙を破って、佐伯名緒子が部屋に戻って来た。彼女はテニスの試合を観戦しているように、義理の母と私を交互に見較べた。内線電話の呼出し音が鳴り、長谷川さんがおみえになりました、と言う成瀬秘書の声が聞こえた。私はゴッホの精神病院の裏庭を離れて、秘書室に通じるドアに向かった。

22

私は運転手の長谷川を秘書室から連れ出して、ロビーのような廊下の突き当たりにあるガラス張りのパノラマの前に立っていた。地上十階からの眺めは、何かを見おろしにすることが自分の社会的地位の象徴にならない私にとっては、ただの眺めにすぎなかった。私はパノラマに背を向けて、長谷川に言った。「先週の木曜日に、佐伯氏をベンツに乗せたときのことを訊かせてもらいたい」

「話は奥様からじかに聞いたのだろう？　おれが付け加えることは何もないよ」彼は運転手の帽子を脱いで、禿げ上がった額の汗をハンカチでぬぐった。

「そうとも限らんさ」と、私は言った。「彼女は義理の娘と佐伯氏の問題で頭がいっぱいだったようで、佐伯氏との話もその辺のことしか憶えていない。佐伯氏の失踪のことは聞いているだろう？　あんたならもっとほかのことを憶えているかも知れない」

「佐伯さんのことは聞いたよ。しかし、ベンツをブルーバードと一緒にしてもらっちゃ困るな。あれには運転席とバックシートの間に強化ガラスの仕切りが装備してあるんだ。ほとんど完全防音に近いから、たとえ奥様と佐伯さんがデュエットで『ふたり酒』を歌ってくれたとしても、おれは拍手もできやしないのさ」

「では、彼らの会話は全然聞いていないのか」

「一言も」

「話しているときの二人の様子は見えただろう？」

「バックシートをじろじろ見るような真似はしない。偶然、ルームミラーに映ったのを見た感じでは、何かむずかしい話のようだったな」

長谷川の証言に望みをつないでいたが、期待したような手掛りは得られなかった。しかし、訊くべきことは訊き終えなければならない。

「佐伯氏を降ろした場所は？」

「元の場所だよ。彼のマンションの前だ」

「彼がベンツに乗っていた時間は？」

「三十分足らずかな。計っていたわけじゃないから正確なことは分からんがね」

「何か気のきいたことの一つも憶えていないのか」私はポケットからタバコを出した。

「おれの仕事は車の運転だ」と、彼はそっけなく言った。そして、付け加えた。「佐伯さんがベンツを降りて運転席の窓をノックしたので、ほんのちょっと言葉を交わしたがね」

「ほう」私は長谷川にタバコをすすめた。彼は一本抜き取り、ポケットからヤニ取りのパイプを出してタバコに付けてから、口にくわえた。用意のいい男だ。

「何を話したんだね？」私は紙マッチで二本のタバコに火をつけた。

「佐伯さんは弟のことを訊ねたよ」と、長谷川はタバコの煙を吐き出しながら言った。

「弟だって、誰の？」

「おれの弟さ。おれと違ってできのいい弟でね、大学まで行って、ちゃんと試験を受けて東神に入社したんだ。ニューヨーク支社に五年いて、二代目が会長に就任したとき呼び戻された。いまは秘書課にいて、会長付きの三人の秘書の一人だ」

長谷川の口調からは、弟を自慢にしているのか馬鹿にしているのか、よく分からなかった。

「佐伯氏はあんたの弟さんの何を訊いたんだ？」

「ただの挨拶代わりだよ。だいぶ会ってないが元気にしているか、もう子供はできたのか、相変わらず毎朝のランニングは続けているか――弟の靖彦《やすひこ》は学生時代は長距離の選手だったんでね――そんなことを訊かれただけさ」

「答えは?」

「元気で、子供は女の子が一人、ランニングのほうは外車にかぶれてからはさっぱりで、最近はダークブルーのBMWなんか乗りまわしている——そう、答えたよ」

「そんなことを訊ねる間柄なのかね、二人は?」

「そうでもないさ。弟はおれより七つ年下の四十一才だから、佐伯さんよりだいぶ先輩なんだが、どっちも〈早稲田〉の出身なので会えば口をきく程度の付き合いはあった。とくに、弟がニューヨークへ行く前、佐伯さんが〈朝日〉に入社したばかりの頃は……しかし、弟が向こうから帰ってからは、佐伯さんもあんな状態になっていたし、最近は誰かに訊かなきゃお互いに近況も分からないということじゃないか」

更科頼子の執務室と同じ並びの、ビルの北東の角に当たる部屋のドアが開いて、男が二人出てきた。長谷川が彼らを見て「噂をすれば影だ」と言った。スリーピースのダークスーツに洒落《しゃれ》た金縁の眼鏡をかけ、長谷川を一まわり若くしてスマートにした感じの男が、仰木弁護士と一緒だった。弁護士は昨日と同じ冴《さ》えない風采《ふうさい》で、古ぼけた鞄をさげていた。彼らは私たちに気づいて、近づいてきた。

「ご精勤じゃないか」と、仰木は私に言った。「紹介しよう。神谷会長の秘書の長谷川君。運転手の長谷川さんの弟でなかなかの秀才だ」東大卒が早稲田卒をなかなかの秀才と褒《ほ》めるときの口調は、余人にはとうてい真似のできないニュアンスがあった。

「こちらは、探偵の澤崎氏。名緒子さんの依頼で、佐伯君の行方を捜してもらっている」

「長谷川です。よろしく」と、彼は言った。私は、こちらこそと応じた。

秘書は運転手に眼を移した。「兄さんはこんなところで何をしてるんだ?」

「探偵さんに呼ばれて、厳しい訊問を受けたところさ」兄はタバコを棄てるために、廊下の向こうの隅にある陶製の灰皿のほうへ歩み去った。

弟は私に視線を戻した。「では、ぼくにもお訊きになりたいことがあるんじゃないですか。いま仰木弁護士の質問には答えたばかりですが」

「佐伯氏の失踪について、何か心当たりがおありですか」と、私は訊いた。

「いいえ、まったく。ただ、驚いているだけです」

「佐伯氏に最後に会われたのはいつですか」

「それが、仰木弁護士にも訊かれたんですが……二年前にニューヨークから帰って来てからは、彼に会っているかどうかはっきりしないんですよ。それ以前なら、彼は大学の後輩でもあるし、二、三度一緒に酒を飲んだりしたことがあるんですがね」

「そうですか。ご協力いただいて、どうも……ちょっと、失礼」

私もタバコを棄てに行き、途中で運転手の長谷川と擦れ違った。

「澤崎さん」と、仰木が私を追ってきて、低い声で訊いた。「佐伯君にあんたを紹介した人物ははっきりしたかね？」

私は少し考えてから、うなずいた。「新宿署の刑事だった。正確には、錦織という警部だが」

「警部だって？　それは意外だったな。佐伯君の知人なのかね、その錦織という警部は？」

「佐伯氏が新聞記者だった頃に知り合ったそうだ」

「その警部は佐伯君があんたを雇おうとした理由を聞いているだろう？」

「いや、聞かなかったと言っている」

「では、佐伯君の失踪の理由も知らないのかね？」

「そう言っている」

「それは残念だな」仰木弁護士は大きな溜め息をついた。

「警官の言うことを素直に信用できるのは、ただ一つこちらも同じ警官である場合に限る」と、私は言った。

「どういうことだ？」と、仰木が訊いた。「その錦織という警部が何か知っていて、隠しているということか」

「その可能性もある」

仰木弁護士はしばらく考えてから、言った。「少し圧力をかけてみるか。コネを使って、その男に」

私は頭を振った。「どうぞご随意に。しかし、後で苦情を言われても困るから忠告しておくが、錦織に圧力をかけたりしたら、あんた、一生後悔することになるよ」

「その手の刑事《デカ》か」仰木は眉をひそめた。

「その手以上の刑事《デカ》だ」と、私は言った。

更科女史の執務室のドアが開いて、更科頼子本人と佐伯名緒子が出て来た。二人は私たちを見つけて、近寄って来た。二人の様子からは、娘は義母の話を思ったより平静に聞いたように見受けられた。長谷川兄弟も、彼女たちのあとに従った。

「皆さん、お集まりですね」と、相談役が言った。

「澤崎さん、長谷川からお話はお聞きになりまして？」

「ええ。ついでに、彼の弟さんからも」

「そうですか。名緒子と相談して、わたくしの弟もあなたに紹介しておこうということにしました。弟には内線で知らせてありますから、参りましょうか」

「神谷会長にですか」と、私は訊いた。

「そうです。弟も是非あなたにお会いしたいと言っています。何かご都合でも？」

「いや。しかし、神谷会長には私ひとりでお会いしたいですね」

誰もが、頼子女史の顔色をうかがった。彼女は背筋をぴんと伸ばし、こみあげる怒りを抑えて言った。

「そうでした。それがあなたのお好みの訊問方法でしたわね。どうぞ、ご自由に。そこを入って、秘書の誰かにそうおっしゃれば、会長室に通してくれるはずですから。では、わたくしはこれで失礼します」彼女は義理の娘にひとこと声をかけ、私たちに背を向けて自分の部屋へ戻った。

「少し待っていて下さい」と、私は名緒子に言って、会長室のドアのほうへ向かった。秘書の長谷川が先に行って、銀のプレートに神谷惣一郎の名前を刻んだドアを開けてくれた。

会長室に通じる秘書室の広さは、相談役の秘書室と大して変わらなかったが、こちらは男女数名の秘書がデスクについて忙しそうに仕事をしていた。長谷川秘書は自分のデスクの内線電話を取ってボタンを押した。「澤崎さんがおみえになっております……そうです。相談役からご連絡の……はい、承知しました」彼は電話を切って、私に言った。「そのドアから、どうぞ」

私は〈東神グループ〉のピラミッドの頂点に位置する会長室に入った。神谷惣一郎は、相談役の部屋の配置とは反対になっているデスクのところで立ち上がって、私を迎えた。

「さァ、どうぞこちらへ」

会長室もまた相談役の部屋と広さに変わりはなかったが、角部屋で二方がガラス張りになっているので一段と明るく、機能的かつ実務的に見えた。

私は彼のデスクまで歩いた。「澤崎です。お忙しいところを申しわけありません」

「神谷です。どうぞ、お坐り下さい」

私は、デスクの手前に並んでいる二脚の椅子の一つに腰をおろした。少し前まで、仰木弁護士と長谷川秘書が坐っていた椅子だと思われた。会長の背後の壁に、初代会長・神谷惣之助の肖像画が掛かっていた。大胆な筆使いは梅原龍三郎のような画風だった。彼にこの種の肖像画の作品があるのかどうか知らないが、美術界に勢力を持つ更科修蔵の存在を考えるとありえないことではなさそうだった。

神谷惣一郎は年齢三十二才なのだが、デスクの向こうに坐っているこのビルの所有者はかなり老《ふ》けて見えた。以前テレビや新聞で見ていた頃は、私と同世代だとばかり思っていたのだが、こうして実物を見ても三十二才には見えなかった。頭髪には白いものがまじり、姉と違って父親似ではない中高な顔にも小さなしわが目についた。年上の人間ばかりを部下として使っていると、早く老けるのかも知れない。中肉中背の筋張った体格に、眼の細い大陸系の顔が短い首でつながっている感じは、こういう宏壮なオフィスよりも工事現場でヘルメットをかぶっているほうが似合いそうだった。着ている茶系統のスーツにしても高級なものに違いないのだが、彼が自由にできる資産を考えると何となくみすぼらしく見えるから不思議だった。彼は腕時計を見て言った。「ちょうど十二時ですが、澤崎さんはお食事は？」

「いや、実は一時までにすませたい用事がもう一つあって、あまり時間がないのです。できたら、十五分ばかり時間をもらって、お訊ねしたいことがあるのですが」

「どうぞ。姪の名緒子と佐伯君のために働いておられるあなたには、全面的に協力させていただきます」

私は、彼にも佐伯の失踪についてのお定まりの質問を二、三繰り返した。予想した通り、答えは今までに聞いたものと大同小異だった。そこで、少し違った角度から質問してみることにした。私の記憶の中に、神谷惣一郎と〝ある人物〟が豪華なヨットを背景に並んで立っているイメージがちらついていたからだった。

「あなたは、都知事になられた向坂晨哉氏とは懇意にしておられますか」と、私は訊ねた。

彼は急に話題が変わったので、戸惑っているように見えた。「さァ、懇意とは言えないが、何度かお会いして話したことはありますよ。向坂知事はともかく、弟の晃司氏とはかなり懇意にしていると言っていいでしょう。私が東神の会長に就任する以前のことですが、当時彼が国際的なレースに出場したヨットはすべてうちで製作したものでしたから」

私の記憶力もまんざらではなかった。「会長就任後はどうなのですか」と、私は訊いた。

「少しお互いに足が遠のいているようですね……最も接触があったのは私の東神電鉄の社長時代で、姉が会長を務め、まだ更科の義兄が東神の全体を運営していた頃でした。晃司氏の国際的なヨット・レース出場を使った宣伝は、確かにかなりの出費でしたが、長い目で見れば東神のイメージ・アップとして相当なプラスになったと考えています。でも、会長に就任してからはさすがにああいう道楽めいたことはやりにくくなりました。本当は、私と同世代の部課長クラスの連中にはもっと大胆な発想と企画を立ててもらって、私たち重役がそれをチェックしながらも生かして行くというのが本当は理想なんですが、皆さん私よりも堅実な考えの人ばかりで……」彼は頭を振って、苦笑した。

「足が遠のいた理由はあなたの会長就任だけですか」と、私は訊いた。

「晃司氏のほうにも事情があったようです」と、彼は言った。「レース出場は五十八年の〝太平洋グランプリ〟で三位入賞を果たしてちょうど一区切りつきましたし、彼の映画のプロダクションはテレビへ進出するかどうか大変むずかしい時期を迎えていたのです。兄上の都知事選出馬の話が持ち上がったのもその頃だったようです。ヨット・レースどころではなくなったというのが実情でした。彼自身はヨットを乗りまわすには少しばかり年を取り過ぎたと言っていましたがね」

向坂知事が四十五才、弟の晃司氏は三十九才のはずだった。二年前に老け込むような年齢だったとは思えない。神谷会長は私の疑問を察して、先手を打った。

「ヨット・レースへの参加中止が発表されたとき、世間がいろいろ取り沙汰したようなことは根も葉もないことですよ。晃司氏と私が不仲であるとか、お互いの細君同士でトラブルがあったとか、フィリピンの〝アキノ暗殺〟の報道のときに対談した向坂知事と私の姉との口論が、弟たちの提携にまで飛び火したとか、まァ、うるさいことでしたが、どれも事実無根です……そういえば、八月に兄上の知事就任と銃傷の全快祝いをかねたパーティで、晃司氏に久しぶりに会って大いに歓談しましたよ。彼いわく「あなたも東神のトップに立ったのだから、ポンと二、三十億出資して映画製作の仕事に乗り出してもらいたい、こっちは外国映画に負けないようなスケールの大きな映画の企画を温めて待っている」などと、相変わらずの怪気炎をあげていました。しかし──」彼は私と会見していた理由を思い出して、訊いた。「そういうことが、佐伯君の失踪と何か関係があるのですか」

「はっきりしたことは分かりませんが、佐伯氏はこの三カ月ばかり都知事選の狙撃事件ないし怪文書事件の調査をしていたふしがあるのです。それで、あなたと向坂知事の弟さんとのつながりを思い出して、訊ねてみたのです」

「佐伯君は都知事選のことを調べていたのですか。そして、それが彼の失踪の原因だと言うんですか？」

「そこまでは断定できません。八月以降、佐伯氏とは一、二度しか会っていないだろうということでしたが、彼はそのとき向坂知事か彼の弟のことを話題にはしませんでしたか」

「そんなことはなかったと思います。会ったと言っても、更科と神谷の家族がそろうような場所ですから、とてもそんな話題にはなりませんでした」

私はうなずいた。そして、少し考えてから言った。

「あなたに面倒なことをお願いしたいのですが」

「どうぞ。協力すると申し上げたのは単なる社交辞令ではありませんよ。私は佐伯夫妻のためなら、できる限りのことをするつもりです」

彼は私の顔を見つめた。そして、何かを決心したように握り合わせていた両手を広げた。「あなたに聞いておいていただきたいことがあります。名緒子は義理の姪であり、妹同様の存在ですが、私にとってはそれ以上の女性でもあるのです。彼女は私が十六才のとき更科の義兄と一緒に田園調布の邸へ越して来ました。まだ十二才の少女だった。わがままに育った私にとって、生まれて初めて自分の意のままにならぬものがこの世に存在することを知らされました。それどころか、むしろ私のほうが彼女の意のままになりたがっている……私は〈慶応〉に入学したとき、更科の義兄に将来は名緒子を自分の妻に下さいと頼んだことがあります。しかし、義兄は悲しげな顔で「神谷家のような一族に入って苦労させられるのは自分一人でたくさんだ、どうか名緒子のことはそっとしておいてもらえないか」と、逆に懇願されてしまいました。そのせいというわけではないが、私は学生時代と卒業してからしばらくは、かなり荒れた生活を送りました。それから立ち直れたのは、実は佐伯君のお蔭なんです。私より二つ年下の好青年が名緒子の心をしっかり摑み、社会的にも〈朝日〉の記者として活躍している。私の名緒子への気持は妹に対する感情にプラス・アルファしたようなものでしたから、あのカップルを見ていると自分も馬鹿なことはしていられないという気持が湧《わ》いて来たのです。私がこうして父の跡を継げるようになったのはあの二人のお蔭だし、あの二人がいつまでも幸せでいてくれないと、私は困るのです。佐伯君夫妻のためなら、私にできることは何でもするというのは、そういう意味なのです」

従業員一万五千人を超える大企業のトップとしてはいささか青臭い告白に当惑させられたが、私は構わずに話をすすめた。「お願いしたいことは二つです。まず、佐伯氏が失踪前に都知事選に関する調査をしていたことは、まだ依頼人以外には話していません。このことは、ほかの誰にも口外しないようにお願いしたい」

「解りました。そうしましょう」

「もう一つ。これは少々面倒なお願いなのですが――」私は上衣のポケットから名刺を一枚出して、デスクの上をすべらせた。神谷会長はそれを手に取った。

「向坂晃司氏を通して、こういう男が都知事選のときの狙撃事件の首謀者に関することで、知事に面会したがっているとお伝え願えませんか――できるだけ早く。私が直接に交渉したのでは会えるかどうかも分からないが、あなたの紹介があれば先方の応対も違ってくるでしょうから」

「やってみましょう。しかし、これは相手のあることだから確約はできませんよ……だが、狙撃事件の首謀者とおっしゃるとあまり穏やかではないが」

私はうなずいた。「少なくとも首謀者につながる可能性のある手掛りは摑んでいるつもりです。佐伯氏はその首謀者に身柄を拘束されている恐れもあります。その首謀者が向坂氏の敵であることは十分考えられることですから、敵を知るには本人に聞くのが早道ではないでしょうか。向坂知事ほどの人が己の敵を知らぬということは考えられない。そういう人物の名が明らかになれば、私にとっては佐伯氏捜索の重要な手掛りになります。あの事件の首謀者を追及していた佐伯氏が危機に瀕《ひん》していると聞けば、向坂知事も協力を惜しまないと思いますが」

「なるほど、よく解りました。早速、晃司氏に連絡を取ってみましょう」

「こちらは、いつでも結構です。名刺の電話に連絡して下さい」

私たちは立ち上がって、挨拶を交わした。私は秘書室で仕事に戻っている長谷川秘書に軽く手を挙げて、ロビーのような廊下に出た。

佐伯名緒子がひとりでガラス越しにパノラマの向こ

うを眺めていたが、ドアの音を聞いて振り返った。私たちはエレベーターのほうへ向かった。彼女が私のコートを渡しながら、言った。「母の話にはどこか無理があるような気がして仕方ありませんわ」

私たちは立ち止まり、ベンツの中での更科頼子と佐伯の会話を確認した。彼女の義母は、娘にも私に話した通りを伝えていた。

「嘘をついているというのではありません。どこがおかしいのかと訊かれても困るんですけど、二人の会話があんなふうにすすむという感じがしないんですの」

「彼がマンションの前でベンツに乗車したことは確かなんです」私は、辰巳玲子がそれを目撃したときの状況を説明した。玲子の一方通行の逢曳《あいび》きの話を聞いても、今度は名緒子もさほど微妙な反応は示さなかった。どんな苦痛でも、二度目は最初よりしのぎやすい。

私たちは廊下を抜けて、エレベーターの前に出た。混血の受付嬢が立ち上がって挨拶した。私たちはエレベーターに乗り込んだ。

「一階の正面玄関以外に出口がありますか」と、私は訊いた。中野署の刑事たちとは顔を合わせたくなかった。

「地下一階へ降りれば、駐車場から守衛所の前を通って外へ出られます」と、彼女が答えた。地下一階のボタンを押すと、私たちは瞬く間に目的地に着き、エレベーターを降りた。十メートルほどの通路があって、その先に巨大な駐車場が広がっていた。通路の両側はそれぞれ〈輸送課〉と〈車両課〉の表札のある事務所になっていた。〈車両課〉の窓ガラス越しに、作業服の社員にまじって話している運転手の長谷川の姿が眼に入った。彼は私たちにはまったく気づかないようだった。〈輸送課〉のドアの横に病院の受付のような小窓があって、〝タクシーの御用命を承ります〟という貼り紙が出ていた。

「ここでタクシーを呼びましょう。あなたはもう少し私に付き合えますか」

「もちろんです。次ぎはどちらへ？」

「美術鑑賞の後は、写真というのはどうです」

二人ともコートを着て駐車場の一郭で待っていると、タクシーは一分足らずで到着した。私は運転手に行先を告げた。

23

新宿百人町の裏通りの写真屋は、入口のドアの把手に〝昼休み中〟の札がさがっていた。私は構わずに中に入って、大きな声で澤崎だと言った。黒眼鏡の写真屋が口をもぐもぐさせながら奥から現われ、でき上がった写真を入れた封筒を手渡した。

「あまりよく撮《と》れたフィルムじゃなかったな。シャッターが切ってあったのは十二枚のうちの四枚だけだった。断わっとくが料金は変わらない」

私はネガをそのままにして写真だけを封筒から取り出した。サービス・サイズのカラー写真が四枚と、モノクロでキャビネ判に引き伸ばしたものが三枚入っていた。最初の二枚のカラー写真には、一昨日《おととい》の朝、事務所を訪ねて来て海部と名乗った男が写っていた。一枚目は遠くてぼやけていたが、二枚目には彼の特徴がはっきり写っていた。あのときと同じコート姿で、両手をポケットに突っ込んでこっちへ向かって歩いている。背景の感じでは、男が佐伯のマンションを訪れようとしているところを撮影したものだと思われる。それぞれ、十一月十四日と十五日の日付がプリントされていた。

被写体は写真を撮られることに気づいていないように見えた。彼が自分の正体に抱いている不安と慎重さから考えると、簡単に自分の写真を撮らせるとは思えない。だが、佐伯にしてみれば本気であの男の身許を突きとめるつもりなら、写真は必需品のはずだ。写真なしで誰かを捜したり、誰かの身許を確認することがいかに困難であるか、私はよく知っている。佐伯があの男を盗み撮りする――ありえないことではなかった。

三枚目のカラー写真には、ごたごたした街並みにビルや看板がやたらと写っていて、一見何を撮ろうとしたのか不明だった。四枚目も同じときに同じ街で撮影したものらしいが、こちらにははっきりした被写体があった。画面の左端に青色の乗用車がほぼ正面を向いて写っている。その車のそばに立っている男が、運転席にいる誰かと話しているように見える。少し遠いのは、彼らに気づかれない位置で撮影したからだろう。この二枚には十一月十九日――八日前である――の日付があった。

私は三枚のモノクロ写真をカウンターの上に並べた。

「もとが悪いからそれ以上は引き伸ばせなかった」と、写真屋が言って、丸い黒眼鏡をずりあげた。

一枚目は、海部と名乗った男の腰から上の引き伸ばし写真だった。記憶をなくしているかどうかは写真には写らない。帽子でもなくしたような気楽な男には見えなかった。二枚目は、車のそばに立っている男のこれも腰から上の引き伸ばしだった。カラー写真でもおぼろげながら分かったが、黒っぽいコートの腕にコウモリ傘を掛け、頭には濃いグリーンのチロル・ハットをかぶっていた。もちろん口ひげのある小太りの男だった。一度も会ったことがない男なのに、初対面という気がしなかった。三枚目は、青色の乗用車の前部の引き伸ばしで、ナンバー・プレートが写っているが非常に不鮮明だった。登録地名は品川、足立、練馬、多摩の中から選ぶとすれば練馬に見えるが、東京以外の地名ならほかに何とでも読めそうだった。ナンバーは３か８らしい数字がいくつかあるようだが、はっきり読める数字は一つもなかった。だが、然《しか》るべきナンバー・プレートを横に並べたら、それとこの写真のプレートが同じかどうかは見きわめられるだろう。フロント・グリルは〝日〟という字を横にした犬の鼻面のようなお馴染みのデザインで、ＢＭＷのものに違いあるまい。カラー写真で見ると、立っている男と話している運転者の顔は黒い影にしか見えないが、明らかに左の座席に坐ってハンドルを握っていた。私は七枚の写真を封筒に戻した。

「引き伸ばしのほうはサービスだ」と、写真屋が私の顔色を見て言った。「気に入ってもらえたかい？」

「当然のことを自慢してるうちはプロとはいえない」

私は写真屋がぶつくさ言うのを聞き流して、店を出た。

大久保通りの脇道で、佐伯名緒子を乗せたまま待たせておいたタクシーに戻って、私は運転手に言った。

「新宿駅の南口へ行ってくれ」

タクシーが動き出すのを待って、私は封筒から写真を取り出した。海部と名乗った男の写りのいいカラー写真と引き伸ばしたモノクロ写真を選んで、名緒子に渡した。

「水曜日の夜、佐伯氏のマークⅡの助手席にいた男ですか」

「ええ、そうです。たぶん、間違いないと思いますわ」

私はその写真と引き換えに、ビルの建ち並んだ街の写真を彼女に渡した。「これはどこを撮影した写真か判りますか。ご存知の建物か何か写っていませんか」

彼女はしばらく写真を見つめていたが、首を横に振った。「いいえ、知っている所だとは思えませんけど」

私はうなずいて、今度はチロル・ハットの男が写っているカラーとモノクロ写真を見せた。彼女は最初のうちは見知らぬ男を見るような眼で二枚の写真を交互に見較べていたが、やがて引き伸ばしたモノクロ写真に注意を集中させた。

「ひょっとすると――」と、彼女は言った。

「誰か心当たりのある人物ですか」

「二、三年前に東神電鉄を辞めさせられた重役によく似ているようですわ。名前は、思い出せないんですけど」

「ほう。で、辞めさせられた理由を憶えていますか」

「宣伝担当のポストにいて背任横領があったと聞いたような気がします。確か、惣一郎兄さんは社長として自分の監督不行届きでもあるから、閑職にでもつけて穏便にすまそうとしたはずですわ。相談役の父は賛成しましたが、母が先代の方針を楯《たて》に取って強硬に反対したんです。この会社では何をしても馘《くび》にならないなどという悪い風潮ができたら取り返しがつかないという母の意見が通って、結局その重役は辞めさせられたはずです。ちょうどその頃、東神の創立五十周年の式典があって、その人が酒に酔って式場に現われたのです。わたしの眼の前で母に泣きついたり食《く》ってかかったりして、警備員に連れ出されたことがありましたの。だから、顔もよく憶えています」彼女は写真の男に視線を戻した。「あの頃はたぶんひげはなかったと思いますけど、とてもよく似ていますわ」

タクシーは青梅街道を横断して、新宿駅の西口を走っていた。行き交う人々は誰もが自分の問題を抱えていて、何かに急《せ》かされるように歩いていた。子供たちですらそうだった。

「あなたは会長秘書の長谷川氏の車をご存知ですか。BMWという外車ですが」

「ええ、知っていますわ」彼女は写真の青い乗用車に眼をやった。

「どうです、彼の車に見えますか。カラー写真の色は当てにならないが、彼のBMWもダークブルーだという話だった」

「そんな感じもしますけど、わたしは車のことはよく分かりませんわ」

私は彼女から写真を受け取って、封筒に戻した。代わりにフィルムのネガを取り出して、彼女に渡しながら言った。

「これを保管しておいて下さい。馘になった重役のことや長谷川秘書のBMWのことはこちらで調べます。決して、誰かに問い合わせたりしないように」

彼女は硬い表情でうなずき、ネガをハンドバッグにしまった。私は写真を入れた封筒をコートのポケットに戻した。腕時計を見ると、一時までに十五分ちょっとあった。

「一時に会う約束の例の人物が、この写真の男である可能性が高いのです。彼がその馘になった重役かどうか確認するのを手伝ってくれますか」

「もちろんですわ」と、彼女はためらわずに言った。

私はタクシーが南口のほうへ左折する前に、〝京王線〟の駅ビルの〈ルミネ〉の角で止めた。ルミネの二階にある喫茶店でサンドイッチをコーヒーで流し込みながら、私たちは簡単な打ち合わせをした。それから喫茶店の電話を使って、海部雅美に連絡を取った。彼女のアパートは返事がなく、昨夜泊まった同業の女友達のところで彼女をつかまえた。海部氏からはまだ連絡がないことを聞き、こちらもまだこれといって進展がないことを話した。まもなく昨夜の電話の人物に会うことを告げた。それによっては今夜もアパートに帰るのは危険になるかも知れないので、調布のバーで私の連絡を待つように約束させて、電話を切った。一時を過ぎてから、私たちは新宿駅の南口へ向かった。

その男は一目《ひとめ》で判った。電話で予告した通り、グレーのレインハットとレインコートにコウモリ傘を持った、口ひげのある小太りの男で、私のポケットに入っている写真の男と同一人物だった。彼は改札口の端の仕切りに背中をあずけて、新聞を読んでいた。彼のほかには帽子をかぶった男も口ひげのある男も見当たらなかった。見知らぬ人間を待っているので、あたりを見まわしても仕方がないと思っているのか、おとなしく新聞を読んでいるのがこちらには好都合だった。私たちは国電の切符を買って改札口へ向かった。名緒子はスカーフで半ば顔を隠し、私の腕をとって二人連れを装っていた。私たちはその男のすぐ前を通り過ぎ、改札を通って駅の構内に入った。男からは死角になる位置まで行ってから、立ち止まった。

「あの重役に絶対間違いないと思います」と、彼女が言った。「でなければ、瓜《うり》二つの別人ということになるわ」

私はうなずいた。「久我山で連絡を待っていて下さい」

「気をつけて下さいね」と、彼女は言って、駅の雑踏の中へ歩み去った。腕をとられたときから匂っていた彼女の香水の匂いも遠ざかって行った。

私はタバコに火をつけ、レインハットの男を監視しはじめた。約束の時間をすでに十五分過ぎていたが、私は約束を守るつもりなどなかった。彼が会いたがっている人物になりすますことはとうてい無理な話だし、彼に必要以上の不安や疑惑を与えれば、佐伯の身に危険が及ぶ恐れがあった。非常にまれにではあるが、私は警察の人間に勘違いされることがあるのだ。そういう危険を犯すよりも、私は彼の正確な身許や住所、あるいはアジトのようなものを突きとめたかった。

彼は五十代の半ばで、帽子の下の髪と口ひげにはかなり白いものが混じっていた。レインコートの前からのぞいているツィードのスーツやシルクのタイは金のかかったものらしかった。帽子だけでなく、衣服にも気をつかう男なのだ。この年齢になると人生の浮沈が否応なく顔に表われるものだが、彼の場合はどこか摑みどころのない屈折した顔つきをしていた。東神電鉄を背任横領で馘になった元重役だという佐伯名緒子の言葉が正しければ、あまり平穏とはいえない人生に疲れているようでもあり、自分を負け犬だとは認めないしたたかさを備えているようにも見えた。

彼の忍耐力の限度は三十分だった。しきりに腕時計を見るようになり、そのうちに新聞を読むのをやめてしまった。新聞をたたんでコートのポケットに入れ、しばらく改札口の内と外や駅の出入口を見まわしていた。最後にもう一度腕時計を見て一時半を過ぎていることを確かめると、その場を立ち去る気配を見せた。私はすぐにあとを尾けるようなことはせず、彼の動きを眼の隅で追った。彼は改札口の隣りにある売店の前をまわって、黄色い公衆電話に近づいた。私との距離がかなり近くなったので、気づかれないように用心しなければならなかった。彼は上衣のポケットから手帳を取り出してページを繰ると、私のほうに背を向けて電話をかけはじめた。幸いプッシュホンのボタンを押す指先が視界に入っていたので、私はとっさにその電話番号を憶えようとした。その必要はなかった。さっきかけたばかりの海部雅美のアパートの番号だった。彼は辛抱強く一分近く待ち続けたが、結局誰も出ないので受話器を戻した。それから、通路を隔てて向かい側にある切符売り場へ行って、自動販売機で切符を買った。改札口を通るときに、もう一度周囲を見まわした。しかし、頭を二、三度振り、私の前方を通り過ぎて、国電の十一、十二番ホームに通じる階段へ向かった。私は彼の首から下が階段の蔭に隠れるまで待ち、タバコを消してから彼のあとを追った。

彼はそのホームに最初に入って来た〝山手線〟の外回りに乗った。車内は込み過ぎず空き過ぎず、尾行には理想的だった。私は同じ車両の離れた位置に立って、空席に滑り込んだ彼を眼の隅に置いた。男はまた新聞を読みはじめた。

私は頭のなかで、少々荒っぽいが単純で効果的な手を検討していた。いきなり彼の腕を摑んで、この男はスリだと怒鳴る方法だ。彼を鉄道公安室か近くの交番に同行させることができれば、新宿署の錦織警部を呼んでこの男を料理することもできる。だが、問題はそういう方法を取ったときに佐伯にどういう影響があるか、ということだった。楽観できるような保証は何もない。探偵には、警官のように都合よく振りまわせるような社会正義はなかった。いかに大きな犯罪を摘発できようと、捜し出すべき依頼人の夫が被害者になってしまえば仕事は失敗だった。まして、私自身がその引き金になるようなことは許されない。〝あなたさえ雇ったりしなければ、彼は無事だったのに……〟私はその方法を頭から追い払った。

電車は新大久保の駅に停車したが、彼は降りなかった。この尾行には自信がなかった。もし、私を事務所にいるようにしむけてレイ・バンのサングラスの男に尾行させようとした張本人がこのレインハットの男なら、今は自分が同じ立場に置かれていることを承知しているはずだ。尾行を警戒している人間に気づかれずに尾行することは、ほとんど不可能だった。

電車が高田馬場の駅の構内に入ると、彼は新聞をしまってホームへ降りた。私はしばらく車内にとどまって、彼の様子をうかがった。ドアが閉まる瞬間に電車に戻るような手を使うつもりはなさそうで、彼はホームの中央を階段のほうへ歩いて行った。私も電車から降りて、彼のあとを追った。駅の構内はいつものように学生たちで混雑していたので、尾行には好都合だった。彼は階段を降り、改札を出て、東側の出口を出ると右に折れ、〈ビッグボックス〉のほうへ向かった。ビッグボックスはその名の通りコンクリートで固めた大きな箱のようなビルで、正面の壁に裸の男がランニングしているような巨大なイラストが描かれていた。彼はビルの手前の歩道沿いに一ダースばかり並んでいる電話ボックスの一つに入った。私はそのまま電話ボックスの前を通り過ぎ、ビッグボックスの一階の催し物広場まで行って、彼を振り返った。彼はこちらから三番目の電話ボックスの中でダイヤルをまわしていた。私は催し物広場の〝古本市〟に紛《まぎ》れ込んで、彼から眼を離さなかった。

彼はたっぷり十分間電話で話し続けた。電話ボックスを出ると、駅前のロータリーを迂回するような形で私の前を通り、横断歩道を渡って眼の前の七階建のビルに入った。エスカレーターで三階へ昇り、そのフロア全体を占めている本屋に入った。彼はそこでもかなりの時間を費やして本や雑誌を見てまわった。レインハットにコウモリ傘、口ひげのある顔で本を手にした彼の恰好は、大学の講師か助教授といった風情《ふぜい》だった。店内をあちこち動きまわる彼の、つねに死角にいるようにするためにはこちらも同じように動いていなければならなかった。彼は文庫本を一冊買ってから、下りのエスカレーターに乗った。腕時計を見ると、すでに二時を過ぎていた。彼は二階に降りると、〈ジァンナン〉という名前の喫茶店に入った。その喫茶店には他に出口がないことを知っていたので、私は外で待つことにした。彼がそこで誰かと会う可能性もあるので、私は一度店の中に入り、人を探すようなふりをして店内を見渡した。彼はひとりで、買ったばかりの文庫本に眼を通していた。私は彼に気づかれないうちに店を出て、彼が出て来るまで約十五分待った。

そのビルを出た彼は、早稲田通りを右に折れて大学のある方角へ向かった。三百メートルほど尾行すると、〈早稲田松竹〉という映画館があり、彼は入場券を買ってその中に入った。看板を見ると〝松竹〟とは名ばかりで、二本立ての洋画を上映していた。私は、彼が何かを企んでいることにまったく気づいていないわけではなかった。しかし、ここは敢えて彼の胴でサイコロを振ってみることにした。他に適当な方法もなかった。

私は入場券を買って館内に入り、狭いロビーを横切って、尾行の相手が入ったのと同じいちばん近いドアから場内に入った。暗がりに眼が慣れないうちに、男と女が両側からぴたりと寄り添って来た。右側の女が私の腕を取った。左側の男は私よりも少し背の高いがっしりした体格で、コートのポケット越しに何か小さくて尖《とが》ったものを、私の脇腹に押しつけて来た。眼が慣れると、私の眼の前にレインハットの男が立っていた。彼は帽子のひさしに人差し指を当てて挨拶し、にっこり笑った。「一時間以上も遅刻したことになる」

「お待たせ」と、私は言った。

24

ライフル銃を手にした四人のタキシード姿の男たちが、地下駐車場に停めた大型車に乗り込み、外科医のマスクのようなもので覆面をする。ボスらしい運転席の男がエンジンをスタートさせ、車をバックさせる。駐車場を出るのかと思っていると、ギアを前進に切り換え、猛烈な勢いで駐車場の壁に激突させる。車のフロント部分がコンクリートの壁を突き破って、半壊させる。運転席の男は再び車をバックさせ、二度、三度と壁にぶち当てる。ついに壁は車が通るのに十分な穴を開け、彼らの大型車は悠々と隣りのビルに侵入する……

意表を衝《つ》くシーンで、十年ばかり前に観《み》た映画だった。

「これ以上時間をむだにしたくない」レインハットの男は私の右隣りの座席で言った。二十代後半のがっしりした体格の男は左側に坐って、相変わらず私の脇腹に気分の悪いものを押しつけていた。女は私の前の座席で、首だけうしろにまわしていた。三十才前後の小柄な女で、清和会の橋爪が目撃した女と違って、髪をカールさせていないし、黒ずくめの服装でもなかった。最近の女性に、前日と同じ髪型や同じ服装を期待するほうが間違っている。彼女は赤茶色の革のハーフコートにジーンズ、若い男は濃紺のピーコートを着ていた。

私たちは場内の最後列の右の隅にいた。学生街の映画館は平日のこの時間は客席もまばらで、私たちの近くに人影はなかった。

「お宅は、昨夜の海部雅美の電話に出た人かね」と、レインハットの男が訊いた。「佐伯直樹氏の〝協力者〟という人物かね。つまり、お互いの利益のために話し合いのできる条件を備えた相手かね」

私は正直に答えることにした。「答えはイエス、ノー、クエスチョン・マークだ。訊かれた順にね」

レインハットの男は前の座席の女と顔を見合わせた。暗い場内でも、女がちょっと斜視ぎみの大きな眼をした瓜ざね顔の美人であるのが分かった。

「すると、お宅は昨日の電話で嘘をついたことになる」彼は腹を立てている様子もなく言った。

「はからずも」と、私は言った。

「海部雅美というのが電話に出た女性の名前だとすると、佐伯氏が協力者と呼んでいる、例の人物の名前は？」

「それは言えない」

「知らない、じゃないだろうね？」

私は答えなかった。嘘をつくよりも黙っているほうが見抜かれにくいものだ。

「お宅は一体何者なのかね」と、彼は訊いた。ピーコートの男が上体をぐっと近づけると、私は脇腹に針の先が当たるような不快な痛みを感じた。彼のポケットにあるのはナイフではなく、たぶんアイスピックのようなものに違いない。

「澤崎——渡辺探偵事務所の澤崎という者だ」と、私は言った。「すでにお聞き及びだと思うが」

レインハットの男は女をちらっと見た。そして、白髪《しらが》混じりの口ひげを指先で撫でながら言った。「恐れ入るね。お宅がそんな有名人だとは知らなかった。私たちは探偵に知り合いなどないが」

「よしてくれ」と、私は言った。「私の事務所から海部雅美の電話番号を失敬していったのは、こちらの美人に違いない。それに、今朝私を事務所から尾行したレイ・バンのサングラスの男がどうなったか、知りたくはないか」

三人はまったく何の反応も示さなかった——むしろ、不自然なくらいに。レインハットの男が落ち着いた口調で言った。「何のことだか解らないな。どうも私は人に誤解されやすい性質《たち》でね。何か不都合なことが起こると、人は決まって私を振り返る……困ったものだ」

彼はレイ・バンのサングラスの男から足がつく心配はないと確信しているのだろう。私は見当違いをしているとは思わなかった。

彼は身を乗り出した。「そんなことより、お宅がクエスチョン・マークだと答えた件について話し合いたいね」

「いいだろう」と、私は言った。「私の神経はいま左の脇腹に集中しているから、ろくな話はできそうもないがね」

彼が合図すると、ピーコートの男は私から少しだけ上体を離した。

「さて、お宅は佐伯氏が協力者と呼ぶ人物について何を知っている？　まずそれから聞かせてもらいたいね」

私はうなずいた。答えは慎重を期すべきだった。こうなっては、佐伯が掴んでいたことを私も知っていると思わせたほうが、佐伯の安全に役立つような気がした。

私は言った。「佐伯氏が協力者と呼ぶ男は、今年の七月十二日にある人物の狙撃事件に加担した疑いがある。狙われた人物は危うく一命を取り止めた。警察はその事件の犯人はすでに逮捕し死亡したと判断しているが、死亡した男は単なる共犯者にすぎないのかも知れない。佐伯氏が協力者と呼ぶ男に事件の真相を語らせることができれば、あの狙撃計画の詳細とその首謀者の名前を知ることができるかも知れない。逆に彼の口を永久に封じれば、狙撃事件は警察の見解のままで決着がつく……いずれにしても、狙撃事件の首謀者――もし、そういうものが存在するなら――彼にとっては大いに気のもめる話だろうな」

三人はしばらく黙ってお互いの顔を見つめ合った。レインハットの男は一度私の顔を見たが、すぐに視線をそらして考え込んだ。

スクリーンから哀愁のある音楽が流れている。タキシード姿の男たちの一人が、灰色に塗り変えた消防自動車のスイッチを入れると、梯子《はしご》が音楽の口笛に合わせたように水平に伸びて行く。高層ビルの十数階にある駐車場で、梯子の先端は開け放された窓を抜け、地上七、八十メートルの空中をスルスルと伸びて、道路を隔てた向かいのビルの窓の一つに到達する。男たちはライフル銃を手に、梯子づたいに目的の場所——モントリオール警察の中の病棟に襲撃をかける……

レインハットの男がようやく口をきいた。「お宅は佐伯氏とは面識があるのかね」

「私は佐伯氏には会ったこともないし、話をしたこともない。しかし、共通の知人がいる」

「なるほど。それは誰かね」

私は首を横に振った。「ご要望通り、佐伯氏の〝協力者〟についてはすでに答えた。話を先に進めてくれないか」

レインハットの男は前の座席の女に言った。「仕方がないようだな。こっちの知りたいことを都合よく喋ってくれる男でもなさそうだ。ここはお互いに協力し合ったほうがいいかも知れない」彼女の大きな眼にかすかに不安の色が浮かんだが、口は出さなかった。

彼は私に視線を戻した。「佐伯氏もお宅が言ったのとほぼ同様の説明をしてくれたよ。飽くまで臆説《おくせつ》にすぎないが、非常に信憑性《しんぴょう》のある臆説だと思う。しかし、佐伯氏は一つ大きな間違いを犯している。昨夜の電話でも言ったが、彼はどういうわけか私を狙撃事件の首謀者、あるいは首謀者に通じる人間だと考えているのだ。だから、彼の〝協力者〟とも当然旧知の間柄だと思い込んでいる」

「違うのか」と、私は訊いた。

「もちろんだよ。昨夜の電話でも分かるだろう。旧知の人間にどうしてあんな話し方をしなきゃならない。旧知の人間の声と、会ったこともない探偵の声の区別もつかずに、新宿までのこのこと会いに来る馬鹿もいないだろう」

「旧知の人間になりすましているのは一体何者かと、確かめに来たのかも知れない」

彼はゆっくりと頭を振った。「とにかく、佐伯氏の協力者なる人物に会えば何もかもはっきりすることだよ。こんな所でむだな時間を費やしているのもそのためだ。私たちが知りたいのは、肝腎のその人物に会う段取りを、お宅がつけられるかどうかということだ」

「然るべき時間を与えてくれれば、ご要望にお応えできると思う。だが、その人物をあんた方に引き合わせた途端に、例えばこのピーコート氏のポケットの中身が、彼の心臓に突き立てられて口を塞《ふさ》いでしまう、などということが起こらない保証が必要だ。それでは、昨夜電話で聞いた報酬を考慮に入れても、仲介者として少々寝覚めが悪いからな。佐伯氏があんた方を狙撃事件の首謀者ないしは関係者と誤解あるいは正解したのには何か根拠があるはずだ。その理由を聞かせてもらわないと、迂闊《うかつ》に仲介の労はとれないね」

「困ったな。そこは信用してもらうしかないね」

「そうはいかない。私なりにあんた方の立場を推測してはいるよ。だが、あんたの口からはっきりしたことを訊いておきたい」

「ほう。私たちはどんな立場にあると言うんだね」

「例えば、狙撃事件にはあんたのコウモリ傘と雨みたいに無関係かも知れないが、もう一つの〝怪文書事件〟にはどっぷり首まで関わっている」

三人が緊張したのが判った。レインハットの男はしばらく考えてから言った。「私たちはどんな犯罪にも無関係だよ。だが、ここにある男がいる。仮にXと呼ぼう。Xと彼の仲間は、財力を持ったある人物の依頼で仕事をした。ある選挙のある候補のスキャンダルを暴《あば》いた怪文書の印刷と配布――それがその仕事だ。誓ってそれだけなのだ。あとは選挙の結果を待つだけだった。ところが予想もしないことが生じた。その第一は、怪文書の中に書かれている女性の弟が登場して狙撃事件を起こしてしまったこと……Xたちの驚きは想像できるだろう?」

「狙撃事件に無関係ならな」と、私は言った。

「もしその弟がXの仲間なら、怪文書の内容が事実無根であることを知っているわけだから、姉のためにあんな行動を取るはずがない。そうだろう?」

私は話の先を聞くために、うなずいた。

「その弟の背後に、もし頭脳的な首謀者がいるとすれば、彼が狙撃事件をXたちに押しつけるためにどんな手を打っているか想像もつかない。Xたちはそれを非常に恐れていた。ところが、何事もなく夏は過ぎ、秋も終わろうとしていた。予想もしないことの第二は―

―」

「佐伯氏の登場か」と、私は言った。

「その通り。彼は怪文書の女性の愛人の線から、Xにたどり着いたようだ。そして、Xに接触すると、例の弟は狙撃事件の共犯者にすぎず、本当の狙撃者は別にいて、自分はその男を押さえている、と告げた。つまり、彼の〝協力者〟のことだ。しかも、その狙撃者の背後にいるのがX及び怪文書の依頼者だと主張するのだ。もちろん、Xは否定した」

「狙撃者に訊けば誰が本当の首謀者か分かるはずだ、と言ってやらなかったのか」

「言ったさ。だが、佐伯氏は「狙撃者はまだ自分が彼の正体に気づいていることを知らない、それを知られたら彼は行方をくらましてしまうに違いないから」と言うのだ。Xは方針を変え、狙撃者の身柄を引き取るための条件を訊いた。佐伯氏は狙撃事件の首謀者の名前と引き換えに彼を引き渡すと言う。Xは首謀者の名前など知るわけがないのに、だ。それはできないと答えると、彼は今度は一億の金を要求して来たんだ」

「おかしいとは思わなかったのか。いやしくもジャーナリストである彼が、現金《ゲンナマ》を要求するなんて」

「そう……しかし、一億という金はどんな人間がどんな人間に豹変しても不思議ではない金額だよ。Xと怪文書の依頼者は相談の上で、佐伯氏に一億支払うことに決めた。狙撃者を手中にすれば自分たちが狙撃事件に関して潔白なことは証明できるし、狙撃事件の全貌を明らかにできれば一億の金はそれほど高くはない。もちろん、怪文書の件の口止め料も含まれる。眼の上のこぶの佐伯氏を、とりあえずおとなしくさせられる。そのまま取引が成立していれば問題はなかったんだ」

「佐伯氏の目的はほかにあった」

「そういうことだ。一億円を要求することによって、Xが狙撃事件の首謀者と接触するはずだと思い込んで、監視していたのだ。迂闊にも、Xたちは怪文書の依頼者の正体を佐伯氏に知られてしまった」

「それはいつのことだ？」

「先週の木曜日の午前中だった。佐伯氏の計画は、狙撃者を警察に引き渡した上で、一億円を証拠に、怪文書の依頼者およびXを狙撃事件の首謀者としても訴えるつもりなのだ。Xたちは一億円の支払いを中止して、佐伯氏の身柄を拘束せざるをえなくなった」

「佐伯氏のあんた方に対する誤解はとけないのか」

「Xたちに対する、だろう？　拘束されてからは、ますます誤解を深めるばかりだよ。そういう次第で、Xたちとしては狙撃者を手中にして、佐伯氏立ち会いのもとに狙撃事件の真相を明らかにするしかほかに方法がないというわけなのだ」

レインハットの男は疲れた顔をして、大きく肩で息をした。相当入り組んだ話ではあるが、一、二の疑問点を除いて筋は通っているように思われた。

スクリーンでは、タキシード姿の男たちがギャングたちと取引をしようとしている。警察の病棟から奪って来た証人——実は仲間の女の偽装——と、巨額の身代金を交換するのだ。計画通りの銃撃戦となり、ギャングたちを倒して大金を手に入れる。だが、死んだと思っていたギャングの一人が撃った銃弾が、ボスの脇腹に命中して……

25

私はスクリーンを交錯する光と色の幻影を眺めながら、レインハットの男の申し出に耳を傾けていた。要するに、彼と彼の背後にいる怪文書の依頼者にとっては、怪文書の件での告発を免れることができればいいので、依頼者はそのための出費は覚悟の上だと言うのだ。現に佐伯ひとりに一億という金を出すつもりだった。狙撃者——と思われる男——を私が同伴して一枚加われば、何もかもが好転するというわけだ。佐伯氏がどうしてもジャーナリストとしての成功にこだわるなら、狙撃者と狙撃事件の首謀者を告発させて、怪文書の依頼者から引き出す一億プラス・アルファを分配すればいい。彼がそんなものにこだわらなければ、われわれは狙撃事件の首謀者と怪文書の依頼者という二本の金蔓《かねづる》を摑むことができる。そのときは狙撃者も仲間として扱えるし、そのほうが首謀者にかける圧力も大きくなる。富は低い所から高いほうへ流れるのが鉄則らしいが、ほんのちょっとその流れを変えてやるのも悪くない、云々。

「どうかね？」と、レインハットの男は申し出の話を結んだ。

「うまい話ではあるな」と、私は言った。「だが、二、三疑問な点がある」

「訊いてくれ。答えられることには答えよう」

「佐伯氏は、何故その〝協力者〟なる男から直接首謀者の名前を訊き出そうとしなかったんだ？　少し強硬な手段をとれば不可能ではなかったはずだ」私はその理由を知っていた。記憶喪失者からは何も訊き出せないからだ。

「佐伯氏は、それを最後の手段と考えていたようだ。〝協力者〟は非常に用心深い上に狙撃に使った銃を所持しているので、簡単にはこちらの思い通りにはできない。相手の自由を奪う方法も考えてはみたが、おいそれと事件のことを白状するとは思えない。長期間彼の身柄を拘束しておくことなど自分にはできない。万一首謀者の名前も何も訊き出さないうちに逃げられたりすれば元も子もなくなる。だから、無理はしなかった、と言っていた」彼は、私がうなずくのを見て、言葉を続けた。「それに、彼を警察に突き出しても、事件の首謀者を突きとめることを警察に任せたのでは、ジャーナリストとしての功績は半減する。佐伯氏は飽くまでも自分ひとりの手で事件の全貌を暴くつもりだったようだ。そして、現に誰の手も借りずに、こうして事件の首謀者を突きとめたじゃないか、とおっしゃる。彼はいまだに怪文書の依頼者を狙撃事件の首謀者と信じているからね。確かに、すべてが彼の思惑通りだったら、かなりセンセーショナルな報道になったろう。今ごろは、きっとマスコミの寵児《ちょうじ》さ……残念ながらそうはならなかった」

「もう一つ訊こう」と、私は言った。「〝協力者〟なる男を押さえることがそんなに大事なら、あんた方は佐伯氏の身柄を拘束した木曜日以降、当然彼のマンションを監視していたのだろうな？」

「Xたちがだろう？　もちろんだ。その日から三日間ね。あのマンションの構造は、あのビルのあの階に誰かを配置しないと佐伯宅のドアロが見張れないので苦労した。顔を知らない者をチェックするためには、あのマンションのドアに近づく人間をじかに見張るしか方法がない。佐伯氏の周囲の人間の反応次第では、いつ警察の訪問を受けてもおかしくない状況だから、マンションの中で待機するのは問題外だった。結局、翌日には周囲の住人に怪しまれ、翌々日の夜中には警察に通報される始末で、見張りは非常階段から逃げ出すのがやっとだった」

彼らの目当ての男が、佐伯のマンションと私の事務所を往復したのは、月曜日のことだった。一日余の差で彼らは獲物を捕らえそこなったことになる。

「そこで――」と、レインハットの男は話を続けた。「Xたちは、再度佐伯氏から〝協力者〟の居所を訊き出すことにした。彼は決して自分の住居を教えようとはせず、連絡は常に一方的だったと、佐伯氏は主張していたんだがね。それが事実かどうか無理にでも確かめる必要があった。つまり……Xとしては非常に不本意ではあったが、佐伯氏に少々痛い思いをしてもらわなければならなかった」

「何をしたんだ？」と、私は訊いた。声を荒だてないようにするのに苦労した。

「いやいや、大したことじゃない。ほんの指先にね。痕が残るほどのこともないんだ。でも、〝協力者〟の居所を知らないというのは事実らしく、お互いに不愉快な思いをしただけだったよ。数カ月の付き合いがあって連絡先も教えないというのは不自然だが、逆にそういう用心深さこそ協力者の正体を証明していると言えるだろう」

「確認しておきたいのは、それだ」と、私は言った。「協力者イコール狙撃者であるという佐伯氏の主張を、あまりにも安易に受け入れてはいないか。本人の自白がない以上、よほどの確証がなければならない。彼を引き渡す役目をやらされるからには、土壇場で狙撃者というのは間違いだった、なんて茶番劇は願いさげにしたい」

彼はうなずいた。「疑えばいくらでも疑えるさ。とくに、彼が一億の金を要求したときは、胡散《うさん》臭い感じがしたよ。しかし、だからといって佐伯氏を無視するわけには行かなかった。ほうっておいて、いきなり怪文書の発行者だとか狙撃事件の首謀者だとして告発され、それから慌てても後の祭りだからね。結局、Xたちとしては半信半疑ながらも佐伯氏のペースに合わせて折衝《せっしょう》を続けるしか方法がなかった。ただし、それも今朝までの話だがね」

「今朝までとは、どういう意味だ？」

「説明しよう。今日の午後一時には新宿駅で〝協力者〟に会えるはずだった。だろう？　その前に、彼が狙撃者であるという、もう少しましな確証を得ておきたかった。Xたちは午前中に佐伯氏を相手に一芝居《ひとしばい》打ったんだ。『佐伯さん、お宅の話は信じられない。狙撃事件の犯人は怪文書の女性の弟で、他に主犯や首謀者がいるとは考えられない。お宅が一億の金目当てにでっち上げた嘘に違いない。われわれとしてはお宅に静かにしていてもらえば、怪文書の件が露見することもないし、狙撃事件も警察の発表通りで片がつくだろうから、この騒動もここらでお開きにしよう』そう言い渡して、実際に彼をどこかへ運び出す準備に取りかかってみせたんだ。それでようやく、佐伯氏は〝協力者〟に関して調べたことの大半を喋ってくれた。聞きたいかね？」
「拝聴しよう」と、私は答えた。
「佐伯氏が〝協力者〟なる男に最初に会ったのは、なんと八年前のことで、彼が〈朝日〉に入社した年のことだというんだ。驚いたろう？　ちょっとした因縁話だよ」

海部雅美の話では、八月の末に中野の小料理屋で二人が出会ったとき、佐伯は知っている人間に会ったように挨拶しかけた、ということだった。よく似た別人と勘違いしたのだと言ったのは、嘘だったのだ。

「佐伯氏の記者としての初仕事は、モントリオール・オリンピックを間近に控えて〝異色のオリンピック候補〟という取材だったそうだ。〝協力者〟は射撃のエアピストル、スポーツピストルの両部門の有力候補で、その年の全日本選手権ではそれぞれ優勝と準優勝を果たしているということだ。異色というのは、彼の職業が警察官でも自衛官でもなく、射撃クラブや体育大学にも無縁の、売れないジャズ・ピアニストだったかららしい。その取材の下準備のときに、佐伯氏は見習いとして先輩記者に同行して、短時間彼に会った。向こうが佐伯氏を憶えていないのも無理はない。だが、翌週に予定されていた取材は実際には行なわれなかった。〝協力者〟はピストルの暴発事故に遭《あ》って大事な人差し指を失い、オリンピックどころかろくに引き金も引けない人間になっていたんだ。暴発事故は、ある映画のプロダクションが射撃指導と腕から先の吹き替えのために彼を雇い、その撮影現場で起こったのだという噂があった。しかし、アマチュアの規定に触れるためか、本人が自分の過失と主張するし、射撃協会は自分のところの所属者でもないので無視するしで、結局大した話題にもならなかった。今のように写真週刊誌がウの目タカの目という時代でもなかったからね。その噂の映画プロダクションの責任者で、暴発した拳銃――使用されたのは本物の拳銃だったという噂もあった

——の所有者が誰かは想像がつくだろう？」

「狙撃事件の被害者の弟」と、私は言った。

「ご名答。佐伯氏にとっては初仕事の相手だったので妙に気になって、彼が別の指を使ってだか左手だかで射撃を続けているとか、アメリカに渡って九本指のピアニストとして話題になっているという噂を耳にした憶えがあるらしい。その彼を再び目撃したのは、今年の夏だった。彼は、狙撃事件の被害者になる人物の選挙演説を聞く聴衆の中に紛《まぎ》れ込んでいたそうだ。しかも、別々の演説の場所で二度も見かけた、と言う。佐伯氏がどこかの遊軍記者として働いていたときらしいが、肝腎の狙撃のあった日は、仕事を辞めていて現場にはいなかったそうだ。その頃はまだ〝協力者〟と狙撃事件を直接結びつけて考えてはいなかったらしい。そして、八月の末に中野のある料理屋でまたしても彼に出会った。佐伯氏に言わせると、「この偶然が、二人にとっては運命的なものだった」ということになる」

その先の話は、海部雅美から聞いたものとほぼ同じだった。相違点は、佐伯氏が〝協力者〟の記憶喪失を隠すために、事実に多少手を加えて話したと思われる個所だけだった。

「それから、二人の不思議な付き合いが始まるわけだ」と、彼は言って、レインハットを脱いだ。意外にも、白髪《しらが》混じりの豊かな髪が現われた。

「最後に、確証と言えるものをご披露するよ」と、彼は自信ありげに言った。「佐伯氏が話してくれた〝協力者〟に関する調査結果は、すべて彼が狙撃者であることを証明していると言っていいが、中でも彼の妻子に関するものが決定的だから、それを報告しよう。彼は六年前に渡米し、ジャズ・ピアニストとして生活するあいだに、向こうでアメリカ人女性と結婚し、二人の子供が生まれている。去年の暮れに、彼は健康を害して妻子と共に帰国した。医師の診断によれば、彼の病気は手術不能の悪性の脳腫瘍《のうしゅよう》で、長くて二年短くて一年の命と宣告されている。狙撃事件の直前に、彼は強引に妻に離婚を同意させている。そして、数日後には妻子とも半ば強制的にアメリカに帰国させた。七月十日の日付で、彼は離婚した妻宛てに日本円にして約一億四千万円の慰謝料を払い込んでいる。以上は佐伯氏がアメリカにいる離婚した妻と彼女の口の軽い母親から直接訊き出したことで、彼女は現在離婚した夫の行方が分からなくて非常に心配しているらしい。彼の日本でのわずかな知人はそういう事情は一切知らないらしく、彼は家族と共に今年の春にアメリカに戻ったと思っている……どうだね？　これを聞いて」

「それが事実だとすれば、その男があの狙撃事件に関わっている可能性は非常に高いだろうな。しかし、その佐伯氏の調査の裏付けは取ったのか」

彼は苦笑した。「お宅は私より懐疑的な男だね。残念ながらまだだ。あの佐伯氏が調べればすぐに底の割れるような嘘をつくだろうか。最後の抵抗というつもりか、佐伯氏は〝協力者〟の本名をどうしても教えなかった。そうこうするうちに約束の時間になったというわけだ。こっちとしては〝協力者〟ご本人に会えるつもりだったから、あとはじかに確認するのが一番だと考えていたのだ。とんだ見込み違いだったがね。しかし、手掛りは多過ぎるくらいだから、裏付けを取るのも本名が割れるのも、さほど時間はかかるまい」

右手を見せない男、海部氏、佐伯氏の協力者、狙撃者らしき男、射撃のオリンピック候補、ジャズ・ピアニスト、不治の病にかかった男、そして記憶喪失者――どこまで行っても仮の名ばかりでうんざりだった。

「たとえ彼の本名が判ったところで、彼が行方を絶っていることには変わりない」と、私は言った。

「そういうことだ。そこで、お宅がどれだけ役に立ってくれるかが問題になる。これ以上ご質問がなければ、本会議に入りたいね」

「こちらも正直なところを話すことにしよう」と、私は言った。「私が彼に会ったのは、一昨日の月曜日に一度だけで、私の事務所でわずか二十分前後のことだった。彼は佐伯氏と連絡が取れないので、かなり動揺していたようだ。彼は二十数万円の金を私に払って、佐伯氏に関する情報を求めた。私が知らないと答えると、彼は金を置いたまま二、三日中に連絡すると言って、事務所を去ってしまった……次ぎに、私はある方法で海部雅美という女性が彼と関係があることを突きとめた。彼女は彼からの連絡がないことに強い不安を抱いていたので、私はその気持につけ込んで彼に関する情報を多少訊き出した。二人の付き合いが七月後半から始まっていること、彼が自分の名前を教えようとしないこと、札束で七百万近い現金を所有していること、そして拳銃を所持していること、などだ。もし、彼が海部雅美と連絡を取り、私が彼女と接触したことを知れば、私を無視するわけにはいくまい。彼が近日中に私に連絡を取るかどうか、プラスの材料としてはそのくらいのところだな」

「マイナスの材料は？」と、レインハットの男が訊いた。

「昨日、佐伯氏のマンションで伊原勇吉という男の死体が見つかったことは知っているな」

「知るはずがない。しかし、Xなら知っているかも知れない。話の先を続けてもらって構わないよ」

「その男の死に、彼が関与している疑いがある。彼はその男が撃たれた時間の前後に佐伯氏のマンションに向かっているし、マンションの鍵を佐伯氏から預かっていたし、拳銃を所持していたのだから。さらに現場には、死体とは別に負傷しているのではないかと思われる人物の血痕が残っていた。それが彼のものか、あるいは第三の人物のものかは判らない。もし第三の人物がいたとすれば、それは伊原勇吉と同じサイドの人間と見るべきだろう。あまりにも仮定の多い話で申しわけないが、その第三の人物が彼を拘束している恐れがなきにしもあらず、ということだ。そうなると、彼からの連絡は現時点では少々望み薄《うす》だな」

「伊原勇吉や第三の人物というのは、一体何者なんだ？　Xたちが彼らを知らないということは、誓ってもいい……その連中は、狙撃事件の首謀者につながる者と見ていいんじゃないのか」

私はうなずいた。「狙撃事件の真相が佐伯氏の調査通りだとすると、事件から四ヵ月以上たった現在、首謀者と狙撃者の友好関係がどうなっているのか、大いに興味がある」

「その種の友好関係は長続きしないのが世の習いでね」と、彼は皮肉そうに言った。「首謀者は、真相を知っている人間は少ないほどいいと考えはじめる。狙撃者は、一億四千万プラス七百万円でも安い仕事をしたと考えはじめる」

彼はレインハットを頭に戻すと、口調をあらためて言った。「それで、お宅が問題の人物を押さえられる可能性は？」

「プラス・マイナスで、五分五分といったところかな」

「どうだろう、これは妥当な提案だと思うが――海部雅美という女性の監視はこちらで引き受けようじゃないか。お宅ひとりで自分の事務所と彼女の両方をカバーするのは無理だと思うよ。その点こちらにはいくらでも手がある」彼は自分の二人の仲間を紹介するように手を振った。

「お二人のことはすっかり忘れていた。しかし、遠慮しておこう。彼からの連絡が海部雅美のほうが先だった場合、私だけ除《の》け者にされるのはごめんだからな。余計な心配はご無用。彼女はあんた方の手の届かない所に移動させてあるし、彼からの連絡も見逃さない方法を講《こう》じてある。乞う、ご期待さ」

彼は苦笑した。「仕方がない。だが、医師の診断の短くて一年というのはもう目と鼻の先なんだ。一刻も早く問題の人物を手中にしてほしいね――全員の利益のために」彼は前の座席に掛けたコウモリ傘を手に取った。

「その時のために、あんたの連絡先が要る」と、私は言った。

「その必要はないね。こちらから頻繁《ひんぱん》に連絡を入れるよ。必要なのはお宅の連絡先だ」

「とうに知っているはずだ」と、私は言った。

彼は頭を振って、繰り返した。「連絡先をどうぞ」

「名刺がむだになるだけだが――」私が上衣の内ポケットに手を入れると、ピーコートの男がさっと上体を寄せた。名刺を一枚取ってレインハットの男に渡そうとすると、彼は前の座席の女から受け取った手錠をすばやく私の手首に掛けた。私が抵抗しようとすると、ピーコートの男が私を押さえつけた。レインハットの男は手錠のもう一方の輪を座席の肘掛けに掛けてしまった。なかなかチームワークのいい連中だ。レインハットの男が私の手から名刺を取った。「ほう、電話サービスを使ってるじゃないか。進展があれば、ここへ〝X氏宛ての伝言〟を頼むよ。われわれは二、三時間ごとに電話を入れるから、それで意思の疎通《そつう》には事欠かないわけだ。いいかな？」

三人はいっせいに立ち上がった。

「佐伯氏の調査で、一つ話し忘れていたことがあった」と、レインハットの男が言った。「アメリカ人の離婚した妻によると、彼の唯一の趣味は射撃だったそうだ。向こうではもちろん本物の銃で実弾が撃てる。彼の腕前は、人差し指のない右手でも、利腕でない左手でもプロ級らしいが、両手保持の姿勢でなら狙撃事件のあの距離程度だと狙った標的から一センチとはずさないそうだよ」

私は手錠の掛かった右腕を上げた。「これをどうするつもりだ？」

「休憩時間に映画館の女の子に鍵を届けさせるよ」三人は座席から出て、出口へ向かった。

「一つだけ訊きたいことがあるんだが——」と、私は言った。

三人は立ち止まって、振り返った。私はスクリーンに大写しになっているボスの顔を指差した。

「あの俳優は、ロバート・ライアンだった？」

彼らは何も答えずに背後の出口から立ち去った。映画館に入って映画を見ないような人種とは付き合えない。

スクリーンに視線を戻すと、窓辺のロバート・ライアンとフランス男が、看板の上に釘付けにした〝休業中〟の板切れをライフル銃で撃ち合っている。賭け金は色とりどりのビー玉である。すでに二人とも重傷を負っている。包囲した警官隊が自分たちを撃ってきたと思って応射しはじめる。二人はそんなことには頓着せず、板切れに命中させることに興じている。やがて、銃弾が〝休業中〟の板切れを撃ち砕いてしまうと、下から赤い大きな〝チェシャー猫《キャット》〟のにやりと笑った顔が現われる。そして、二人の少年が「さよなら」を言うラスト・シーンだった……。

26

錦織警部はくたびれた濃紺のスーツに昨日と同じ黒っぽいネクタイで、新宿署の駐車場に停めたセドリックの運転席に坐っていた。私はコートを脱ぎながら、助手席のほうへまわった。映画館の手錠から解放されたあと、三時過ぎに約束の電話を入れると、「体《てい》よくおれを利用するつもりだったら、後悔するぞ」と念を押して、ここへ来るように指定したのだ。私は助手席のドアを開けてコートを後部座席にほうると、彼の隣りに乗り込んだ。

錦織はネクタイの結び目をぐいと引っ張って緩めた。結び目が擦り切れて締められなくなるまで、二本目のネクタイは買わないタイプの男だ。彼の場合はそれが賢明だった。どうせネクタイを締めているほうが相手に無礼な印象を与えるのだ。

「出かける前に、何が起こっているのか説明しろ」と、錦織が言った。相変わらずの不機嫌さに、いまは職業的な執念深さが加わっていた。

「おれたちの行先はどこだ？」と、私は訊いた。

「だめだ。話を訊いてからだ。話によっては、行先もへ、ちまもない」

「どのくらい時間がかかるか知りたいだけさ」

「……三十分だ」

「車を出してくれ。おれの話も三十分はたっぷりかかりそうだ。時間をむだにしたくない」私はタバコを出して、火をつけた。

錦織は悪態をついてエンジンをスタートさせた。セドリックが駐車場を出て、青梅街道を西へ向かうのを待ってから、私は話すべきことを話した。話す必要のないことは話さなかった。彼はめずらしく一言も口を挟まずに聞いた。私は三本のタバコを喫い、私が喫っていないときに、彼はフィルター付きのタバコを二本喫った。環七通りとの交差点を過ぎて車内のニコチンが嫌煙家の致死量を超えた頃、私の話は終わった。

錦織の狩人《ハンター》としての反応は早かった。彼は無線のスイッチを入れてマイクを取った。「錦織警部だ。捜査課の田島主任を出してくれ」

しばらく待つと、年配らしいだみ声の男が応答した。

「淀橋の火事の焼死体の件はどうだ?」と、錦織が訊いた。

田島は殺人や放火の疑いはないようだと言い、捜査経過を報告しようとした。

「それはいい。誰か一人残してあとは手を空《あ》けてくれ」

田島は諒解と応えた。

「まず、東神電鉄を二、三年前に馘《くび》になった宣伝担当の重役の現在の居所を調べてくれ。横領らしいが、警察沙汰になったわけじゃないから、どういう形で辞職したのかは判らん」

私は彼の年齢や特徴などを繰り返し、錦織がそれを田島に伝えた。「ただし、東神の人間にはこの捜査のことは一切知られてはならん。少々厄介な仕事だから、きみが自分でやってくれ」

田島は、何か方法があるでしょうと言った。

「それから、海部雅美という女を張ってもらいたい」

私は彼女のアパートと調布のバーのこと、彼女の特徴を教えた。同業の女友達の名前と住所も付け加えた。

「彼女は現在その女友達のところにいるらしい。夕方までには調布のバーに出かけるはずだ。彼女がある男に会うかどうかを確認するのが張り込みの狙いだ」

私は問題の人物をなるべく詳細に再現した。後部座席のコートのポケットに、写りの悪い彼の写真があるが、今は間に合わなかった。

「彼女がそういう男に会えば、その男を徹底的にマークする。ただし、こいつは拳銃を所持している。男には絶対気づかれてはならん。しかし、逃亡されるくらいなら逮捕しろ。いいな？」最後の一言は、私の諒解を取った言葉でもあった。

「その男の経歴は――」と、錦織が言った。私は彼の職業、射撃歴、渡米のこと、結婚歴などを繰り返した。

「こいつの身許の割り出しに、誰か一人さいてくれ。それから、〈東神グループ〉の会長秘書の長谷川という男をマークしろ」錦織は長谷川の所有しているBMWの車種と登録ナンバーを調べるように付け加えた。

「ほかに何かあるか」と、錦織が私に訊いた。

「府中第一病院の朝倉という男から、例の無断退院者のことを聴取してほしい。佐伯氏のほかにその患者について問い合わせた者がいなかったかどうかもだ」

錦織は田島にその指示を与えてから、無線を切った。車は荻窪の先の四面道《しめんどう》を過ぎるところだった。

「おれを尾行していたサングラスの男はどうした？」と、私は訊いた。

「だめだ。帽子に口ひげの男の差し金だとすれば、抜け目のないやつだ。おまえを尾けるように頼んだ男とは、競馬場で二、三度会っただけで、名前も住所も知らんそうだ。半年位前に、有り金をすって頭に来ていると、五、六万円融通してくれて、小遣いを稼ぐつもりがあるなら連絡先を教えておけと言ったそうだ。以来、似たような仕事を何回か頼まれて金をもらったと言っている。それが中野署の連中の報告だ」

「報酬を払うときに、やつを押さえられないのか」

「いや、仕事を頼むときは電話で、支払いは郵送してくるそうだ。しかも、競馬場で連絡先を教えてからは一度も会っていない。その男は口ひげはなかったが帽子はいつもかぶっていたそうだ。半年前の話だがな」

「いつかは命取りになりそうな趣味だな。サングラスの男は釈放するのか。そいつの口から、おれと警察の間に連絡があることが漏れるのは感心しないが」

「その心配はない。このところ競馬場で頻発《ひんぱつ》していたひったくりの犯人に人相がそっくりで、被害者の一人がやつに間違いないと証言したそうだから、当分外へは出られない」

錦織は荻窪署の先を左折して、西荻窪の駅のほうへ車を走らせた。善福寺川を渡ったあたりで所番地を確かめ、まもなく六階建の真新しいマンションの駐車場にセドリックを乗り入れた。

「おまえの電話の直後に、中野署から佐伯直樹のマークⅡを発見したという報告が入った」

「どこで？」と、私は訊いた。

「上石神井《かみしやくじい》付近の新青梅街道に乗り捨ててあった」

「佐伯氏は？」

錦織は首を横に振った。「不審なところは何もなく、たったいま持ち主が駐車して行ったばかりという感じだったそうだ。鑑識の調べが終わらなければ何とも言えんが、大した手掛りは残っていまい」

私たちはセドリックを降りた。

「おれは管理人に会って来るから、おまえは車を確認しろ。目当ての車は白のギャラン・シグマだ」錦織はマンションの真っ白い建物のほうへ歩き去った。

私は駐車場を見渡した。駐車中の車は全部で六台、うち白い車が二台、近くにあるのは一見してフォルクスワーゲンと分かったので、私は駐車場の奥にあるもう一台の白い車に近づいた。錦織の言ったギャラン・シグマで、登録ナンバーは渡辺の伝言にあった〝練馬５９ ぬ ９３７５〟だった。私は建物のほうへ引き返し、玄関ではなく駐車場への出入口から入った。錦織が管理人室から出て来たところだった。

「車はどうだ？」

「間違いない」

「五階へ行くぞ」

私たちは玄関の突き当たりでエレベーターを見つけて、乗り込んだ。錦織が五階のボタンを押した。「男の名前は勝間《かつま》田《た》剛《たけし》、二十五才。学生くずれでホスト・クラブに勤めている。管理人の話では、この時間はまだたいてい部屋にいるそうだ。なかなかの売れっ子で、名前に似合わぬ色男らしいぜ」

五階に着いて、私たちはエレベーターを降りた。錦織は部屋の番号を探して、五〇三号室の前で立ち止まった。彼はドアの脇のブザーを押したあと、中の住人から見えない位置まで脇に移動した。そして、壁に背中をつけると、上衣の前を開けて右手を腰の拳銃のほうへまわした。

十秒ほど経つと、「誰？　ミキかい？」と言う声がして、ドアが開いた。難聴の演奏者が難聴のファンを対象にしたような音楽と一緒に、パジャマの上にローブをはおった若い男が顔を出し、私の顔を怪訝《けげん》そうに見た。私が錦織に首を振って見せると、彼はドアの正面に戻った。

「勝間田さんだね？　警察の者だが、ちょっと中へ入れてもらうよ」彼は右手で警察手帳を出して相手に見せながら、左手でドアを大きく開けた。

「ええ。ど、どうぞ」と、若い男は答えて一歩後ろへさがった。すらりとした長身に、湯上がりのように逆立った流行の髪、耳の上の線で剃り落としたもみあげ、太陽以外の何かで焼いた顔がのっていた。典型的なハンサムだが、ハンサムという以外には何の特徴もない顔だった。私たちが玄関に入ってドアを閉めると、彼はどうぞと繰り返して、私たちを部屋の奥へ案内した。

午後十時過ぎのテレビドラマの画面でしかお眼にかかれないような、小ぎれいに整った住まいだった。リビング・ルームにキッチンがつながった広い部屋に通されると、私たちは中央の白いテーブルのまわりに腰をおろした。ベランダに通じるサッシのガラス戸には白いレースのカーテンが掛かっていた。この部屋でいちばん目立つのは、そのカーテンのそばの壁いっぱいに貼ってある特大のジェームス・ディーンのポスターだった。生きていれば、この部屋の住人の父親以上の年になっている俳優だが、この部屋に彼の父親の写真が一枚もないことは賭けてもよかった。

隣りの寝室へのドアが半分開いたままになっていて、私の位置からベッドの端と壁際のステレオ装置がのぞいていた。ロック音楽はそこから鳴り響いて来た。〈丸井〉の若者《ヤング》向け商品の展示ルームに迷い込んだような気分だった。

錦織が用件に入ろうとしたが、寝室の音楽が邪魔だった。

「ちょっと音を小さくして来ます」と、勝間田が言って、立ち上がった。

「よかったら消してもらえないかね。レコード鑑賞に来たわけじゃないんだ」と、錦織が言った。

「ビートルズなんです」と、勝間田が言った。壁の向こうに、この世の中で一番正しいものが存在しているような口調だった。彼は寝室へ行った。

「ビートルズだと?」と、錦織が言った。「あれが解らんと、近頃は若い警官までが犯罪者でも見るような眼つきでこっちを見るぜ。下らんものを下らんと言うのが怖い大人が増えてるだけさ。フン、あんなものは今世紀最大の過大評価だ」

「あんたが音楽についてそんな洒落《しゃれ》た意見を持っているとは知らなかった。橋爪のカラオケ趣味よりはましだな」

「うるさい。二度と橋爪とおれを比較するな」

共感を強要するような歌声が小さくなって消えると、勝間田が戻って来て、テーブルについた。

「私は新宿署の錦織という者だが、一昨日の月曜日の夜八時から九時のあいだ、きみがどこにいたかを教えてもらいたい」

「月曜日の夜ですか。もちろん、勤め先の吉祥寺《きちじょうじ》にいましたよ。吉祥寺の南口にある〈ファブリス〉というクラブですけど」

「その店に、何時から何時まで?」

「開店時間の七時少し前から、閉店の十二時過ぎまで」

「途中一度も店を出ていない?」

「ええ。忙しい店ですから、そんな暇はありません」

「誰かそれを証言してくれる人がいるかな?」

「クラブの支配人でも、同僚でも、お客さんでも、大勢いますよ」と、勝間田はリラックスした態度で答えた。

錦織は私をちらっと見て、すぐ勝間田に視線を戻した。

「下の駐車場にある白いギャランはきみの車だね?」

錦織は、その登録ナンバーを付け加えた。

勝間田の様子がまた落ち着かなくなった。「ええ、そうです。ぼくの車ですが……」

「月曜日の夜の八時から九時頃、あのギャランがどこにあったか教えてもらいたい」

「それは……ちょっと、分からないんです。実は、あの夜は友達に車を貸してたもんで——」

「その友達の名前は?」と、錦織は訊いた。そして、上衣のポケットから手帳を出してメモの用意をした。

「どうぞ」

「学生時代の友達で津村というんですけど——」

「津村何というのかね? それから、彼の住所と勤め先を」

「ちょっと、待って下さい。実は車を貸したのは彼ではなくて、葛城《かつらぎ》という女性なんです。すいません。クラブのお客さんなので、迷惑をかけちゃいけないと思って」

「きみが彼女に迷惑をかけるだって? われわれはむしろ、彼女のほうがきみに迷惑をかけていなきゃいいがと、心配してるんだがね。カツラギとは、どういう字を書くのかな?」

「あの、ちょっと待って下さい。彼女の名刺がありますから、すぐ取って来ます」勝間田は寝室へ駈け込んだ。

　私は、キッチンとのあいだを仕切っているカウンターの隅で灰皿を見つけて、椅子に戻った。金持の有閑夫人の心を刺激しそうな紫色のカットグラスの灰皿にクラブ〈ファブリス〉の名前が金文字で入っていた。売れないスタンダールは死後数十年を経て読者が現われることを予言したそうだが、まさか百五十年後の遙か東方の国で、作品の主人公がホスト・クラブに名前を襲われて、灰皿にまで刻まれようとは想像もしなかったろう。私がタバコに火をつけたとき、勝間田が名刺を持って戻ってきた。彼は名刺を錦織に渡した。錦織はさっと眼を通して、それを私に渡した。

　〝三井物産株式会社　総務部秘書課　葛城りゑ子〟会社のアドレスの横に自分の自宅の住所と電話番号がボールペンで書き加えられていた。住所は豊島区千早《ちはや》町となっている。

「彼女は店のお客だと言ったが、車を貸したりするような間柄なのかね？」

「隠し立てしても仕方がありませんから言いますが、月に一回か二回店に来てくれるお得意で……つまり、その夜はたいてい一緒にホテルへ行くことになります。どうせ、調べられれば分かるので言いますけど、あのギャランは彼女が今年の六月に新車同然の中古車を買ってくれたんですよ」

　隠しても仕方がないと言ったが、自慢しているようにしか聞こえなかった。

「ほう、気前のいい女性だな。彼女の年齢は？　人相や特徴も教えてもらいたい」と、錦織が言った。

「三十二才だったと思います。少なくとも本人はそう言ってます。小柄でスリムだけど結構いい身体をしているし、顔も眼がくりっとして森下愛子を十年老《ふ》けさせたような、まァ美人のくちですよ」

　一時間前に映画館で私の前の座席に坐っていた女の

ようだ。

「モリシタアイコって知ってるか」と、錦織が私に訊いた。

私は勝間田に訊いた。「ちょっと斜視ぎみの女性かな？」

「そうです。彼女です。ご存知なんですか」

「彼女に車を貸したのは、月曜日が初めてかね？」と、錦織が質問を続けた。

「いいえ。もともと、彼女が使いたいときには必ず車をあけるというのが条件ですから。最初は向こうが使ってばかりでしたが、夏を過ぎてからあまり使わなくなり、先月頃からは月に二、三回程度に減って、やっと自分の車だという気がしはじめたところですよ」

錦織と私は顔を見合わせた。この男を相手に細かいことを詮索しているより、早めにこの名刺の女をチェックしたほうがよさそうだった。

錦織は身を乗り出して、勝間田の眼をのぞき込んだ。

「さて、きみは警察の監視付きってのは好きかね。そうしてもいいし、本来はそうするべきなんだが」

「えっ、どうしてですか。だって、ぼくは車を貸しただけで何も悪いことはしていないのに――」

「問題は、これから何もしないと約束できるかどうかだ。つまり、彼女はきみにとってお得意さんであるうえに、大変世話になっている女性だ。われわれがここを出た後、日頃の恩返しのつもりで、彼女に警戒の電話を入れたりしてもらっちゃ困るんだよ」

「そ、そんなことはしませんよ。ぼくたちの関係はギブ・アンド・テイクですからね。彼女に借りなんかありませんよ」

錦織は口調を変えた。「この件には重罪が絡《から》んでいる。誘拐罪の幇助《ほうじょ》か事後従犯で逮捕されても構わなければ、何をしてもいい。しかし、電話一本で五年の刑を喰らう覚悟がいるぞ」

勝間田は息をのんだ。「ぼくは何もしませんよ、誓って」

「何か問題があるか」と、錦織は私に訊いた。

私は首を振ってタバコを消し、女の名刺を錦織に返した。勝間田の怯《おび》えたような眼が、その名刺を追った。気になる眼つきだった。錦織が立ち上がった。私は坐ったまま、勝間田を見ていた。彼は私の視線に気づいて、慌《あわ》てて眼を伏せた。だがすぐに、錦織が手帳に挟み込もうとしている女の名刺に吸い寄せられるように眼を上げた。

「ちょっと待って下さい、刑事さん」と、勝間田がひび割れたような声で言った。

錦織はゆっくりと腰をおろした。「何だ？」

勝間田はローブのポケットからタバコとライターを出した。赤いパッケージから鉛筆のように長い外国タバコを抜き取って、デュポンのライターで火をつけた。タバコの先端がかすかに上下していた。

「実は――」と、勝間田はタバコの煙を吐き出しながら言った。「その名刺をたどっても彼女には会えないんですよ」

「何だって？　でたらめの名刺を渡したのか」と、錦織が怒気をふくんだ声を出した。

「いいえ、とんでもない。それは間違いなく彼女から渡された名刺なんです。クラブの支配人に訊いてもらえば分かりますが、彼女はあの店でもちゃんと葛城という名前で通っているんですから」勝間田はうわずった声で言った。

私は嫌な予感がした。錦織の顔にも同じ懸念が現われていた。

「解るように説明するんだ」

「彼女はぼくにも葛城りゑ子と名乗っています。その名刺は車を買ったときにもらったんですが、そのとき彼女は会社にも自宅にも電話しちゃいけないって言ったんですよ。自宅では嫉妬深い亭主の眼が光ってるし、会社では浮気相手の課長が聞き耳を立ててるからって……ぼくのほうにはそんなつもりも必要もなかったんですがね。ところが、車を向こうが持っているときに、一度だけどうしても海へ行きたくなって、女の子に電話をかけさせたことがあるんですよ。そのときに、名刺に書いてあることが嘘だってことが分かりました。もちろん〈三井物産〉の電話や住所は本物ですけど、そこの秘書課に葛城りゑ子なんていないし、自宅の住所と電話番号も全くのでたらめでしたよ」

「その女の本名は？ 本当の住所や電話番号は？」錦織が噛みつくように訊いた。「……知らないのか」

勝間田は唇からだらっとタバコを垂らして、何度もうなずいた。

錦織と私はそのマンションの管理人室で、今後の打ち合わせをした。電話を借りて、錦織は荻窪署と連絡を取り、私は電話応答サービスにかけた。〈東神グループ〉の神谷会長から〝至急、電話されたし〟という伝言が入っていた。折り返し電話を入れると、今夜向坂知事の弟の晃司邸で映画関係のパーティがあって、先方は私同伴で出席しても構わないと答えたということだった。もちろん、兄晨哉氏も同席する。六時に東神ビルの地下駐車場で神谷会長と会う約束をした。

私たちは駐車場のセドリックに戻った。私は後部座席のコートから映画館で掛けられた手錠を出して、錦織に渡した。

「帽子の男と葛城と名乗る女の指紋がついているはずだが、抜け目のない連中のことだ、手掛りにはなるまい。おれの指紋は五年前の不当逮捕のときに取ったやつがあるから、区別がつくだろう」

錦織が怒鳴る前に、私はポケットから七枚の写真を出し、〝海部氏〟の写ったカラー写真一枚を取って、残りを錦織に渡した。被写体の説明はすでに管理人室ですませてあった。

「澤崎。この写真のフィルムをいつ、どこで手に入れたのか、納得できる説明を考えとけよ。それから、勝間田のギャランの登録ナンバーをおまえに教えたのが、誰かもだ」

「そんなことより、向坂知事の狙撃に使用された拳銃の捜査報告を取り寄せることを忘れないでくれ」

「うるさい。二度とおれに指図するな」

優秀な刑事は嫌われる刑事だった。私はむしろ運がいい。嫌われるだけで無能な刑事が少なくないのだ。私は新宿署を無線で呼び出している錦織に背を向けて、私は一度事務所に戻るために、国電の西荻窪駅へ向かった。

27

成城の向坂晃司邸は、二十一世紀の未来都市の住宅のようにも見えるし、十九世紀のヨーロッパの監獄のようにも見える、石造りの大きな建物だった。日本よりも外国での評価が高い、有名な建築家が設計したものだそうだ。夕方の渋滞気味の甲州街道と環八通りのお蔭で、神谷惣一郎のシルバーグレーの4ドアのジャガーにあまり離されずに、七時前に向坂邸の駐車場に着いた。停まっている三十数台の車の様子はさながら外車ショーの特別会場で、いちばん目立つのが真ん中の濃いワイン色のロールス・ロイス、次ぎが私の動くスクラップだった。兄の向坂知事はパーティには七時頃から一時間位しかいられなくて、また都庁に戻って公務が残っているという話だった。

宇宙服か囚人服が似合いそうな、墓石をいくつも積み重ねたような石造りの玄関に立つと、昼間と同じスーツ姿の神谷会長も私も異次元からの迷子のように場違いだった。私たちが前に立っただけで、玄関のドアが音もなく横に開いた。二十才そこそこのタキシード姿の美少年が、いらっしゃいませと挨拶した。テレビの男性化粧品の宣伝で見憶えのある顔だから、晃司氏のプロダクションに所属している俳優なのだろう。私たちが建物の中に入ると、背後でドアが閉まった。

「神谷様ですね？　しばらくお待ち下さい」美少年は振り返って、後方にいる誰かを探していた。

玄関ロビーはちょっとしたホテルなみの広さで、遠く左手の奥にパーティ会場の入口が見えた。そこから、演奏中の明るい音楽と、パーティ客の明るい話し声が流れてきて、明るい照明を浴びた正装の男女が垣間見《かいま》えた。

美少年は、正面の石造りの階段の脇で話している二人の男たちのほうに声をかけた。「専務、ちょっと失礼します。東神の神谷会長がお見えになりました」

二人の男はすぐに話を切り上げた。頭脳労働者か肉体労働者か見分けのつかない、ラフな服装の男が近づいて来た。もう一人の勝新太郎によく似た小柄でがっしりしたタキシード姿の男は、パーティ会場のほうへ去って行った。あるいは本人だったのかも知れない。

「しばらくでした、神谷会長」と、専務と呼ばれた男が挨拶した。「知事と社長が二階でお待ちしています」

「どうも、お邪魔します」神谷会長は私たちを引き合わせた。「こちらは、電話でお話しした澤崎さんです。こちらは向坂プロの専務の滝村《たきむら》さん」

「ご案内しましょう」と言って、滝村は正面の石造りの階段へ向かった。二階に上がって、パーティ会場のほぼ真上に当たる方角へ進んだ。その間に、神谷会長が滝村専務は映画会社に所属していた時代の晃司氏の出演作品の大半を監督した人で、晃司氏が向坂プロを設立したときに、会社を辞めて行動を共にしたのだと教えてくれた。東神電鉄が後援したヨット・レースの撮影も彼が手がけたのだそうだ。滝村が今夜のパーティは向坂プロの創立十周年とテレビの新番組の発表を兼ねたものだと言った。

材質の分からない真っ白なドアの前に来ると、滝村はノックなしでドアを開け、私たちを中へ案内した。その部屋は、設計者が書斎や客間は書斎や客間らしく見えてはいけないという建築哲学を持っているのであれば、間違いなく書斎兼客間だった。不思議な凹凸のある間取りに、不思議な形をした大きなデスクと不思議な色の組み合せの応接セットがあった。デスクの向こうと応接セットのソファに、それぞれ男が一人ずつ坐っていた。彼らは壁の凸面の一つを占領している特大のヴィデオ・スクリーンの映像を見ていた。

スクリーンには三人の男が映っている。音声はない。彼らは大型の車の屋根につくられた台上に立っている。カメラが中央の人物に近づいて大写しになる。彼は白い手袋をはめた手にマイクを持って、何か熱心に喋っている。名前入りのタスキを肩から斜めに掛けている。演説中の向坂晨哉のようである。急に画面が揺れる。向坂氏の姿が消える。脇に立っていた男の一人が、倒れようとする向坂氏を支えている。もう一人の男がどこかを指差して何やら怒鳴っている。向坂氏を抱きとめている男――弟の晃司氏――が、兄の左の胸部を押さえて何か叫んでいる。その手の周辺が急速に赤く染まっていく。また、画面が激しく揺れる。驚き騒いでいる群衆、走る警官、明かりのついたビルの窓、夕暮れの空などが支離滅裂な感じで映し出される。一台の黒っぽい乗用車が急発進するところが映される。車の窓は何かで着色加工されているらしく、車内はほとんど見えない。車はすぐに画面の外に消え、その車を指差し騒ぐ人たちが映る。また画面が二、三度大きく揺れ、急に途切れて暗くなる——事件当時、テレビのニュースで何度も見せられた映像だった。デスクの向こうの男が、遠隔操作でヴィデオのスイッチを切り、私たちのほうへ近づいて来た。たった今見たばかりの画面では、主役を兄に譲って珍しく脇役を演じていた向坂晃司だった。

映画俳優として成功し、青年実業家として成功し、現在は東京都知事の弟であり、ブレーンの一人であり、近い将来の政界入りは既定の事実であるかのごとく噂されていた。〝俳優は男子一生の仕事にあらず〟というのが彼のお得意の科白《せりふ》だそうだ。新知事の得票数のうち、女性票の五十一パーセントは晃司票であると書いている評論家さえいた。

彼は神谷会長の前に来ると、その手を取って握手した。身長百八十数センチで、私よりも七、八センチ高く、中背の神谷会長を遙かに見おろしていた。真紅のタキシードの上衣が決して気障《きざ》に見えず、その下にトレード・マークの長い脚がすらりと伸びていた。

「先日はどうも」と、晃司氏は言って、精悍な顔にスクリーンやブラウン管でお馴染みの笑みを浮かべた。「兄貴はちょっと席をはずしていますが、すぐに現われます……こちらが電話のお話の、渡辺さんという探偵の方ですか」

「いや、ええ、そうですが——」と、神谷会長は口ごもった。

「渡辺探偵事務所の、澤崎です」と、私が訂正した。

「向坂晃司です。よろしく。電話があってから、またあの時のヴィデオを見ていたところです。兄貴がすっかり回復した今でも、あの瞬間を見るとぞっとしますよ」彼は自分の右手を、まだ兄の血に染まっているかのように見おろした。だが、顔を上げたときは再びスターの顔に戻っていた。

「さァ、どうぞこちらへ。専務も一緒に」彼は私たちを応接セットのほうへ案内した。

そこにいたもう一人の男が立ち上がった。禿げ上がった頭と鋭い眼と分厚い唇が目立つ五十がらみの男で、固太りの身体を地味なダークスーツに包んでいた。今見たばかりのヴィデオで、車上に立っていた三人目の男だった。

「紹介します」と、晃司氏が言った。「副知事の榊原《さかきばら》誠《まこと》氏です。兄貴の入院中は知事代理として任務を代行していただいたので、皆さんもご存知でしょう。知事選のときは選挙参謀として見事な采配ぶりを発揮してもらいました。兄貴の今日《こんにち》があるのも、ひとえに榊原さんのお蔭なのです。こちらは、東神の神谷会長。それから、さっき話した電話の件でおみえになった──

──」

「澤崎です」と、私が補足した。

榊原は神谷会長に挨拶した。「お噂はかねがねうかがっています。お父上の惣之助氏には十年ほど前にお眼にかかったことがありますよ」榊原は私に視線を移した。「知事はまもなくおみえになります。それから、お話をうかがいましょう」

私の記憶を昨夜の新聞記事で補えば、この男は向坂知事と同じ自民党の所謂《いわゆる》タカ派に所属し、都議会議員と参議院議員を一期ずつ務めたあと、二年前の〝田中審判選挙〟で東京二区から衆議院に立候補したが僅差で落選していた。向坂氏が知事選出馬を決めるまでは、むしろ保守系推薦の有力候補の一人だったはずだ。政界に入る前は警察に二十年いて、最後は警視副総監の地位に昇っている。さらに〝浅間山荘事件〟の前後にさかのぼると、公安部長の職にあって持ち前のタカ派的手腕を揮《ふる》っている。だが、私がこの男の名前を最初に耳にしたのは、元パートナーの渡辺の口からだった。渡辺の息子が学生運動で逮捕されたとき、まさに辞表を書いている最中の渡辺に「辞表を書け」と電話で命じてきたのが、公安一課長時代の榊原だったそうだ。

安酒場のテレビで、榊原が参議院に当選してダルマに目玉を入れるところを見ながら、渡辺はこいつも出世したもんだなと話しはじめたのだった。

「大変失礼だが、身体検査をさせていただきます」と、榊原が言った。洋服屋が仮縫いをさせてくれと言うくらい平然とした顔つきだった。「こういうことを知事は非常にお嫌いになるが、われわれには東京都民に対する責任があります。あんな事件が起こる以上はやむを得ない措置であることをご理解いただきたい」

神谷惣一郎は「どうぞ」と答えたが、生まれて初めての体験に戸惑いを隠しきれなかった。榊原は洋服屋が仮縫いをするように手際よく、神谷会長はすばやく、私は念入りに身体検査をすませた。身体と衣服の要所を探りながらも、相手の顔から眼を離さないプロらしいやり方だった。身体検査が終わると、晃司氏のすすめで私たちはソファに腰をおろした。

「実はね、澤崎さん」と、晃司氏が言った。その場の雰囲気を和《やわ》らげるような笑顔だった。「ぼくは映画会社に所属していた頃に、一匹狼のやけに恰好いい探偵役を演じたことがあるんですが、本物の探偵さんに会うのは今日が初めてなんですよ。考えてみると、まるで経験も知識もない職業の人間を平気な顔で演じるんですから、俳優なんて実にいい加減なものですよ」彼はお得意の男子一生云々の科白《せりふ》を付け加えた。

「あの作品は社長の主演作では不入りのほうでしたね」と、滝村が言った。「日本では、探偵物と言えば明智君か金田一さんだから仕方がない」

「東宝だったかな」と、晃司氏が言った。「高倉健さんの主演でアメリカの探偵物をやろうとしているが、映画化の権利が取れなくて難航しているとかいう話を聞きましたね」

「そうらしいですね」と、滝村が相槌《あいづち》を打った。

「『初秋』だったかな……ご存知ですか、スペンサーという名前のあなたの同業者を」最後の問いは、私に向けられたものだった。

「いや。阪急のスペンサーなら知っていますが――南海の野村に三冠王を取らせるために八打席連続敬遠された」

「プロ野球と言えば、神谷会長にお訊きしなきゃならない」と、滝村が言った。「東神がプロの球団経営に乗り出すというのは本当でしょうか。密かに南海やヤクルトを相手に交渉中だという噂ですけど」

神谷会長は微笑んだ。「いいえ、そんな話はありませんよ。どうぞ、ご安心を」

「また野球の話ですか」と、晃司氏がうんざりしたような声で言った。「野球の話題ならいつも市民権を得ていると考えるような傾向は、ぼくはどうも感心しないな。他にも話題にすべきスポーツは山ほどあるというのに……」

晃司氏と滝村の話を聞き流していた榊原が、顔を上げて晃司氏の後方に眼をやった。私たちが入って来たのとは別の、デスクの奥のドアが開いて、向坂知事が入って来た。知事よりは少し年長の、黒い診療鞄のようなものを持ったダブルのスーツの男が一緒だった。

向坂知事は年齢四十五才、東大卒業後、オックスフォード大学留学中に作家としてデビューし、新文学の旗手と騒がれて文壇で華々しく活躍した。演劇界にも関わって戯曲作家、演出家としても才能を発揮し、弟晃司氏の映画俳優としてのスタートにも手を貸している。三十才で参議院議員に当選して政界入り、二年前には史上最高得票で衆議院に転じて、既に自民党の若手有力者の地位を築きつつあった。今年の夏、革新系の矢内原知事の三選を阻《はば》むために議員を辞職し、当初立候補に反対した自民党を脱党して、都知事選に出馬したのだった。外人俳優にも引けを取らない弟の体格に較べるとさすがに一まわり小さいが、百八十センチ近い長身とスマートな容姿は従来の政治家の貧相なイメージを払拭《ふっしょく》するものだった。容貌は、映画スターは美男スターという当時の常識を破った晃司氏の個性的なマスクに較べても、一枚上の端整で知的な好男子だった。

　向坂知事は私たちのほうへ近づいて来た。脱いだ上衣を小脇に抱え、ワイシャツの袖をまくった二の腕を揉《も》んでいた。

「どうも、皆さん、お待たせしました。椎名先生に退院後の定期検診をしていただいていたものですから……先生の診察では、胸の傷のほうはもう完治しているそうで、あとは何か異常でもない限り検診は不要だということだった」

「それはよかった」と、晃司氏が言った。「これでぼくらも一安心だよ、兄貴」

「胸の傷のほうというと、ほかに何か……？」榊原が椎名と呼ばれた医師と知事の顔を交互に見ながら、訊ねた。

「いや、ご心配なく」と、椎名が答えた。「単なる過労です。あれだけのオペをやれば、知事のように頑健な身体でも術後は相当な体力を消耗しています。加えて、新知事としての大変な激務です。おうかがいすると、執筆のほうも再開されたということですから、過労は当然です。ま、無理な注文をしても聞かない方だから、毎日三十分の余分な睡眠を約束させて、週二回ヴィタミン注射の処方を都庁の医務室宛てに出しておきました」

　向坂知事はワイシャツの袖をおろし、国産では見られない渋い色合いのダークグリーンのスーツの上衣に袖を通した。

「椎名先生は私の診察なんか二の次ぎでお見えになってるんだから、早くパーティ会場にお連れして――。何しろ、人気女優の麗子君のデビュー以来のファンだそうで、今夜は彼女と話ができてサインがもらえるという条件で、こんな所まで診察の出前を引き受けて下さったんだから。晃司、頼むよ」

「都知事の命を奇蹟的に救ったお医者様に会えるというので、彼女も楽しみにしてますよ」晃司氏が椎名に言った。

「私が社長に代わってご案内します」と、滝村が言って席を立った。「神谷会長や皆さんをお待たせしていますから、お先にどうぞ用件に入って下さい」

椎名医師は挨拶をすませて、滝村と一緒に部屋を出た。

向坂知事は榊原と弟のあいだに席を取ると、まず神谷会長に就任パーティに列席してもらったときの礼を述べた。

「こちらは——」と、晃司氏が口調を改めた。「さっき電話で神谷会長からのお話を説明したときの、探偵さんで——」

「渡辺探偵事務所の、澤崎です」と、私は三度《たび》言った。

今夜は永久にこれが続くのではないかと思った。

「向坂です、よろしく。今日はわざわざおいでいただいて恐縮です。ご用件をうかがうことにしましょうか」

「初めに、ぼくから説明します」と、神谷会長が言った。「澤崎さんはぼくの姪の依頼で、彼女の夫に関する調査を引き受けて下さっているのです」

「姪とおっしゃると、更科修蔵氏の？」と、知事が訊いた。

「そうです。義兄とぼくの姉夫婦の娘です。姪といっても、五つ年下の妹のようなものですが」

神谷会長は、佐伯直樹の失踪と彼が失踪前に行なっていた調査について、東神ビルの地下駐車場で私と打ち合わせた線に沿って説明した。

「それはご心配でしょうね」と、知事は顔を曇らせて言った。「その佐伯さんという行方不明のジャーナリストの方が、私に関わりのある二つの事件を調べておられたというのが事実だとすると、これは他人事とは思えない。私たちでお役に立つことがあれば、何なりとおっしゃっていただきたいものです。ただ、その前に──」知事は榊原のほうをちょっと振り返った。「あの二つの事件に関する警察の捜査報告を聞いておきたいのです。それらについては何度か報告を受けてはいます。だが、私自身はあの二つの事件をあまり意味のあるものとは考えていないのですよ──私がこうして現に生きていて、知事に就任している以上は。副知事や弟は神経をとがらせていて、私のことをあまりに楽観的だと非難するのですが……正直いって、私としては山積している東京都の難問題と取り組むので精一杯なのです。ご承知のように、矢内原都政は行き当たりばったりの八方美人でしたから、その跡始末は財政から何から根本的な立て直しが必要なのです。そんなわけで、警察の報告も聞き流していたような次第ですが、あの事件がそういう波紋を起こしているとなると、私としても等閑視するわけには行きません」知事は再び榊原を振り返った。「警察の捜査は現在どこまで進んでいるのですか」

「残念ながら、実質的には十月以降は何も進展がありませんね」榊原はテーブルの上の書類ファイルを手にした。「警察は、七月十二日の立川駅頭での狙撃事件とそれに先立つ怪文書事件の二つの捜査本部を設けて、捜査を進めています。しかし、非常に遺憾ながら、この二つの捜査本部はすぐにも合流できるだろうという安易な考えで、楽観的な見込み捜査を行なったようです。というのも、狙撃事件の犯人とみられる溝口宏と怪文書に書かれている銀座のクラブのママ、溝口敬子が姉弟であることから、この二つの事件は簡単に底が割れると見て、お互いに相手の捜査本部を当てにしていたふしがあります。元来、怪文書事件は実害の大きいわりには悪質ないたずら程度の犯罪と見なされがちで、印刷者や配布者を特定できても主犯までは究明できないのが実情です。これに対して、狙撃事件は紛れもない重罪ですが、犯人がすでに逮捕され死亡しているので、捜査本部としてはもう一つ差し迫ったものがない。もちろん、狙撃が溝口宏の単独犯でなく、背後に首謀者が存在する可能性はあるのだから、その追及を急ぐべきなのですが。結局のところ捜査は溝口の死体から一歩も進んでいないようです」榊原はファイルを閉じて、説明を続けた。「知事の当選が決まって、怪文書事件は単なる中傷以上のものではなくなった。さらに、知事が一命を取り止められて、狙撃事件も怪文書の内容を軽率に信じた溝口宏による未遂事件ということになった。しかも、現に今もおっしゃったように、知事自身が回復後の第一声で、これらの事件はそれほど深刻なものとは思わないという感想を述べられている。少なくとも、あの二つの事件を政治的に重大なものと考えている人間はいないのではないでしょうか。そういう世評にどっぷり影響されて、捜査の士気はほとんど地に堕《お》ちている——それが現状ですね」

知事は苦笑した。「私が落選していたか、あるいは死んでいたら、捜査本部も張り切っていたろうにと言わんばかりですね」

「遺憾ながら、そういうことになりますか」と、榊原が言った。「結局、二つの捜査本部は当初見込んでいたような合同捜査にはほど遠く、狙撃事件については溝口宏の背後関係は一切不明のままです。怪文書事件については、何らかの関わりを持つと見てマークしていた溝口敬子の愛人、野間《のま》徹郎《てつろう》を狙撃事件の後のどさくさで見失って以来、こちらも何の進展もない有様です」

専務の滝村監督が六人分のウィスキーの水割りを銀盆にのせて戻って来た。グラスを配って、彼も晃司氏と私のあいだのソファに腰をおろした。グラスに手を伸ばす者はなかった。

「私が受けた報告は、以上のようなものです」と、知事は言った。「警視庁は都知事の管轄下にありますから、捜査に対してはそれなりの関与の仕方もあるでしょう。副知事や弟たちはもっと厳しい態度を取るべきだと言うのですが、私はこの二つの事件は所詮は私事の領域を出ないような気がするのです。いえ、私事といっても、溝口姉弟や怪文書の発行者と私とのあいだに私的な関係があるという意味ではありません。申し上げたいのは、その二つの事件が解決しようとしまいと、都政には何の影響もないということです。そんなことに警察官諸君を奔走させるよりも、ほかに優先すべき問題がいくつもあるはずです。榊原さんに、この件に関する警察の捜査状況の追及はくれぐれも控え目にとお願いしてあるのは、そういう気持からなのです」知事はゆっくり眼を閉じ、ゆっくり眼を開けた。「そんなわけで、お話をうかがった佐伯さんという方の失踪について、私たちが一体どれほどお役に立てるものか、はなはだ心もとないのですよ。佐伯さんが怪文書の発行者や狙撃事件の真犯人を突きとめていた可能性があるとお聞きして、私たちはむしろ寝耳に水で驚いている始末なんです」

向坂知事は私を数秒間冷ややかに見つめ、それから神谷会長に視線を移して微笑んだ。彼の表情には私への不信の念が明らかだった。神谷会長の紹介があるので、やむをえず時間をさいているのだということらしかった。神谷会長は落ち着かない顔で、私を振り返った。

現在、新宿署と中野署と二つの捜査本部が合同でどういう捜査活動を始めているか、そこでの私の立場がどういうものかを説明すれば、知事の信用を得ることは難しくなかった。だが、警察と私の関係を明らかにするためには、この部屋の中に佐伯直樹の身柄を拘束している者、もしくはその人物に通じている者は一人もいないという確信がなければならなかった。探偵の仕事は人に信用されることではない。

榊原が咳払いして言った。「率直に申し上げて、多少捜査方針に万全でないところがあったにしても、あれだけの捜査態勢と機動力を擁している日本の警察が手こずっている事件を、一ジャーナリストが究明しつつあるという話はにわかに信じ難いのですよ。別に自分の古巣である警察を弁護しようというつもりはありませんが」

私はポケットからタバコを出して火をつけた。晃司氏がデスクへ行って、灰皿を取って来た。黒い六角立方形のセラミック製の灰皿で、宇宙船専用の痰壺《たんつぼ》のように見えた。

「その点では、佐伯氏は偶然にも恵まれたようです」と、私は言った。「佐伯氏が突きとめたことの真偽はしばらく措《お》くとしても、彼がすでに一週間近くも消息を絶っていることは事実なのです」

榊原はパイプを取り出し、滝村は〝キャメル〟の両切りのタバコに火をつけた。向坂知事と晃司氏が水割りのグラスを取って、口をつけた。神谷会長もつられたようにグラスに手を伸ばしたが、車で来たことを思い出したのか、口へは近づけずにテーブルに戻した。

「少し質問をさせていただきたいが、構いませんか」と、私は訊いた。知事と三人の紳士を見まわした。

「どうぞ」と、知事があくまで穏やかに答えた。

「狙撃に使用された拳銃は発見されていますか」

「そのはずですが――」知事は榊原を振り返った。

「もちろんです」と、榊原が代わって答えた。「溝口宏が逃走の最後に車で転落した、日野市の高幡不動《たかはたふどう》付近の浅川から、彼の死体や車と一緒に回収されていますよ」

「知事の肺から剔出《てきしゅつ》された弾は、その拳銃から発射されたものですか」

榊原はファイルを取って、書類を探した。「鑑識の調べでは完全に一致しています。あの弾がその拳銃以外の銃から発射された可能性はコンマ〇一の確率だという報告が出ている。われわれが溝口宏以外に真犯人がいるというお説に懐疑的なのは、主としてこの物的証拠があるからです」彼は攻め合いは一手勝ちと読み切った碁敵《ごがたき》のように、ファイルから顔を上げた。

私はうなずいた。私の問いに榊原がどう答えるかは事前に分かっていた。夕方事務所に戻ったときに錦織警部から電話があって、狙撃に使われた拳銃に関する捜査の詳細を聞いていたのだ。溝口宏従犯説に水を差すような情報には違いないが、錦織も私も必ずしも決定的だとは考えなかった。

私は質問を続けた。「その拳銃がどのメーカーのどういう銃だったのか、公表されていますか」

「いや、それは捜査本部の方針で公表されていませんん」

「しかし、私はその拳銃が〝銃身の長いルガーP08〟だということを知っていますよ」

榊原は驚いて知事を振り返った。知事は晃司氏と顔を見合わせた。

「警察の情報漏れを耳にしたんでしょう?」と、晃司氏が訊いた。

「そんなことはありえないはずだが――」と、榊原が眉をしかめて言った。「そのことは捜査本部では厳重な部外秘になっている。少なくとも、今日の午前中に本部長と電話で話した時点ではそうだった。情報漏れなどということはないはずです」

知事たちは私に注目して、次の言葉を待った。

「私が〝銃身の長いルガーP08〟という銃のことを最初に聞いたのは、佐伯氏が狙撃事件の真犯人と見ている男とこの四ヵ月間同棲していた女性の口からなのです。その男が自分の所持している銃の名前と特徴を彼女に教えたのです」

「単なる偶然の一致ということもあるでしょう」と、滝村が言った。「その男が狙撃に使われた拳銃と同じ型の銃を持っていたからといって、何かが証明されるわけではないのではありませんか」

榊原が眉を上げた。「偶然で片づけてしまうほどありふれた銃ではないが、もっと肝腎な点を忘れていますよ。剔出《てきしゅつ》された弾と一致する銃は、警察が溝口の逮捕現場から回収したルガーです。もしその逆であったら、その男が真犯人であるという説は非常に有力になるでしょうが……それとも、あなたは鑑識の言うコンマ〇一に賭けてみるつもりですか」

「そんなつもりはありません」と、私は言った。「狙撃者は周到な人間で二挺《ちょう》の銃を用意していたのかも知れない。オートマチックは故障が多いと言われています。万一にそなえて予備の銃を用意していたとしても不自然ではない」

誰も反論しなかったので、私は先を続けた。「彼は狙撃に使用した銃を車内に残し、予備の銃を持ち去ったのかも知れない――狙撃に使った銃を持ち去って、溝口以外に犯人がいることを教えたければ話は別だが」

晃司氏が榊原に訊いた。「あの車に乗っていたもう一人の人物が逃走するなどということが、あの状況で実際に可能だったんですか」

「その可能性は否定できないのです」と、榊原は浮かぬ顔で答えた。「捜査本部長の話では、追跡中のパトカーは問題の車を日野市内で約三十秒間見失っています。浅川に車が転落した直後の監視も万全とはいえなかったらしい……あの車に共犯者が乗っていた可能性を否定できないので、実はそのために拳銃の名前を公表していないのです。あの狙撃事件の真犯人は自分だと称して出頭してきた者や電話をかけてきた者がすでに若干名あるのですが、すべて拳銃に関する証言でガセだということが確認されています」

向坂知事がゆっくりとうなずいた。「どうやら、澤崎さんのお話は筋が通っているようですね。私は、あなたがもっとあやふやで根拠のないことをタネに、ここへ押しかけられたのではないかと思っていたのです。いや、本当に失礼しました。私にはあなたのご職業に対する抜き難い偏見があったようだ。神谷会長の紹介があるにもかかわらず、です。神谷会長は実業界の若きリーダーの一人ですから、人を見る眼に誤りがあるとは考えませんでしたが、身内の方へのご心痛のあまり多少冷静さを欠いておられるかとも思ったのです。しかし、それは私の間違いでした。謝罪させて下さい」知事はそう言って頭を下げた。

神谷会長は恐縮していたが、私を振り返った顔にはほっとした表情があった。

私はタバコを消した。「私の話ではなく、佐伯氏が究明しようとしていたことに筋が通っているのです。ということは、佐伯氏の身柄を拘束している者は、彼が究明しようとしていたことを公表されると安全が脅《おび》やかされる人間――つまり、怪文書事件の犯人か、狙撃事件の首謀者と見ることができるのではないでしょうか。そして、その人物は知事の〝敵〟と呼んでも差し支えない人物のはずです。私がお訊ねしたいのは、狙撃を計画したり怪文書を発行したりする可能性を持っている、知事の〝敵〟の名前なのです」

かなり時間をむだにしたあげく、やっと私はここを訪れた目的を口にすることができた。しかし、その答えとして四名の人物の名前を訊き出すまでには、なお十数分の時間を費やさなければならなかった。晃司氏が兄には〝敵〟などいないと主張するので、別の適当な言葉を探さなければならなかった。榊原がそれらの人物の名誉毀損の問題を心配したので、こちらは彼らが佐伯氏を監禁している可能性を穏便かつ合法的に探るだけに行動を限定すると約束しなければならなかった。さらに、この情報の出所として向坂知事の名前を絶対に持ち出さないことを約束させられた。

訊き出した四名の人物のうち、最初の男は向坂知事とはかねてから犬猿の仲で知られている自民党の国会議員だった。彼は向坂氏の知事選への出馬や衆議院議員の辞職を党利に背くタレント政治家的発想だと痛烈に批判し、向坂氏の落選は火を見るよりも明らかだと公言していた。しかも、この男の従弟《いとこ》に法律違反をものともしない利権屋がいて、かつて向坂氏に〝刺青《いれずみ》がないだけの暴力団〟と叩かれたことがあるらしい。彼らが二つの事件の背後にいたとしても少しも不思議はないということだった。

二人目は、矢内原候補のブレーンの一人で、かつては学生運動のシンパでもあった大学教授だった。数年前、向坂氏とその教授は文藝春秋誌上で長期にわたって環境問題について論争を展開したが、識者の判定では完全に向坂氏に軍配が上がり、教授はそれまでの環境問題の権威としての面目をつぶしてしまったらしい。彼は学生運動家くずれのかなり過激なサークルとのつながりも云々されているので、必ずしも狙撃事件の首謀者としての可能性も除外するには当たらないということだった。ただし、矢内原氏自身は温厚な紳士でどんな軽微な違法行為もできない人柄だから、今度の事件には一切無関係なはずだと知事が断言した。

三人目は作家だった。デビュー当時はお互いに最も親密にしていた人物らしいが、二人で創刊した雑誌の失敗と経済的な対立がもとで全く相容《あいい》れない間柄になり、現在では彼の文壇での存在意義は〝アンチ向坂〟の一語に尽きるのだそうだ。彼なら向坂氏が溝口敬子の銀座のクラブに足を運んだことがあるのを知っていたし、怪文書の文体も彼のものと考えられないこともないらしい。ただし、彼の場合は他に資金的な黒幕が必要だし、狙撃事件には無関係だろうということだった。

最後の一人は、向坂氏の大学の同窓生で、当時三年後輩の女子学生だった現在の知事夫人を、向坂氏に横取りされたと思い込んでいる被害妄想狂だった。在学中から現在までの二十二年間に、約三百通の殺意をほのめかした脅迫状を向坂氏宛てに送り続けているそうだ。それ以外には何の実害もなかったので今日まで放置しておいたが、二十二年目にして脅迫を実行に移した可能性がないとは言い切れないということだった。

私の手帳は、この四人の容疑者に関するメモで数ページが真っ黒になってしまった。私は直感的な判断を信用しなかったが、この四人に限っては直感的にシロだと判断した。

28

私は手帳を閉じて上衣のポケットにしまい、向坂知事に協力の礼を言った。晃司氏が酒をすすめたが、車の運転を理由に辞退して、代わりにタバコに火をつけた。必ず誰かが訊くに違いないと確信していた質問は、晃司氏が口にした。

「あのヴィデオをごらんになってお分かりでしょうが、問題の車はウィンドーに何か加工されていて内部がまったく写っていない。映像の仕事に関わっている者として、こんなに悔しいことはありません。あそこは銃を手にした狙撃者のショットをほんの一瞬でも捉《とら》えたいところなんです」

「あの目隠しされた車に不気味なリアリティがあると

言ってくれる人もありますと、滝村が応じた。「でも、釣り落とした魚というのか、レンズが捉えられなかった狙撃者がどんなやつなのか気になってしようがない。溝口宏《あお》が本当の犯人でないとすれば、一段と好奇心を煽られますね」

「佐伯さんという方が真犯人だと見ている男は一体どんな人物なのですか」と、晃司氏が訊いた。

私はしばらく無言でタバコを喫い続けた。居合わせている者全員が私の答えを待っているのを感じた。

榊原が咳払いをした。「われわれとしては、楽観的な見方は捨てるべきです。その人物が、澤崎さんのおっしゃるように予備のルガーを所持したままいまだに都内に潜伏しているとすれば、彼は未遂に終わった犯行を再び試みるつもりなのかも知れない。保安上、その人物に関することであなたのご存知のことは是非うかがっておかなくてはなりません。とくに、その男の所在をご存知であれば」彼の鋭い眼が私を見つめていた。警官は制服を脱いでも一生警官なのだ。

「彼も一昨日の月曜日以来消息を絶っています」と、私は言った。「彼の名前はまだ分かっていない。年齢は三十代の後半、身長は私と同じくらいの頑強そうな身体つきだが、健康を害しているような印象を受ける。短めの髪の下に、少し細めの鼻筋の通った顔がある」

私は上衣のポケットから〝海部氏〟のカラー写真を取り出して、テーブルの上に置いた。「これは佐伯氏が隠し撮りしたと思われるその人物の写真です。写りはあまりよくないが、本人の特徴は出ています」

知事が写真を手に取って見た。「これが、私に銃弾を撃ち込んだ真犯人と見られている男ですか」

知事は写真を榊原に渡した。榊原はしばらく写真をながめていたが、ゆっくりと頭を振った。彼は晃司氏に写真を渡して、私に訊ねた。「本人の特徴が出ていると言われたが、あなたもこの男に会ったことがあるのですか」

「わずか二十分位の時間でしたがね。彼は行方不明の佐伯氏を捜して私の事務所を訪れたのです。その時点では、私は彼が何者なのかはもちろん、佐伯氏の存在すら知らなかった」

私は、月曜日の朝の〝海部氏〟との出会いを簡潔に話し、彼と佐伯の関係も説明した。ただし、彼の記憶喪失については一切触れなかった。

写真を見ている晃司氏と滝村に注意していたが、被写体が八年前の暴発事故で人差し指をなくしたオリンピック候補であることに気づく様子はなかった。その暴発事故に向坂プロが関わっていたというのは単なる噂にすぎないのか。滝村が、俳優のオーディションならこの顔は狙撃者としては使えないとでもいうように、写真を私の隣りの神谷会長に渡した。

「どなたかその人物に心当たりはありませんか」と、私は訊いた。「報酬をもらって見知らぬ他人を殺害する人間——所謂《いわゆる》、殺しの専門家がいないとはいえないが、知事に対して何らかの恨みを抱く人物と考えるほうが自然でしょう。あるいは弟さんに対する恨みかも知れない」

晃司氏がぎょっとしたように私を見た。「もう一度見せて下さい」と言って、彼は神谷会長から写真を受け取った。

私はタバコを消して言った。「昨日今日のことではないかも知れません。二十二年前の失恋男の話が出たくらいです。普通、人を恨む気持は相手に会わなければ時間とともに薄らいでいくものですが、知事や弟さんのように常に衆目にさらされている人の場合は、逆に恨みが深まるということもあるでしょう」

「そう言われると、見憶えがあるような……」と、晃司氏が言った。「映画の世界は出入りの激しいところですからね。かなり以前に、撮影現場で見かけたことのある顔のような気もするが……監督、どうですか」

滝村も一緒に写真をのぞき込んだ。「相手が俳優さんで一度でも自分の映画に顔を出していれば、絶対に見忘れることはないですが、スタッフの場合は自信がありませんよ。彼らには手と足と耳があれば十分で、顔なんて必要ありませんからね」彼は首を横に振った。

「この写真をお預かりしてもいいですか」と、晃司氏が訊いた。「うちのスタッフの古株に見せたら誰か知っている者がいるかも知れません」

「どうぞ」と、私は答えた。

「この世界、とくに撮影現場は一種の戦場です。確かに、人の恨みを買いやすいところではある。でも、兄貴にあんなことをしでかすほどの恨みを受ける憶えはないですよ」あまり自信のある声ではなかった。

「自分では気づかないような逆恨みのほうが、かえって大きい場合もありますからね」と、滝村が社長を慰めた。

「澤崎さん」と、榊原が言った。「その男には同棲している女があると言いましたね。彼女は彼が狙撃事件に関係があるかどうか聞いていないのですか」

「聞いていません。それどころか、彼の本名すら知らない。しかし、拳銃とかなりの大金を持っていることは知っていて、何かいわくのある男だと思っていたようです」

「男はその女のところに戻る可能性が高いのではありませんか。彼女の監視を急ぐべきだと思うが」

私はうなずいた。「私の信頼している男が、その仕事に当たっています」男の職場が榊原の古巣であることを明かすつもりはなかった。

向坂知事が言った。「それは警察に任せるべき仕事ではありませんか」

「私は信頼していると言ったはずです。当然、その点に関する彼の判断も信頼できるという意味です。それとも、皆さんの世界では、信頼という言葉は別の意味で使われますか」

知事は苦笑した。「いや、同じ意味で使おうと努力はしていますよ」

私はタバコに火をつけ、隣りの神谷会長にタバコをすすめた。

「いや、結構です。このところあまり体調が……」と、彼は力のない声で言った。そして、腹部を押さえるような恰好で立ち上がった。「失礼ですが、ちょっとお手洗いをお借りしたいのですが」

晃司氏が大丈夫ですかと訊きながらドア口まで連れて行き、手洗いの場所を教えてから戻ってきた。

私は声を落として言った。「〈東神グループ〉の更科・神谷姉弟のことをお訊きしたかったのです。彼らのどちらかが、怪文書事件や狙撃事件に関わりがあるということはありえませんか」

知事はちらっと晃司氏の顔を見た。「いきなりそういうことを訊かれても困惑しますが……一体どういう根拠があってそんなことをお訊きになるのです」

「いや、根拠は実に薄弱なのです。二つの事件の裏で動いている金が非常に高額であると思われること。佐伯氏が失踪直前に会ったのは、更科頼子女史であること。神谷会長の秘書を務める長谷川という男が怪文書事件と関わりがあるかも知れない人物と接触しているらしいこと。そして、更科・神谷姉弟と向坂兄弟の間は必ずしも友好的ではないという噂を耳にすること……どれを取っても根拠とするには頼りないものばかりですが、全部ひっくるめると疑惑のかけらぐらいにはなるでしょう」

「なるほど」と、向坂知事は言った。「噂というのは、私が更科女史と一緒にテレビ出演した〝アキノ氏暗殺〟の報道番組でのことを誇張しているのでしょう。あれは私としても嫌な出来事でした。偉大な政治家であり、かけがえのない親友でもあったアキノ氏のああいう形での訃報に接して、私も神経が参っていたのです。そこへ、アキノ夫人と親しいというだけで、あまりにもフィリピンの国情を知らなさ過ぎる更科女史の非常識な発言があって、私の怒りが爆発してしまった。今でも間違ったことを言ったとは思わないが、年配の女性に対して少し配慮に欠けるところがありました。その後、何かの席で女史に会ったときに、私からもお詫びを言ったし、彼女も不明を恥じておられたから、まさかああいう事件の引き金になるようなしこりが残っていたとは思えません」

誰もが自然に晃司氏のほうを見る恰好になった。

「神谷会長とぼくの間にも特別なことは何もないですよ。あれは、もう二年以上前のことです。東神電鉄が僕のヨット・レース出場のスポンサーだった頃のことですから。確かに、夫人の薫さんとは親しくお付き合いしていましたよ。しかし、スポンサーであり友人である神谷会長の奥方ですからそうするのが当然でしょう。それを週刊誌があんなふうに書き立ててしまった。実際には、ぼくと彼女との間には何も問題にするようなことはなかったのです」

「しかし、その直後〈東神グループ〉の会長に就任した惣一郎氏は、あなたのヨット・レースへの出資から手を引いてしまった」

「それは、お互いにいろいろ事情があって――」

「表向きの話は結構です。結局は、そのことが原因でお二人の仕事上の提携にひびが入ったのではないですか」

「本当のところは分かりませんよ。ぼくもあの当時はそれが原因ではないかと思わないでもなかった……憚《はばか》りなく言えば、神谷夫妻はあまり夫婦仲がいいとは言えない。浮気の話は、あったことをなかったように言うのが普通ですが、もし彼女がなかったことをあったように自分の夫に話したとしたら、まァ、資金のストップは当然でしょう」

「同種のスキャンダルをでっち上げた怪文書で、そのお返しをしたとは考えられませんか」

「だったら、兄貴ではなくて何故ぼくを標的にしないのです」

「失礼だが、あなたではそういうスキャンダルは勲章にこそなれ大したダメージにはならないでしょう。あなたが最もダメージを受けるのは、兄上が政治的に致命傷を受けることであり、知事選に落選することではありませんか」

「そう言えば、そうだが……」

そのとき、宇宙船の非常事態を告げるような電子音が鳴り出した。晃司氏が今の話題から逃げるように席を立ち、デスクの上の受話器を取った。彼はこちらに背を向けて電話の相手と短く言葉を交わし、送話口を塞《ふさ》いで振り返った。

「榊原さん、都庁から電話です。ここはお客さんもあるし、どうぞ隣りの部屋の電話を使って下さい」

「そうさせてもらうかな。ちょっと失礼します」榊原は急いでデスクの奥のドアから出て行った。晃司氏は電話が切り換えられたのを確かめて、自分の席へ戻った。

知事が少し皮肉な口調で言った。「澤崎さん。あなたが、同行された神谷会長やその姉上の更科女史まで疑っておられるとは意外でした。ということは、当然——」

「そうです。榊原さんや弟さんについても、佐伯氏の身柄を拘束すべき理由がない——つまり、怪文書事件にも狙撃事件にも関わりがないと確信できなければ、疑惑の対象からはずすわけにはいきません」

「驚いたな」と、晃司氏が言った。「統計では、夫婦、親子、兄弟などの近親者による殺人は非常にパーセンテージの高いものらしい。今度の新番組でぼくの演じる凄腕の弁護士の科白《せりふ》にもあるから、その通りかも知れない。しかし、それにしても……ぼくのことはともかく、榊原さんまで疑うというのは非常識ですよ。彼があの二つの事件に関わらなければならない、どんな動機があると言うんですか」

「兄上の出馬がなければ、彼は保守系推薦の有力な知事候補だった」と、私は言った。

「そんなことを恨んでいたなどと、まさか本気で考えているのではないでしょうね」と、晃司氏は呆れたように言った。

滝村が口を挟んだ。「知事が出馬を表明される前に、自民党は三人の候補者を検討していたようだが、榊原さんはその三番手でしたからね。知事が出馬しなかったとしても、候補者になれたとは限りませんよ」

「向坂知事の出馬によって、はっきり引導《いんどう》を渡されたことは確かだ」

「もし、彼が兄に対してそんな感情を持っていたら、党の反対を押し切ってまで選挙参謀を買って出るなんてことがありえますか。澤崎さん、あなたは選挙期間中の榊原さんの働きぶりをご存知ないから――」

「そういう感情を持っていて選挙参謀になったとすれば、カムフラージュとしては最高ですね」

「まったく、開いた口が塞がらないな」晃司氏は腹立たしげに言った。

「もっと合理的に考えるべきでしょう」と、滝村が言った。「榊原さんにとっては、怪文書で知事を落選させたり、狙撃で知事の命を奪うより、知事と共に選挙を戦い、選挙に勝ち、知事の右腕としての地位を得て副知事に就任したほうが遙かにプラスではないでしょうか。知事本人を眼の前にしてこういうことを言うのは何ですが、向坂知事は決して都知事止まりで終わるような方ではない。四年の任期が終われば、必ず次ぎのステップが待っているはずです。そのとき、知事が着手された都政の後継者として、当然副知事の榊原さんの名前が出るでしょう。それを棒に振ってまで関わるような事件とは、私には思えませんね」

「その副知事というのが気になる」と、私は言った。

「榊原氏が副知事に任命されたあと、もし知事の傷の症状が悪化して亡くなられていたら、知事の椅子に坐るのは誰です？」

滝村と晃司氏がぎょっとして、知事のほうを振り返った。しかし、知事は平然とした顔をしていた。どうやら、私のブラフは功を奏さなかったようだ。私はタバコを消した。

「ケネディ暗殺で大統領になることができたジョンソン副大統領ですか」と、言う声が聞こえた。いつの間にか、榊原がドアロに立っていた。彼はドアを閉めて、自分の席に戻った。「残念ながら、大統領と都知事とでは事情が違います。地方自治法に、知事が欠けたときは副知事が職務を代理する、とある。しかし、公職選挙法に、その職務を代理する者は知事が欠けた日から五日以内に選挙管理委員会に届け出よ、となっている。つまり、再選挙で新知事が選ばれるまでは、私も知事気分でいられるというわけです。念のために付け加えると、向坂知事と同数の得票をして、くじ引きで落選していた候補者があれば、その人物が繰り上げ当選となり、再選挙は行なわれませんよ」

「よくお調べになっていますね」と、私は言った。「榊原さんは弁護士の資格をお持ちの法律の専門家ですよ」と、晃司氏が言った。

「それは失礼。しかし、矢内原候補とのあいだには得票に差があったから、実際には再選挙が行なわれるわけだ。滝村さんは向坂知事の四年後の後継者はあなただとおっしゃった。再選挙ということになれば、当然あなたも立候補なさるでしょう。向坂知事の弔《とむら》い合戦だし、名参謀として選挙の戦い方は心得ておられるから、十分勝算ありでしょう。すると、四年も待たずに知事の椅子に坐ることができる」

榊原は首を横に振った。「立候補者は党が決定します。選挙はみずもので勝算など当てにはなりません。同数得票のことを考えると必ず再選挙になるという保証もない。そんな博奕《ばくち》めいたことを当てにして、私が知事の命を狙ったというのですか。私は賭け事は根っから嫌いなのですよ」

「ジョンソン氏は知事の椅子に消極的なようだが、弟のエドワード・ケネディ氏はいかがです？」と、私は晃司氏に訊いた。「いずれは政界入りを狙っていらっしゃると聞いていますよ。この際兄上の遺志を継いで、一気に〝男子一生の仕事〟を手中にしようとは考えませんでしたか。あなたなら自民党の推薦など不要でしょうし、何も参議院の全国区から始めるような遠回りをする必要もないでしょう。今までは常に兄上の後塵を拝していらっしゃった。この辺で一歩先んじたいというのは立派な動機になりませんか」

　晃司氏は怒りで顔を真っ赤にし、すぐには口もきけなかった。もし二人とも立っていたら、彼はお得意のアクションで私に殴りかかっていたに違いない。

　向坂知事は、駄々っ子をなだめるように弟の腕を軽く二、三度叩いた。「澤崎さん、弟や副知事を混乱させるようなことをおっしゃってはいけませんね。あなたのご意見からすると、狙撃は私の当選が決まった後にすべきではありませんか。私が投票前に死んでしまったらどうするんです。死人には被選挙権はありませんから、自動的に矢内原候補が再選されてしまいますよ。それでは弟も榊原さんも殺人まで犯した上に、結局四年間待っていなければならない。もし、私が落選していたらどうします。敗軍の将を殺したところで、彼らに一体何の得がありますか。その点を反論しないでうろたえていたのが、むしろ彼らの潔白を証明する何よりの証拠ではありませんか」

　私はこのあたりで撤退することにした。「どうやら、知事のおっしゃる通りです。佐伯氏の失踪の件、さらには怪文書事件や狙撃事件のことで私がこちらにうかがったのを、皆さんがまるで見当違いのように思われているような気がして、少々むきになったようです。申しわけありません」

「いや、見当違いだなどと思ってはいませんよ」と、知事が言った。「大変鋭い指摘だと感心しています。本来なら、私たち自身で検討済みにしておかなければいけなかった問題です。あなたに指摘されて、弟のように腹を立てているようではいけなかったのです」

「恐縮です」と、私は言った。「すべて佐伯氏の行方を捜すという仕事のためです」

「大事なことは――」と、榊原が言った。「われわれが佐伯氏の失踪に関与していないことを、あなたに信じていただくことです。私はあなたの要求があれば、府中の自宅、私のホームグラウンドである退職警視正友好会――俗にKU会と言っていますが、その建物、それに、息子の自宅、息子の持っている会社の構内……とにかく、どこでも自由に捜索していただいて構いませんよ」

「それはぼくも同様です」と、晃司氏が言った。機嫌を直すのが早いのはスターの条件だ。「この建物なら今すぐ隅から隅までごらんにいれるし、向坂プロのビル、借りている撮影所の構内、お望みならハワイの別荘でも自由に捜索してもらって結構です」

私は手を上げた。「いや、もうそれ以上は言わないでいただきたい。それをうかがっただけで、私の訪問の目的は十分に果たせていますから」

ドアが開いて、神谷会長が部屋に入って来た。「大変失礼しました。長々と席をはずしてしまって」

晃司氏が大丈夫ですかと訊ね、神谷会長はもうすっかり大丈夫だと答えた。すべて東神ビルの駐車場で私と打ち合わせた通りの行動だった。馴《な》れない芝居のせいか、心もち顔が蒼ざめていて、本当に体調を崩しているように見えた。私は彼が元の席に坐らぬうちに立ち上がった。「私の用件は片づきました。よろしければ、失礼しましょうか」

晃司氏が、神谷会長に短時間でいいから知事と一緒に是非パーティに顔を出してほしいと頼み、部屋にいる全員が立ち上がった。

榊原が咳払いをした。「私は澤崎さんに一、二お訊きしたいことがあるので、皆さんはお先にどうぞ。澤崎さん、構いませんか」

私は構わないと答えた。知事たちは、榊原と私を残して部屋を出て行った。神谷会長も一緒に去った。榊原と私は再びソファに腰をおろした。

「一つお願いがあるのです」と、榊原が言った。「問題の狙撃者と思われる男のことです。正直に申し上げて、その男を押さえられるのはあなたと、あなたの信頼する友人でしたか、お二人のほうが警察よりも有利な立場にあるように思える」

「信頼できるとは言ったが、友人だとは言いません」

「ほう？　いずれにしても、もしあなた方がその男を押さえたら、警察に引き渡す前に私に連絡してほしいのです」

「理由を訊きましょう」

「あなたのことだ、説明しなくてもお分かりだろう。十中八九その男の背後に首謀者がいると仮定して――いると見て間違いないが――その男は警察には首謀者の名前を明かさない恐れがある。結局は未遂に終わったのだから彼の刑期がどれくらいになるか分からないが、首謀者を明かして多少刑期を短くするより、それを出所後の生活の保証にしたほうがいいと考えるかも知れない。それでは困るのです。首謀者の知事狙撃の動機がはっきりしていない以上、彼が再び知事の生命を奪おうとする可能性は否定できないでしょう。私としては、首謀者をこそ法のもとに引き出して正当な裁きを受けさせたいのです。そのためには、あなたさえ同意してくれるなら、首謀者の名前と引き換えにその男を放免してもいいとまで思っています。金銭的な要求があればそれに応じる用意さえある。断わるまでもないが、この件はあくまで知事には内緒にしていただきたい。知事はたぶんこういう裏取引めいたことはお許しにならない。どうです、引き受けてもらえますか？　もちろん、あなた方にも相当の謝礼を考えています。私には知事を守る義務があるのです。私のような職歴を持つ参謀がついていながら、知事に銃弾を受けさせたことを、私は非常に恥じている。二度と彼の生命を危険にさらすつもりはないのですよ」

私はしばらく考えてから、言った。「即答はしかねるが、考慮してみましょう。信頼している男と相談する必要もあります。たぶん、あなたの要望にお応えできると思う」

「結構です。吉報を待っていますよ」

「こちらも、一つお願いがある。銀座のクラブのママ、溝口敬子の愛人という男の顔写真を見せていただきたい」

榊原はうなずき、書類ファイルを開いて一枚の前科カードのコピーを見つけ、こちらへ渡した。正面と横顔の写真に、高田馬場の映画館の暗闇で私の脇腹にアイスピックの類いを突きつけた男の顔が写っていた。


野間徹郎、二十九才は傷害罪で三年の刑に服していた。

「心当たりがありますか」と、榊原が訊いた。

「いや、残念ながら思い違いでした」私は写真を返した。

榊原は不審な顔で私を見ていたが、何も言わずに写真を元に戻した。

私は、佐伯直樹のマンションで見つかった射殺体、つまり伊原勇吉名義の警察手帳を持っていた男のことを訊いてみようかと思ったが、やめた。知っていても知らなくても、榊原の返事は決まっていた。知っていたとしても顔色を変えるような相手ではなかった。

私たちは用談がすんだことを確かめると、部屋を出て一階の玄関ロビーに降りた。私は、このまま引き上げるので向坂兄弟によろしくと言い、神谷会長を呼んでもらうことにした。榊原が、明るい照明と音楽と話し声の溢れるパーティ会場に入ってしばらくすると、神谷会長が出て来た。

「私は事務所へ戻りますが、あなたも一緒に出ますか」

「そうもいかないようです」と、彼は答えた。「もう少し知事や晃司氏に付き合ってから帰ることにします」

　私は、彼の大陸系の顔に今までに見たことのない別の感情が表われているような気がした。しかし、その場では彼にそれを問い質《ただ》してみることもできなかった。私は彼の協力に対して礼を言った。彼は名緒子たちのことをよろしくとか何か、口の中でもぐもぐと言い、私に背を向けてパーティ会場へ戻って行った。私は一瞬彼を呼び止めようかと思ったが、結局は彼がパーティ会場に消えるまで見送っただけだった。それから、未来都市から現在に戻る脱出口を探した。

　神谷惣一郎がそのとき頭の中で考えていたことは、あとで知らされることになった。もし、私がそれを訊いて、彼が答えていたら、二人の死者と一人の重傷者を出さずにすんだかも知れなかった。確かなことは言えないのだが——。

29

私は環八通りのドライブインに車を停めて、遅い晩飯を食《く》った。注文した食事が届く前に、更科修蔵に電話をかけた。例によって本人が電話口に出るまでにしばらく待たされた。私は現時点の調査状況を差《さ》し障《さわ》りのない範囲で説明してから、気になっている質問をした。

「佐伯氏が韮塚弁護士を通じてお嬢さんとの離婚や慰謝料の件を通達してきたのは、電話だったのですか、それとも手紙などによるものでしたか」

「電話でした」と、更科氏は即座に答えた。

「すると、それは韮塚弁護士がそう言っているだけで、佐伯氏はそんな通達など一切していないということはありえませんか」

「いや、そんなことは考えられません」

「では、佐伯氏からの電話の内容を、韮塚弁護士が故意に歪めている可能性は？」

「いや、それもありえません」

「どうして、そう言い切れるのです？」

更科氏は数秒ためらってから言った。「そのときの電話の録音があるのです。韮塚弁護士は自分宛ての電話はすべて録音しているらしい。理由は解りませんが、彼の仕事ではそういう必要もあるのでしょう。私はそのテープを聞いています。ですから、佐伯君の要求は正しく私たちに伝わっているのです……ただ、この録音テープのことは名緒子には知らせていません。夫と弁護士のそういう会話は、聞いてあまり愉快なものではありませんから」

「そうでしたか」と、私は言った。佐伯直樹がこういう問題で韮塚のような男の手を借りようとするからには、何か特別な理由があるとしか思えなかった。

「そのテープを聞かせてもらえますか」と、私は訊いた。

「ええ……必要とあれば。韮塚君は一時間ばかり前にここを出ましたから、もう自宅に戻っているはずです。すぐに手配するように伝えますから、時間をおいて彼のほうへ電話を入れて下さい」更科氏は韮塚の自宅の電話番号を教えてから、付け加えた。「澤崎さん。できれば、そういうテープがあることは名緒子には内緒にしておいていただきたいのですが」

私は必要がない限り希望通りにすると約束して、電話を切った。十五分で食事をすませて、韮塚の自宅のダイヤルをまわした。待ち構えていたように受話器が取られた。

「探偵さんかね」と、韮塚が棘《とげ》のある声で言った。「例の録音テープは自由が丘の事務所に置いてある。明日の朝、事務所に連絡したまえ」非常に機嫌を損《そこ》ねているようだった。

「一時間後に電話を入れる」と、私は言った。「電話口で録音テープを再生してもらいたい」

「これからか？　何を言ってるんだ。もう、九時になるところだぞ。私は着替えをすませて、酒を飲んでいる」

「申しわけない。どうしても今日のうちに聞いておきたい」

「要するに、私を信用できないという態度だな。あのテープは更科氏もお聞きになっている。探偵などがとやかく言うべきことではないのだ」

「私ひとりでは聴衆が足りないなら、私の依頼人を誘ってもいい。そんな録音テープがあることを知ったら、佐伯夫人も聞きたがるに違いない」

韮塚はしばらく黙り込んでから、吐き棄てるように言った。「十時過ぎに、事務所に電話してくれ」

九時半に、私は事務所に戻った。ストーブをつける前に電話応答サービスのダイヤルをまわした。ハスキー・ヴォイスのオペレーター嬢が出て、五時と八時にアルファベットの〝X氏〟から電話があった、と言った。「八時の分はわたしが受けたんですけど、たぶん昨日うちのシステムや料金だけ訊いて、あとでかけ直すと言った人と同じ声だったと思うわ」

「そうだろう。何か伝言は?」

「〝こんなに留守ばかりしていて、問題の人物との接触のチャンスがあるのか〟、以上です」

「分かった。ほかには?」

「九時にサエキナオコ様から、〝何時になっても構いませんから、連絡を下さい〟、以上です。昨晩はサエキナオキの代理という人の伝言があったようだけど、ナオキとナオコって、双子の兄妹かしら?」

「いや、夫婦だ。漢字で書けば赤の他人だということが分かる」

「夫婦だったら赤の他人じゃありませんよ」

「離婚届の用紙が二人の間をひらひらしていても、かね?」

「ええ。たとえ離婚しても、夫婦だった相手とは赤の他人じゃないはずだわ……違う?」

「きみの言う通りかも知れん」ご亭主によろしくと言って、私は電話を切った。

ストーブに火をつけ、その火でタバコにも火をつけた。デスクに戻って、佐伯名緒子の久我山の家に電話を入れた。新宿駅で彼女と別れたあとのこと――帽子と口ひげの男との映画館での会談、錦織警部らの警察の捜査が始まったこと、神谷会長と向坂知事兄弟を訪問したことなどを、手短かに報告した。彼女は佐伯のマークIIが発見されたという連絡を受けたと言った。さらに、帽子と口ひげの東神電鉄の元重役は〝曽根善《そねよし》衛《え》〟という名前であることを教えてくれた。彼女たちの結婚式の招待者リストを見て、名前を思い出したそうだった。リストに記載されていた三年前の住所も控えていたが、それはたぶん役に立たないだろう。彼女は、何時でも構わないから何か進展があったら連絡を下さいと言って、電話を切った。

彼女の声には何かが迫っていることを感じているような響きがあった。女の直感に較べたら、探偵の判断など風邪をひいた猟犬の鼻に等しかった。

海部雅美の調布のバーに電話を入れた。〝海部氏〟からの連絡は入っていなかった。少なくとも、彼女はそう答えた。私は、彼の〝失われた過去〟の判明しつつある部分を伝えた。彼女は思ったより平静に私の話を受けとめた。たぶん、もっと悪い事態を覚悟しながら四カ月間を生きてきたに違いない。最後に、佐伯の捜索のために警察の手を借りる必要があって、結果として彼女にも警察の監視がついたことを話さなければならなかった。

「どうしてそんなことを！　約束が違うわ」と、彼女は悲鳴に近い声で言った。

「約束は破っていない。しかし、非難はもっともだ。弁解にしか聞こえんだろうが、彼はたぶん警察の保護下に入ったほうが安全だと思われる」限られた生命に安全であることが意味があるとすれば、だが。

「彼に生きていられては困る人間がいるということね」

「そういうことだ。それに、彼はたぶん警察の網には掛からないだろう」

「たぶん、たぶん、たぶんしか言うことはないの？　わたしは、たぶんあなたに感謝すべきなのね」彼女は電話を切った。

十時を過ぎてから、韮塚の事務所に電話を入れた。韮塚は不機嫌さをむき出しにした応対で、すぐに録音テープの再生に取りかかった。一、二度音量をテストしたあと、問題の電話の録音が受話器を通して流れて来た。私はタバコを消して、二人の男の会話に耳を傾けた。

初めて聴く佐伯直樹の声は、自信はあるが自足していない三十才の青年らしい、傲慢さと謙虚さの混じり合ったしかつめらしい声だった。佐伯と韮塚は、お互いに好意を持っていない者同士のぎごちない挨拶を交わした。

《それで、珍しく私に電話してきたのは、一体どういう風の吹き回しかな。用件を聞こう》と、韮塚が言った。

《更科家のお抱え弁護士としてのあなたに用があるんですよ。明日の夜九時に、ぼくは田園調布の更科邸に行きます。名緒子との離婚届を持参します。ぼくの印鑑はすでに押してある。そこで、名緒子にも離婚に同意させて印鑑を押させる。あとは、専門家のあなたにお願いすればいいでしょう？　慰謝料は五千万円――その旨《むね》、名緒子に通達していただきたい。必要とあれば、あなたの雇い主の更科氏や更科夫人に同席していただいても構わない。もちろん、皆さんがお忙しければ、ぼくとしては名緒子の印鑑さえあれば別に問題はない――そういう次第です。よろしくお願いしますよ》

《ちょっと待ちたまえ！　きみは正気なのか。自分が一体何を言っているのか解っているのかね？》

《そのつもりですが》

《慰謝料だって！　馬鹿なことを言うんじゃないよ。名緒子さんにさんざん苦労をかけ、つらい思いをさせているのは、きみのほうじゃないか。慰謝料はきみが払ってしかるべきなのだ。それを、更科家の財産をいいことに何という厚かましい要求を――》

《韮塚さん。ぼくはあなたに家庭裁判所の裁判官になってもらいたいわけではない。ただ、ぼくの意向を名緒子に伝えてくれればそれでいいのです》

《きみはこんなでたらめな話が通ると思っているのか。更科氏や夫人がこんなことを承知されるはずがない》

《お二人の同意など必要ない。ぼくの意向を伝えてもらえば、名緒子は離婚に同意するはずだ。自惚《うぬぼ》れで言うわけではないが、名緒子がぼくとの離婚に反対していることはあなたもご存知でしょう。しかし、これで彼女もぶっ切れるはずです……名緒子が独身に戻れば、あなたも何かと都合がいいはずだが》
《失敬なことを言うな！　きみという人間が今日こそよく判ったよ。名緒子さんは、一日も早くきみのような男から遠ざかるべきだ。よし、いいだろう。喜んできみのお役に立とうじゃないか》
《韮塚さん。あなたはかかって来る電話はすべて録音を取ると話していられるのを以前に聞いたことがあるが、この電話も……？》
《もちろん、録音してある。いまさら前言を取り消すといっても、後の祭りさ。いずれ、きみを手ぶらで更科家から叩き出してやる。楽しみにしていたまえ》
《そうしよう。では、明日の夜、九時に》
《ちょっと待ちたまえ。今日の明日では名緒子さんや彼女のご両親に連絡がつくとは限ら——》電話が切れるような音がした。《もしもし、きみ！　佐伯君。もしもし……》
テープレコーダーを止める音がして、韮塚の生《なま》の声がした。「録音はこれだけだ。私に対するあらぬ疑いは晴れたかね」
「わざわざ事務所まで出てもらっただけのことはあった」
「フン、負け惜しみを言うんじゃないよ。大体こういうプライベートな電話を聞きたがるのは、あんたが単なるのぞき屋にすぎない証拠だ。聞いての通りのろくでもない男を、名緒子さんの前に連れ戻す仕事がいかに意味のないものか、あんたにも解ったはずだ。今からでも遅くはない、その薄汚れた手を引っこめるつもりがあるなら、名緒子さんの払う探偵料の倍の額を、更科氏から支払っていただくように計らってもいいがね。いや、何ならそれくらい私がくれてやってもいい」

「あんたは経理弁護士としてはよほど有能なのだろうな？」

「むろん、そうだが……それはどういう意味だ？」

私は電話を切った。途端に、電話のベルが鳴った。

私はすぐに受話器を取った。

「澤崎か。おれだ」と、錦織警部が怒鳴った。「十分ばかり前に電話したが、話し中だったぞ」

「依頼人と話していたのだ」

「向坂知事との会談はどうだった？」

私は要点だけを話した。錦織が関心を示したのは、向坂晃司が〝海部氏〟の写真を見て、知っている男だとも知らない男だとも言明しなかったこと、銀座のマダム溝口敬子の愛人、野間徹郎が映画館のアイスピック男であること、副知事の榊原誠が、狙撃者を押さえた場合は警察に引き渡す前に自分に連絡してほしいと申し出たこと――その三つだった。榊原の名前を聞いたとき、彼は大きな声で「あの政治屋め」と罵った。電話口がやけに騒々しいのは、走っているパトカーの中から電話をしているせいらしかった。

「こっちも知らせることがある」と、錦織が声を張り上げて言った。「都知事狙撃の容疑者である問題の男の身許が判った。諏訪《すわ》雅之《まさゆき》――諏訪湖の諏訪に、森雅之の雅之だ。三十八才、東京都出身、ジャズ・ピアニスト、元射撃選手権者、昭和五十五年から五十九年までニューヨーク在住、アメリカ人女性アイリーン・グレスと結婚して二児があるが、今年七月離婚――こいつに間違いないか」

「身体的特徴は？」

「ああ、一致する。身長百七十六センチ、右手人差し指が第二関節から欠損」

「諏訪雅之……か」やっと彼の本名が判ったのだ。

「七、八年前の写真と佐伯の撮った写真を較べてみたが、まず同一人物のようだな。それから、鑑識の報告によると、写真に写っていたBMWのナンバーと、東神本社の秘書課に勤務する長谷川靖彦、四十一才の車の登録ナンバーは一致するそうだ。だが、長谷川の監視は失敗した。うちの署の刑事が四時過ぎに東神本社に着いたときは、長谷川はすでに退社したあとだった。彼のBMWは手配済みだ。それから、元東神電鉄重役でこの五年間に停年・病気以外の理由で退職した者は一人しかいなかった」

「曽根善衛か。依頼人が名前を思い出した」

「そうだ。しかし、現住所は不明。どうも故意にそうしている形跡があるようだ」

「海部雅美のほうはどうだ？」と、私は訊いた。

「そっちは大丈夫だ。彼女は現在、調布の自分のバーに出ている。うちの署の刑事と調布署の応援が張っているが、今のところ変わった動きは何もない」

私は錦織の話の先を待った。こんな報告だけのために、走行中の車からわざわざ二度も電話をかけるはずがなかった。

「澤崎……」と、錦織が言った。いつもの嘲るような口調ではなくて、めずらしく何か言い出しかねているような様子だった。私は黙ったままで待った。

「よし、仕方がない。今すぐに事務所を出て、新宿署の駐車場で待機している田島主任のパトカーに合流しろ」

「どういうことだ？」と、私は訊いた。

「うるさい。いいから言う通りにしろ。だが、おとなしくしてろよ。いいな」

「そのパトカーはどこへ行く？」私は立ち上がり、デスクの横にまわってストーブの火を消した。

「勝間田に訊いてくれ。どこへ行くのか、おれにもまだ判らん。やつは二十分前に吉祥寺の〈ファブリス〉を抜け出した。例のギャラン・シグマに乗って、井ノ頭通りを東に向かっている。おれの二十メートル先をな。興味があるなら、田島のパトカーに乗って、彼の指示に従え」
私は電話を切って、三秒後には事務所を走り出た。

30

勝間田の白いギャランは、その駐車場のほぼ中央の暗がりに停まっていた。錦織警部のセドリックの窓から三十メートル位の距離で、ギャランの運転席が見えた。勝間田は室内灯《ルームライト》を消していたが、二本目のタバコの火がかすかに聞こえて来るカー・ステレオのロックのリズムに合わせて揺れていた。

新宿署で田島主任の覆面パトカーに乗って甲州街道に出たとき、勝間田が井ノ頭通りをそれて方南町へ向かっているという無線が入った。パトカーは副都心を一周するような形で栄町通りに入り、方南町へ向かった。栄町公園の近くまで来たとき、勝間田が方南町の交差点を通過したという連絡が入ったので、こっちは中野通りとの交差点にある交番の前で待機した。三分後、私たちの眼の前を勝間田のギャランと錦織のセドリックが相次いで左折し、中野通りを北へ向かった。その五分後に、勝間田は弥生町六丁目にある〈富士見ハイ・レジデンス〉という七階建マンションのそばにある駐車場にギャランを停めたのだった。

勝間田が葛城りゑ子と名乗る女に会うつもりなら、彼女の顔を見分けられる者がギャランの見える監視位置につくべきだという私の意見を、錦織はしぶしぶ受け入れた。駐車場のフェンスの外側の路上に停めた錦織のセドリックに私が移動し、田島主任のパトカーと新宿署から急行して来たもう一台のパトカーが駐車場の二つの出入口をカバーしてから、すでに三十分が経過していた。

助手席の錦織と後部座席の私がギャランの監視を続けた。運転席では三十代半ばの沼田《ぬまた》という無口な刑事が、いつでも車を出せる態勢を取っていた。無線の呼出し音が鳴って、錦織が応答した。

「中野署の渥美《あつみ》部長刑事です」と、無線の声が言った。

「まだ、動きはありませんか」

「いや、ない」

「問い合せの件ですが、不動産屋の尻《けつ》を叩いて、やっとその駐車場の借り主の調べがつきました。ずばりギャランの停まっている9番の借り主が桂木利江という名前です。ただし、桂の木に、名前は利益の利に江戸の江ですが、葛城りゑ子と同一人と見て間違いないでしょう」

「桂木利江か。その女の住所は?」

「弥生町六の二〇、富士見ハイ・レジデンスの三一二号室です。そのマンションも駐車場と同じ不動産屋の経営で、駐車場のすぐそばにあるはずですが」

「ああ、眼の前に見える。女の勤務先は分かるか」

「いいえ。例の三井物産、総務部秘書課というのが棒線で消してあって、無職となっています」

「女の部屋に電話はあるかね？」

「あります」

「よし、すぐかけてみてくれ。誰かが出た場合の対応は分かっているな」錦織は念を押した。

「ええ。ちょっと待って下さい」と、渥美は言って、無線を切った。

そのとき、勝間田がドアを開けて車の外へ出た。

「見ろ」と、私は言った。助手席の錦織が無線のスイッチを入れて「勝間田が動くぞ」と言うのが聞こえた。

勝間田は背中を伸ばすような仕種《しぐさ》を二、三度繰り返し、タバコを捨てて足で踏み消し、富士見ハイ・レジデンスの三階あたりを一瞥しただけで、寒そうに身を縮めて車に戻った。

「くそッ、何でもない。やつは車に戻った」と、錦織が言った。

呼出し音が鳴った。「渥美です。電話には誰も出ません」

「諒解」と、錦織は応えた。「今夜は長期戦になりそうだな。しかし、少なくともあのホスト野郎がどこかの有閑マダムとデートするのに付き合わされる恐れだけはなくなった」

だが、またすぐに呼出し音が鳴った。「田島です。今、女一名が乗った白いギャラン・シグマが駐車場に入りました。すぐにそちらへ行きます」

「分かった。いつでも飛び出せるようにしておけ」と、錦織が口早やに言った。

まもなく、勝間田のギャランと全く同型同色の車が視界に入って来て、勝間田の車の後部にぶつかりそうになりながら急停車した。同時に二台のギャランのドアが開いて、勝間田と女が外へ飛び出した。女が勝間田に駈け寄って「あんた、どうしてこんな所にいるの！」と詰《なじ》るのが聞こえた。

私は錦織を振り返った。「映画館の女に間違いない」

「全車発進。予定通りにやれ」と、錦織が無線で言った。セドリックもスタートし、駐車場のフェンス沿いに迂回して、正面入口から現場へ急行した。田島主任の覆面パトカーの後ろにセドリックを着け、錦織と私が二台のギャランのそばに駈けつけると、桂木利江と勝間田は田島ら四名の刑事に取り囲まれて呆然と突っ立っていた。勝間田のカー・ステレオが〝It's been a hard day's night……〟と、歌っていた。

「勝間田、おまえを公務執行妨害で逮捕する」と、錦織が逮捕状を提示して言った。「腕のいい弁護士を雇わないと、誘拐罪の幇助《ほうじょ》やこの女に対する恐喝未遂も引っかぶることになるぞ。だが、この女の勤務先か最近出入りをしていた場所を知っているなら、吐いたほうがいい。おまえの罪をぐっと軽くしてやれる」

「ぼ、ぼく、知ってますよ。たぶん、彼女を尾行したときに何度か行ったところだ」と、勝間田が慌てて叫んだ。「あれは確か、東中野の――」

「よし、田島主任。こいつを連行して、知っていることを洗いざらい訊き出してくれ。それから、あの騒音を切ってしまえ」

私は桂木利江の正面に立ち、ロック音楽が消えるのを待ってから言った。「佐伯氏が監禁されている場所をきみの口から聞かせてもらえば、むだが省ける」

彼女は連行される勝間田を眼で追いながら訊いた。

「一体どうして、あの男のことが分かったの？」

「きみは私の事務所から逃げたあと、勝間田の車に戻るところを目撃された」

彼女は納得した。昼間と同じ赤茶色の革のハーフコートにジーンズ姿だったが、急に寒気がしたように両手をコートのポケットに突っ込んだ。

「曽根善衛は今夜にも指名手配されるだろう」と、私は言った。錦織が付け加えた。「野間徹郎が血迷って佐伯直樹を始末しようなどと考えると、あんたも婆さんになるまでシャバの空気は吸えなくなるぞ」

桂木利江は唇を噛んで、マンションの自分の部屋のあたりを見上げた。「もう、みんな正体がバレているのね」

錦織が彼女のギャランに首を突っ込み、黒いショルダーバッグを取り出して、ドアを締めた。

「曽根善衛の一攫千金《いっかく》の夢は終わったよ」と、私は言った。

桂木利江は快適で安楽な自分の住処《すみか》を思い切るようにマンションに背を向けた。「案内するわ」

真夜中の十二時になるところだった。錦織警部のセドリックのフロントガラスから見える街並みは、夜と昼の違いはあっても佐伯が写した写真の街並みと同じだった。曽根善衛と長谷川秘書のBMWが写っていた写真の、背景だ。東中野駅の東口から大久保通りに出る途中に、〈中野YSビル〉はあった。錦織は佐伯直樹の救出を最優先にし、新宿署と中野署から若干の応援を呼んだだけで、曽根の根拠地を急襲することにした。今回は、曽根と野間の顔を知っている者をYSビルへの踏み込みに同行させるべきだという私の意見は無視された。警察はすでに二人の顔写真を入手していた。それでなくとも、こういう危険をともなう活動に一般人を参加させるはずはなかった。私はそのビルから二十メートルほど離れた路上のセドリックに、運転席の沼田刑事や手錠を掛けられて後部座席におとなしくしている桂木利江と一緒に残されたのだった。

桂木利江から訊き出したビル内部の情報をもとに、彼女が所持していた正面と裏口の合鍵を使って、錦織と田島の率いる二班、総勢九名の刑事が十二時を合図にビルに踏み込む手筈《てはず》になっていた。彼女の話では、ビルの一階は曽根善衛の内縁の妻が経営している〈ティファニー〉という名前の女性服飾品の店舗だった。二階の貸事務所は都知事選の少し前から彼らの作戦本部となり、三階の曽根夫婦の住居に野間徹郎と溝口敬子母子も同居しているらしかった。野間は曽根の細君の甥だった。問題の佐伯直樹は、一階の店舗の背後にある倉庫から昇降できる小さな地下室に閉じ込められているということだった。

十二時を三十秒過ぎたとき、ビルの二階の通りに面した窓に明かりがつき、かすかに人の声や物音が聞こえた。私はフロントガラス越しに、二階、三階、屋上と眼を移した。一瞬のことだったが、屋上の建物の上端に外灯に照らされた野間徹郎の横顔が浮かんで、すっと消えた。ビルの周囲は四、五名の制服警官が監視しているはずだが、あまり接近し過ぎていて今の野間の行動は彼らの視界に入ってはいまい。私はセドリックの助手席から降りると、コートを脱いで座席にほうった。私の見たものを見なかった沼田刑事が、車を出てはいけない、車に戻れと制止した。私は聞かなかった。

商店街のシャッターに背を寄せて、私はYSビルに接近して行った。ビルの手前の路地に入ろうとする直前に、制服警官のひとりに呼び止められた。「どうしました？　何か異常でもありましたか？」

中野署から来た応援の警官で、錦織に到着の報告をしに来たときに私を見ていたので、新宿署の刑事と思っているらしかった。

「いや、念のためにビルの屋上からの逃亡をカバーする」と言い残して、私はすばやく路地に駆け込んだ。幅一メートル余の路地は薄暗かったが、用心のためにコンクリートの壁に背中を預け、上を見上げて進んだ。路地を隔てた隣りのビルは五、六階もあるので、ここから逃げることはできない。そのビルの白い壁に、YSビルの屋上のへりの線が水平な影を作っていた。また、ほんの一瞬だが、その線上に頭の影が出て消えた。野間は屋上をビルの裏手へ移動している。私は路地の終わる角まで移動して、ビルの裏の様子をうかがった。幅約三メートル以上の裏道を隔てて、病院のような白っぽい建物の裏と背中合わせになっていた。鳥のように飛べない限り、野間はこの方向にも脱出できない。残るはビルの右隣りだけだ。ビルの裏口に田島の覆面パトカーが停まっているのが見えた。私は路地の角を出て、無人のパトカーに近づいた。ビルの裏口のドアが半開きになっていて、その奥から第二班の踏み込みの物音や人声が聞こえた。ビルの裏口を過ぎ、反対側の路地口まで進んで、私は上を見上げた。隣りのビルはYSビルとほぼ同じ高さの三階建てで、距離は一メートル半だった。野間の脱出路はここしかない。私は第二班の警官に応援を求めることを考えた。だが、隣りのビルの居住者が不明なので、へたに騒いで野間が人質を取るようなことになる前に、彼に手が届く位置に近づきたかった。そのとき、頭の上で人が走るような音がしたかと思うと、いきなり黒い影が二つのビルの空間を飛んだ。私は急いで隣りのビルの背後にまわった。かなり年季の入ったアパートメント・ビルで、奥の角に狭い裏階段があった。表通りに面したほうにも階段があるだろうが、野間がそっちの階段を降りれば、配備されている制服警官の眼を逃れることはできないはずだ。私は足音を立てないように注意して、裏階段を三階まで昇った。三階から屋上に上がる階段はさらに狭く、その上に錆びたスチール・ドアがあった。階段に一歩足を掛けたとき、そのスチール・ドアの把手をまわす音が聞こえた。私は足音を殺して階段の上の半間四方の踊り場まで上がった。再び、誰かがドアの向こうから把手をまわし、ドアを引き開けようとした。開くはずがなかった。子供の手が届かない高さに取り付けた閂《かんぬき》式のロックが掛けてあり、その横に〝危険。開け放しにしないこと〟という貼り紙があった。もう一度、ドアを開けようとする空《むな》しい試みがなされたが、やがて静かになった。私はさらに十秒待って、音を立てないようにそっとドアの閂をはずした。把手をゆっくりとまわし、ドアを全力で押し開けると同時に屋上に飛び出した。

薄暗い屋上で、最初に眼に入ったのはドアに激しく尻を突きとばされて、前のめりになった男の姿だった。彼はドアに背を向けてしゃがみ込んでいたのだ。だが、そのあとは非常に機敏だった。そのまま二回前転を繰り返してこっちを振り向き、低い姿勢で身構えた。野間徹郎はトレーナーにジーンズという姿だったが、昼間着ていた濃紺のピーコートを丸めて持っていた。そいつが問題だった。

「やっぱりおまえか」と、野間が囁《ささや》くように言って、口許に薄笑いを浮かべた。私は上衣のボタンをはずして一歩前に踏み出した。彼がピーコートのポケットに手を突っ込むのと、私が飛びかかるのがほとんど同時だった。私は彼の右手にまつわりついているピーコートを押さえ込むようにして、彼の胸に肩で体当たりした。彼は後ろへ二、三歩よろめきながらも、ポケットの中の右手で目当てのものを摑んだようだった。いきなりポケットの生地を突き破って飛び出したアイスピックの尖端《せんたん》が、私の左眼に数センチのところに迫った。私は摑んでいたピーコートを横に払うように引いて、かろうじてアイスピックから逃れた。そのまま、横向きになった野間の脇腹を右膝で一撃した。彼はうっと呻いて背を丸めたが、次ぎの瞬間渾身《こんしん》の力でアイスピックを私の心臓めがけて突き出した。彼のコートを摑んでいなかったら、アイスピックは私の胸部のどこかに突き刺さっていたに違いない。私は必死の思いで摑んだコートを左上方に突き上げた。左肩の少し下を激痛が走ったが、アイスピックは私の身体の外にあった。私は足払いを掛けて野間を転倒させると、コートを放してバック・ステップした。起き上がろうとして持ち上げた野間の頭が恰好の位置にあり、私は彼の側頭部をラグビーのプレースキック並みに蹴り上げた。野間は一回転してうつ伏せになったまま、ぴくりとも動かなくなった。あごの下に手を当てて、彼が気絶しているだけであることを確かめた。

私は左腕の上膊部《じょうはく》の傷を押さえて、ビルの屋上を表通りに面しているところまで行った。下の通りにいる制服警官に声をかけて、錦織警部に野間徹郎がこの屋上にいると伝えてくれと怒鳴った。それから、吐き気に襲われてその場にしゃがみ込んだ。

田島主任に応急の止血処置をしてもらい、錦織のセドリックに向かう途中で、私は護送車に乗せられる曽根善衛と擦れ違った。パジャマの上にコートを着て、帽子をかぶっていない曽根はどこにでもいる初老の小男にすぎなかった。

「私の年になってから、手に入れられた大金を放棄した自分を馬鹿なやつだと思うよ」と、彼が私に言った。負け惜しみではなく、私に同情しているような顔つきだった。私はうなずいただけで反論せずに、護送車を離れた。すでにこの年でも、自分を馬鹿だと思うネタには不自由していない。

私がセドリックに乗り込むと、沼田刑事は屋根の上のサイレンを鳴らして車をスタートさせた。錦織は助手席にいて、後部座席には桂木利江ではなく、無精ひげの伸びた青年が坐っていた。初対面の佐伯直樹は、写真に較べると少しやつれて顔色が悪かった。オリーブ色のスポーツシャツは垢染《あかじ》みており、茶のコーデュロイの上衣とズボンはしわだらけだった。しきりにさすっている右の手首の赤い擦り傷は、手錠の痕だと思われた。

「紹介しておく」と、錦織が佐伯に言った。「渡辺探偵事務所の澤崎だ……もっとも、きみにこの男を紹介するのは、これで二度目だ」

佐伯は私の顔を見て、弱々しく頭を下げ、口の中で「どうも」とつぶやいた。私は上衣のポケットから手帳を出し、それに挟んでいた佐伯のスナップ写真を取って、本人に渡した。彼はしばらくその写真を見つめていたが、ようやく彼の疲れた顔に疑問が浮かび、その疑問がこの男に多少の活力を注いだように見えた。

「奥さんから預かった写真です」と、私は言った。「失踪者を捜す場合は、こういう写真を十人に見せ、二十人に見せ、ときには五十人に見せてもうまくいかないものだが、今回はまだ誰にも見せないうちにあなたを捜し当てたようだ」

「名緒子があなたを？　澤崎さんと言われましたか」佐伯は錦織を見て、私に視線を戻した。「でも、どうして名緒子があなたを……」

「中野のマンションの卓上メモに、警部から聞いた私の事務所と電話番号を書きとめたことは憶えていますか」

彼は眼を細くして記憶をたどった。そして、ゆっくりとうなずいた。「ぼくはそうすると……自分では雇わなかった探偵さんに助けてもらった、運のいい男らしい」

佐伯直樹は無意識に自分の写真をよれよれの上衣のポケットにしまうと、手首の擦り傷をさすった。私はポケットを探ってタバコを取り出した。アイスピック男のせいで、パッケージがぺちゃんこにつぶれていた。

31

新宿署に着いてからの一時間は瞬《また》く間に過ぎた。私は仰木弁護士に電話して事態を告げ、依頼人への連絡を頼んだ。それから佐伯と一緒に医務室へ連れていかれ、警察医の治療を受けているあいだに、佐伯が錦織警部の略式の訊問に答えて、いくつかの疑問を明らかにするのを聞いた。

狙撃事件の真犯人と見ている人物はまさに諏訪雅之であること。そして、怪文書事件の実行者は曽根善衛らであり、その背後にいる依頼者は〈東神グループ〉の会長・神谷惣一郎であり、彼らのパイプ役を務めたのが長谷川秘書であること。首謀者を突きとめる目的で一億円を要求して、神谷・長谷川・曽根の三者が大金の引き渡しのために東神ビルの地下駐車場で密会するのを目撃したこと。その密会現場を盗み撮りした証拠フィルムの入ったカメラがマークⅡのダッシュボードに入っていたこと。佐伯の誘拐は、彼が更科頼子とのベンツでの話し合いを終えてマンションに戻り、一億円受取りのボディガード兼証人の仕事を依頼するために渡辺探偵事務所に電話を入れようとしていた矢先に起こったこと。宅急便の配達を装った野間徹郎及び曽根善衛・桂木利江の三人に不意を衝《つ》かれた形で侵入され、その夜に袋詰めのような状態で監禁場所に運ばれたこと。しかし、狙撃事件については、監禁以前は怪文書と同じく神谷会長が首謀者に違いないと思い込んでいたが、証拠といえるものはなく、監禁後の曽根らの反応を見ているうちに自信がなくなってきたこと――などだった。

錦織が諏訪雅之の立ち回り先を訊ねると、佐伯は、彼の住居は何度も突きとめようと試みたが不首尾に終わり、他には自分のマンション以外に心当たりがないと答えた。医務室のベッドに横になって点滴を受けながら、自分は狙撃事件の容疑を別にすれば、何故か諏訪雅之にはそれほど悪感情を抱くことができなかったと述べた。そして最後に、名緒子と共に兄のように信頼していた神谷会長がこういうことになったことが何よりも残念だ、と付け加えた。

　佐伯の証言で、神谷会長と長谷川秘書に対する緊急逮捕の指令が出された。〈中野YSビル〉から連行されて来たのは、曽根善衛とその妻、野間徹郎とその内縁の妻・溝口敬子母子の計五名だった。曽根善衛は怪文書発行の依頼者を問い詰められたとき、最初のうちはある資産家の女性であると証言して、暗に更科頼子が依頼主であるかのように匂わせようとした。しかし、東神電鉄を馘《くび》になったときの恨みを指摘され、YSビルの地下室の隠し金庫から発見された神谷・長谷川・曽根本人の密会写真のネガを突きつけられて、ようやく神谷惣一郎が依頼者であることを認めた。そのネガのフィルムは、佐伯誘拐のときに使ったマークⅡで手に入れたもので、自分たちが単なる従犯にすぎない証拠として保管しておいたと答えた。彼がもっと有効な利用法を考えていたことは誰の眼にも明らかだった。隠し金庫からは現金一億円も発見された。

　中野署から乗り込んで来た、偽刑事・伊原勇吉殺人事件の担当者たちは意気込んで犯行現場の居住者である佐伯直樹の訊問に取りかかった。しかし、佐伯は殺人のあった四日前からすでに監禁状態にあって、その殺人に関しては何も知らず、被害者の写真を見ても全く見知らぬ人物だと証言したので、彼らはすっかり意気沮喪《そそう》してしまった。佐伯誘拐の日時は、曽根善衛らの証言とも一致していて、疑問の余地はなかった。

　一時過ぎに、長谷川秘書が東京駅の〈国際観光ホテル〉で逮捕された。ホテルの電話予約をするのを自分の妻に盗み聴きされていたのだ。長谷川はホテルのフロントを通して、翌日の大阪発－香港行の航空券を予約しており、かなり多額の現金を所持していた。その場で訊問した担当官の話では、長谷川は神谷会長の行方は知らないと答えた。ただ、退社直前に神谷会長に呼ばれ、怪文書関係の証拠物件の湮滅《いんめつ》を指示されたと証言した。その場は指示通りに行動するふりをしておいたが、その時はすでに高跳びする決心をしていたのだと言った。自分はもともと佐伯の監禁には反対で、それ以来事態は悪くなる一方なので、数日前から逃亡の機会を狙っていたのだそうだ。すでに東神本社の会長室や神谷惣一郎の自宅の家宅捜査を開始していた係官たちが、長谷川の証言によって怪文書に関する二、三の証拠物件を押収したということだった。

一方、神谷会長は十時過ぎに向坂晃司邸のパーティ会場を辞去したところまでは確認されたが、それ以後の足取りはまったく不明だった。

慌《あわ》ただしい動きを続けている新宿署二階の捜査課の前の廊下で、私は田島主任が持って来てくれた紙コップのコーヒーをすすりながら、最後の一本になったタバコを喫っていた。錦織警部が捜査課のドアから足早やに出て来て、ついて来いと言った。彼は階段を降りて、一階の廊下を佐伯と私が最初に収容された医務室のある方角へ向かった。

「佐伯氏は今夜自宅へ帰れるのか」と、私は訊いた。

「中野のマンションは中野署の再捜査が始まったから駄目だ。それ以外ならどこへでも」声がいつの間にか元の不機嫌さを取り戻していた。

「おれの仕事は終わった」と、私は言った。「佐伯夫人が現われたら、おれも帰る」

医務室の前には、制服警官が一名立っていた。私たちは中へ入った。警察医らの姿はもうなかった。仕切りの奥の部屋の二つあるベッドの一つに佐伯直樹が横になっていた。彼は私たちに気づいてすぐに起き上がり、ベッドのへりに腰を掛けた。錦織は木の丸椅子に腰をおろし、私はもう一つのベッドに寄りかかった。

「どうしました?」と、佐伯が訊ねた。

「厄介なことになった。海部雅美がわれわれの監視を振り切って行方をくらました。調布のバーを出て、千歳烏山のアパートに帰る途中で、まんまと出し抜かれてしまった」

私は、錦織の強い視線を感じながら、ベッドサイドの棚に置いてあるアルミの灰皿でタバコを消した。

「外部の人間で、彼女を監視していたことを知っていたのは、探偵、おまえだけだ。何か余計な手出しをしたんじゃないだろうな?」

私は返事をしなかった。佐伯が私の考えていたことを口にした。「諏訪雅之の指図ですか。海部雅美というのは、諏訪が同棲していたという女性でしたね?」

錦織はうなずいた。「それに、神谷惣一郎の行方もまったく分からん。今夜のうちに、二人にもう一度だけ訊いておく。諏訪雅之、海部雅美、神谷惣一郎、この三人の行方について何か手掛りになるようなことは知らないのか」

錦織は佐伯と私を交互に見た。佐伯も私も、首を横に振った。錦織は悪態をついて、よれよれのネクタイを抜き取り、丸めて上衣のポケットに入れた。

医務室のドアが開いて、仕切りの脇から田島主任が顔をのぞかせた。「佐伯さんの奥さんと弁護士が見えました」

「入ってもらってくれ」と、錦織が言った。錦織と私は、仕切りの外へ出た。

佐伯名緒子と仰木弁護士が部屋に入って来た。名緒子はブルーのモヘアのコートを着て、濃紺のハンドバッグを抱いていた。仰木は相変わらずの服装と書類鞄だった。

「ご主人は仕切りの向こうです。どうぞ」と、錦織は言って、先に部屋を出て行った。

「澤崎さん……」と、名緒子が言った。そして、私の

怪我に気づいた。「その腕はどうなさったんです
の？」

「大したことはありません。話は明日にしましょう。ご主人にお会いなさい」私は錦織のあとを追った。

仰木も気をきかして一緒について来た。「佐伯君のことは名緒子さんのご両親に代わってお礼を言う。しかし、署長に挨拶しに行って聞いたばかりだが、神谷会長が大変なことになったな」

私は黙ってうなずいた。それから、外の廊下でタバコに火をつけている錦織のところへ行った。

「佐伯氏のマンションで発見された射殺体から剔出《てきしゆつ》された弾について教えてくれ」

「9ミリのパラベラム弾だ」

「ルガーに使用される実包だな。向坂知事の肺から剔出された弾とは一致しないのか」

「しなかったそうだ」

「あのマンションの数カ所に落ちていた血痕は、あの死体のものだったのか」

「どうして、その血痕のことを知っている？」

「よしてくれ。もう、そんなことを詮索している時でもあるまい」

「偉そうな口をきくな。言っておくが、警察はおまえなんかに借りはないぞ。いいな」

「誰がそんなことを言っている。質問の答えは？」

「別の人間の血だ」と、錦織がしぶしぶ答えた。

「ということは、諏訪雅之が撃たれた可能性もある」

「ない。諏訪が八年前に右手の指をなくしたときに治療した診療所の記録に彼の血液型があった。あの血痕は彼のものでもない」

「すると、あの偽刑事が撃たれたとき、あの部屋には諏訪以外の人間がいたことになる」

「そういうことだ」

私は錦織からタバコを一本もらった。フィルターをちぎり取ってから言った。「おれは帰るよ。どうやら、

体力の限界だ」
「供述書に署名はしたのか」と、錦織が訊いた。
「明日にしてくれ」私は痛む左腕を押さえて、その場をあとにした。

新宿署の玄関に出ると、予報に反して小雨が降り出していた。もっとも、あれはすでに昨日の予報だった。コートを忘れて来たのに気づいて、捜査課の田島主任のデスクに取りに戻った。デスクの主は留守だった。調書を取られたときに坐った椅子の背からコートを取って、何げなく田島のデスクの上に眼をやった。溝口宏の転落死現場である日野市浅川付近の略図の入った捜査報告書のページが開いてあった。コートに腕を通しながら拾い読みすると、当夜の回収状況がざっと分かった。逃走車の転落は夕刻の六時半、溝口の遺体が引き揚げられたのが八時少し前、車両の引き揚げには手間取って夜中の十二時近くまでかかっている。破損した運転席のドアから流出した拳銃その他の遺留品は、夜明けを待って再開された翌朝五時の捜索で回収されていた。私はコートを着終わると、刑事たちの注意を惹《ひ》かないうちに捜査課を出た。再び一階へ降りて来たとき、受付のそばの公衆電話が眼に入った。私は錦織にもらったタバコに火をつけて、受話器を取った。

依頼された仕事はすでに終わっていた。佐伯直樹誘拐と怪文書事件以外は未解決だったが、もはや探偵の出る幕ではなかった。私はこの世で一つだけ諳記《あんき》している女の電話番号を思い出そうとした。疲れているせいか、なかなか数字が出て来なかった。それで気がついたのだが、もし私の身に諏訪雅之と同じことが起こったとすると、私はその番号で電話に出るはずの女には二度と逢えないだろう……。

どうやら、自分で思っている以上に私は疲れているようだった。私は頭を振って電話のダイヤルをまわした。

「こちらは、電話サービスのT・A・Sでございます」アルバイトのオペレーターの声だった。探偵の習性というのは哀しいものだ。

「渡辺探偵事務所の澤崎だ。十時以降に何か電話が入っていないか」

「お待ち下さい。十一時にXYZの〝X氏〟から——」

「それはもういいよ。他には?」

「十二時に、コウヤソウイチロウ様から、〝世田谷の砧《きぬた》公園の北にある〈国際映像〉のスタジオ跡に至急おいで乞う〟、以上です」

私は受話器を叩きつけると、新宿署の玄関を出て小雨の中を駐車場のブルーバードまで走った。途中で消えてしまったタバコを吐き棄てて、ブルーバードに乗り込んだ。駐車場を出るときに擦れ違った明るいグリーンの軽自動車の運転席で、辰巳玲子の幸せそうな顔を見たような気がした。

32

神谷惣一郎の電話からすでに二時間以上が経過していたが、彼のジャガーは〈国際映像〉の正門の斜向《はすむ》かいにあるつぶれたボーリング場の空地に停まっていた。私はジャガーの隣りにブルーバードを駐車し、ダッシュボードから懐中電灯を取り出すと、コートを着て雨の中に降り立った。ジャガーは無人で、エンジンはすっかり冷えきっていた。懐中電灯で車内を照らしてみると、運転席の脇のコンソール・ボックスに取り付けた電話の受話器がはずれかけていた。神谷会長が最後に電話をかけた相手が私の電話応答サービスだとは限らないが、急いで受話器を戻したことは確かだった。

私は世田谷通りを渡って、国際映像の正門の前に立った。門柱に〝閉鎖中　立入禁止〟と書いた立て看板が太い針金でくくりつけてあった。レールの上を移動させて開閉する鉄格子の門扉《もんぴ》も頑丈そうな鎖を使って門柱に固定されていた。錆《さび》の出た鉄格子には、隣りの鬱蒼《うっそう》とした雑木林から伸びてきたツタの蔓《つる》が絡みはじめている。左側にスチール・ドアのついた人間専用の通用口があったが、押しても引いてもびくともしなかった。もしやと思って、その中央に付いているくぐり戸の把手をまわしてみると、錆が擦れる音を立てながら簡単に開いた。私は腰をかがめて門の中へ入った。

　荒れ果てた守衛所の前を通り、約三十メートル前方に大きな黒い影をつくっている建物に向かって、私は敷地内の車道を歩いて行った。十一月下旬の夜の雨は冷たく、建物のそばに着いたときには、額から雨の滴《しずく》が落ちていた。

　それは、三階建の鉄筋のビルだった。私は〝国際映像株式会社〟という看板のある正面玄関から始めて、ビルの周囲を一まわりした。五ヵ所以上ある出入口のドアをすべて試してみたが、どこも開く様子はなかった。ガラス窓が数ヵ所で割れていたが、人の出入りした形跡は見つからなかった。懐中電灯で内部を照らしてみたが、人のいる気配はまるでなかった。正面に戻り、少し離れて階上に眼をやってみたが、夜の闇と雨に覆われたビルの黒いシルエットが見えるだけだった。

　そのビルの右側に、同じ位の高さのコンクリートの巨大な箱のような建物が二つ並んでいた。窓が一つもない倉庫のような建物だった。表通りからは、雑木林の蔭になって見えない位置になる。手前の建物に近づいて見ると、高さが約五メートル、横幅が約七メートルもある大きな二枚のドアが、建物の正面の大半を占めていた。このドアを左右に全開したら、大型トラックが三台横に並んで入って行けそうだった。ドアの真ん中に、ペンキで〝第一スタジオ〟と書かれていた。こういう場所は初めてなのでよく判らないが、たぶんこの中で映画やテレビドラマの撮影が行なわれるのだろう。ドアの左下の一部に普通の大きさの通用口があったが、鍵がかかっていた。もう一つの建物——当然、〝第二スタジオ〟だった——の通用口も試してみたが、結果は同じことだった。

私は二つのスタジオのあいだの車道を進んで行った。第二スタジオの後ろの脇に、小さな小屋のようなものがくっついて建っているのが見えた。そばへ行ってみて便所だということが判った。その手前の暗がりに乗用車が一台停まっていた。建物と同様に廃車だろうと思って懐中電灯で照らしてみると、その黒いブルーバードは私のブルーバードに較べたら新車同然だった。車内を照らしてみたが、別に異常はなかった。だが、この車は二つのスタジオと便所に囲まれた形で、昼間の明るいときでも敷地の外からは眼に止まらない位置に停められていた。

私は第二スタジオの裏へまわった。建物の手前の角に出入口があった。そのドアには鍵がかかっていなかった。ドアの左下の一部に普通の大きさの通用口があったが、私は静かにゆっくりとドアを開けて、建物の中に入った。どこかに何らかの明かりがついていることが分かったが、眼が慣れるまでに数秒が必要だった。五、六メートル前方から、腰の高さのステージのようなものが広がっていた。おそらく十五、六メートル四方のステージで、その上に三メートル位の高さの合板で囲ったバラックの小屋のようなものが作ってあった。合板は倒れないように要所につっかい棒がしてある。明かりはその囲いの中でついているらしく、窓ガラスのような所から光が漏れていた。私は懐中電灯を武器代わりに持ち直して、そのステージの隅にある階段を上がった。足音を立てないように気をつけて、光の漏れている窓に近づき、中をのぞき込んだ。内部は、実物そっくりのスキー場のロッジのような丸太小屋だった。おそらく撮影用のセットだろう。窓の反対側に小屋の出入口が見えたので、私はセットの外側を合板の壁づたいに半周した。出入口のドアと柱は開閉に耐えるように本格的に作ってあり、ドアの前のステージの床には本物の盛り土がしてあった。

　私はドアを開けて丸太小屋に入ったが、ヤッホーと声をかける気分ではなかった。出迎えたのは、山小屋の主人やスキー服のギャルたちではなくて、地味なビジネス・スーツを着込んだ三人の男たちだったからだ。

　スタジオの天井からさがった鉄パイプの桟《さん》のようなものに取り付けた二基の照明にスイッチが入っていたので、セットの中は隅々まで明るかった。正面のフロアに、木の香りの強い大きな白木のテーブルがあり、それを同様の木のベンチがコの字型に囲んでいた。左側の壁に煉瓦造りの暖炉があった。右側の手前がキッチンで、奥は床を少し高くした所に、マットを敷いた二段式の木のベッドが二つ並んでいた。

　三人の男のうちの二人は、暖炉と木のテーブルのあいだの床に倒れていた。残りの一人は、木のベンチに坐り、片手を二段ベッドのほうに伸ばし、頭を垂れていた。私は床の二人に近づいた。仰向けになって虚空を睨んでいるのは、副知事の榊原誠だった。額の真ん中に銃弾を受けており、顔が青黒く腫れ上がっていたが、鋭い眼つきだけは六時間前に私に裏取引を持ちかけたときのままだった。右手に持った拳銃が引き金のところで人差し指に引っかかっていた。かなり古びた自動拳銃で、銃把の上部に〝BROWNING〟《ブローニング》という浮き彫りがあった。彼の左手は、もう一人のうつ伏せに倒れている男の背中にのっていた。その男は曲げた右腕の中に顔を埋めており、胸の下の床に相当な出血をしていた。顔を確認していないが、背恰好と服装からは神谷惣一郎だと思われた。その大量の血の匂いとかすかな硝煙の匂いが、セットに入ったときから私の嗅覚を刺激していたことに気がついた。

　その場を離れて、ベンチの三人目の男を調べに行った。横向きになっている顔を見るために、ベンチの背後をまわって、伸びている右手の下からのぞき込んだ。うっすらと無精ひげの生えた四十代の痩せぎすの男で、フケの多い七三の頭髪の下の顔には、何をやっても上手くいかないという表情が浮かんでいた。一度も会ったことのない男だった。ベンチの背板越しに垂れさがった左手に、応急手当てらしい分厚い繃帯《ほうたい》をしていた。これだけの怪我をしていれば、最近どこかで血を流したとしても不思議ではなかった。私はその男の上衣のポケットを探った。死後硬直が始まっているようで扱いにくかったが、内ポケットで目当てのものを見つけた。奥村禎二《おくむらていじ》名義の警察手帳と、彼が八王子署の捜査課に勤務する巡査部長であることを印刷した数枚の名刺だった。伊原勇吉の名刺と非常によく似ていた。それらをポケットに戻しながら、この男の胸部が銃弾を撃ち込まれた丸い孔の開いた血だらけのワイシャツでおおわれているのを確かめた。男の前の木のテーブルに、銃身の短い拳銃が置いてあった。伊原勇吉が持っていたのと同じ三十八口径のリヴォルヴァーだった。私はポケットからハンカチを出してその拳銃を手に取った。輪胴を振り出してみると、五つの弾倉には三発の弾が残っていた。このうちの一発は榊原誠の頭蓋骨の中に撃ち込まれているのかも知れない。私は拳銃を元の状態に戻し、ハンカチをしまった。テーブルには、二、三日分の食い散らした食糧の残骸と、飲み残しのウィスキーのボトルがあった。

そこを離れようとしたとき、背中が固いものに触《ふ》れてカチャッと音を立てた。振り返ると、二段ベッドの支柱に手錠がぶらさがって揺れていた。手錠の一端は支柱に掛けられていたが、もう一方は口を開いた状態だった。鍵穴には鍵が差し込んだままになっていた。想像すれば、手錠でベッドに拘束されていた者がいて、本人か誰かが鍵を使って手錠をはずした、という図である。しかし、その人物がこのセットの中にいる三人のうちの一人なのか、第四の人物なのかは分からなかった。

私は床に倒れている二人のほうへ戻った。神谷惣一郎と思われる男を確認するために、頭のそばにしゃがみ込んで、男の伏せた左肩をそっと持ち上げた。神谷会長だった。血の気のない無表情な顔は老《ふ》けた感じが薄らぎ、年相応で頼りなく見えた。突然彼が喉の奥で低く呻《うめ》いて薄目を開けたときには、私は驚いて彼の左肩を取り落としそうになった。他の二人より多量の出血をして生きていられるとは信じられなかった。

「神谷さん、大丈夫ですか」と、私は言って、背中の榊原の手を払いのけ、彼を仰向けにさせた。右肩の鎖骨の下あたりの上衣に孔が開き、周囲が焼け焦げていた。至近距離から撃たれ、弾は脇の下へ貫通しているようだった。すでに出血は止まっていた。

「ああ、澤崎さん……やっぱり、向坂邸であなたに話しておくべきだった」と、彼はかすれた声で言った。

「すぐに救急車を呼ぶ」

立ち上がろうとする私の腕を、彼は自由のきく左手で摑んで引き止めた。「待って下さい。事情を話しておかなきゃならない……頼むから、聞いて下さい」

「では、一分間だけだ。それ以上は無理だ」

彼は眼を閉じて言った。「榊原氏を尾行してここまで来たんです。向坂邸でトイレから戻る途中、彼が電話で話しているのを盗み聴きした……「要求の金は準備した。例の男は押さえているだろうな？……それなら、男と交換で金を渡す」榊原氏はそう言って、相手の指定する場所を書きとめ、真夜中の十二時という時間を決めました」彼は眼を開けて、言い足した。「押さえられている男というのは、佐伯君のことではないかと思ったのです」

「何故、そのことを向坂邸で別れるときに言わなかった？」

彼は顔を歪めた。「言いそびれてしまって……全く見当違いをしているかも知れないし……」

「私を信用していいのかどうか、不安だった？」

彼は情なさそうにうなずいた。「考え直して、あなたに電話したときは遅かった。まさか、こんなことになるとは想像もしていなかったから……」

「分かった。それくらいにしたほうがいい」と、私は言った。

彼は私の腕を摑んでいる手に力を入れた。「もう少し話さないと……あなたに電話していたので、この構内に入って榊原氏を見失ってしまった。ここへたどり着くまでに七、八分ブランクがあるので、その間に何があったのか分からない。とにかく、窓から中をのぞき込むと、背を向けた男があのテーブルの上にのせた鞄の中身を調べていた。榊原氏が運んで来た鞄で、中身はたぶんお金だと思う。すると、榊原氏がいきなり拳銃を発砲し、背を向けていた男はベンチに叩きつけられた。ぼくは佐伯君がいるかどうかを確認する間もなく、入口にまわって中へ駈け込んだ。銃声で受けたショックで、ほとんど無我夢中だった。とにかく、佐伯君が撃たれるような事態だけは避けたかった。駈け込んでみると、ぼくに背を向けた榊原氏が誰かに拳銃を向けて「おまえもこれで終わりだ」と叫んだ。彼の拳銃が狙っていたのは、部屋の向こうのベッドから身を乗り出して、床から何かを拾おうとしている男だった。顔が見えないので佐伯君かどうかは分からなかった。ぼくは榊原氏の発砲をくい止めようと後ろから飛びかかった。数秒間もみ合っていたが、最後には撃たれてしまった。床に倒れながら、もう一発銃声を聞いたような気がする」彼の顔色がいっそう蒼白くなり、呼吸が乱れた。「彼らはどうなったのです？」

「ベッドにいた人物はここを脱出したようだ。榊原は眉間を撃たれて、死んでいる」

「彼は佐伯君だったのですか」

「いや、違う。佐伯氏はすでに別の場所で救出されている」

「本当ですか」と、彼は大きな声で言った。彼の顔が苦痛に歪み、激しく咳き込んだ。「それは……よ、よかった」と、彼は喉の奥で言った。

「一つだけ訊く」と、私は彼の耳に口を近づけて、言った。「都知事選の怪文書事件はあなたの仕業《しわざ》なのか」

神谷惣一郎は大きく眼を見開いて私を見つめ、何も言わないで気を失ってしまった。

「すぐに救急車を呼ぶ」私は立ち上がって、山小屋のドアへ向かった。

「その必要はない」と、ドアの蔭に立っている男が言った。彼の手に握られた拳銃が、まっすぐ私の胃袋を狙っていた。黒い雨ガッパから水滴をしたたらせている制服警官が、セットの中に入って来た。「同僚が正門のチェーンを外して救急車を誘導しているところだ。しかし、これは映画の撮影じゃないんだろうね？」彼はこわばった顔でセットの中の惨状を見まわした。丸ぽちゃの柔和な顔をした三十才そこそこの警官だったが、銃口を向けられていてはどんな顔も慰めにはならなかった。

「私がハンフリー・ボガートに見えるか」

警官は頭を振った。「一時間以上前に、国際映像のスタジオに怪我人がいるという一一〇番があったんだが、新任の同僚がこの先にある〈国際放映〉と勘違いしてしまった。それで、すっかり手間取ったんだ。電話で通報したのは、あんたですか」

「いや。だが、これから通報しなければならないところがある。この怪我人は手配中の重要参考人で神谷惣一郎という男だ。この件の担当官である新宿署の錦織警部に連絡を取りたい。その前に、その拳銃の銃口を少し下に向けてくれると有り難いんだが」

警官の頭に、私の言ったことが染み込むよりも早く、救急車のサイレンの音が聞こえて来た。

三時過ぎに、神谷惣一郎は成城《せいじょう》の救急病院に収容された。三時半には錦織と田島を含む五名の新宿署の刑事が到着して、成城署の捜査官に合流した。現場での捜査が終了すると、錦織のセドリックと私のブルーバードは、神谷会長が収容されている救急病院〈世田谷医療センター〉へ向かった。更科修蔵氏、頼子女史、仰木弁護士らがすでに到着していた。更科氏は、娘婿《むこ》に次いで義弟の命も救っていただいたと、私に礼を述べた。しかし、神谷会長の担当医が、患者は出血多量で非常に危険な状態にあり、現在意識不明だと言った。そして、警察であろうと親族であろうと一切面会謝絶であると申し渡した。頼子女史が、会長夫人は現在弟と別居中で、神戸の実家――関西から九州にかけての建設業界をリードする〈西日本ハウジング〉の社長宅――に戻っており、この事故を連絡したが上京の意思は全くない、したがって姉である自分が一番の近親者だから一目会わせてほしいと頼んだ。担当医は首を縦に振らなかった。

錦織と私は、成城署に移動した。私が国際映像での事件の供述を取られて署名をすませたときは、明け方の五時だった。解放されて成城署を出ようとしていると、玄関のロビーで向坂知事および四、五名のお付きと擦れ違った。榊原誠の死亡を知らされて駈けつけて来たのだろう。彼の視線は使用期限切れの消火器でも見るように、私の顔の表面を通り過ぎて行った。玄関を出ると、外はすでに明るく、雨もやんでいた。

五時半に新宿の事務所の駐車場にブルーバードを停めた。私は事務所に薄明かりがついているのに気づき、新聞を取って二階へ駈け上がった。事務所のドアは鍵がかかっていなかった。私はドアを開けて事務所に入った。デスクの上の電気スタンドの小さな明かりが、佐伯名緒子の寝顔を照らしていた。彼女は石油ストーブのそばに来客用の椅子を近づけ、ブルーのモヘアのコートをあごの下まで掛けて眠り込んでいた。私は音を立てないようにデスクの向こうへまわって、椅子に腰をおろした。デスクの真ん中に大小二機の紙ヒコーキと、見憶えのある事務所の合鍵がのっていた。大きいヒコーキの折り目を伸ばして広げた。沖縄の観光案内のチラシの余白に、元パートナーの伝言があった。

明朝、東京を発つ。不愉快な思いをさせて申しわけなかった。せめて、昨夜の車のナンバーが役に立っていればと思う。

暖かい所へ行ってみるつもりだ。では、また。

W

小さいもう一機は、私のデスクのメモ用紙を使って折ったものだった。

事務所のドアを一目見たくなって、二階へ上がってしまった。夜中の二時に、探偵事務所の外のベンチに寂しそうに坐っているご婦人をほうっておけなかった。ドアの鍵をまだ持っていたので、返すのにいい機会だと思って使用した。ブルーバードが駐車場にないので、戻って来ると考えたんだが……。

彼女のお蔭で、事務所の中まで見せてもらったが、あの頃と全く変わっていないな。余計なことをしたのでなければいいが……。彼女とは話ができて楽しかったと、よろしくお伝え願いたい。では、また。

W

私はデスクの引き出しを探って、喫い残しのタバコのパッケージを見つけた。開けてみると四、五本入っていたが、かなり古そうだった。どうせ舌は馬鹿になっているから、味などどうでもよかった。私はタバコと二つの伝言に火をつけた。紙マッチを擦る音で、名緒子が眼を覚ました。しばらくは自分がどこにいるのか分からず、呆然としていた。私を見つけると、何ともいえない微笑をもらした。

「ごめんなさい。お留守に勝手に入り込んでしまって」

「それは構わないが、どうしてここへ?」

「外のベンチであなたを待っていると、渡辺さんという方がお見えになって——」

「いや、それは判っている。何故、あなたがここへおいでになったのかを訊いているのです」

彼女はうつむいて返事をしなかった。

「ご主人はどうなさったのです?」と、私は訊ねた。

「辰巳さんという女性と一緒に新宿署を出ましたわ。明日の夜、九時に田園調布で離婚届に印鑑を押すことになっています。結局、ちょうど一週間遅れただけのことですわ」

「あなたも諒承なさったのですか」

「仕方ありませんわ。以前とは事情が違いますもの。今は主人にはわたしよりもふさわしいひとがありますから……おかしいですわね、別れるために見つけてもらうなんて」

「明日の離婚式に、私を招待してくれませんか」

彼女は怪訝《けげん》な顔で私を見つめた。「ええ、お望みでしたら……どうぞいらして下さい」

私はタバコを消して立ち上がった。「お宅まで、送りましょう」

ストーブを消して振り向くと、彼女が眼の前に立っていた。彼女はゆっくりと私の腕の中に入って来た。いつもとは違う香水の匂いだった。あるいは彼女自身の匂いなのかも知れない。私は彼女を抱くというより、腕の中で彼女が動かないように押さえていた。

「あなたのところへ連れて行って」と、彼女が私の胸に言った。少し声が震えていた。私は、行こうと言った。

ブルーバードを超過勤務につけ、私たちは駐車場を出た。彼女はしばらく渡辺のことを話題にしてよく喋った。だが、甲州街道を西へ走るうちに黙り込んでしまった。井ノ頭通りとの分岐点が近づいたとき、久我山に行くのかと訊き、環八通りに左折して南へ向かったとき、田園調布へ行くのかと訊いた。私は世田谷通りに入って、神谷惣一郎が収容されている世田谷医療センターの駐車場にブルーバードを停めた。彼女にとっては兄同様の存在である男の身に何が起こったかを説明すると、彼女は後も振り返らずに病院の玄関へ駆け去った。忘れていた怪我のかすかな痛みが戻って来た。それから、午後遅く自分のアパートで眼を覚ますまでのことはよく憶えていない。

33

私はジョルジュ・ルオーの油彩の絵を眺めていた。それは更科邸の客間の磨き上げられた欅《けやき》の壁に掛かっていた。火曜日に初めて訪問したとき、更科氏がこのうちに一点だけあると言った美術品だった。

白い長衣のようなものをまとった二人の人間が、遠近法で三角形に見える道だか川だかはっきりしない所に、一人は立ち一人は坐っている。全体に黄色と茶色を基調に分厚く塗られた絵の具は、特徴的な黒い輪郭を埋《う》めてしまうほどである。天空の白っぽい月と、不吉な風のようにさっと掃《は》いた緑の絵の具が不思議なコントラストをなしている。画家の眼には、月の光だけで夜がこんなにも明瞭に浮かび上がるものらしい。こういうものの値段は見当もつかないが、この大邸宅にしてはむしろ質素な装飾という印象だった。

火曜日にも見かけた和服姿の中年の女性が、小客間へ案内しますと言って、この部屋に通してくれたのだ。十人以上の客を楽に収容できるような広さの優雅な洋室だった。大客間ではバスケット・ボールの試合ができるに違いない。私は壁の油絵から一番遠いソファに腰をおろして、タバコに火をつけた。大きな黒檀《こくたん》のテーブルの上には、ブロンズの彫刻と間違えそうな灰皿が置かれていたし、どこにも〝禁煙〟の表示はなかった。名画を前に一服する気分は格別だった。

その日私が事務所に出たのは、すでに午後五時に近い頃だった。電話応答サービスへの伝言は、昨夜の神谷惣一郎からの電話を最後にぴたりと途絶えていた。ブルーバードで新宿署へ出頭し、昨日の供述書に眼を通して署名した。錦織警部との立ち話で、依然として諏訪雅之・海部雅美の足取りは摑めていないことを知った。それから〈世田谷医療センター〉へまわった。神谷会長が収容されている四階の外科へは近づけなかったが、食事から戻って来た田島主任に会って、被疑者はいまだに意識不明であると聞いた。病院の玄関で、更科修蔵氏とばったり出会った。私たちはエレベーターのそばの喫煙所で少し話をした。更科氏は、神谷会長に付き添っている娘の名緒子――といっても、病室の外に待機しているだけらしい――を、離婚の手続きをする予定の九時に間に合うように、少し余裕をもって迎えに来たのだと言った。私は今度の事件のことで二、三疑問な点があるので、手続きがすんだ後で皆さんにお会いしたいと頼んだ。お嬢さんの許可はすでに得ていると付け加えた。更科氏はすぐに諒承してくれた。エレベーターに乗る彼を見送ったあと、私はロビーの電話で韮塚弁護士に連絡を取った。彼との会話は不可避的に不愉快なものになったが、結局は例の録音テープに関する私の要請を聞き容《い》れてくれた。彼の好奇心がそうさせただけのことなのだが。私は夕食をすませたあと、田園調布の更科邸へブルーバードを走らせ、九時に表門のインターフォンのボタンを押したのだった。

離婚に必要な時間はわずか十三分にすぎなかった。タバコの火を消そうとしていると、和服の女性が更科氏の書斎に通じていると教えてくれた欅《けやき》のドアが開いた。更科夫妻と佐伯名緒子――あるいは、もはや更科名緒子と呼ぶべきか――が部屋に入って来た。離婚したばかりの依頼人は、今朝早く病院の駐車場で別れたときに較べると別人の観があった。最初に会ったときとは色違いの、ベージュのニットのアンサンブルを着ていた。韮塚弁護士がそれに続き、佐伯直樹と仰木弁護士が話しながら少し遅れて入って来た。佐伯も昨夜のやつれた様子は薄らいで、写真で見た彼本来の意志の強そうな風貌を取り戻していた。散髪をしひげを剃り、紺色のブレザーに清潔な白のスポーツシャツ姿だった。仰木と韮塚の双子の弁護士を一緒に見るのは初めてだった。あまりにも服装や身の回りの物がかけ離れているので、唯一かつ完全な共通点である顔かたちがいっそう際立って見えた。私の左に更科氏、向かいに頼子夫人、右隣りに仰木と韮塚、夫人の隣りに名緒子と佐伯が坐った。

「澤崎さん、でしたわね」と、頼子夫人が不機嫌な声で言った。「わたくしたち、今夜は――」そこでわざとらしい溜め息をつき、仰木弁護士を見やった。

仰木があとを受けた。「皆さんは今夜はかなりお疲れになっているんだよ、探偵さん。せっかく来ていただいたのに申しわけないが、用件はなるべく簡潔にすませてもらいたい」

「そのつもりです」と、私は言った。「佐伯さんに、監禁されるまでの経緯をお訊きしたいのだが」

「どうぞ」と、佐伯は答えた。

「あなたは、曽根善衛が東神電鉄の元重役だということとをご存知でしたか」

「いいえ。彼はぼくたちの結婚披露宴に出席していたそうですが、まったく憶えていませんでした。ぼくは原稿を書くときのペンネームで彼らと接触していたのですが、向こうは最初からぼくの正体を知っていた。それさえ判っていたら、ぼくもあんなに簡単に誘拐されるようなことはなかったのですが」

「一億円を要求したのはいつだったか、憶えていますか」

「ええ。監禁される二日前ですから、先週の火曜日の昼です。〈中野YSビル〉のそばの公衆電話で曽根にそれを通告し、彼の動きを見張っていると、見憶えのあるBMWが現われた。曽根と話している運転席の男が長谷川秘書だと分かったときは、正直驚きました」

「では、彼らの返事をもらったのはいつでした」

「その日の夕方です。曽根は金額については何も文句は言わなかったが、四、五日時間をくれと言いました。余裕を与えないほうが首謀者との接触に慎重さを欠くだろうと考え、二十四時間後に現金で一億支払うように要求したのですが、結局四十八時間後ということに落ち着いたのです」

「それが木曜日の夕方ですね」

「そうです。しかし、その数時間前に彼らがマンションに踏み込んで来たのです」

「では、地下駐車場での彼らの一億円受け渡しを目撃したのはいつでしたか」

「一億円を要求し、返事をもらった日の翌日、水曜日の午前中でした」

「間違いありませんか」と、私は確認した。

「ええ。前日の夜、私は長谷川秘書のBMWが走り去ってからYSビルの明かりが消えるまで見張りを続け、マークIIの中で二、三時間仮眠を取りました。翌朝、九時過ぎに曽根が車で動き出したので尾行すると、彼は東神ビルへ直行したわけです」

「なるほど。佐伯さん、あなたはその現場を目撃し、写真に撮《と》ったことを、監禁される前に誰かに話しましたか」

「いいえ。もちろん、そんなことはしていません」

「すると、彼らがあなたに一億円を払って脅迫に応じようとしていた情勢から、いきなりあなたを誘拐・監禁することに方針を変更したのは一体何故です？」

「それは、たぶん……ぼくを買収しただけでは自分たちの身の安全は確保できないと考えていたのかも知れない。決定的だったのは、ぼくに首謀者が惣一郎さんであることを知られたからでしょう。警察の話では、ぼくがあの現場を目撃し写真に撮ったことを彼らは気づいていたようですから。用心はしていたのですが、曽根を追ってあの駐車場に車を乗り入れたときの状況では、どうしてもぼくの車は彼らの視界を通らなければならなかった。あるいは、彼らの仲間の一人がどこかで監視していたとしたら、ぼくを確認するのは簡単だったでしょう」

私は二本目のタバコに火をつけて言った。「それでは筋が通らない」

佐伯と私の話が終わるのをひたすら我慢していたその部屋の空気が、急にぴんと張りつめた。

「どうしてですか」と、佐伯が眉をしかめて訊いた。

「彼らがあなたを買収しても安全は確保できないと考えていたのなら、あなたはもっと以前に監禁されているはずだ。少なくとも、一億もの大金を準備したりする必要はない」

「そうですね……だから、その時点まではぼくに金を支払うつもりだったのでしょう。ところが、あの駐車場で首謀者の正体を知られたから、急遽《きゆうきよ》方針を変更してぼくを監禁したのではないですか」

「急遽方針を変えたにしては、彼らはやけにのんびりしている。水曜日の午前中に正体を知られて、木曜日の夕方にあなたのマンションに踏み込むまでの一日半、彼らは一体何を考えていたのです？」

「そう理詰めで来られると答えに窮するが、現実にはそういう矛盾はあるのではないですか。彼らも相当混乱していたはずだし……」

「あんたの言いたいことが解らんね」と、仰木弁護士が口を挟んだ。「他に何か筋の通った説明ができるというのかね」

「神谷惣一郎氏以外の首謀者を考えれば、もう少し筋が通る」

誰もが私の顔を見つめていた。私の言葉に不審ではなく期待の表情を浮かべたのは名緒子ひとりだった。

更科氏が低い声で言った。「それが事実であれば、私たち神谷と更科の家族にとって非常にありがたいことですが……もし、この場限りの発言だとすれば心外です」

「ぼくにとってもただごとではありません」と、佐伯が言った。「好むと好まざるとにかかわらず、ぼくは惣一郎さんが怪文書事件の首謀者であることの証人になっている。それに対する反証があるとすれば是非お聞きしたいですね」

私はタバコの灰を落とした。「地下駐車場での彼らの密会現場を撮ったあなたの写真では、三人が話していて、最初長谷川秘書の手にあった大型のスーツケースが後になると曽根善衛の手に移動しているだけです。あなたの供述には、彼らの会話を聞いたという証言はなかった。もしかすると、神谷会長はあのときの状況があなたの眼にどう映っているか全く知らなかった、という可能性はありませんか。彼は長谷川秘書に誘導されて、あの駐車場で久しぶりに元重役の曽根に会い、ただ言葉を交わしただけだった――そういう可能性はありませんか」

佐伯は思わず苦い表情を浮かべ、紺のブレザーからタバコを取り出した。かつては世界を制した〝ハイライト〟だった。

「ないとは言いきれませんね」佐伯はタバコに火をつけてから続けた。「曽根を尾行してあの駐車場へ入って、少し離れた車の中からカメラのシャッターを押すのが精一杯でしたから。彼らが友好的に話していたことは確かですが、実際の会話は聞けませんでした。しかし、あれは曽根が一億円を支払うと言った翌朝の会合ですよ。他にどんな解釈をすればいいのですか」彼は私との中間にある見えない何かにぶつけるように、タバコの煙を吐き出した。

韮塚が皮肉っぽい声で、私に言った。「きみは発見された証拠物件のことは無視するつもりかね？」

「いや、そんなことはない」と、私は答えた。「証拠物件というのは、会長室の金庫で見つかった怪文書のワープロ原稿と印刷機購入に関する領収書などの書類、紀尾井町の会長宅の物置で発見された小型のオフセット印刷機と怪文書の残りだそうだ。それらが物的証拠であることは間違いないが、果たして神谷会長に帰属させるべきものかどうかは、まだ証明されていない」私はタバコを消して、付け加えた。「新宿署の刑事の言葉を借りれば、こんなに大事に証拠を保管している間抜けな犯罪者も珍しい、ということになる」

「しかし、無理があるよ」と、仰木が言った。「曽根や長谷川秘書の証言をどうするつもりかね？」

「彼らが刑務所から出られるのは何年後です？」と、私は逆に訊いた。

「さあ、怪文書のほうは向坂知事に訴える意思がなければ大したことにはならんだろうね。佐伯君の監禁も単なる不法監禁だから、営利誘拐などとは比較にならない。せいぜい五年もすれば彼らは出所するだろう」

「そのとき、彼らにとっては一晩で一億円の金を調達できる首謀者が刑務所の中にいたほうが得《とく》だろうか。それとも自由の身でいたほうが得だろうか」

「ああ言えばこう言うってとこだな」と、仰木は苦笑しながら言った。

ドアにノックの音がして、和服姿の中年女性がお茶の用意を盆に乗せて入って来た。彼女が、女性二人と韮塚に紅茶を、残りにコーヒーを給仕して退出するあいだ、話が中断した。

「これでは水かけ論できりがありませんね」と、佐伯が話を再開した。「澤崎さん。あなたは、惣一郎さんが誰かに罠にかけられた可能性もあるということを言っているだけです。そういう可能性は現行犯以外のすべての犯罪に言えることでしょう。もし、惣一郎さん以外に怪文書事件やぼくの監禁を実行すべき動機を持っている人物がいると言われるのなら、あなたはその証拠と一緒にその人物の名前をはっきりとおっしゃるべきではありませんか」

名緒子が佐伯から私に非常にゆっくりと視線を移した。

私は更科頼子を正面から見つめた。「曽根善衛は最初の訊問では、怪文書事件の首謀者は〝ある資産家の女性〟だと述べています。その後供述を翻《ひるがえ》して、神谷会長が首謀者だと証言する長谷川秘書や佐伯さんに同調した。あの抜け目のない男がどうしてそんな手間をかけたのか。何故すぐに底の割れるような供述をしたのか。曽根善衛は、供述などいつでも変更できるのだということを伝えたかったのではないでしょうか、その首謀者の女性に」

更科夫人は神経的な笑い声を立てた。「なんてことかしら。弟を無実にして下さるのかと思ってお話をうかがっていたのに、わたくしがその身代わりにされるわけですね。冗談にしては、ちょっとひど過ぎませんこと」

「澤崎さん、あなたにはいろいろとお世話になっていますが、家内に対する何の根拠もないような暴言は控えて下さい」と、更科氏が言った。

「根拠はあります」と、私は言った。コーヒーを飲み終えてから、更科夫人を振り返った。「少なくとも、弟さんよりあなたのほうが容疑が濃いはずです」

彼女はソファの肘掛けを手の甲が白くなるほど強く握りしめた。「そうまでおっしゃるなら、わたくしとしてもあなたのお話を聞かないわけには参りませんわね。どうぞ、納得の行くように説明していただきます」

私はうなずいた。「まず、曽根善衛との繋《つな》がりです。彼は東神電鉄で背任横領が発覚したとき、神谷会長は穏便な処置を考えていたのに、あなたが強硬に馘《くび》にしたのだと言われている。それが、彼はあなたに恨みを抱き、神谷会長の手足となって働いてもおかしくない男だと見なされる根拠です。だが、もしあなたと曽根のあいだで秘密裏に協定が結ばれていたとしたら、そんな図式は簡単に崩れてしまう。警察は現在YSビルの土地購入およびビル建設の資金を調査していますが、曽根は東神電鉄を退社した直後に、入手経路の不明な多額の資金援助を受けたことが判明しています。その援助者が神谷会長であってもあなたであっても不思議はないが、少なくとも今度のような仕事に曽根を利用するつもりがあれば、彼を東神に残して閑職につけようとした神谷会長よりも、馘にして自分の周辺から遠ざけ、現在のようなポジションに置いたあなたのほうが疑わしい。東神に残していれば、怪文書の発行から佐伯さんの監禁に至る一連の行動にも支障があったはずです。そう考えると、曽根が最初の証言であなたを暗示したのは、実に巧妙なカムフラージュだったことになる。神谷会長に向けられた容疑は二度とあなたに戻って来ない。曽根という男は、もし本当にあなたを恨んでいるのなら、すぐに覆されるような供述で嫌がらせをするようなタイプではない。何らかの手段できっちりと恨みを晴らす男です。彼は出所後のために、あの供述であなたの身の安全は自分らの証言にかかっていると念を押したのではありませんか……曽根善衛があなたより神谷会長に近い人間だとする説はあまり根拠のあるものではないと思いますね。何か反論がありますか」

「もちろんありますとも」と、更科夫人が腹立たしげに言った。「わたくしはあの曽根という横領重役と裏で協定を結んだことなどありません。あなたの話は何の証拠もない推測、いえ、邪推にすぎません。でも……とにかく話の先をお聞きしましょう」

「次ぎは、向坂知事の立候補と怪文書事件のことです」と、私は言った。「神谷会長は夫人のことで向坂晃司氏に不快な思いをさせられ、あなたはテレビ出演のときに知事の向坂晨哉氏に不快な思いをさせられている。晃司氏が最もダメージを受けるのは兄の政治生命を絶たれることだとすれば、その点ではあなたと神谷会長の動機は互角だと言える。しかし、神谷会長の動機は夫人と晃司氏のスキャンダル以外には何もありません。あなたには向坂氏にダメージを与えるという目的のほかに、怪文書事件の容疑を神谷会長に押しつけて彼を失脚させ、それによって東神の実権を彼から取り戻すというもっと大きな目的があったのではありませんか。あなたは、ご主人の更科氏が相談役を退き、弟の惣一郎氏が会長に就任して以来、ほとんど東神における影響力を失っておられる。あなたは、曽根善衛や長谷川秘書と共謀して、この事件のすべての証拠が神谷会長を指し示すように綿密に準備をしていた。ただ、当初は事件を警察沙汰にするのではなく、東神の内部で神谷会長の信用を失墜《しっつい》させるような手段が考えられていたのではないかと思いますが……いずれにしても、神谷会長よりもあなたのほうが怪文書事件に関するより大きな動機を持っておられた――そうは言えませんか」

更科夫人は苦笑しながら言った。「お話としては大変面白いですわ。でも、わたくしがそれを実行したという証拠は何もありませんよ。澤崎さん、では、あなたにお訊ねします。わたくしはどうして今日まで弟の惣一郎を失脚させないで、東神の実権とやらを彼に委ねたままにしておいたのです？」

「怪文書事件に続いて、あなた方の予想外の事態が起こったからです。まず第一に、狙撃事件です。両方の事件が溝口姉弟でつながっていることが問題を厄介にした。怪文書事件の首謀者は同時に狙撃事件の首謀者と見なされる恐れが出て来て、あなた方は事態を静観せざるをえなくなった。曽根の話によれば、あなた方は誰かが狙撃事件の容疑を自分たちに押しつけようとしているのではないかという不安に駆られていたはずです。神谷会長の失脚を謀《はか》るどころではなくなった。そして第二は、佐伯さんがこの二つの事件の調査を始めたことです。彼が溝口敬子から野間徹郎、そして、曽根善衛にたどり着くという不都合な事態になった。これから先は、局面はすべて佐伯さんのペースで展開するようになり、あなた方はその対応に追われることになる」私は言葉を切って、更科夫人と佐伯直樹を交互に見た。異議を唱える者はいなかった。

「窮余《きゅうよ》の策として、あなた方は佐伯さんがジャーナリストとして事件の真相を究明し告発しようとする行動に便乗することにした。そうするほかに選択の余地はなかった。もっと事態を静観して、少なくとも狙撃事件を押しつけられずにすむ確証を得ておきたかったはずだが、佐伯さんが今にも曽根たちを告発しようとしているときに、あれこれ思案をしている暇はなかった。佐伯さんが一億円の金を要求したとき、あなた方の方針は決まった。彼が首謀者を突きとめる目的でそういう要求をしたことは、あなた方にはほぼ推測がついていたはずだ。佐伯さんがジャーナリストとしての使命と目前に迫った成功を、たかが一億程度の金と引き換えに放棄してしまうとは考えられない。そんな男なら、とうの昔に名緒子さんの夫であることを理由に東神の重役にでもおさまっているはずだから。あなた方は、首謀者の替え玉《ダミー》である神谷会長が曽根善衛に会う現場を工作して、佐伯さんにそれを目撃するチャンスを与えてみた。そして、かろうじて、あなた方の思惑通りにことが運んだ——そういうことだったのではありませんか」

　更科夫人は黙り込んでいた。眼が虚《うつ》ろになっていた。

「しかし、それでは……」と、佐伯が言って、納得が行かないというように私の顔を見つめた。

「そうだ。それこそ筋が通らんよ」と、仰木弁護士が佐伯に同調した。「探偵さん、あんたは更科夫人のほうが神谷会長より疑わしいと言っておきながら、その説明では答えは逆になるんじゃないのか。あんたはさっき、神谷会長が首謀者なら、もっと以前に佐伯君を監禁しておくか、あるいは正体を知られた水曜日の午前中に直ちに監禁すべきだと言ったろう？」

「言いましたよ」と、私は答えた。

「じゃあ、更科夫人の場合はどうだ？　まるっきり佐伯君を監禁する必要などないじゃないか。あの夕方、曽根を通して佐伯君に一億円を渡させ、それを証拠に神谷会長を告発させれば、すべてが計画通りになったんじゃないのかね。どうして更科夫人はそうしなかったんだ？」

「韮塚弁護士」と、私は言った。「佐伯さんが先週離婚を通告して来た電話の録音テープを再生してくれませんか」

　更科夫妻と双子の弁護士が口々に私への抗議の言葉を発して、部屋の中は騒然となった。

34

　離婚したばかりの二人だけは、沈黙を守っていた。佐伯直樹は何か自分の考えにふけっており、名緒子は初めて聞いた録音テープのことで怪訝《けげん》な顔をしていた。更科夫妻と弁護士たちが口を開けたときと同じように唐突に口を閉じた。更科氏があくまでも紳士的に訊ねた。「澤崎さん、そんな必要があるんでしょうか。娘たちがすでに離婚した今になって」

「必要がなければ、ご希望に背いてまでこんなことは言い出しません」

　更科氏は視線を移した。「韮塚君、テープの準備がしてあるのですか」弁護士を咎《とが》めるような口調だった。

「いや……ええ。実は事務所を出る直前に、彼が電話をよこしたのです。そして、必ずテープを聴くような状況になるから、再生装置と一緒に持って来いと言うんですよ。私は厳重に抗議したんですが――」

「分かりました」と、更科氏は言った。「名緒子、聞いての通りだ。私たちは電話の録音をおまえに聞かせるに忍びなかったので、要点だけを伝えた。あのテープの会話は私も二度と聞きたくないし、佐伯君も人前で再生されるのは不本意だと思う。しかし、あれはおまえに宛てられたものだから、おまえが聞きたければ再生してもらうことにしよう。どうする?」

「そういうものがあったんですの」と、名緒子は熱のない声で言って、佐伯を振り返った。佐伯は相変わらず考えごとに没頭していて、彼女の視線に気づかなかった。彼女は私に視線を移した。「いまさら、そんなテープを聞いても仕方がありませんし、誰もが不愉快な思いをするだけでしょう……」

「何の関係もない事件の犯人にされながら、釈明の機会も与えられずに病院のベッドに横たわっている者に較べれば、さほど不愉快なことではないでしょう」

佐伯が顔を上げた。「名緒子。電話のテープを再生してもらって、澤崎さんの話を聞いてみよう。ぼくとしても、惣一郎さんを冤罪《えんざい》で裁くようなことは絶対に避けたい」

「でも、澤崎さんは母のことを——」

「わたくしのことは大丈夫よ」と、更科夫人が機械的に言った。「韮塚さん、録音テープをかけて下さい」

韮塚は更科氏の意向を確かめた上で、ワイン色の革のアタッシュ・ケースからソニーの小型テープレコーダーを取り出した。彼がテープレコーダーのスイッチを入れると、すぐに佐伯と韮塚のぎごちない挨拶が聞こえて来た。

《それで、珍しく私に電話してきたのは、一体どういう風の吹き回しかな。用件を聞こう》

《更科家のお抱え弁護士としてのあなたに用があるんですよ。明日の夜九時に、ぼくは田園調布の更科邸に行きます。名緒子との離婚届を持参します。ぼくの印鑑はすでに押してある。そこで、名緒子にも離婚に同意させて印鑑を押させる。あとは、専門家のあなたにお願いすればいいでしょう? 慰謝料は五千万円——その旨《むね》、名緒子に通達していただきたい。必要とあれば——》

「そこまでで結構」と、私は言った。

韮塚が慌《あわ》ててテープレコーダーのスイッチを切った。客間の中が静まりかえった。佐伯と名緒子は、私がテープの中のどの言葉を再生させたかったのかを理解したように見えた。更科夫人の顔に危惧《きぐ》の色が濃く浮かんでいた。

「名緒子さん、私の言いたいことはお解りですね」と、私は言った。

「ええ、でも……それにどんな意味があるんですの?」

「まず、気づいたことを言って下さい」

名緒子は助けを求めるように佐伯と更科夫人を順に見た。しかし、二人は彼女の言葉を待っていた。

「主人は……佐伯は、慰謝料を払えとは言っていませんわ。韮塚さんや母がこれを聞いて、佐伯が慰謝料を要求していると思い込んだのは無理もないけど……佐伯のほうがわたしに五千万円を払ってくれるのだとは、誰も考えてみなかったのかしら」

「そんなことは無理な話ですよ、名緒子さん」と、韮塚が抗議した。「佐伯君が自分が払うんだとはっきり明言していれば別だが……いや、たとえそう聞いたとしても、私は信用しなかったでしょう。第一、彼は五千万円などという大金を持っていますか」

「皆さんは佐伯をご存知ないわ。彼がこういう言い方をするときは――」名緒子は急に口を噤《つぐ》んで、別れた夫を見た。

佐伯は否定するような気配もなく、苦笑していた。

「探偵さん」と、韮塚が言いつのった。「それについて、先刻隣りの書斎で、更科夫人と佐伯君の間でどんな会話が交わされたかを、きみは知らない。夫人が「更科家としては慰謝料は一文も払うつもりはありません。でも、かつては更科家の一員だった者が生きていくために恥ずかしくないだけの資金が必要とあれば、無利子・無催促で五千万円でも一億円でもお貸しします」という提案をされたとき、彼は「そういうことで結構です。いずれご相談にうかがうかも知れない」と答えている。それでも、きみは佐伯君が五千万円をもらうつもりはなかったって言うのかね？」

「ベンツのときと今では事情が変わったからだ」と、私は言った。「別れる妻に慰謝料を請求する男――これは佐伯さんのイメージに合わない。佐伯さん、あなたは昨夜なぜ辰巳玲子を新宿署にお呼びになったのです？」

急に話が変わったので、佐伯は面喰らった。「どういうことですか。やけに不粋《ぶすい》な質問をなさるんですね。今夜ここでぼくたちが何の手続きをしたのかご存知でしょうに」

「あなたは以前にもたびたび名緒子さんと別れようとして、彼女の辛抱強い反対にあっているが、辰巳玲子のことを持ち出したことは一度もなかった。もし、あなたに別に好きな女性ができたのなら、名緒子さんはいつまでも反対などしていなかったはずだ。にもかかわらず、です。それが急に昨夜のようなことになったのは、ほかにもっとロマンチックならざる、何か急を要する理由があったからではありませんか」

「では、なぜぼくは彼女を呼んだのです？」と、佐伯が反問した。彼はむしろ、私がどこまで知っているのか確かめることを愉《たの》しんでいるように見えた。

「あなたは監禁された日の午後二時頃、中野の〈ルナ・パーク〉という喫茶店で彼女に会った。そのとき、あなたは近々大金が入るので、彼女と両親に日頃世話になっているお礼に何かプレゼントをしたいと言っている。手に入る大金の額は五千万円だとも話している。あなたが早急に彼女に会いたかったのは、そのことを口止めしたかったからではありませんか」

佐伯は微笑した。「澤崎さん、あなたはなかなか想像力の豊かな探偵さんですね。ぼくはそんな話を辰巳玲子にした憶えはないし、彼女もそんな話は聞いたことがないと証言するでしょう。しかし、仮にそうだったとすると、一体どういうことになります？」

「何のことはない」と、韮塚が口を挟んだ。「佐伯君、きみはやはり慰謝料の五千万をもらうつもりだったので、その金が入ることをその女性に漏らし、プレゼントを約束した。それだけのことじゃないか。話の辻褄《つじつま》も金額もぴったり合っている」

「そうも考えられる」と、私は言った。「だが、離婚の慰謝料でほかの女にプレゼントを約束する男――これも佐伯さんのイメージに合わない。佐伯さんは更科邸で五千万円を慰謝料として支払い、辰巳玲子にはそれとは別の五千万円からプレゼントを買ってやるつもりだったのかも知れない」

「仮定の話としても、なかなか裕福になった気分ですよ」と、佐伯は皮肉っぽく言った。

「その仮定が事実なら――」と、仰木弁護士が言った。「佐伯君は合計一億円の金を入手するつもりだったことになる」

「佐伯さんにもう一つお訊きしたいことがある」と、私は言った。「あなたは監禁される前日の夜、記憶を取り戻させるためと称して狙撃事件の容疑者、諏訪雅之を府中・八王子方面に連れ出し、一晩中引きずりまわしている。慎重な彼の注意力をにぶらせて、彼を尾行するつもりだったに違いない。どうしてそんなに急に諏訪の住所を押さえておく必要が生じたのか。それは、曽根善衛たちが一億円と引き換えに、怪文書事件の口止めだけでなく、狙撃者の名前と潜伏先を要求したからだ。あなたがもしその一億円を証拠に曽根善衛と首謀者を告発するつもりなら、何も狙撃者の本当の名前や住所を教える必要はない。警察が彼らを拘束するまでの時間さえ稼《かせ》げればそれで十分だから。しかし、一億円を自分の物にするためには、狙撃者に関する正確な情報を彼らに与えて、彼らの同類になるほかはなかった」

「それこそ佐伯君のイメージに合わんよ」と、仰木が大きな声を出した。「彼らを脅迫して得た金で、離婚の慰謝料を払い、別の女にプレゼントを買ってやるような、そんな男だと言うのかね、佐伯君が」

「少なくとも、妻からもらった慰謝料で別の女に贈り物をするよりは、ましだ。脅迫であれ何であれ、彼が自分の手で稼ぎ出した金には違いない」

「おれの弟もかなり佐伯君という人間を見損なっているが、探偵さん、あんたはそれ以上だな。一億の金は確かに大金だが、彼にとってはそんな後ろ暗い金を懐中にするより、怪文書事件の真相や狙撃事件の真犯人との接触を公表して、ジャーナリストとしての成功を考えたほうが遙かに意味があるはずだ」

「まァ、待って下さい」と、佐伯が仰木を遮《さえぎ》った。

「ここまで来たら、澤崎さんの話を最後まで聞きましょう。澤崎さん、もしあなたのおっしゃる通りぼくが一億円を自分の物にするつもりだったとしたら、一体どうなるのです？」

「水曜日の午後、あなたと更科夫人はベンツの中で話し合いをしておられる。そのとき夫人が一番知りたかったことは、あなたが計画通り神谷会長を告発してくれるかどうかだった。だが、直接それを訊くわけにはいかない。取り敢えず、その夜の名緒子さんとの離婚の件を話題にした。慰謝料の五千万円は請求されているものだと思い込んでいたので、名緒子さんの気持を考え、母親として何とかしてやりたいと思っていたのでしょう。夫人は裏でそれ以上の金額を払ってもいいから、娘の前ではそういう要求をしないように頼んだ。そこまでは、たぶん夫人がおっしゃった通りに話が進んだのでしょう。そこから先が実際は少し違っていたのではないですか。佐伯さん、あなたは五千万円の慰謝料は自分がもらうのではなく、払うのだと答えた。夫人は大変なショックを受けたに違いない。その一言で、あなたには神谷会長を告発するつもりがないことが判ったからです。夫人としては、〈東神〉の実権を取り戻すという全く別の目的で一億の金を支払ったのに、あなたはその金を自分の物にした上で、その半分を名緒子さんへの慰謝料として、更科家に突きつけるつもりなのだ。ということは、神谷会長は依然として東神の会長であり続け、しかも会長の弱みを握っていると誤解しているあなたが、今後どういう行動に出るか予測もつかない。夫人の計画は滅茶苦茶になろうとしている……方法は一つしかなかった。佐伯さん、あなたを監禁することです」

私は更科夫人を振り返った。彼女の顔色が変わっていた。

「そう考えるほうが、あなたの弟さんを首謀者にするよりも筋が通りませんか。彼が首謀者だとすると、最初あまりにも素直に一億円を払おうとしたことも不自然だし、正体を知られて一日半も経《た》ってから佐伯さんを監禁したことに至っては全く不可解です。だが、あなたが首謀者だとすると、一億円の支払いに積極的だった理由も説明がつくし、ベンツでの話し合いの直後に佐伯さんを監禁せざるをえなくなった事情も納得できる」

更科夫人は不意の闖入者《ちんにゅう》でも見るように私を凝視していた。小刻みに震える唇は堅く閉ざされたままで、ついに反論も抗議の言葉も出なかった。

仰木弁護士が沈黙を破った。「法廷で検事の巧妙な罠に引っかけられたような気分だが……探偵さんの言うことは本当なのかね？」その問いは佐伯に向けられたものだった。

「ぼくに関することは澤崎さんのおっしゃる通りです」と、佐伯は素直に答えた。「ぼくは惣一郎さんが首謀者であることを信じて疑わなかったので、お義母《かあ》さんとのベンツでの会話にそんな意味が含まれているとは想像もしなかった。言いわけになるが、一億円を自分の物にしようとしていたことを敢えて隠すつもりはなかった。この邸へ来るまでは、そのことも含めて、なぜ五千万円の慰謝料が払えなくなったか説明するつもりだった。ところが、さっき書斎でお義母《かあ》さんは先手を打って、ぼくがあたかも慰謝料をもらうつもりだったように振る舞われた。その理由は、ぼくには支払能力がないと見越して、更科家の体面や名緒子の気持を傷つけない離婚の手続きに協力するよう、あんな提案をされたのだと思っていた。ぼくとしては、支払うべき五千万円もないし、昨夜新宿署で名緒子が離婚に同意した以上、そんなことはどうでもよくなった。そして、未遂に終わったぼくの一億円奪取を誰も問題にしないのなら、自分から申告する必要もないだろうと思っていた……しかし、惣一郎さんの容疑が不確かになった今、ぼくが一億円を私《わたくし》しようとしていたことが真相究明の鍵になるとすれば、そのことを隠すつもりはありません。澤崎さんのおっしゃる通りで、ぼくはベンツの中でお義母さんに、慰謝料はぼくが払うのだと高言しました」

その部屋にいる者はみな更科夫人に視線を注いだ。彼女の動揺は極限に達していた。

「わたくし――」彼女は弾《はじ》かれたように立ち上がった。「少し気分が悪いので失礼させていただきます」

更科夫人は心許ない足取りで客間を出て行った。更科氏が「失礼」と言って、妻のあとを追った。

私はソファから立ち上がり、ルオーの油絵の前に移動した。

「佐伯は罪になるのですか」と、名緒子が仰木弁護士に訊ねた。

「さァ、微妙なところだな。法的には佐伯君の罪は彼の心の中の問題で、物的証拠もないし、いったい誰が彼を告発するのかも分からない。夫人の証言があったとしても、彼が一億円を私《わたくし》するつもりだったのか、証拠とするつもりだったのか、判定はむずかしいところだね。結局、一億円には手も触《ふ》れとらんのだし……」

「では、母と惣一郎兄さんのことは？」

「どうだろうか。もし、会長がこのまま何も証言せずに息を引き取って――失礼、縁起でもないが――夫人が法廷で争うとすれば、彼女の勝ち目は五分五分というところかな。しかし、会長が元気になって自分は潔白だと主張すれば、夫人はぐっと不利になる」

「母はどうして惣一郎兄さんにこんなことを……」と、名緒子が悲痛な声で言った。部屋の中に、重苦しい空気が漂った。

「ここだけの話だが――」と、仰木が言った。「夫人がお父上と結婚される少し前のことだったと思う。彼女が故・惣之助氏に激しいヒステリーを起こして、「惣一郎が生まれて、お父さんが跡継ぎができたと大喜びをした日には、自分の母は末期癌の症状と、惣一郎の母親への嫉妬に苦しみながら死の床にあった」とくってかかるのを、ドアの外で聞かされたことがある……それがまた、母親の違う惣一郎さんに対する夫人の偽らざる感情だったのかも知れん」

客間のドアが開いて、更科氏が戻って来た。「仰木弁護士。それに、韮塚君。家内のことで相談があるので、私の書斎へおいで願いたい。私は澤崎さんたちにちょっと話があるので、先にお願いします」

双子の弁護士は鞄を手に取って、書斎へ通じるドアから出て行った。

「家内の惣一郎君に対する企みには、私が気づいて何とかすべきでした」と、更科氏が力のない声で言った。「澤崎さん。正確な日時までは分かりませんが、この数年のうちに家内が用途不明の多額の出費をしたことが何度かあったと思います。私の記憶では、曽根重役を辞めさせた頃や都知事選挙の公示の頃とほぼ一致しているようです。そして、先週の火曜日に、惣之助氏の骨董や自分の宝石の一部を手放して、一億円の現金を作ったことは確かなのです。私はいずれの場合も、家内の「どうしても断われない寄付の依頼があったから」という返事を鵜呑《うの》みにしてしまった……澤崎さん、警察よりも先に私たちに話していただいたことを、深く感謝しています。今夜はこれで失礼させて下さい」

更科氏は書斎へのドアの前で立ち止まった。「名緒子。お母さんは鎮静剤を服《の》んで横になっているから大丈夫だ」と言い残して、彼は部屋を出た。

離婚した二人と私だけが客間に残された。私はソファに戻って、三本目のタバコに火をつけた。佐伯もタバコをくわえた。「澤崎さん、諏訪雅之は依然として行方不明なのでしょうか」

私は、そうだと答えた。

「どうしているのか、今はなぜか無性《むしょう》に彼に会いたい……」

「佐伯さん、差し支えなければ一つ訊きたいことがある」

彼は私の質問がすでに判っていた。「それは、非常に私的な問題に関わるので、よろしければ勘弁願います」

名緒子が元の夫を振り返った。彼女の顔にはただならぬ驚きの表情が浮かんでいた。

「是非にとは言わない」と、私は言った。「神谷会長が銃弾を受けた経緯をまだ詳しくはご存知ないだろうが、彼はあなたを救出するつもりで、拳銃を持った男に飛びかかって行ったのです。私が彼以外にあなたを監禁した人物がいるのではないかと考えたのは、それもあった。その行為が、彼のあなたに対する気持を表わしている。ところが、あなたの彼に対する気持は一体どういうものです？　惣一郎氏が首謀者だと思ったとき、彼を告発することを放棄して、脅迫者に成りさがろうとしたのは何故です？」

名緒子の眼にいきなり涙が溢れた。声を出して泣くことはなかったが、止めどなく涙が流れた。

「彼を兄のように思っていた……これでは理由になりませんか」佐伯は苦しげな表情で言った。

「告発をやめた理由にはなる。だが、脅迫者になる理由にはならない」

佐伯は別れた妻に言った。「おまえはもう判っているみたいだな……澤崎さんに話しても構わないか」

名緒子は黙ってうなずいた。

「三年前のことです」と、佐伯が言った。「ぼくが名緒子にプロポーズしたとき、彼女は少し考えさせてくれと答えました。彼女は気づかなかったと思うが、ぼくはかなりショックを受けていたのです。すぐに承諾してもらえるという確信のようなものがあったからです。結局、彼女はそれから五日後に承知してくれました。だが、動揺したぼくはその五日間彼女のあとを尾《つ》けまわしていたのです。真ん中の三日目、ぼくは名緒子が惣一郎さんに抱きかかえられるようにして、ある産婦人科の病院を出て来るのを目撃してしまった。新聞記者お得意の手段を使って、念のためにそこで何があったかを調べてみましたが、やはり想像した通りのことでした」

名緒子は声が漏れないように掌《てのひら》で自分の口をおおった。

「――ぼくはそのことを忘れようとして名緒子との結婚生活を続けてきた。彼女は結婚しようと思えばできた惣一郎さんとではなく、ぼくと結婚してくれたわけですからね。でも、忘れようとすればするほど、かえってそのことにこだわっている自分をどうすることもできなかった。それを知っていたことを彼女に話すのは、今が初めてなのですよ……そして、この事件です。惣一郎さんが首謀者だと思ったときのぼくの気持が解りますか。彼を兄のように思っていたことも事実です。即座に、名緒子がかつて愛した人を告発する気がなくなったことも事実です。だが同時に、この世で最も憎んでいる男を、警察に引き渡す以上に苦しめてやりたいと考えたことも事実なのです……おそらく、そういうことがあったから、彼を首謀者と決めつけてしまったのでしょう」

佐伯はタバコを消して、立ち上がった。「ぼくはこれで失礼します。今は辰巳玲子のアパートに厄介になっています。逃げも隠れもするつもりはないが、一億円の件で自首するつもりもありません。今は彼女のそばにいることが、ぼくにできる最良のことであるような気がしますから」彼は足音を立てずに、客間を去った。

私はタバコを消して、名緒子の涙が止まるのを待った。やがて、彼女は放心したような声で言った。「これで、よかったと思うわ。あの人、他人《ひと》の過《あやま》ちは許せても、自分の過ちは許せない人だから……」

私にも事情が解った。「中絶したのは、佐伯氏の子供だったのですね」

彼女は手の甲を噛んで、うなずいた。そして、私の顔にあらわれた表情を誤解して、低い声で叫んだ。

「どうして、そんなことをあの人に言えます！」

彼女が気を鎮《しず》めるまで少し時間がかかった。「佐伯がプロポーズする前の十日ばかりのあいだ、わたしは彼に妊娠していることを話さなければとずっと思い悩んでいましたの。彼がプロポーズしたときに、何故それを言えなかったのか今でも解りません。気がついたら、返事は少し待ってほしいと答えていたのです。その夜一晩中考えて、あの瞬間に言えなかったのなら、もう永久に言えないような気がしました。翌日、わたしは惣一郎兄さんに相談していたのです。もちろん、兄さんは反対しました。おまえが言えなければ、自分が代わりに佐伯君に言ってやるって……わたしは、とっさに妊娠しているのは佐伯の子供ではないと嘘をついたのです。最後には、わたしは惣一郎兄さんを説得していました。子供を堕《おろ》して普通の身体になって、彼のプロポーズを受けたかったのでしょう。それにしても何故こんなに屈折した反応をしてしまったのか、今でも信じられない気持です。五日目に彼のプロポーズを承諾したときは、これですべてがうまく行くと思いました……でも、やはり間違っていたのですね」〈世田谷医療センター〉の神谷惣一郎に付き添うと言う名緒子を、私はブルーバードで送り届けた。途中、私たちは探偵料の清算のことを除いて、ほとんど言葉を交わさなかった。病院に着くと、彼女は今朝の私の事務所でのことを何か言おうかと迷ったすえ——私がそのきっかけを与えなかった——何も言わずに玄関へ向かった。

私は新宿に戻るまで、愛情や真実や思いやりのほうが、憎しみや嘘や裏切りよりも遙かに深く人を傷つけることを考えていた。商売柄、喜びを分かち合えない者たちの離反を見るのは日常茶飯なのだが、苦しみもまた分かち合わなければ癒《いや》されず、むしろ増大するものらしい。真実を明らかにするより、敢えてほかの男との関係を疑われることを選んだ女の真情を、私は理解しようとしてみた。絶えずどこからか〝真実は告げられるべきだ〟という声が聞こえたが、私自身そんなことを信じてはいなかった。

35

翌日、私は国電を利用して〈東京都庁〉へ出かけた。都庁の第一庁舎は千代田区丸の内の東京駅から南へ約五百メートルのところにあった。最新のビルを構えたがる公共機関にしてはめずらしく、三十年前に建ったオンボロな八階建の庁舎だった。私は正面右側にある玄関を通って、岡本太郎の壁飾りのある一階のロビーへ入った。芸術だそうだ。私に言わせれば児戯に類するがらくただったが、そんなものを見物に来たわけではなかった。退屈そうな受付の女性に目的の場所を訊《たず》ね、エレベーターに乗って中二階で降りた。議会庁舎への連絡通路の見える喫煙所で、錦織警部が待っていた。「三分遅刻だぞ」と、彼は無愛想な声で言った。

私はコートを脱いだ。

「待てと言った憶えはない」

「黙れ。〈毎日〉の記事は読んだろう」彼は折りたたんだ新聞で私の胸を叩いた。「おまえは、諏訪雅之が記憶を失っていることを知っていて、黙っていたな」

佐伯直樹の特ダネ記事のことだ。〝狙撃者は記憶喪失者〟という見出しで、一面と三面に派手な特集記事が組まれていた。さらに、佐伯と諏訪雅之の出会いから今日までの克明な記録を、怪文書事件の真相を交えて、向こう二週間にわたって連載するという予告もあった。

「知らなかった。だが、たとえ知っていても言わなかった」

彼は怒りを抑えた。「よし、その件はいずれまたにしよう。こっちへ来い」彼はタバコを灰皿にほうり込むと、先に立って、街路に面した通廊の突き当たりの階段を昇って行った。二階への出口に大柄な刑事かSPふうの男が立っていて、錦織に目顔で合図した。私たちは〈総務部〉の表示のある区画を通り過ぎて、〈知事室〉のほうへ向かった。

今朝早く、私は都庁の代表電話の番号をダイヤルして、向坂知事をお願いしますと頼んだ。いたずら電話だろうと疑っている三人の職員が電話を他へまわすたびに、どういうご用件でしょうかと訊ねた。私は三度同じ答えを繰り返し、総務部庶務課から都民広聴課、都民広聴課から行政管理部、行政管理部から特別秘書課にまわされたあげく、錦織警部の「知事に何の用だ？」という怒声を聞く羽目になったのだった。

錦織と私は、〈知事室〉と表示されたパネル壁の仕切りの中へ入った。正面に〈副知事室〉のドアがあり、左右に伸びた七、八メートルの廊下の突き当たりは、それぞれ左が〈特別応接室〉、右が〈知事室〉のドアになっていた。〈副知事室〉のネームプレートにはまだ榊原誠のプラスチックの名札が入っていた。半開きになったドアから、捜査中の五、六名の刑事が白い手袋をはめて動きまわっているのが見えた。

「昨日から、本庁と合同で榊原の自宅やここを捜査しているが、何も出ない」

錦織は廊下を右に進んで、ドアの前で足を止めた。

「今朝早く更科修蔵から連絡があって、怪文書事件並びに佐伯直樹監禁の件で、夫人を出頭させると通知があった。成城署が更科邸の前で待機している」

彼が〈知事室〉のドアを開けて中に入ると、またしても廊下だった。廊下の右側は〈特別秘書室〉で、上半分がガラス張りのパネル壁の向こうには、三人の男性職員と四人の女性秘書が机を並べていた。左側はこの建物に入って初めてお眼にかかる漆喰《しっくい》の壁だから、おそらくこの背後に私たちの目的の場所があるのだろう。錦織と私が廊下を進むと、女性秘書の一人が立って、奥のドアから廊下に出て来た。私たちは、これで三度目の〈知事室〉という表示のあるドアの前で顔を合わせた。

「警部さん、こちらが知事とお約束の澤崎さんですか」四十代前半の眉毛の太い女性秘書が確認を取った。

錦織は、そうだと答えた。

「おみえになったことをお知らせします。たぶんお食事を終えられた時分だと思いますから」彼女はドアをノックして知事室へ入った。

廊下の奥の窓ガラス越しに、道路の向かいの〈三菱本社〉の真新しいビルの一部が見えた。窓の前に立っている刑事かSPが、錦織と私の中間の一点をそこに不審な人物が立っているとでもいうようにじっと見つめていた。女性秘書が知事の昼食の盆を抱えて、ドア口に現われた。「知事がお待ちです。二時には定例議会が再開されますので、よろしくお願いします」彼女と擦れ違いに、私たちは知事室へ入った。

都知事の向坂晨哉が執務デスクの向こうに立って、私たちを招いた。「さあ、どうぞ。こちらへ」

副知事を失った動揺は全く感じられず、この部屋の主人として一分《いちぶ》の隙《すき》もない態度だった。私たちは部屋を斜めに進んで、知事のデスクに近づいた。

都知事の執務室としては、予想したより狭くて、質素で、薄暗かった。左の壁の上にずらっと掲《かか》げた歴代知事の肖像画がなければ中小企業の社長室といったところで、歴代校長の写真を飾った高校の校長室を連想させた。

「澤崎さんにはお礼を言わなければなりません」と、知事が言った。「あなたのお蔭で、〈東神〉の神谷会長が危うく一命を取り止められたそうですね。それに、例の怪文書事件の真犯人にも自首を余儀《よぎ》なくされたと、ついさっき報告を受けたところです。本当に感謝しています」知事はかすかに眉をひそめた。「警察では、亡くなった副知事の榊原氏を狙撃事件の首謀者として捜査を始めたと聞いていますが、私にはまだ信じられない……容疑事実については、捜査本部長から二、三聞いていますが」

錦織と私はデスクのこっち側に並べた二脚の椅子のそばに立って、知事と向かい合っていた。

「午後の議会では、彼の事故死について野党の代表質問を受けなければならない……澤崎さんから、その件についてお話があるという電話だったので、私としては一つでも多くの情報を得ておきたかったのです」彼は錦織と私の顔に交互に視線を走らせて、言い足した。「もし、澤崎さんが私と二人だけでお話になりたいということであれば、警部には席をはずしていただくようにお願いしますが」

「それはご勘弁願いたい」と、錦織が眉一つ動かさずに言った。「本部長からは、自分が立ち合うということで、この男を知事に面会させてよいという許可を取っております」

「ほう、不思議なことを聞きますね。都知事が都民に面接するのに警官の許可や立ち合いを必要とするなどという話は初めてうかがう」

　知事は威厳を回復しようとでもいうように、食事中脱いでいた上衣を椅子の背から取って、さっと腕を通した。一昨日会ったときとは別の、明るさと渋さのミックスした英国製の茶のスリーピースだった。

「残念ですが――」と、錦織が言った。「この狙撃事件には、すでに三件の殺人と一件の殺人未遂が関連していると考えられます。知事のご不快はごもっともですが、自分もこのまま引きさがるわけにはいかないのです」

「しかし、警部――」と、知事は語気を強めた。

「知事」と、私が遮《さえぎ》った。「話によっては、警部に確認したいこともあります。警部の同席はむしろ望むところですが」

「そうですか」と、知事は憮然《ぶぜん》たる表情で言った。「あなたがそうおっしゃるなら。とにかく、どうぞお坐り下さい」

　私たちはそれぞれの椅子に腰をおろした。錦織は、私がむしろ彼を部屋から出してくれと言った以上に腹立たしげに、私を睨みつけた。私はそ知らぬ顔で、コートを椅子の背に掛けた。

「お話をうかがいましょう」と、知事が言った。

　私は言葉を選んで言った。「狙撃事件の首謀者は副知事の榊原氏ではないようです。少なくとも、知事の弟の向坂晃司氏が関係しておられる」

　知事はほとんど表情を変えずに私の顔を見つめ返した。錦織の威喝《いかつ》するような声が聞こえた。「澤崎。おれをこんなことの巻き添えにするな。そういう話はまず署で聞こう」

「警部、心配はご無用です。澤崎さんは、何か大変な勘違いをしておられるようだが、あなたまでが彼と腹を合わせてここへおいでになったとは考えていません。安心して、澤崎さんの誤解をとく手伝いをしていただきたいですね」

錦織は容赦のない声で言った。「探偵。納得の行くように説明しろ」

「神谷会長が意識を失う直前に話してくれた証言によれば、あの夜、私たちが晃司氏の邸にうかがっているあいだにかかって来た電話は、榊原氏に狙撃者・諏訪雅之の身柄を金で引き渡そうとした偽刑事からの電話だった。晃司氏はその電話を都庁からの電話と称して、榊原氏に隣室で受話器を取るように指示しています」

知事は頭を振った。「それだけでは、弟が関係しているという証拠にはならないでしょう。その偽刑事が副知事を電話口に呼び出すために都庁の職員を装って電話をかけて来たのだとしたら、弟としては他に反応のしようがない」

「この事件の首謀者には多額の資金が必要です」と、私は言った。「諏訪雅之への報酬だけでもざっと一億五千万が支払われている。諏訪を追跡していた伊原と奥村と名乗る二人の偽刑事を雇う経費もある。最後に、その奥村という男に諏訪の身柄と引き換えにかなりの金額を要求されているはずです。その男が、命と引き換えにでも手に入れたいほどの金額を支払う能力が、取引の相手にあったと考えていいでしょう。金に縁があるとは思えない警察出身の榊原氏を単独の首謀者と考えるのは、無理があるのではないですか」

「人の財力は見かけでは分かりません。金に縁がありそうな弟より副知事のほうが貧しいという根拠はどこにもない。映画の世界は、見かけよりも内実は苦しいのですよ」

「警部。二人の偽刑事の身許が割れているはずだ。聞かせてもらいたい」

「まだ公表する段階ではない」と、錦織はそっけなく言った。

知事は眉をつり上げた。「公表ですと？　警部、ここは都知事の執務室ですよ。ここで交わされた会話は、あのドアから先へは一歩も出ることはありません。その二人に関して警察が摑んでいることを教えて下さい。それとも、捜査本部長に電話を入れて、許可を取りつける必要がありますか」知事はデスクの上の電話に手を伸ばした。

「いえ」と、錦織が無愛想に答えた。「〈国際映像〉で死体で見つかった偽刑事は本名大庭《おおば》照雄《てるお》、三年前までは国際映像の警備係として勤務。佐伯直樹のマンションで見つかった死体は、この大庭の線からようやく今朝になって身許が判明した。本名鄭允泓《ていいんこう》、同じく三年前に向坂プロを辞めている。この男は助監督、小道具係、大部屋の俳優と何でも屋だったらしい。この二人組が三年前にそれぞれの職場を馘《くび》になった理由は、国際映像の撮影所内でのかなり長期にわたる窃盗行為を見つかったからだ。しかも、それを見つけたのは当時テレビ映画の撮影で国際映像を使用していた向坂プロの向坂晃司氏と監督の滝村氏だった――以上です」

「では、彼らが弟を恨んでいることはあっても、両者が同じ利害で副知事に結びつくと考えるのはおかしいでしょう」

「犯罪者というのは警察に突き出されない以上、あまり人を恨んだりしないものです。怪文書事件の更科女史と曽根という男の関係もそうだった。彼らが晃司氏や滝村氏を恨んでいたのか、逆に恩を感じる立場にいたのか、一概には断定できませんね」私は錦織を振り返った。「その二人は窃盗の件で逮捕されたのか」

「連中が刑事訴追を受けた記録はない」と、錦織は言った。

私は続けた。「映画畑にいたこの二人と榊原氏を直接結びつけるのは厄介だが、あいだに晃司氏や滝村氏を置けばつながりは明白になる」

「いつの間にか、滝村監督まで共犯にさせられている」と、向坂知事が皮肉っぽく言った。

「晃司氏は思い出しましたか。私が預けた写真の男が、八年前の撮影中に拳銃の暴発で人差し指をなくしたオリンピック候補だということを」

「えっ……あァ、そうらしいですね」知事は異物を飲み込んだような顔で言った。「今朝の電話で、そんなことを話していたようです」

「不自然ですね」と、私は言った。「あのとき、晃司氏は諏訪雅之の写真を見て知らないふりをすべきではなかった。射撃のオリンピック候補の指がなくなったというのに、たとえ八年という時間が経過したとしても、その男の顔を忘れるはずがない」

「記憶というのは意外な作用をすることがあります。弟を榊原氏の共犯に仕立てる確証にはなりませんね。そうでしょう、警部？」知事は錦織の返事を待たずに、自信ありげに続けた。「いずれにしても、弟や榊原氏が私を狙撃して利益を得るという話題は、先日すでに十分に検討した上でナンセンスだという結論に達したのではありませんでしたか」

「そんなことを蒸《む》し返しているのではありません」と、私は言った。「あの狙撃事件は、あなたの利益を守るために、あなた自身が実行させたものだ、と言っているのです。首謀者はあなたで、榊原氏、晃司氏、滝村監督、二人の偽刑事、そして諏訪雅之はあなたの従犯者にすぎない」

向坂知事は大きく頭を振り、苦笑して言った。「何ということを！　まるで話にならない。どうやら、私はあなたを過大評価していたようだ。人を策士呼ばわりするにしても、もっと筋道の通る話をしてもらいたいですな」

「そうしましょう。ことの起こりは怪文書事件です。あなたと矢内原候補との選挙情勢はあの事件が発生するまでは五分と予想されていたから、事件は向坂陣営にとってはかなりの打撃だったはずです。スキャンダルの真偽は誰の眼にも明らかだったが、そこが怪文書の怪文書たる所以《ゆえん》で、思わぬ不利を招きかねない。選挙に勝つつもりなら何か然るべき手を打つ必要があった。一方、諏訪雅之は去年の暮れに健康を害してアメリカから帰国していた。彼は手術不能の脳腫瘍で短ければ一年の命と診断され、妻子の将来を考えればどんなことをしても大金を摑みたかったはずだ。そのとき、彼には都知事選の状況がその目的を果たすための恰好の手段として浮かび上がった。彼は八年前の旧知である、晃司氏を訪ねた。撮影中の暴発事故のことで、晃司氏に多少貸しがあるようなつもりだったのかも知れない。やがて、知事選を向坂陣営に有利にするための大胆な計画が立てられた」

　私は言葉を切って、知事が口を挟まないのを確かめた。

「諏訪雅之があなたを狙撃する。テロ行為の被害者は古今東西を問わず、悲劇のヒーローとして非常な同情を獲得できる。さらに怪文書のヒロインの実弟、溝口宏を事件に捲き込むことで、怪文書事件を画策した連中の動きを封じ、同時に警察の眼をよそに向けさせる。選挙民は二つの事件を同一グループによる陰謀と思って、あなたへの同情を倍加させる。投票前夜の手術であなたは一命を取り止め、選挙の結果はあなたに都知事の椅子をもたらす。計画は見事に成功した——ただし、一点を除いて」

　私は知事の眼の中を不安の色がかすめるのを見たと思った。「諏訪雅之に支払われた一億五千万という金額から考えても、彼は狙撃後直ちに自首する手筈《てはず》になっていたに違いない。半年前に一年から二年と命を限られていた彼にとって、残りの人生を刑務所の中で生きようと外で生きようと、刑の執行を間近に控えた死刑囚であることに変わりはないのだから。自首した諏訪が、八年前の拳銃の暴発事故を向坂兄弟を恨む動機として供述すれば、すべては計画通りで何の問題もなかった。だが、予想もしない手違いが起こった。彼は溝口宏の逃走経路のどこかで姿をくらまし、ついに自首することはなかった。彼が自首しようにもできなかった理由は、〈毎日〉の佐伯氏の記事ですでにご存知ですね？　そこから、万全と思われた計画に破綻が生じはじめた」

　私はポケットからタバコを出して、火をつけた。錦織警部もつられたようにフィルター付きのタバコをくわえた。

　向坂知事はデスクの上の新しい灰皿をほとんど無意識に私たちの前に差し出した。底に東京都のシンボル・マークの入ったガラスの灰皿だった。よそで見かけても何も感じないマークだったが、この部屋の灰皿の底で見せられると、眼の前の椅子に坐った男がこの都市を手中にしている権力者であることを思い出させられた。

　知事は微笑した。「小説家である私が聞いてもなかなか巧くできたストーリーだが、一つ致命的な欠陥がありますね。私をよほど蛮勇《ばんゆう》にたけた人間だと思っておられるようだ。その諏訪という人物の射撃の腕前がたとえ世界一だったとしても、万に一つということがある。知事の椅子を獲得するために拳銃の標的になるなんて、そんな人間がいるはずがない。現にあのときの銃弾は私の心臓からわずか五ミリのところに撃ち込まれていたのですよ」

「誰がそう言っているのです？」と、私は訊いた。

「どういう意味ですか」と、知事は眉をしかめて訊き返した。

「あなたや晃司氏や榊原氏の他に、あなたが銃弾を受けたことを証言する人がいますか」

「しかし――あれは、立川駅前にいたあれだけの人々が目撃していたことですよ」

「現場にいた人たちが果たして滝村氏の撮影したヴィデオ以上のものを見ることができたかどうか疑問ですね。確かに銃声はした。あなたは転倒した。晃司氏はあなたを抱き起こした。あなたのシャツの胸は赤く染まっていた。現場から不審な車は逃走した――確実なのはそれだけです。あなたの胸部に銃弾が撃ち込まれるところを眼にした者はいない。俳優の晃司氏、監督の滝村氏、小道具係だった鄭允泓、それにあなた自身も演出や演技のことは熟知しておられる。これだけ映画のスタッフがそろっていれば、あの程度のトリックは何とでもなったはずだ。なかなか良くできた狙撃シーンでしたよ」

「馬鹿な！　証人ならちゃんといます。弾の剔出《てきしゅつ》手術をした椎名医師がはっきり証言してくれるはずだ」

「椎名医師では証人として十分とは言えませんね。彼は向坂家とは十年以上も親交のある人物で、むしろ榊原氏などより遙かに身内的な存在です。私はかねてから疑問に思っていたことがある。狙撃者は、一体なぜ投票前夜の新宿駅前での街頭演説を狙撃現場に選ばず、二日前の立川駅を選んだのかということです。両駅の演説場所や車道の位置を比較すると、むしろ新宿駅のほうが狙撃には適しているように見えるし、劇的な効果も遙かに大きいのに」

「そんなことは狙撃事件の犯人に訊きたまえ」

「あなたにとっては狙撃者が立川駅を選んでくれて、実に好都合だった。狙撃現場から僅か七、八百メートルの距離に椎名医師の経営する〈武蔵野クリニック〉があり、普段は狛江《こまえ》にある本院の〈多摩クリニック〉で診療しているはずの椎名医師があの夕方に限って立川の分院にいてくれた。さらに、狙撃が投票の二日前だったお蔭で、重態から危篤、手術、そして奇蹟的に一命を取り止めたという発表を投票当日の早朝のニュースまでに見事に間に合わせることができた」

「そんな皮肉な見方があろうとは思ってもみなかった……歪んだレンズを通して見るから何もかも歪曲されて見えるんです。だが、私の胸の傷痕を見れば、あなたの偏執的な誤解もとけるでしょう」知事はすでに上衣を脱ぎかけていた。

「いや、待って下さい」と、私は知事を制止した。

「私などに傷痕をお見せになっても正確な判断はできない。拳銃の弾を剔出できるほどの医者なら、弾傷らしい傷痕をつけるくらいの手術は簡単でしょう。私を納得させたければ、れっきとした外科医か警察医の鑑定を受けるべきです」

上衣から肩を抜いたところで、知事の動きはぴたりと止まった。彼は上衣の裏のポケットのあたりを見つめていた。そこに反論の糸口が隠されているとでもいうように。

私はタバコの灰を落とした。「狙撃が狂言ではないかと考えるようになったきっかけは、あの日、榊原氏が指摘した二挺《ちょう》の〝ルガーP08〟なのです。私は、現場で回収された拳銃と諏訪雅之が所持している同型の拳銃はどちらかが万一の場合の予備ではないかと言ったが、自分でもあまり納得の行く推測ではなかった。射撃や銃にこだわる人間は、まず自分の手で整備した銃を信じるところから始まるものだ。私は新宿署で溝口宏の転落現場の捜査報告を読ませてもらった。遺体及び遺留品の回収状況を、警部の口から説明してもらいたい」

「何のことだ?」錦織はタバコを灰皿に押しつけた。「報告書は読んだが、別に不審な点はなかったぞ。第一、おまえは誰の許可を得てそんなものに眼を通した?」

「現場の捜索は、溝口が転落した当夜と翌朝の二度にわたって行なわれているはずだ」

「ああ。溝口の遺体と逃走車は当夜直ちに引き揚げられたが、ガードレールに激突したときに運転席のドアが開いてしまったようだ。狙撃に使われた拳銃は、そこから流出した一部の遺留品と一緒に、翌朝再開された川底の捜査で発見されている。そのことか」

私はうなずいた。「諏訪雅之はあくまで一挺の〝ルガーP08〟を携帯し、発砲し、その銃を持って逃走したのだ。狙撃事件を仕組んだ者たちは、諏訪が自首せず逮捕されなかったことを知って驚いたに違いない。逃亡した諏訪の意図が判らないので、とにかく彼を警察の捜査対象から隠し、溝口宏の単独犯行に見せかけることにした。〃ルガーP08〃がもう一挺あったことがその工作を可能にしたのだろう。その銃から発射した弾をあなたの身体から剔出《てきしゅつ》したものとして警察へ届け、その銃を転落現場の川底に沈めた。それを実行したのは警察の事情に通じ、転落現場に近づいても不審を抱かれない榊原氏だと思う。当初の計画では、諏訪のルガーから事前に発射しておいた弾を警察に届ける予定だったはずだ。危ないところで、あなたの身体から剔出した弾に適合する拳銃が現場からは発見できないという、まずい状況は回避できた。こうして、第二の男の存在は佐伯直樹が彼に再会するまでは、誰の視野からも消えてしまった……いずれにしても、剔出されたと称する弾がそういう性質のものなら、狙撃者は実弾を使用する必要はなかったわけだ。実弾が使用されなかったのなら、この事件で最大の利益を得た〃被害者〃を首謀者と考えてもおかしくない。あなたは拳銃の標的になったことなど一度もなく、〃被害者〃ですらないのだから」

「そんな証拠は何もない」と、向坂知事は張りのない声で言った。「すべてはあなたの勝手な想像にすぎない」

私は黙ってタバコを消した。言うべきことはもう何もなかった。錦織がそっけなく言った。「諏訪雅之を拘留すれば、すべては明らかになるだろう」

「その人物は記憶を失《な》くしているという報告を受けていますよ。彼に正当な証言ができますか」と、知事が訊いた。

「然るべき医師の治療を受けさせれば、失われた記憶も戻るはずです」と、錦織は答えた。

「記憶が戻ったとしても、彼が正直な供述をするとは限らないでしょう。第一、それまで彼の命が持ちますか。彼は重病にかかっていて、長い命ではないと聞いたようですが」

錦織と私は顔を見合わせた。「知事。何をおっしゃりたいのです？」と、錦織が訊いた。

知事は私たちをそれぞれ十秒ずつ見すえた。「私は澤崎さんの途方もない仮説を認めるつもりはありません。しかし、その手の面白おかしい説を世間は喜ぶし、それなりの説得力もあるようだ。正直いって、お二人の出方次第では都知事としての私の立場は非常に微妙なものになるでしょう。それは甚だ迷惑です。いや、もし何か確たる証拠があると言うのなら——そんなものがあるはずはないが——私も潔《いさぎよ》く身を退《ひ》きましょう。だが、確証がない以上は、そんな仮説をみだりに公表していただきたくないのです」

知事は椅子を立って、身を乗り出した。「何故こんなことをお願いするのか——すべては東京都と都民のためです。決して私個人のためではない。あなた方も現在この世界有数の大都市がどんな危機に瀕《ひん》しているかご存知でしょう。八年間に及ぶ矢内原都政が東京の財政と都市問題を最悪の状態に追い込んでしまった。住宅、地価高騰、環境の問題、中小企業、雇用の問題、どれを取っても容易ならざる事態に直面していて、今こそ英断を振るわなければ百年の禍根《かこん》を残すことになる。澤崎さんは、悲劇のヒーローである私に同情票が集まったと言われたが、冗談ではない。東京都民を愚弄してはいけません。彼らは、破綻をきたした東京の将来を私に預けて、是非とも再建してもらいたいと期待しているのです。いや、こんなことはくどくどと言わなくても、お二人はとうに解っておられるはずだ。どうか、東京都民の期待を裏切らせないでほしい……そう、任期の半分、いや、一年でも結構なのだ。波風を立てずに、私に都政を執《と》らせてほしい。それで、万一私が公約違反を犯したり、何の成果も上げられないとしたら、そのときこそ仮説でも疑惑でも公表されるがよろしい。しかし、今は困ります」知事は懇願するような眼で私たちを見た。

「自分は一警官にすぎない」と、錦織が言った。「確証が摑めない以上は、知事にどんな迷惑をかけるつもりもありません。仮説だの疑惑だので騒ぎ立てることはないでしょう」

「警部の言葉は非常に心強い……しかし、それでは十分とは言えないのです。仮に澤崎さんの立てた仮説が正しいとしましょう。それで一体私にどういう罪があると言うのです？　都民の期待をになう知事として、どこが不適格だと言うのです？　選挙はいわば武器を使わない戦いであり、戦略ではありませんか。私は怪文書という敵の戦略に対して、狂言狙撃という戦略で応じたことになるわけだ。そう、あの時点で、もし誰かがそういう戦略を私に持ちかけていたら、私は喜んでその話に乗ったでしょう——事実はそうではないが。一体この程度のことが、政治という舞台の上で非難されるべきことですか。私は選挙違反を犯したわけではないし、誰かを傷つけたわけでもない」

「溝口宏は死亡した」と、私は言った。

「それは私の責任ですか。あなたの仮説では、彼らは狙撃のあと自首する手《て》筈《はず》になっていたと言いませんでしたか。だとしたら、逃走の果てに運転を誤って死亡した男の面倒までは見きれませんよ。そもそも、怪文書事件さえ起こっていなければ、溝口という姉弟が登場する必然性もなかったのだし、狙撃事件も起こりえなかったことになる。責めは怪文書の発行者こそ負うべきだとは思いませんか」

　向坂知事の言葉はいささか混乱しはじめていた。これまでの人生では、これほどの窮地に立つという経験は一度もなかったに違いない。

「知事、あなた自身の言葉を使えば、あなたは戦略を誤ったのです」と、私は言った。

「誤った？」と、彼は訊き返した。

「そうです。私は政治には関心がないし、選挙を茶番以上のものだと考えたことはない。あなたの言葉では戦略ですか。それをあなたは間違えたのです。諏訪雅之があなたに向けて空砲を撃ったとき、たぶんあなたは勝利への最短距離に近づいていた。だが、逃亡した諏訪雅之が記憶喪失者として戻って来たとき、あなたは勝利の女神に見放されつつあった。しかし、まだ負けではなかった。あなたの負けを決定的にしたのは、大庭と鄭という二人の偽刑事に拳銃を持たせ、諏訪の行方を追わせたことなのです。佐伯直樹のマンションの死体や〈国際映像〉での殺傷事件さえなければ、誰も諏訪雅之から先へは進めなかったでしょう。あるいは彼の病死を最後に、すべてが闇の中に葬《ほうむ》られてしまったかも知れない。あの二人の偽刑事を差し向けたとき、あなたは戦略を誤り、勝負に負けたのです」

「いや、それは違う」と、知事は言った。「私は彼らを差し向けたりはしない――いや、しないだろうということだ。たとえ、そういう立場に置かれたとしても、だ。都知事の椅子を守るために人命を奪うなんて、私には考えられない」

錦織と私はどちらからともなく席を立った。これ以上は話してもむだだった。

「まもなく二時です」と、錦織が言った。「議会が始まる時間でしょう。われわれは失礼します」

向坂知事はデスクの背後をまわって、私たちのほうへ近づいた。「待っていただきたい。あなた方には私自身が狙撃事件を計画し、実行したという確証は決して得られないはずだ。そんなむだな努力をしても、お互いに何の利益もない。ここは冷静になって話し合いをすべきときではないだろうか」

錦織は苦々しい顔で知事に背を向けると、出口へ向かった。私は椅子の背に掛けたコートを手に取った。

「私は勝負に負けた人間が嫌いではないですがね、知事。自分の敗北に気づかない人間や敗北を認めようとしない人間は、性《しょう》に合わないのです」私は錦織のあとを追った。

「ちょっと待ってくれ。さっきは一年と言ったが、十ヵ月でいい。頼む、私に猶予を与えてほしい。一千二百万人の東京都民との公約を果たさなければならない。いや、少なくとも半年あれば、この東京を再建するための三つの重要な決議案を通過させて――」

錦織警部がドアを開けて私を待っていた。われわれは向坂知事の取り乱した声を残して、知事室をあとにした。警部は副知事室を捜査中の刑事たちに適当なところで切り上げるように指示し、自分は本庁に寄ってから新宿署に戻ると告げた。それから、建物の中央にあるエレベーターへ足を運んだ。

満員に近いエレベーターの乗客は、私たちだけを残して中二階で降りてしまった。書類鞄や分厚い書類挟みに詰め込んだめしのタネとしての〝都政〟を手に、議会庁舎への連絡通路のほうへ足早やに去って行った。

錦織はエレベーターの一階のボタンをドアが閉まるまで苛立《いらだ》たしげに押し続けた。

「何とかなりそうか」と、私は訊いた。

彼は頭を振った。「連中がおまえの命でも狙ってくれれば、何とかするさ。くそッ、あんな男に投票したかと思うとへどが出るぜ。おまえはどっちに投票したんだ？」

「私は誰にも投票しない。一夜にしてなれる職業は、政治家と売春婦だけだそうだ」

私たちはエレベーターを降りると、挨拶も交わさず、錦織は駐車場のほうへ、私は玄関のほうへ向かった。

事務所に戻って、電話応答サービスのダイヤルをまわすと、伝言が一つ入っていた。「十二時に、三日前の夜、寮まで送っていただいたナイトウユミ様から、〝ありがとう〟、以上です」

36

嘘のように何事もなく一週間が過ぎた。十二月初旬にしては異例の暖かさが続いて、冬はまだとば口《くち》で足踏みをしていた。私は駐車場からブルーバードを出しながら、免許証の書き換えと切らした名刺の注文とどっちを先にすまそうかと思案していた。小滝橋通りに出るところで信号待ちをしていると、助手席の窓をノックする者があった。有無《うむ》を言う暇もなく、諏訪雅之がドアを開けて乗り込んで来た。

彼は事務所で会ったときと同じカーキ色のコート姿で、左手に持ったアタッシュ・ケースを足許に置いた。信号が変わったので、私は車を出して大久保方面へ向かった。彼は身体をひねってリア・ウィンドー越しに後続の車を見ていた。バックミラーをのぞくと、白いカローラの運転席に見憶えのある女が坐っていた。海部雅美だと思った。

「甲州街道へ出て、しばらく走ってもらえますか」と、諏訪が言った。右手はコートのポケットに突っ込んだままで、その手に握られている拳銃はいつでも私を撃てる状態にあると思われた。「なるべく、ゆっくり走って下さい」と、彼は言い足した。

諏訪雅之は十日間の過酷な生活を象徴するように十日分の無精ひげを伸ばしており、短い命をさらに十日分だけ擦り減らしているはずだった。だが、病魔に冒《おか》されているという印象は薄く、むしろ危険を切り抜けて来たという自信と緊張感に満ちているように見えた。大久保通りを左折するとき後方を見ると、いつの間にかカローラの姿はなくなっていた。

「記憶は戻ったのか」と、私は訊いた。

「それが、はっきりしないのです。あの連中が話してくれたことと自分で思い出しかけていることの境目が曖昧《あいまい》で、新聞が書いている経歴なども、読んだあとではすでに知っていたことのような気がする」

「連中というのは、佐伯氏のマンションや〈国際映像〉のスタジオで死んでいた男たちのことかな」

彼は私の顔を見つめて、うなずいた。私はタバコが喫いたくなって上衣のポケットを探った。諏訪がコートのポケットから私と同じタバコを出し、器用に片手で開けて一本振り出すと、私にくわえさせてくれた。もちろん、左手だった。彼は自分もタバコをくわえ、使い捨ての白いライターで両方に火をつけた。

「佐伯さんのマンションに電話を入れているが、もう自由の身になったはずなのに、誰も出ない。彼の連絡先が分かるなら教えてくれませんか」諏訪は私が答える前に言い足した。「おかしいですね。最初にあなたの事務所を訪ねたときと同じ質問をしている」

「彼がどういう目的できみに接していたのか、それは知っているんだな」

「彼の〈毎日〉の記事を読みましたよ。彼はぼくが何者であるかを知っていた。そのことはいいんです。むこうはジャーナリストだし、こちらは都知事候補を殺害しようとした男だと思われていたのだから、仕方がないでしょう……彼には世話になった。記憶をなくしてからできた二人の友達のうちの一人なのです。さよならを言っておくべきだと思っている」

「彼の連絡先は教える」と、私は言った。「きみからは、すでに多過ぎる探偵料を受け取っているからな。その前に、二、三訊きたいことがある」

「どうぞ」と、彼は素直に答えた。

「狙撃事件の本当の首謀者は誰だ？」

「新聞によれば、警察は選挙参謀だった榊原に事件の主犯としての容疑をかけているようだが、それが正確な事実でないことは知っているわけですね」

「狙撃は狂言だったということも知っている」

彼は私を見つめた。「だったら話が早い。首謀者と呼ばれるべきなのは向坂兄弟で、計画に加担したのは榊原誠、滝村という映画監督、医者の椎名、それにあの二人――大庭という男と、もう一人は確か韓国籍の男で……」

「鄭允泓《ていいんこう》、元向坂プロの何でも屋」

「そう。ぼくが思い出せるのはそれだけです……いや、溝口宏がいる。大庭の話では、溝口をこの件に引っ張り込んだのは、鄭だと言っていた」

「狙撃のあと、逃走から病院で意識を取り戻すまでの経過は思い出したのか」

「いや……しかし、彼らの話で多少は分かっています。溝口があれほど巧みな運転で逃走できるとは予想もしなかったらしい。それが計画の歯車を狂わせた第一因だと言っていた。溝口には、脅《おど》しの発砲をするだけだと話してあったので、向坂候補が倒れるのを見て逆上したらしい。ぼくは日野市内のどこかで彼の運転する車から脱出したのだと思う。病院で意識が戻ってからのことは記憶が確かだが、ぼくの衣服には焼け焦げに近いような擦り切れや汚れがあった。おそらく、走っている車から飛び降りたに違いない。どうしてそんなことをしたのか、溝口が死んでしまった今となっては確かめようもないが、計画通り自首するのが怖くなったのかも知れない。あるいは、そのときはまだ憶えていたに違いない子供たちの顔が脳裏をかすめたのかも知れない」彼は深い溜め息をついた。

私はもう一度確認した。「首謀者は向坂知事なんだな？」

「最終的な責任は彼が負うべきです。狙撃計画を進めたのは向坂兄弟と榊原の三人でした」

「それについては、きみの記憶が戻ったと見ていいのか」

諏訪は少し考えた。「残念だが、はっきりそうだとは言えない。山小屋のセットで大庭や榊原から聞かされたことと、自分で思い出しかけていることが、かなり混乱しています。ぼく自身は確信があるが、ぼくに証言能力があるかどうかという意味なら、腕のいい弁護士に追及されたらぼろぼろにされてしまいそうだ」

「何か物的証拠のようなものはないのか」

彼は首を横に振った。タバコを消して、足許のアタッシュ・ケースを指差した。「榊原が運んで来た二千万円はここにあるが、向坂兄弟にたどりつけるとは思えない」

「向坂知事は、きみの記憶が不確かだと知ってからは強気になっている。自分を過信している人間は必ずどこかに弱点を抱えているものだ」

「彼は、あなたが狙撃は狂言だと気づいたことを知っているのですか」

私は一週間前の都庁でのやりとりを掻《か》い摘《つま》んで話した。

「最近のあの男の、常軌を逸したような、熱心な仕事ぶりはそのせいなんだな」と、諏訪が言った。「マスコミは向坂都政を絶讃しているし、都民の評価も高くなる一方だ。最初は難色を示していた自民党や反対派までが、近頃は沈黙してしまった」

「知事の椅子を奪えるものなら、奪ってみろ——そういうつもりらしい。おとなしく辞職するような男ではない」

私はタバコをダッシュボードの灰皿に押しつけた。ブルーバードは山手通りを甲州街道へ向かって走っていた。

「鄭と榊原を撃ったのは、きみか」と、私は訊いた。

「そう……あれは、正当防衛だった」

「では、大庭を撃ったのは？」

「榊原です。大庭が二千万円を調べているときに、ポケット越しにいきなり発砲した。ぼくは山小屋のセットのベッドに手錠でつながれていた。手の届くところに大庭の〝チーフ・スペシャル〟が落ちたので、ぼくはすばやく手を伸ばしたが間に合わなかった。ところが、急にあの男が飛び出して来て榊原にしがみついてくれたので、ぼくの命は助かった。残念ながら、拳銃を拾って榊原を撃つ前に、榊原が彼を撃ってしまった。

彼の傷の具合はどうです？」

「生命の危険はなくなったと聞いている。あの夜、一一〇番したのはきみだな」

彼はうなずいた。「間に合ったのならよかった。少しは借りを返せたことになる」

「〝ルガーP08〟は手許になかったのか」

「大庭が私の手の届かない場所に置いていたので、あのときは使えなかった。彼の死体のポケットから手錠の鍵を取って自由になったあと、ルガーとこの二千万円を持って撮影所を抜け出したのです」

「それに先立つ、佐伯氏のマンションでの経緯を話してくれないか」

「あの日は、あなたの事務所から彼のマンションへ直行した。玄関のドアの鍵が開いていたので、佐伯さんが戻っているのだと思って中へ入ると、連中がいた。最初は大庭ひとりだと思った。鄭はちょうどソファの蔭で腰をかがめていたので眼に入らなかった。大庭が拳銃を撃とうとするのが見えたので、彼の手を撃った。そのときソファの蔭から鄭が立ち上がって銃を突き出したので、振り向きざまに撃つほかなかった。とても手加減する余裕などなかった。鄭の銃から発射された弾が天井から下がった蛍光灯に当たり、ぼくは飛び散るガラスの破片を避《よ》けるために腕で顔をおおった。そのわずかの隙に、大庭が落とした拳銃を拾ってぼくの背中につきつけた。ルガーを奪われたあとは、彼の言いなりになるしかなかった」

「鄭と大庭が、佐伯氏のマンションをどうして突きとめたか聞いているか」

「彼らは、ぼくの逃亡の直後から病院を片っぱしに調べていたそうです。立川、日野から始めて、府中でぼくらしき患者を見つけるまでずいぶん時間をかけている。そこへちょうど佐伯さんの問い合せの手紙が来ていた」

「府中第一病院だな。佐伯氏のマンションから、大庭と一緒に国際映像へ移動したのか」

　諏訪はこめかみを指で押さえて、うなずいた。「大庭は負傷していたので、主導権を奪う機会がないでもなかったが、失った過去を取り戻すチャンスだと思って様子を見ることにした。しかし、手錠でつながれた状態で榊原があのセットに現われたときは、知りたかった過去と引き換えに危うく命を失うところでした……もっとも、命の心配をしても始まらないような身体なんだが」彼はこめかみを押さえた指に力を入れた。

「よくないのか、身体の具合が」

「二、三時間ごとに猛烈な頭痛に襲われる……実は昨日もあなたが出かけるのを待ち受けていたんだが、肝腎なときに頭痛がひどくなって尾行できなかったのです。彼女が手に入れてくれた睡眠薬を服《の》んでも、夜は半分も眠れない状態になった。それも長いことではないと思う」

　諏訪の指示に従って甲州街道を右折し、ブルーバードを低速で走らせた。

「酒も飲めなくなった」と、彼は低い声で言った。

「飲めば、翌日は死人同然です。できれば、一度あなたと酒を飲みたかった。世話になったお礼も言わなければならない」

「礼を言われるようなことは何もしていない」

「いや、あなたのお蔭で海部雅美とまた会うことができた。彼女が、あなたは誰とも酒を飲まない人だと言っていたが、本当ですか」

　私は苦笑した。「指名手配の男と女が話題にするほどのことじゃないな。それに、私のお蔭で彼女に会えたなどと決して人前では言ってくれるな。とくに警官の前では」

諏訪は微笑した。私は上衣のポケットから手帳を取り出し、片手でページを繰った。辰巳玲子や〈サウス・イースト〉という喫茶店に関するメモのある部分を見つけると、そのページを破り取って、彼に渡した。

「佐伯氏はその辰巳という女性のアパートにいる。その喫茶店は彼女の両親の店で、彼女もそこで働いている。どちらかで、佐伯氏に連絡がつけられるはずだ」

彼はメモをコートのポケットにしまった。「佐伯さんの奥さんには、彼のマンションの前で一度だけ会ったことがある。彼ら夫婦にも何か問題があるようだった。あの夜、府中から八王子周辺を走りながら、彼は初めて自分のことをいろいろ話してくれた……楽に生きている人間はいないものですね」

彼は私の顔をしばらく見つめてから、続けた。「狙撃以後のことは大体解っているつもりだが、それ以前のことでまだはっきりしないことが多いのです。諏訪雅之という男の経歴であなたのご存知のことを教えてくれませんか。あなたにこんな注釈は無用だろうが――嘘も隠しもないところを」

私は注文通りに話した。彼はあまり口を挟まずに聞いていたが、三つの数字――医師が診断した彼の寿命と、アメリカにいる細君が受け取った慰謝料の額と、自分の二人の子供の年齢を訊ねた。私は最後の質問にだけは答えられなかった。

「情ない話だが――」と、彼は言った。「ぼくがはっきり思い出せたことと言えば、向坂晃司が不法所持していた本物のコルトの自動拳銃が暴発した瞬間の指の痛みと……もう一つは、渡米した年に初めて生《なま》で聴いたセロニアス・モンクのピアノ演奏、それだけだ……身勝手なものですね。自分の子供たちの名前も顔も思い出せない」

「思い出すのが怖いのだろう。大金と引き換えに、たぶん二度と会わない決心をした子供たちだろうから」

彼は前方を見つめたまま、何も答えなかった。やがて、車は笹塚《ささづか》の商店街にさしかかった。

「これから、どうするつもりだ」と、私は訊いた。

「彼女を――海部雅美を、いつまでもこんなことの巻き添えにしておくわけにはいかない。佐伯さんと話したら、あとは自分の始末をつけるつもりです」

「新宿署の錦織という警部が事件の真相を知っている。彼のところへ出頭すれば、あまり煩《わずら》わしい思いをしなくてすむはずだ」

「憶えておきます」と、彼は言った。「また記憶をなくさない限り」

それから五分ほど走ると、ブルーバードは大原の交差点に近づいた。環七通りの下をくぐるトンネルへの下り坂に入った直後に、諏訪雅之は車を停めるように言った。彼はコートから〝ルガーP08〟を出して、大変申しわけないと付け加えた。初めて見る彼の右手は、聞いていた通り人差し指の第二関節から先がなく、引き金には中指が掛けられていた。私はブルーバードを停車させた。後続の車がけたたましくクラクションを鳴らしながら、私の車を避《よ》けて行った。彼は助手席のドアを開けて車を降り、下り坂を後戻りして歩き去った。おそらく海部雅美のカローラが甲州街道の反対車線か環七通りで待っているのだろう。私は追突されないうちにブルーバードをスタートさせた。誰も欲しがらない二千万円が入ったアタッシュ・ケースが支えを失って、床に倒れた。


私はその後、二つの事件に関係があった人間の誰とも会っていない。噂だけは多少耳にした。更科修蔵は〈東神〉の相談役に復帰し、更科頼子は多額の保釈金を積んで拘置所を出たということだった。神谷惣一郎は来年早々に病院を退院し、会長に復帰し、別居中の妻と離婚するだろうと言われていた。佐伯直樹と名緒子のことは何も聞いていない。清和会の橋爪はあれきり顔を見せないし、元パートナーの渡辺からの音信もなかった。錦織警部とは、結局何の証拠にもならなかった二千万円入りのアタッシュ・ケースを届けて以来会っていない。だが、向坂兄弟と諏訪雅之にはもう一度お眼にかからなければならなかった――ただし、テレビのニュースで。

クリスマスまで二週間という寒い夜だった。フランク・シナトラの武道館コンサートに招待客として現われたタキシード姿の向坂兄弟が、正面玄関前で濃いワイン色のロールス・ロイスから降り立ったとき、諏訪雅之が彼らを再び狙撃した。いや、それが初めての狙撃なのだった。最初の一発が、向坂知事の心臓の真ん中を射抜いた。即死だった。護衛のSP四、五名が狙撃者を包囲して拳銃を向けた。向坂晃司を狙った二発目が発射されるのと同時に、SPたちの拳銃もいっせいに火を吹いた。諏訪雅之は五発の銃弾を頭部と胸部に受けて、即死した。テレビや新聞は、《元オリンピック候補の射撃選手・諏訪雅之が再び向坂知事を狙撃……》と述べ、《一方、弟の晃司氏は幸いにも銃弾がそれたので命に別状はなく、右手の人差し指を失っただけで……云々》と報道していた。

彼らはいつも肝腎なことを見落とす。真実を伝えると言うが、所詮はその程度のことだった。

清水俊二氏、双葉十三郎氏、稲葉明雄氏、田中小実昌氏の生前の訳業に感謝す

著者あとがき

『そして夜は甦る』の単行本の初版は、ちょうど三十年前の一九八八年の四月三十日に発行された。これは初版奥付の書誌的な日付なので、私はそれより二週間ほどまえに同書の見本を手にしているはずである。同書が九州の或る書店の店頭で実際に発売されているのを目撃したのはそれから数日後のことだった。それが自分の人生を二分することになる境目の一日だったのだとのちに認識するようになる、小説家としての出発点だったわけである。

正確な著者略歴を要求されるなら、『そして夜は甦る』の単行本より先行して、同年の四月一日発行の「ミステリ・マガジン№384」に掲載された短篇「少年の見た男」（短篇集『天使たちの探偵』所収）が、これも書誌的には私が小説家として世に出た〝デビュー作〟に該当するのだと思う。しかし、私が一番最初に書き上げた〝処女作〟は長篇『そして夜は甦る』であることに間違いない。それから三十年の月日を経て、私のデビューと作家生活の三十周年を記念し、『そして夜は甦る』のポケット・ミステリ版を刊行していただくことになったのである。日本人の作家としては、浜尾四郎著『殺人鬼』、小栗虫太郎著『黒死館殺人事件』、夢野久作著『ドグラ・マグラ』に次ぐ四冊目という稀少な登用である。

私の狂喜したいばかりの感激がどれほどのものか、世界最大のミステリ叢書である〝ハヤカワ・ポケット・ミステリ・ブック〟の愛読者の方々には十分にお察しいただけると思う。私がこの〝著者あとがき〟で何をさておいてもお伝えしたいことは、まさにこの二行の感謝の思いに尽きているのである。作品の解説は、その著者ほどその任に不向きな者はないし、ましてやちょうど小著を読了されたばかりの読者には無用の長物だと信じるので、ここでは感激の勢いに乗って、執筆当時の思い出や、このポケット・ミステリ版で多少の更訂を施した経緯を略述させていただきたい。

＊　　＊

すでに伝説めいたエピソードとなっているのは、早川書房に投稿した『そして夜は甦る』の原稿の字組みが、当時のポケット・ミステリと同じ27字×18行の字組みになっていたことだが、これはすでにエッセイでも紹介しているとおり、この原稿をポケット・ミステリ版で出版してもらいたいなどという願望や要求があってのことでは決してなかった。無駄としか思えないような十年近い習作時代を続けたあと、この書き出しの小説を何がなんでも〝終り〟まで書き通そうと決心したとき、字組みを自由に設定できる簡便な日本語タイプライターのかたわらには、ポケット・ミステリ版のレイモンド・チャンドラー著『さらば愛しき女よ』を置いていた。小説に初挑戦する身には、冒頭の導入部の長さ、場面が変わった街の風景描写の長さ、登場人物のセリフの長さ、一人称記述の主人公の心理描写の長さ等々……そのどれもつい長々と書き連ねたくなるものである。もちろん、小説にはそれらの長さに決まりや制限などないのだが、私は読者に難行苦行を強いるような実験小説が書きたかったわけではなく、チャンドラーの代表作『さらば愛しき女よ』に一ミリでも近づけるような〝面白い小説〟を書きたいと願っていた。だから長い風景描写や長いセリフを書きそうになったら、お手本のページを繰ってそれに相当するような箇所を見つけ、あとは行数だけを数えれば、即座に自分の書き付けたものが、質的にはともかく量的には少なくともチャンドラーの読者にとっては許容範囲のはずだと、安心できたのである。それがポケット・ミステリ版の字組みを借用した本当の理由なのだった。ただし、出来上がった小説を、投稿原稿の常識だった20×20の原稿用紙の字組みに変換するのは造作もなかったのに、そうしなかったのは、早川書房の編集部の方たちも、この字組みの原稿のほうが読みやすいのではないかと考えたことをはっきりと記憶している。

やがて、原稿は早川書房から出版するという決定があってしばらくあと、亡くなられた編集長の菅野圀彦さんから「単行本で出版するか、それとも文庫本がいいか、どちらが希望ですか」とお訊ねがあった。いまでは出版・営業の専門的な判断としては、新人の第一作に単行本と文庫オリジナルのどちらを選択すべきかは一概に適否を断ぜられないことが解っているが、何も知らない当時の私は、菅野さんの優しい口調のお訊ねに対して、厚かましく「もし良かったら、単行本で……」と答えてしまった。その希望は叶えられたわけだが、言い換えれば、その瞬間からほぼ二十九年以上のあいだ、自分の書いた小説がポケット・ミステリ版で刊行される可能性など、私の頭からは完全に消え去っていたのである。

それから第二作『私が殺した少女』を書き、書き溜めた短篇をまとめて『天使たちの探偵』を刊行し、私の長篇のなかではもっとも長大である『さらば長き眠り』を書き上げた。ここまでは、私の小説の特徴と言われていたハードボイルドの探偵小説と謎解きミステリの併合という作風で、順調に走りつづけた。その二つの傾向を好まれる読者には満足していただいたようである。しかし、二つの異なる要素を併合する方法にはやや綱渡り的なものがあり、それには危険が伴うし、いつまでも続けられる芸当ではなかったのだと思う。その問題点の一例を解りやすく述べると、ハードボイルドの探偵である主人公が、終盤の解決部分に至って、おもむろに頭脳明晰な名探偵の様相を呈しはじめることである。ミステリの謎が複雑で、周到であればあるほど、探偵の頭脳はそれ以上に明晰にならざるをえなくなる。もちろん私は、その変貌ぶりを極力目立たないように、不自然にならないように、筆力のすべてを注いで書くことに腐心したつもりである。それでも、私はこの二つの傾向と要素を併合したかたちでは、『さらば長き眠り』以上の作品を書くことはできないと判断し、小説家としての出発以来の願望だった、純粋なハードボイルド探偵小説を時間をかけて書く決心を固めた。

その成果如何は、探偵・沢崎シリーズの第二期として一線を劃した九年ぶりの第四作『愚か者死すべし』と、さらに十四年ぶりの復活と呼ばれている最新作『それまでの明日』で確認していただければ幸甚である。

最後に、三十年の時を経て本書をポケット・ミステリ版として刊行するにあたり、若干の更訂を施したことをお伝えし、諒承していただきたいと思う。

＊　　＊

まず、発刊以来竿頭に亡き母への献辞を置いたのは、その生存中には親不孝の限りを尽くしていた者として、身内への私事にもかかわらず一ページを費やさせていただいていたのだが、それも潮時ではないかと考えるにいたったからである。というのも、今日になっても夢に登場する母の顔の〝愁眉〟は相変わらず開かれないままであり、献辞一つで勘弁してもらおうという私の考えが甘かったことに気づいたからに他ならない。私にとっては、厳しさも優しさもひとしおの母ではあったが、親不孝は永久に取り返しのつかないものなのだと肝に銘じた。

つぎに、主人公の名前の表記を〝澤崎〟に変更した。それが執筆以前から、私が本書の主人公に与えていた正式の名前だったので、本来の表記にもどしたというのが半分は正しい。半分というのは、実は早川書房へ投稿した『そして夜は甦る』の原稿では、主人公が自分で名乗るときには澤崎と表記し、ほかの登場人物が主人公を呼ぶときには〝沢崎〟と略字で表記していたのである。この〝現実ではそうであることが普通ではないか〟的な珍妙なリアリズム（？）は、処女作に没頭していた未熟な作家の卵の発想だとしても、ちょっと無謀である。菅野編集長から「これは読者によっては、別人なのかと勘違いすることもあるでしょうから、どちらかに統一しましょう」と当然の提案をいただき、自分で略字表記を選んだのだった。ただ、今日の人名や地名などでの正字採用の流れに準じて、本書の主人公にも命名時の表記での名前を復活させていただくことにした。

それから、本書の第24章と、第25章は映画館が舞台となっているのだが、その場内のスクリーンにたまたま映っていた映画のシーンに五、六ヵ所も言及している。画面に登場する俳優がロバート・ライアンであるらしいことには触れているが、映画の題名にはまったく触れなかった。ただし、のちにエッセイの中でその映画はルネ・クレマン監督の『狼は天使の匂い』であり、そのシナリオがポケット・ミステリで刊行されているセバスチャン・ジャプリゾ著『ウサギは野を駆ける』だったことを紹介したので、すでに秘密ではなくなっている。もっと丁寧に報告すれば、映画『狼は天使の匂い』は一九七四年に、ロバート・ライアンが吹替えのフランス語ではなく、自前の英語でしゃべっている英語版が日本では公開されている。字幕の翻訳は、あの清水俊二さんだった。手許の劇場用パンフレットで確認すると、廿世紀フォックス極東映画会社と東宝株式会社によって輸入・配給された作品である。

私は先に、『そして夜は甦る』の出版が自分の人生を二分する境目になったことを述べたが、この『狼は天使の匂い』という映画は、まさに私の人生での〝映画観〟を二分する境目になった特別な作品だった。それまでの私の映画観では、映画には数多くはないが名作・傑作の評価に値する作品があって、それは何ものにも代えがたい高い価値をもっているものであった。断わっておくが、ここで名作・傑作の評価を与えているのは私個人なのであって、他人や世間の評価でも専門家の評価でもない。

だから、例えば世評の代名詞にもなっているアカデミー賞受賞作品や各国の映画祭における最優秀賞受賞作品などは、もともと私個人の名作・傑作の対象にはあまり含まれていなかった。『狼は天使の匂い』を観た二十七歳の私の映画に関する感じ方は徐々に変化の兆しをみせることになり、それから十年後に『そして夜は甦る』を執筆するときには、次のような変化を遂げていた。

同じルネ・クレマン監督の作品を例にあげるなら、『禁じられた遊び』や『太陽がいっぱい』こそが、名作・傑作の評価に値することは間違いない。しかし、私自身でさえ名作・傑作とは思っていない『狼は天使の匂い』のほうが、その二作品よりもっと気になる切実な映画であるのはいったいどういうわけなのか……。正直に言うなら、現在の私にもその謎はまだ解けてはいない。だからこそ、私は『狼は天使の匂い』のいくつかのシーンを、自分の最初の小説の二つの章のなかに織り込んで、人生の折り返し点から歩きはじめた自分自身への〝はなむけ〟であると同時に〝いましめ〟としたのではないかと考えている。

『そして夜は甦る』という題名の〝そして〟は、『狼は天使の匂い』の英語版につけられた題名である“…And Hope To Die”からつけたものである。

* *

この小文を書いているところへ、ちょうど早川書房から、デビュー作の短篇「少年の見た男」以来、ずっとお世話になってきた敬愛する山野辺進さんの手になる本書への装画の〝ラフ〟が回送されて届いた。それは、私のポケット・ミステリ版への思いに見事に呼応してくださったような作品で、私はそのすばらしさにほとんど言葉を失っていた。〝探偵・澤崎〟が目撃したものを、著者が文章にし、画家が絵に描く——その極致である。

早川書房の一連の大いなる企画のお蔭で、このひと月のあいだに、私は十四年ぶりの最新作の『それまでの明日』と、三十年前の処女作の『そして夜は甦る』のポケット・ミステリ版を世に出すために、二つの〝最終ゲラ校正〟をほとんど併行して読み直すという貴重な機会を与えていただいた。こんな稀有な経験ができる作家はほとんどいないだろう。さすがの私も、これほど膨大な時間を主人公の澤崎と過ごしたことはいまだかつてなかった。その別れ際に澤崎が叩いた減らず口に、カッとなった私が何と応じたかは、すべて読者の想像にお任せする。

原　尞　著作リスト

〈私立探偵・澤崎シリーズ〉

長篇

『そして夜は甦る』（一九八八年四月）ハヤカワ文庫ＪＡ５０１　ハヤカワ・ミステリ１９３０　本書
『私が殺した少女』（一九八九年十月）ハヤカワ文庫ＪＡ５４６
『さらば長き眠り』（一九九五年一月）ハヤカワ文庫ＪＡ６５４
『愚か者死すべし』（二〇〇四年十一月）ハヤカワ文庫ＪＡ９１２
『それまでの明日』（二〇一八年三月）早川書房

短篇集

『天使たちの探偵』（一九九〇年四月）ハヤカワ文庫ＪＡ５７６

エッセイ集

『ミステリオーソ』（二〇〇五年四月）ハヤカワ文庫ＪＡ７９３
『ハードボイルド』（二〇〇五年四月）ハヤカワ文庫ＪＡ７９４

＊一九九五年六月刊のエッセイ集『ミステリオーソ』を文庫化にあたり再編集し二分冊した。

本書は一九八八年四月に早川書房より単行本で、一九九五年四月にハヤカワ文庫JAより刊行されたものです。

HAYAKAWA POCKET MYSTERY BOOKS No. 1930

原《はら》　寮《りよう》

1946年生，
九州大学文学部卒
作家
著書
『私が殺した少女』『さらば長き眠り』
『愚か者死すべし』『天使たちの探偵』
『それまでの明日』『ミステリオーソ』
『ハードボイルド』（以上早川書房刊）

この本の型は，縦18.4センチ，横10.6センチのポケット・ブック判です．

検印
廃止

〔そして夜《よる》は甦《よみがえ》る〕

2018年4月10日印刷　　2018年4月15日発行

著者　原　寮
発行者　早川　浩
印刷所　星野精版印刷株式会社
表紙印刷　株式会社文化カラー印刷
製本所　株式会社川島製本所

発行所　株式会社　早川書房
東京都千代田区神田多町2ノ2
電話　03-3252-3111（大代表）
振替　00160-3-47799
http://www.hayakawa-online.co.jp

〔乱丁・落丁本は小社制作部宛お送り下さい
送料小社負担にてお取りかえいたします〕

ISBN978-4-15-001930-3 C0293
Printed and bound in Japan